AF543262

तेलुगु
की चुनी हुई कहानियाँ

स्थापित 1912
100 वर्षों की
श्रेष्ठ प्रकाशन परम्परा
राजपाल

₹ 375

ISBN : 9788170289777

प्रथम राजपाल संस्करण : 2012, तृतीय आवृत्ति : 2016

© गायत्री कमलेश्वर

TELUGU KI CHUNI HUI KAHANIYAN

Edited by Kamleshwar

मुद्रक : के.एच.बी. ऑफसेट प्रोसेस, दिल्ली

राजपाल एण्ड सन्ज़

1590, मदरसा रोड, कश्मीरी गेट-दिल्ली-110006

फोन: 011-23869812, 23865483, फैक्स: 011-23867791

e-mail : sales@rajpalpublishing.com

www.rajpalpublishing.com

www.facebook.com/rajpalandsons

क्रम

भूमिका

तेलुगु-साहित्य के इतिहास में जिसे भाषान्तरीकरण-युग या कवित्रय-युग कहा जाता है और जो ईसवी सन् 1000 से 1350 ईसवी तक फैला हुआ है, इसे ही तेलुगु गद्य के किंचित् उदय का काल भी माना जा सकता है।

इससे पूर्व के समय को तेलुगु साहित्य के इतिहासकारों ने अज्ञात युग का नाम दिया है जिसका समय ईसवी पूर्व 28 से 1000 ईसवी सन् तक स्वीकारा गया है।

हिन्दी की तरह ही तेलुगु भाषा का आरम्भिक रूप भी प्राकृत और अपभ्रंश भाषाओं से बहुत अधिक प्रभावित है। हिन्दी में यह दौर सिद्धों, जैनों तथा नाथपन्थी कवियों का रहा है, तब शौरसेनी अपभ्रंश का हिन्दी पर गहरा प्रभाव पड़ रहा था।

आन्ध्र राजा हालशातवाहन ने 'गाथा-सप्तशती' की रचना प्राकृत में ही की थी। इनके भाषा-गुरु गुणाढ्य थें। उस काल में संस्कृत और प्राकृत भाषाओं को ही राजाश्रय प्राप्त था। देशी भाषा तेलुगु का व्यवहार तब घरों और बाज़ारों में ही होता था पर धीरे-धीरे देशज शब्दों ने, यानी तेलुगु के बोल-चाल के शब्दों ने, शातवाहन राजाओं के शिलालेखों में स्थान पाना शुरू किया। पुरस्कार या अग्रहार प्राप्त करने वाले व्यक्तियों, कवियों आदि के नाम तथा दानपत्र भी तब तेलुगु में लिखे जाने लगे थे। कविता प्राकृत में ही होती थी पर दानपत्रों की भाषा तेलुगु अपने गद्य के स्वरूप को भी अँकुरित करने लगी थी।

शातवाहन या देशज उच्चारण में कहें तो सातवाहन राजाओं की भाषा तेलुगु ही थी और वे आन्ध्र ही थे। प्राकृत में इन्हीं शातवाहन राजाओं को शालिवाहन भी कहा गया। सातवाहन राजाओं से पहले का इतिहास पौराणिक है।

प्राचीनकाल में आन्ध्र राज्य की समस्त भूमि वनों से भरी थी, इसलिए अन्धकारपूर्ण थी। अन्धकार से आवृत अरण्यभूमि में निवास करने के कारण, वे उत्तर भारत के निवासी जो अपना स्थाई निवास बना चुके थे, अरण्य के अन्धकार में रहने वालों को अन्ध्रु नाम से पुकारते थे। कालान्तर में यही अन्ध्रु शब्द आन्ध्र बन गया। बौद्धकाल में यही नाम अन्धक बना रहा। प्रखर विद्वान बालशौरि रेड्डी के अनुसार, यह नाम व्यक्ति आन्ध्र से भी जुड़ा है। ये आन्ध्र विश्वामित्र की सन्तति थे और वे उत्तर से विन्ध्याचल पार करके दक्षिण में पहुँचे थे। महर्षि अगस्त्य भी दक्षिण पहुँचे

हुए आर्य ही थे। इसलिए यह सहज उद्भावना होती है कि आन्ध्रवासी आर्य और द्राविड़, दोनों की मिश्रित जातियों के हैं। इसलिए यहाँ, खासतौर से भाषा में तमिल और संस्कृत का मिश्रण भी हुआ। इस बात पर बहुत विवाद चलता रहा कि तेलुगु आर्य परिवार की भाषा है या द्राविड़ परिवार की, पर अन्ततः विद्वानों का यही निष्कर्ष रहा कि तेलुगु द्राविड़ परिवार की भाषा ही है।

कहानी के सन्दर्भ में भाषा की मूल प्रकृति तथा उसके उद्भव तक पहुँचने की कोशिश करना इसलिए आवश्यक हो जाता है, क्योंकि भाषाई जातीयता का प्रभाव कथा-कथन में सबसे अधिक परिलक्षित होता है।

आन्ध्र राज्य का संस्थापक आन्ध्र विष्णु को माना जाता है। इसी के बाद आन्ध्र में सातवाहन राजाओं का उदय हुआ, जिनका राज ई. पू. 230 से ई. सन् 220 तक, अर्थात् लगभग 400 वर्षों तक चलता रहा। इस दौर में राजकीय व्यवहार की भाषा प्राकृत थी। इसके बाद अन्य वंश भी आए, जैसे इक्ष्वाकु, शालंकायन, विष्णु कुंडिन, चालुक्य, चोल, काकतीय आदि, परन्तु इनके बाद रेड्डी तथा नायक राजाओं का खण्डित राज्य रहा, जिसके बाद विजयनगर राजा का शक्तिशाली राज्य स्थापित हुआ। यहीं से मुस्लिम राजाओं के हमले शुरू हुए और गोलकुण्डा में नवाबों का राज्य स्थापित हुआ।

तब तक फ्रांसीसी और अंग्रेज़ हितों का टकराव दक्षिण भारत में शुरू हो चुका था। सन्धियों और दुरभिसन्धियों द्वारा अन्ततः फ्रांसीसियों ने आन्ध्र के समुद्र-तटवर्ती इलाकों को अपने अधीन कर लिया और अंग्रेज़ों ने निज़ाम को रक्षा का आश्वासन देकर ग्यारह जिले अपने अधिकार में ले लिए।

यह सब बताने की ज़रूरत इसलिए है कि दक्षिण भारत का आन्ध्र प्रदेश ही एक ऐसा प्रदेश है, जिसने राजनैतिक और सांस्कृतिक संकटों को लगातार झेला है और इसी में उसके सांस्कृतिक और भाषाई आधुनिकीकरण के महत्त्वपूर्ण कारण छुपे हुए हैं। आन्ध्र में जो भाषा-मिश्रण हुआ है, उसका सीधा असर 'दकनी' पर पड़ा जिससे आधुनिक उर्दू और हिन्दी, दोनों जुड़ी हुई हैं, इसलिए यह कहना गलत नहीं होगा कि तेलुगु, हिन्दी और उर्दू की निकटता का रहस्य ऐतिहासिक कारणों में मौजूद है। यदि गम्भीरता से अध्ययन किया जाए तो यह समझने और स्वीकारने में हिचक नहीं होगी कि तमिल, संस्कृत, प्राकृत, अपभ्रंश, अरबी, फारसी, फ्रांसीसी और अंग्रेज़ी के कम या अधिक प्रभाव से जो मधुर भाषा तेलुगु विकसित हुई है—वह 'दकनी' के मूल में भी है और उसने उत्तर भारत की आज की हिन्दी और उर्दू को प्रारम्भिक काल में ही प्रभावित किया था।

तेलुगु गद्य भाषा के विकास को चिन्नय सूरि नामक एक प्रकाण्ड पण्डित ने अवरुद्ध कर दिया था, और यह कम आश्चर्य की बात नहीं कि यह स्वयं चिन्नय सूरि की गद्य भाषा ने किया। चिन्नय सूरि ने पंचतन्त्र का अनुवाद तेलुगु गद्य में

किया और इस गद्य को उन्होंने संस्कृत-बहुल बना दिया और व्यवहार की भाषा तेलुगु के विकास को अवरुद्ध कर दिया। भाषा की मुक्ति का आन्दोलन तब चला।

यह सचमुच विलक्षण और महत्त्वपूर्ण है कि भारत की किसी भाषा में उसकी मुक्ति का आन्दोलन नहीं चला, पर यह तेलुगु भाषा के इतिहास में हुआ। डॉ. राममूर्ति पन्तुलु इस भाषा-आन्दोलन के प्रवर्तक थे। डॉ. राममूर्ति पन्तुलु ने ही जन-भाषा तेलुगु को मुक्त किया और तब तेलुगु-साहित्य में विविध विधाओं का उन्मुक्त विकास हुआ।

इस आन्दोलन से गद्य और गद्य की भाषा को बहुत बल मिला। भारत के सभी साहित्यों में गद्य का प्रादुर्भाव कविता की अपेक्षा बाद में हुआ। यही तेलुगु गद्य के बारे में भी सच है; पर तेलुगु में गद्य-लेखन को शुरू से ही आदर-भाव से देखा गया है इसलिए यहाँ गद्य-लेखक को गद्य-कवि पुकारने की परम्परा है। यों तो गद्यकारों की परम्परा कलुवे वीरराज़ु, तुपाकुल अनन्त भूपाल से विजयरंग चोक्कनाथ तक आती है, परन्तु गद्य के विकास को नया मोड़ देने वालों में प्रमुख नाम समुखमु वेंकट कृष्णप्पा का है।

इसके उपरान्त प्रथम नाम आता है चिन्नय सूरि का। यह संस्कृतनिष्ठ गद्य-स्वरूप के निर्माता थे। साथ ही, 'व्याकरण' की रचना करके उन्होंने भाषा की अराजकता पर अनुशासन भी स्थापित किया। चिन्नय सूरि तेलुगु, संस्कृत, तमिल, प्राकृत के तो उद्भट विद्वान थे ही, अंग्रेज़ी पर भी उनका अच्छा अधिकार था। कवि और लेखक होने के साथ-साथ चिन्नय सूरि एक सफल सम्पादक भी थे। आपने 'सुजनी-रंजनी' पत्रिका का सम्पादन करके गद्य भाषा को भी स्तरीयता प्रदान की। यह लगभग 1853 के आस-पास सक्रिय थे।

चिन्नय सूरि की 'नीति चन्द्रिका' के आविर्भाव से ही तेलुगु गद्य का शुभारम्भ माना जाता है। इसके बाद तेलुगु कहानी की संस्कृतनिष्ठ भाषा उपलब्ध हो गई थी, जिसमें आधुनिक विषयों को कहानी के माध्यम से सम्प्रेषित किया जा सकता था। तेलुगु में तभी कहानी को कथा के नाम से अभिहित किया गया।

तेलुगु साहित्य में कहानी-रचना की विधिवत् शुरुआत उन्नीसवीं सदी के उत्तरार्द्ध में हुई। कहानी-रचना का आदिपुरुष होने का श्रेय गुरजाड़ अप्पाराव को प्राप्त है। अप्पाराव से पहले भी कुछ छोटी कहानियाँ लिखी गईं, पर वे आधुनिक कहानी की परिभाषा में नहीं आतीं। जैसा कि हिन्दी में हुआ—चन्द्रधर शर्मा गुलेरी ने अपने जीवन में कुल तीन कहानियाँ लिखीं, तेलुगु में भी गुरजाड़ अप्पाराव ने केवल तीन कहानियाँ लिखकर अक्षय कीर्ति अर्जित की। 'मी पेरेमिटि, 'दिदुदुबाटु' तथा 'संस्कृतं हृदयं' नाम की इन तीन कहानियों से तेलुगु कहानी का उदय हुआ। तीनों कहानियों के विषय सामाजिक हैं।

इसके बाद कथावस्तु और वर्ण्य विषय में बहुत तेज़ी से परिवर्तन आया। विराट कथा-चेतना ने कोई भी क्षेत्र अछूता नहीं छोड़ा। पौराणिक, ऐतिहासिक, चरित-प्रधान और भावात्मक—सभी तरह की कहानियों की बाढ़-सी आ गई। इस दौर के लेखकों

में सबसे महत्त्वपूर्ण नाम वेलूरि शिवराम शास्त्री का है। आपने मूलतः सामाजिक और पौराणिक कहानियाँ लिखीं।

अभी तक इस दौर में जो कहानियाँ लिखी जा रही थीं, वे अपनी कथावस्तु में तो बहुत पुष्ट थीं, पर तेलुगु कहानी को आधुनिक शिल्प का स्पर्श चिन्ता दीक्षितुलु की कहानियों से मिला। शिल्प के साथ-साथ बहुत मृदुल हास्य का स्पर्श भी आपने ही तेलुगु कहानी को दिया। चिन्ता दीक्षितुलु की कहानियों ने एक नया अनुभव-संसार बिल्कुल नये अन्दाज़ से उद्घाटित किया। एक तरह से यथार्थवादी धारा की शुरुआत भी आपकी कहानियों से हुई।

उधर कविता के क्षेत्र में नितान्त व्यक्तिवादी 'भाव कविता' का वर्चस्व था। इस काल की कविताएँ मूलतः रूपवादी थीं पर धीरे-धीरे यह आत्मपरक शैली कविता में शिथिल पड़ती जा रही थी, भाव-कविता की एकान्तवादी–रूपवादी–अमूर्ततावादी निष्पत्तियों से साहित्य जीवनगत प्रश्नों से कट गया था और वह केवल बौद्धिक विलास का माध्यम बन गया था।

आखिर समय और यथार्थ के अनुभव ने इस जड़ता को तोड़ा और तेलुगु में 'अभ्युदय कविता' का पदार्पण हुआ।

लगभग उसी के समकक्ष कहानी में भी परिवर्तन आया और आदर्शवाद की परिकल्पित स्थितियों से निकलकर कहानी यथार्थ अनुभव की ओर बढ़ी। यह सही है कि गाँधीजी के ग्रामोत्थान-आन्दोलन ने तेलुगु कहानी को बहुत हद तक प्रभावित किया, परन्तु कविकोंडर वेंकटराव की कहानियों ने आदर्शवादी रुझानों के बावजूद तेलुगु ग्राम-जीवन के यथार्थ की ओर भी समुचित ध्यान दिया। ग्राम-कथा की शुरुआत कविकोंडर वेंकटराव की कथाओं से मानी जा सकती है। पर अभी तक तेलुगु कहानी ने व्यापक अनुराग-क्षेत्रों और चिरन्तन समस्याओं को नहीं छुआ था। एक तरह से कहें तो तेलुगु कथा-धारा में जड़ता और अवरुद्धता थी। उसका अनुभव-क्षेत्र अभी भी बहुत सीमित था।

गुडिपाटि वेंकटचलम् के आगमन से तेलुगु कहानी में एक नवीन क्रान्ति हुई। जड़ता और अवरुद्धता टूटी तथा एकाएक स्त्री-सम्बन्धों की सशक्त कथाओं ने तेलुगु कथा-साहित्य का स्वरूप ही बदल दिया। एक तरह से कहें तो कथा के माध्यम से यह नारी-मुक्ति का आन्दोलन था और मध्यवर्गीय चेतना का पदार्पण भी था। इस रचना-आन्दोलन ने कुछ भी अमूर्त, अकथनीय और अस्पष्ट नहीं रहने दिया। नारी-पुरुष के अभीप्सित सम्बन्धों पर बहुत सशक्त कथाएँ इस दौर में लिखी गईं। नारी-पुरुष की सघन भावात्मक दुनिया को इस दौर की कहानियों ने उद्घाटित किया।

इस क्रान्ति के साथ-साथ ही तेलुगु कथा-क्षेत्र में धनिकोंड़ हनुमन्तराव का आगमन हुआ। हनुमन्तराव की चेतना और रचना ने यौन वर्जनाओं को ध्वस्त किया और कथा-साहित्य की शुद्धतावादी जड़ता को तोड़कर एक नया अनुभव-संसार निर्मित किया।

इस काल में अन्य उल्लेखनीय कथाकार थे—अडवि वापिराजु, सुखरम प्रताप रेड्डी और जमदग्नि। कल्पना, यथार्थ और शिल्प के नये प्रयोगों से इन कहानीकारों ने तेलुगु कहानी को समृद्ध किया।

इसी के साथ-साथ भावात्मक और भावुक कहानियों का दौर भी चला। इस दौर में कहानी बहुत भावप्रवण, लचीली और सौन्दर्ययुक्त भी बनी और उसने अपनी आधुनिकता की परिभाषा को भी चरितार्थ किया।

परन्तु इस धारा में जिन अधिकांश कथाकारों ने लिखा, उन्होंने विषयगत विविधता का विस्तार तो किया, शैली और शिल्प का भी विकास किया, पर वे तेलुगु कथा को धरती और समय के अनुभवों से अधिक नहीं जोड़ पाए। ये कथाकार भी भावात्मक दुनिया में रहते हुए कहीं-न-कहीं गलदश्रु भावुकता और अधूरे आदर्शों के शिकार हुए। ये न तो समय को ही उत्कीर्ण कर पाए और न मनुष्य की भावात्मक दुनिया को ही।

अडिवि वापिराजु, चिन्ता दीक्षितुलु, वेलूरि शिवराम शास्त्री, श्रीमती कनुपर्ति वरलक्ष्मम्मा, सरस्वती देवी, मालती चन्दूर और पद्मावती देवी जैसे कथाकारों ने औसत मध्यवर्ग की भावनात्मक दुनिया तक ही अपने को सीमित रखा। महिला कथाकारों ने नारी-मन और उसके जीवन का विशद आकलन तो किया, पर वे कहानियाँ रचनाएँ नहीं बन पाईं। वे गार्हस्थ जीवन के विवरणों तक परिसीमित रह गईं।

कुछ यही हास्य-कथाओं के क्षेत्र में भी हुआ। वैसे तो प्रमुख नाम बहुत तेज़ी से उभरे। मुनि माणिक्यम् की कहानियों ने गार्हस्थ जीवन के सम्बन्धों पर कटाक्ष किए और अतिशिष्ट हास्य की सर्जना की। इनका क्षेत्र सीमित ही रहा और ये घरेलू हास्य के चितेरे के रूप में स्वीकृत हुए। दूसरा प्रमुख नाम है मोक्कपाटि नरसिंह शास्त्री का। इनकी कहानियों ने बड़े फलक पर समाज और समय की विद्रूपताओं को प्रस्तुत किया और अपनी निर्मम शैली में व्यंग्य को प्रखर किया। नरसिंह शास्त्री की व्यंग्य कहानियों ने बहुत वैचारिक उथल-पुथल भी पैदा की और समाजपरक दृष्टि भी विकसित की।

इस समय तक तेलुगु कहानी अपने बहुआयामी विकास के बावजूद वह तीखी अनुभव-भूमि और अभिव्यक्ति नहीं प्राप्त कर पाई थी जो कुछ ही समय बाद कोडवटिगंटि कुटुम्बराव की कथाओं से उसे मिली।

कोडवटिगंटि कुटुम्बराव की कहानियों ने तेलुगु कथा-संसार के अब तक के परम्परागत अनुभव को एक झटके में परिवर्तित कर दिया। यदि कहा जाए तो यह अतिशयोक्ति नहीं होगी कि कुटुम्बराव की कहानियों से ही यथार्थवादी कहानी का उदय हुआ। आपकी कहानियों ने तेलुगु कथा-साहित्य में यथार्थवादी चेतना द्वारा एक क्रान्ति की और साहित्य में पहली बार दलित, पीड़ित, शोषित और वंचितों को स्थान मिला। वह कहानी जो मध्यवर्गीय अनुभवों में निबद्ध हो गई थी और आसक्त या भावुक सम्बन्धों का ही सम्प्रेषण करती थी, उसे तोड़कर कुटुम्बराव ने एक नयी धारा

प्रवाहित की। एकाएक तेलुगु-कथा का अनुभव-क्षेत्र बदला और निम्न वर्ग, निम्न-मध्यवर्ग तथा श्रमिक-वर्ग कहानियों में अवतरित हुआ, यानी कथा के क्षेत्र में नव-यथार्थवादी युग की शुरुआत हुई। कुटुम्बराव की कहानियाँ कठोर और मारक यथार्थ के लिए ही नहीं, अपनी विराट मानवीय संवेदना के लिए भी विशिष्ट मानी जाती हैं। न्याय-अन्याय और शोषण के सवालों को पहली बार आपने उठाया और दलित, वंचित दुनिया के प्रश्नों को सघन मानवीय प्रश्नों में बदल दिया।

इसी यथार्थवादी धारा में उस दौर में करुणकुमार, अनिसेट्टि सुब्बाराव, माधवपेद्दी गोखले, गिट्टूरि सूर्यम, वट्टिकोट आल्वार स्वामी आदि ने भी महत्त्वपूर्ण कहानियाँ लिखीं, पर कुटुम्बराव की कहानियों की गहरी समझ, विषयों की विविधता और कथ्य की दिशा ने एक नये युग का सूत्रपात किया।

इसी मानवीय और यथार्थवादी-मानवतावादी परम्परा में टी. गोपीचन्द की कहानियों ने एक और नया आयाम जोड़ा। मानव-मन की दुर्बलताओं और खूबियों का जितना कलात्मक चित्रण टी. गोपीचन्द की कहानियों में हुआ है, वह अन्यत्र दुर्लभ है। मानस-मन्थन और अन्तर्द्वन्द्वों की गहरी पहचान से आपने तेलुगु कहानी को वह सघनता और गहराई दी, जो अन्यत्र दुर्लभ है। टी. गोपीचन्द की कथाओं में बड़ी तीव्र समाजपरकता है और वे यथास्थितिवाद के विरुद्ध परिवर्तन की भूमिका को स्थापित करती हैं। सत्ता और व्यवस्था को खण्डित करती आपकी कहानियाँ मानव-मुक्ति का अवरुद्ध द्वार खोलती हैं। यह मानव-मुक्ति आध्यात्मिक नहीं वरन् भौतिक है, पर भौतिक होते हुए भी नितान्त भौतिकतावादी भी नहीं है। मनुष्य का सत्य उसके परिवेश और समय में पैवस्त है, इस अवधारणा को टी. गोपीचन्द की कहानियों ने मूर्त किया है और विलक्षण प्रतिभा से मानवीय संवेदना के अमूर्त सूत्रों को अभिव्यक्ति दी है, तथा उन्हें बड़े कलात्मक ढंग से मूर्त करते हुए कहानी को कला का दर्जा भी प्रदान किया है।

इसी मानवीय अनुभव की धारा को फिर बुच्चिबाबू ने अपनी विपुल रचनाओं से भर दिया। बुच्चिबाबू ने आर्थिक और सामाजिक विषमताओं में घिरे मनुष्य और उसके मानस का अद्‌भुत चित्रण करके तेलुगु-कथा को एक और आयाम दिया है। सिद्धान्तों, वादों और विवादों को उन्होंने मानवीय सन्दर्भों में उठाकर उन्हें रचनात्मक जामा पहनाया है। बुच्चिबाबू पर कभी-कभी प्रचारक होने का दोष भी लगाया जाता है, पर विषमतामूलक समाज में कथाकार की पक्षधरता को उजागर करते हुए उन्होंने अपने कलात्मक सम्प्रेषण की भी रक्षा की है। केवल इतना ही नहीं, मानसिक अन्तर्द्वन्द्वों के उदास और चिन्ताग्रस्त क्षणों को जिस स्तर पर बुच्चिबाबू ने सम्प्रेषित किया है, उससे तेलुगु कहानी आधुनिक भी बनी है और मानव की पक्षधर भी।

इन तीन अत्यन्त महत्त्वपूर्ण कथाकारों के बाद जो सबसे महत्त्वपूर्ण नाम उभरता है, वह है पालगुम्मि पद्मराजु का। पालगुम्मि पद्मराजु की कहानियों में अनुभव के एक नितान्त नये और अधुनातन संसार के दर्शन होते हैं। मानवीय नियति के प्रश्नों

को पद्मराजु की कथाओं में बार-बार अवतरित होते देखा जा सकता है और समय के परिप्रेक्ष्य में उन प्रश्नों के तर्कसम्मत और संवेदनशील उत्तरों को पाया जा सकता है।

नये और नवीनतम कथाकारों की एक बहुत सशक्त पंक्ति तेलुगु में हमेशा मौजूद रही है, जिन्होंने अपनी-अपनी तरह से कथा को परिपूर्णता दी है और उसे विकसित भी किया है। इनमें इच्छापुरपु जगन्नाथराव का नाम अति विशिष्ट है।

इसी के साथ अन्य महत्त्वपूर्ण कथाकारों में भास्करबटल कृष्णराव, मधुरान्तकम, राजाराम, सूर्याराव, हितश्री, भरद्वाज, सांब शिवराव, आरुद्र, श्रीवास्तव, जमदग्नि, रामगोपालम्, अमरेन्द्र आदि ने अपनी कथा-रचनाओं से तेलुगु-कहानी में महत्त्वपूर्ण योगदान दिया है।

इन्हीं के साथ अन्य महत्त्वपूर्ण कथाकार और भी हैं जिनके योगदान को समेटना कठिन कार्य है, पर उनमें से प्रमुख हैं—श्रीपाद सुब्रह्मण्यम शास्त्री, रामचन्द्र राव, सी. वेणु, दुत्ता दुर्गा प्रसाद, लिंगमूर्ति, माचिराजु देवी प्रसाद, रामचन्द्र, बापिराजु, शार्वरी, के. रामलक्ष्मी आदि।

तेलुगु-साहित्य में दिगम्बर-पीढ़ी के उदय के साथ कविता और कहानी का पूरा परिदृश्य ही बदल गया है। कविता के क्षेत्र में तो दिगम्बर-पीढ़ी का ऐतिहासिक योगदान है ही, पर इस क्रान्तिवादी-क्रान्तिकारी पीढ़ी ने कथा के आस्वाद को ही बदल दिया। ज्वालामुखी की कथाओं ने जिस क्रान्तिवादी, परिवर्तनकामी, विषमता-विरोधी अनुभव की प्रगाढ़ प्रतीति दी है, वह प्रतीति आज तेलुगु-कथाधारा की आधारभूत पहचान भी है। और यह परिवर्तनकारी धारा कथा और कविता के भेद को मिटाकर मानव-मुक्ति के महाद्वार पर सार्थक साहित्यिक दस्तक दे रही है।

अपने इस आलेख के लिए मैं विशेष रूप से श्री बालशौरि रेड्डी और श्री दण्डिमूडि महीधर का आभारी हूँ।

—कमलेश्वर

15.02.1990

लाल गुलाब

तुरगा जानकी राणी

एक दिन सुबह मैं बाहर के कमरे में बैठी अखबार देख रही थी, तभी मुझे किसी के आने की आहट सुनाई दी। अखबार को वहीं रख मैं वराँडे में आ गई। एक लम्बा-पतला गोरे बदनवाला व्यक्ति मेरी तरफ बढ़ा आ रहा था। मैंने उसे अच्छी तरह देखा-परखा। उसके चेहरे का रंग उड़ा हुआ-सा था। मैं पूछना चाहती थी कि कहिए, क्या चाहिए आपको–? अचानक वह बोल उठा–''माफ कीजियेगा, आपकी बालकनी में लाल गुलाब के फूल खिले हुए हैं, उनमें से मुझे दो फूल चाहिए। मेरी बहन को पन्द्रह दिन से बुखार आ रहा है! परसों से वह लाल गुलाब की रट लगाए हुए है। सारी गली छान डाली पर कहीं भी गुलाब के फूल दिखाई नहीं दिए। यदि आप दो फूल दें दे तो...'' बड़े दयनीय नेत्रों से उसने मेरी ओर देखा।

मुझे फूल देने की इच्छा नहीं हुई, क्योंकि वे पौधे अभी कुछ ही दिन पूर्व पिताजी ने बंगलोर से मँगाए थे। अब पहली बार उन पौधों में फूल लगे थे। देखने में वे बहुत ही सुन्दर थे। वैसे मैं फूल खुद बहुत मुश्किल से तोड़ती हूँ। ऐसी हालत में इस अपरिचित व्यक्ति को कैसे दूँ, कुछ समझ में नहीं आया। मन तो इनकार कर रहा था। उसने भाँप लिया कि मैं फूल देने में हिचकिचा रही हूँ।

''खाली हाथ घर जाना मेरे लिए बहुत मुश्किल है, क्योंकि घर जाते ही मेरी बहन पूछेगी–भैया! फूल नहीं लाये? तब मन मसोसकर रह जाना पड़ेगा मुझे। इधर हमारी जान-पहचान का भी कोई नहीं है। कम-से-कम एक फूल ही सही!'' वह यों माँग रहा था, मानो उसके पंच-प्राण अपनी बहन में ही हों।

थोड़ी देर के लिए मैं असमंजस में पड़ गई, फिर दौड़कर अन्दर चली गई। बालकनी में फूल हवा से इधर-उधर हिल रहे थे। एक अच्छा-सा फूल तोड़कर मैं नीचे आ गई और उसके हाथ में थमा दिया। मेरे मन में जैसे उदारता का स्रोत बह निकला हो, मैंने कहा–''देखिए, जब तक आपकी बहन का स्वास्थ्य ठीक न हो जाए, रोज़ मैं एक फूल दे दिया करूँगी। आप आइयेगा...रोज़। कोई बात नहीं।''

वह मुस्कराया, फिर फूल लेकर चल दिया।

चार दिन तक वह सज्जन बराबर आते रहे और आकर फूल ले जाते रहे। यह भी कहते थे कि ये फूल उनकी बहन को बहुत पसन्द हैं। वह फूल हाथ में लिए ही सो जाया करती है, यह उनका कहना था।

एक दिन वह नहीं आए। मैं हमेशा की भाँति सुबह के वक्त बाहरवाले कमरे में बैठी थी। घड़ी ने आठ बजाए पर वह नहीं आए, फूल लेने। मैंने वराँडे में जाकर देखा। अपनी आतुरता देख स्वयं मुझे लज्जा-सी हुई।

फिर थोड़ी देर बाद बालकनी पर जाकर उस तरफ देखती रही, जिस तरफ से वह आया करते थे। पर उनका कहीं पता नहीं लगा। वह क्यों नहीं आए? उनकी बहन की तबीयत, मालूम नहीं, कैसी हो!

अचानक मेरे मन में एक सन्देह उत्पन्न हुआ कि वास्तव में उनकी बहन है भी या नहीं? उन्होंने जो कुछ बताया था, वह सच है क्या? यह सब झूठ भी हो सकता है।

क्या ऐसा कहीं हो सकता है कि यदि कोई बीमार पड़ जाए तो फूलों की इच्छा करे? यदि ऐसा करे भी तो घरवालों को चाहिए कि उसे समझा दें। पर यों गली-गली घूम-फिरकर फूल माँग के नहीं ले जाया जाता। यह सब मुझे झूठ और असंबद्ध प्रतीत हुआ। फिर वह आते क्यों थे? केवल लाल गुलाब के लिए? यदि उन्हें फूल चाहिए था, तो दो-चार आने में खरीद सकते थे। कुछ भी हो, आज़कल के लोग बड़े अजीब होते हैं। उपन्यास और कहानियाँ पढ़-पढ़कर लड़कियों का परिचय प्राप्त करने की ताक में रहते हैं। इसके लिए नये-नये तरीके अपनाते रहते हैं। शायद यह भी एक तरीका हो। कल जब वह आएँगे तो मैं साफ कह दूँगी कि आगे से आप यहाँ न आया करें, फूल नहीं मिलेंगे।

फिर मैं अन्दर के कमरे में आ गई और अखबार के पन्ने उलटने में लग गई। अचानक उनका चेहरा मेरे सामने घूम गया! बहुत ही मीठी हँसी। बड़ी सुन्दर आँखें! नज़रें भी बड़ी अजीब हैं! देखने में बहुत ही सुन्दर! ...अरे ये सब बातें मैं क्यों सोचने लगी? वह कौन है मेरा?

दूसरे दिन वह आ गए। मुझे मालूम है कि मैं उनके इन्तज़ार में कितना तड़पती रही। आखिर मुझे ऐसा क्यों लगता रहा? मुझमें कोई परिवर्तन तो नहीं आ रहा है? सुबह से लेकर अब तक प्रतीक्षा में क्यों बैठी थी मैं?– उनके हाथ में फूल देना, और फूल उनके हाथ में देते हुए मुस्कराना–यह सब क्या है? मेरा मन क्यों उनकी तरफ आकर्षित होने लगा?

आज मैं बहुत सवेरे उठी थी, फिर गुलाबी रंग की साड़ी भी पहन ली थी। आईने के सामने खड़ी होकर बार-बार अपने को निहारती रही थी। उसके बाद एक लाल गुलाब तोड़कर जूड़े में लगा लिया था।

वह आए। मैंने अन्दर बुलाया। खूब बातें हुईं। बीच-बीच में वह मुस्कराते जाते थे। उनका मुस्कराना बहुत अच्छा लग रहा था।

दस दिन और बीते। मुझमें परिवर्तन आने लगे। यह मैं अच्छी तरह जानती थी। पहले से ज़्यादा साज-शृंगार करने लगी। पहले फूल तोड़ने की इच्छा ही नहीं होती थी। पर अब तो जैसे वह एक आदत-सी हो गई, और उसमें प्रसन्नता का अनुभव होने लगा। यह बात निश्चित हो गई कि वह यहाँ इसलिए आते थे कि उन्हें मेरे साथ बात करने का अवसर मिल जाए। पर मुझे यह नहीं सूझा कि ऐसा अवसर उन्हें देना कहाँ तक उचित है? मैं यह समझकर चुप्पी साध कर रह गई कि जब वह अपने मन की बात प्रकट कर देंगे तो खूब खरी-खोटी सुनाऊँगी। किन्तु ऐसा करना कहाँ तक ठीक होगा?

देखते-देखते उनका आना-जाना बन्द हो गया। एक हफ्ता बीत गया। वह नहीं आए। सुबह का समय बहुत मुश्किल से कटता। मुझे यों लगता कि मेरा कुछ खो गया है। कुछ व्यथा-सी होने लगती। वह आखिर आते क्यों नहीं? कहीं पिताजी ने तो उन्हें न आने के लिए नहीं कहा? पर ऐसा अवसर ही कहाँ आता? सुबह के वक्त नीचे कोई नहीं रहता। वह बीमार तो नहीं पड़े? इस कल्पना से ही दिल धड़कने लगा। मैंने यह कभी पूछा तक नहीं कि वह रहते कहाँ हैं और करते क्या हैं। पर वह आएँगे, ज़रूर आएँगे। फूल के लिए वह थोड़े ही आते थे! वह तो एक बहाना था। मैं मन-ही-मन मुस्करा उठी...एक उमड़ती लहर का अभिमान भी जाग गया मुझमें।

दूसरे दिन मेरे नाम एक पत्र आया। लिखावट तो किसी अजनबी की थी। कुछ सोचते-विचारते पत्र खोला। उन्हीं का था, लिखा था :

"कुमारी जी,

आप सम्भवतः आश्चर्य करती होंगी कि मैंने आजकल आपके यहाँ आना क्यों बन्द कर दिया? मैं आपसे माफी माँगने के लिए यह पत्र भेज रहा हूँ। जैसा कि मैंने आपसे कहा था, असल में मेरी कोई बहन-वहन नहीं, और न हमारे घर में किसी को बुखार ही चढ़ा है। फिर लाल गुलाब के फूलों की रट लगाने की बात जो मैंने आपसे कही थी, वह झूठ थी। आप पूछेंगी आखिर मैं आया ही क्यों आपके यहाँ? इसी बात के लिए मुझे आपसे माफी माँगनी है।"—मेरे मन में खुशी की लहरें हिलोरे लेने लग गईं, क्योंकि वह सच बात प्रकट करने जा रहे थे। फिर जल्दी-जल्दी पत्र आगे पढ़ने में लग गई।

"मैं पिछले एक साल से पागल-सा हो गया था। मुझे एक लड़की से मुहब्बत हो गई थी। आखिर वह सुन्दरी मान गई। पिछले महीने अपनी बातों के सिलसिले में उसने कहा था कि उसे लाल गुलाब बहुत ही पसन्द हैं। सोचा, लाल गुलाब के फूल उसे देकर उसके होंठों पर हँसी लहराते हुए देखूँ। लाल गुलाबों की खोज की। मैं आपके घर के सामने से आते-जाते आपकी बालकनी पर जो फूल लगे हुए थे, उन्हें देखता रहा। उन फूलों ने मुझे बहुत आकर्षित किया था। दो-एक बार मैंने आपको भी खड़े हुए देखा था। आखिर मैंने वे फूल पाने के लिए उपाय सोच निकाला था।

सोचा, यदि इस सम्बन्ध में आपसे पूछूँ तो सम्भव है कि आपका दिल पिघल जाए। आपने मेरी बातों पर विश्वास कर लिया और फूल भी देती रहीं। मैं जिस लड़की से प्रेम करता था, वह फूल पाकर बहुत प्रसन्न होती थी। उसके साथ मेरी शादी भी निश्चित हो चुकी है। ये सभी बातें आपके सामने आकर सुनाने का साहस नहीं हुआ था मुझे। क्षमा कीजिएगा। पर हाँ, आपके यहाँ जो लाल गुलाब के फूल हैं, ऐसे सुन्दर फूल आज तक मैंने कहीं नहीं देखे। उतने सुन्दर फूल आपने मुझे दिए, अनुगृहीत हूँ और आपसे क्षमा की याचना करता हूँ।''

पत्र मेरे हाथों से नीचे खिसक गया। मैं धड़ाम से सोफे पर बैठ गई। फिर निश्चेष्ट हो उधर-इधर देखने लग गई।

मेरे अन्तस् में अनन्त वेदना और असीम दुःख उत्पन्न हुआ। मन में एक कसक-सी होने लगी। फिर मेरा सारा शरीर ऐंठ-सा गया। मैं असीम वेदना से देर तक तड़पती रही। आखिर मुझे क्यों व्यर्थ की वेदना होने लगी? मेरा मन क्यों बार-बार उसकी तरफ आकर्षित होने लगा? कहीं उससे प्रेम तो नहीं कर रही थी मैं?—

मेरी समझ में नहीं कुछ आया।

रात हो गई। मैं ऊपर वाले कमरे में आईने के सामने जाकर खड़ी हो गई। मेरी आँखें चमक रही थीं। कंठ और भाल में जैसे कोई नया रंग आ गया। गालों पर जो अरुणिमा विद्यमान थी, उसे देखकर मैं स्वयं चकित रह गई। तब मुझे ज्ञात हुआ कि मैं बहुत सुन्दर हूँ। सुबह मेरा मन उतना उद्विग्न क्यों हुआ, यह मेरी समझ में अभी तक नहीं आया।

अनुवाद : **डी. मंजुलता**

•

पड़ोस वाली नानी

पालगुम्मि पद्मराजु

आख़िर हमारी पड़ोसवाली नानी बड़े आराम से चल बसी। कोई हंगामा नहीं हुआ। ज़ोर से कोई रोया-धोया भी नहीं। हाँ, चारेक आँसू की बूँदें अवश्य लुढ़क गईं—तर्पण के रूप में...उसकी स्मृतियों के नीरांजन के रूप में।

मैं और उसका इकलौता पुत्र राममू शव के साथ श्मशान गए। जब शव जल रहा था, राममू थोड़ी देर के लिए सिसक-सिसककर रोया। उसके बाद वह मौन हो गया था।

पड़ोसवाली यह नानी अपने बेटे के साथ हमारे बाजू में एक ऐसे घर में रहती थी, जो लोगों के रहने के लिए नहीं, बल्कि मोटर के गैराज के लिए बनाया गया था। बाद में थोड़ा रद्दोबदल उसमें किया गया। शुरू में कुछ समय तक नानी की बहू और उसके बच्चे भी वहीं रहा करते थे। बाद में उसकी बहू बच्चों के साथ अपने पीहर चली गई। जब से उसकी बहू चली गई, नानी अपने बेटे के साथ उस गैराज में रहती आई।

जब से यह नानी हमारे पड़ोस में आई, मेरी पत्नी उसे माताजी कहा करती थी। फिर उसके बेटे को भाई कहना शुरू किया। यह रिश्ता जब जुड़ गया तो हमारे बच्चे की वह नानी बन गई। फिर वह मेरे लिए भी नानी जी ही बन गई थी। वह मेरी सास न बन सकी।

नानी की जब मृत्यु हुई, उसकी उम्र यही कोई अस्सी वर्ष की होगी। पर जब बड़ी स्वस्थ थी तो एक भी दाँत गिरा नहीं था। हाँ, कमर ज़रूर कुछ झुक गई थी, पर यह बात तभी मालूम होती, जब वह चलने को उठती थी।

अक्सर वह हमारे रसोईघर के बरामदे में कमर दीवार से सटाए बैठ जाती थी। बिना किनारी को सफेद साड़ी वह पहनती और आधा घूँघट करती। जैसे ही वह हमारे रसोईघर में आती, मेरी पत्नी और बच्चे उसको घेरकर बैठ जाते। बच्चों को वह कहानियाँ सुनाया करती...नित नई-नई कहानियाँ। इस प्रकार वह पन्द्रह वर्ष तक कहानियाँ सुनाती रही। बच्चे बदल जाते थे, पर कहानियाँ वही रहती थीं। मुझे इस बात का कोई आभास नहीं कि उससे पूर्व वह कितनों को, कितनी कहानियाँ सुना चुकी होगी।

जब बच्चे आपस में लड़ने-झगड़ने लगते तो वह उनका समझौता करा देती। समझौता कराना उसके लिए बहुत आसान था। वह ऐसी कोई कहानी सुना देती कि दोनों पक्षों में सुलह हो जाती। अपने झगड़े भूल-बिसारकर वे तन्मय हो जाते और पूछने लगते—फिर उसके बाद क्या हुआ नानी?

जब नानीजी नई-नई हमारे पड़ोस में आई, तो एक दिन हमारे बेटे गोपी ने उनका पल्ला सिर से हटा दिया। मेरी पत्नी को इस पर बहुत गुस्सा आया था। उन्होंने गोपी को बहुत मारा-पीटा। नानीजी से यह देखा नहीं गया। बीच में आकर बच्चे को पकड़ लिया और कहा—कहीं बच्चे को इस तरह मारा जाता है? अभी छोटा है। बुराई-भलाई का उसे क्या पता? ऊधम मचाएँगे नहीं, तो ये बच्चे कैसे हुए?...तुम्हारा गोपी तो साक्षात् गोपाल कृष्ण है। मक्खन-मलाई खाने के लिए, ग्वाल-बालाओं को सताने के लिए वह ब्रजभूमि थोड़े ही है। नहीं तो वह सब काम करता!

उसके बाद वह कहानियाँ सुनाने बैठ गई थी।

इसका यह परिणाम हुआ कि गोपी का ऊधम मचाना कम हो गया। मेरी पत्नी के बरताव में भी बच्चों के प्रति परिवर्तन आ गया। क्योंकि नानी जी को यह कहते हुए मैंने सुना था कि बच्चे मारपीट से बिगड़ जाते हैं, उन्हें तो मीठी बातों से सही रास्ते पर लाना चाहिए।

हमने कभी नानीजी के मुँह से न उनके पिछले जीवन के सम्बन्ध में कुछ सुना, न रामम् के बारे में ही कुछ मालूम हुआ। हमें जितनी बातें अवगत हुईं, वे सब या तो उनकी बहू के द्वारा मालूम हुईं, या उनके रिश्तेदारों के मुँह से सुनीं।

नानीजी एक छोटे ज़मींदार की चौथी पत्नी थी। बच्चे न पैदा होने के कारण जमींदार को चार शदियाँ करनी पड़ीं। रामम् के पैदा हो जाने के बाद ज़मींदार ने कोई शादी नहीं की, क्योंकि तब तक वह काफी वृद्ध हो चुके थे और रामम् के जन्म के एक वर्ष बाद वह हमेशा के लिए चल बसे। वृद्ध ज़मींदार पाँच लाख की जायदाद छोड़ गया था।

रामम् के बालिग होते-होते सारी जायदाद समाप्त हो गई। उसने एक भी पैसा नहीं बचाया। नानीजी के पास कुछ ज़ेवर-जवाहरात मात्र बचे हुए थे। नानीजी ने सोचा कि अगर रामम् की शादी कर दी जाए तो वह रास्ते पर आ जाएगा। उसकी शादी हो गई। उसे बड़ी नेक बहू मिल गई। सास की बात पर वह जान देने को तैयार रहती थी।

रामम् चार बच्चों का बाप बना, फिर भी उसमें स्थिरता न आई। उसने अपनी माँ को ललचा-फुसलाकर उसके सारे ज़ेवर हथिया लिए और उन्हें बेच-बाचकर ताश खेलता रहा, ऐश करता रहा और शराब पीता रहा।

रामम् की पत्नी वैसे तो स्वभाव की बहुत अच्छी थी, पर वह कितने दिनों तक पति की दी हुई यातनाएँ सह सकती थी? रोज़ वह शराब पीकर आता और

पत्नी को मारता था; इस मार-पीट से बच्चे सब एक-साथ रोने लगते। बड़ा हंगामा मच जाता!

नानीजी से वह देखा नहीं गया। उसने अपनी बहू को बच्चों के साथ उसके मायके भेज दिया। उसके पास जितने गहने आदि बचे हुए थे, बहू के हाथ सौंप दिए। उसने बहू से कहा कि जैसे भी हो, बच्चों की ज़िन्दगी बनाना।

अपनी पत्नी को मायके जाते देख राममू ने उसे बहुत डराया-धमकाया। कहा कि अगर घर से बाहर निकली तो खून हो जाएगा। पर पता नहीं, उसकी माँ ने उसे क्या-क्या समझाया, वह एकदम चुप रह गया। जिस दिन उसकी पत्नी अपने मायके जा रही थी, राममू मौन ही खड़ा रहा। मैं अपनी पत्नी के साथ स्टेशन तक उन्हें पहुँचाने गया था।

प्लेटफॉर्म पर मैं इधर-उधर घूम रहा था। मैंने देखा, सास-बहू एक जगह पर खड़ी-खड़ी बातें कर रही थीं। मैंने उनकी बातें सुनीं।

बहू कह रही थी—सास जी, आप भी हमारे साथ चली आइए। मेरे पिताजी कुछ न कहेंगे। वहाँ आपका बड़ा आदर-सत्कार होगा। इसके उत्तर में सास कह रही थी—न बेटी, न! अगर मैं भी तुम्हारे साथ चली आऊँ तो इसकी देखभाल कौन करेगा बेटी?

इस पर बहू खूब रोई। रोते हुए उसने कहा—अगर आप ठहरने के लिए कहेंगी तो यहीं ठहर जाऊँगी। यह रिश्ता तो निभाना ही पड़ेगा आखिर! पर सास को यह स्वीकार नहीं था। उसने कहा—तुम्हें जाना ही होगा यहाँ से। इन मासूम बच्चों के लिए यह काम करना ही पड़ेगा। यहाँ रहकर बच्चे बिगड़ जाएँगे। फिर बहू ने कहा—आपने सारे गहने मुझे दे दिए! फिर आप लोगों का गुज़ारा होगा कैसे?

सास ने कहा—उसकी तुम चिन्ता मत करो। हम जैसे-तैसे गुज़ारा कर ही लेंगे। हाँ, तुम बच्चों का खयाल करना। उन्हें किसी तरह की तकलीफ न होने पाए। अब जल्दी चढ़ो, गाड़ी छूटने वाली है।

सास ने बहू को डिब्बे में बैठा दिया। राममू खिड़की के पास खड़े-खड़े अपनी बेटी से बातें कर रहा था। उसकी उम्र दस वर्ष की होगी। चेहरे-मोहरे की शक्ल-सूरत नानीजी से मिलती-जुलती थी। जैसे ही हम डिब्बे के पास आए, राममू वहाँ से चल दिया।

मैंने समझा, वह अपने मन के दुःख को किसी के सामने प्रदर्शित करना नहीं चाहता होगा, इसलिए वह चला गया। आखिर वह भी एक मानव है।

राममू की पत्नी ने अपनी बेटी से कहा—आँटी के दिए पाँच रुपये इधर दे दे! उसकी बेटी ने बताया कि पिताजी के बार-बार पूछने पर वे पाँच रुपये उसने उनको दे दिए। वह बेटी को बुरा-भला कह ही रही थी कि रेल चलने को हुई।

हम दोनों ने नानीजी के मुँह की तरफ देखा। उसने कहा—बड़ी नासमझ बच्ची है। जब वह यह बात कह रही थी, तो हमने देखा उसके होठों पर हल्की मुस्कराहट खिंची हुई थी। ऐसी स्वच्छ हँसी को हमने उसके बाद भी कई बार देखा था।

राममू उस रोज़ कितनी रात गए लौटा था, इसका अन्दाज़ा हमें नहीं था। बड़े तड़के तीनेक बजे हमें कुछ शोरगुल सुनाई दिया। मैं और मेरी पत्नी–दोनों हड़बड़ाकर उठ बैठे। गैराज की तरफ जाकर हमने देखा। राममू शराब पिए हुए था और बड़बड़ा रहा था। नानीजी उसे सो जाने के लिए कह रही थी।

हमने ऊपर से अन्दर की तरफ झाँककर देखा। राममू खाट पर लेटा हुआ था। नानीजी खाट के दूसरे छोर को अपनी कमर पर रखे खड़ी हुई थी। खाट को वह और भी ऊपर उठाने को कह रहा था। नानीजी कह रही थी कि खाट और भी उठाऊँ तो तू ज़मीन पर गिर जाएगा।

हमने किवाड़ खटखटाया। नानीजी ने आकर दरवाज़ा खोला।

नानीजी ने कहा–पत्नी चली गई है न! इसका उसे दुःख है। उस व्यथा को भूलने के लिए ऐसे सारे अंट-शंट काम करने लगा है।

उसकी बातों में हँसी थी।

उसकी हँसी में न निन्दा थी, न व्यथा थी।

नानीजी ने इसके पहले कभी भी राममू के शराब पीने का ज़िक्र नहीं किया था।

मैंने दसेक ईंटें लाकर उसकी खाट के नीचे रख दीं।

तब मैंने कहा–अब कहो राममू! ठीक है न?

उसने आँखें खोलीं और कहा–थैंक्स! अरे आप? दिमाग में खून का संचालन ठीक हो जाए–इसलिए! फिर उसने आँखें मूँद लीं। हम वहाँ से चले आए।

तब जाकर हमें ज्ञात हुआ कि मेरी पत्नी ने राममू की बेटी को जो पाँच रुपये दिए थे, वे आखिर कहाँ गए।

नानीजी का देहावसान हो गया। पर इसका हमें ज़्यादा दुःख नहीं हुआ। हमको इस बात का सन्तोष था कि नानीजी के सारे दुःख समाप्त हुए। पर यह कहना मुश्किल है कि नानीजी के लिए ज़िन्दा रहना रंजीदा था, अथवा मर जाना! हाँ, इसमें कोई सन्देह नहीं कि उसकी आत्मा इस बात पर विक्षुब्ध हो उठी होगी कि उसकी मृत्यु के बाद राममू की क्या हालत होगी।

हाँ, यह बात भी सच है कि राममू ने श्मशान में अपनी माँ के निधन पर जो आँसू बहाए, वे सच्चे आँसू थे, वे बड़े कीमती थे। जब तक वह ज़िन्दा रही, वह अपनी माँ को क्लेश के सिवा कुछ नहीं दे सका, पर उसकी मृत्यु के बाद उसने आँसू देकर अपना ऋण चुका दिया। अब किसको पड़ी है कि यह जानने की कोशिश करे कि राममू कहाँ गया!

अनुवाद : **दण्डमूडि महीधर**

•

एक नारी का पलायन

इल्लिदल सरस्वती देवी

जब से सुबह हुई, बंगारम्मा बार-बार अपना सिर खिड़की से बाहर निकाल-निकालकर देखती जा रही थी। दो स्टेशन निकल गए, मगर बटलर कॉफी लेकर नहीं आया। फिर वह लेट गई। डिब्बा एकदम खाली था। समय पर कॉफी न पीने की वजह से उसका सिर दर्द करने लगा था। गाड़ी के झटके से जब उसकी नींद उचटने लगती तो उसे एकाएक स्मरण हो आता कि उसने अभी तक कॉफी नहीं पी।

गाड़ी चली जा रही थी।

जब उसकी नींद खुली तो उसने देखा, डिब्बा मुसाफिरों से भरा हुआ था। वे आपस में कुछ बातें कर रहे थे–

''बताओ तो, उस औरत की क्या उम्र होगी?''

''बस, यही बीस-पच्चीस की होगी।''

''नहीं, दो-एक साल ज़्यादा उम्र की ही होगी। पर हाँ, देखने में उतनी नहीं लग रही है।''

''हाँ, भई हाँ! आज के ज़माने में औरत की उम्र का अन्दाज़ा लगाना सबसे मुश्किल काम है।''

बंगारम्मा की समझ में नहीं आया कि ये सारी बातें किसको लक्ष्य करके कही जा रही थीं। फिर भी उनकी बातचीत सुनने की उसे बड़ी उत्सुकता हुई। आँखें बन्द करके वह ऐसे लेट गई, जैसे वह सो रही हो। सम्भवतः मुसाफिरों को मालूम हो गया होगा कि वह जाग गई है। इसलिए आगे कोई बातचीत नहीं हुई।

इतने में बटलर आकर कॉफी दे गया। कॉफी पी चुकने के बाद उसने चमड़े के बैग से सुपारी निकालकर मुँह में डाल ली। उसने डिब्बे में बैठे हुए मुसाफिरों की तरफ नज़र दौड़ाई। मुसाफिर कुल चार ही थे। उनमें से एक सूट पहने हुए था और बाकी मुसाफिर साधारण पोशाक में थे।

जैसे ही वह उठी, डिब्बे में एकदम एक तरह का सन्नाटा-सा छा गया। उसने स्वयं अपनी तरफ देखा। हाथों में सोने के कंगन थे और शरीर की रंगत भी सोने जैसी थी, असली उम्र छुपाने वाली। अपने शारीरिक गठन को देखकर वह स्वयं मुग्ध

हो रही थी। मुसाफिरों की बातचीत याद करके वह और भी मुग्ध हो गई। साड़ी का पल्ला आदि ठीक कर वह खिड़की से बाहर झाँकने लगी।

सुबह के आठ बजे का सगय था। गाड़ी बड़ी तेज़ी से भागी जा रही थी। डिब्बे में जितने मुसाफिर बैठे हुए थे, सब-के-सब गुमसुम थे। आपस में कोई बातचीत नहीं हो रही थी।

बंगारम्मा इस नीरव वातावरण से अधीर हो उठी। मुँह में फिर सुपारी डालने ही जा रही थी कि एकाएक गाड़ी रुक गई। कुछ मुसाफिर नीचे उतरकर इंजिन की तरफ दौड़ते दिखाई दिए। उसके डिब्बे के एक-दो मुसाफिर भी उतर पड़े। कुछ लोग इंजिन की तरफ से लौट रहे थे।

"बेचारी की उम्र भी ज़्यादा नहीं थी। सर तो एकदम चकनाचूर हो गया। वह कोई मामूली परिवार की लड़की नहीं दीख रही थी।" लोग बातें करते जा रहे थे।

पूरे एक घंटे के बाद गाड़ी वहाँ से चली।

"वह आखिर रेल के नीचे आ क्यों गई?" एक मुसाफिर ने सवाल किया।

"किसे मालूम? हम भी जाकर बस देख आए। बेचारी का सर तो बड़ी बुरी तरह से कुचल गया।" दूसरे ने उत्तर दिया।

"उम्र क्या होगी उसकी?" पहले व्यक्ति ने फिर प्रश्न किया।

"जनाब! औरत की उम्र का अन्दाज़ा लगाना कोई खेल नहीं। उसकी उम्र तो यही कोई..." उसकी नज़र एकाएक बंगारम्मा पर पड़ते ही वह बीच में ही रुक गया।

उसके बाद उनकी बातचीत आगे नहीं बढ़ी।

गाड़ी एक स्टेशन पर आकर रुक गई। वहाँ से दो औरतें उस डिब्बे में आकर बैठ गईं। दो मिनट भी बीते नहीं कि उनमें से एक औरत ने बंगारम्मा से पूछा-"कहाँ तक जा रही हैं आप?"

बंगारम्मा ने बता दिया।

"आपके कौन है वहाँ पर?"

"बेटी है!" बंगारम्मा ने अनमनेपन से उत्तर दिया।

"वहाँ क्या कर रही है, आपकी बेटी? शादीशुदा है न?" उसने यों प्रश्न किया कि उसका उत्तर देना लाजिमी हो।

"अपने नाती की सालगिरह में जा रही हूँ।" बंगारम्मा ने अनिच्छापूर्वक कह डाला।

"क्या कहा? आपका नाती? आपको देखकर यह विश्वास नहीं होता कि आपका नाती भी होगा।" औरत ने बड़ा आश्चर्य प्रकट किया।

डिब्बे में बैठे हुए मुसाफिर उन दोनों की बातचीत बड़े उत्सुक होकर सुन रहे थे। नाती की बात सुनकर उन्हें भी बड़ा आश्चर्य हुआ। मुसाफिरों में जैसे खलबली मच गई। अब तक डिब्बे में बड़ी नीरवता थी। अब वह भंग हो गई। बंगारम्मा दूसरी तरफ मुँह किए चुपचाप बैठी रही।

उसके बाद उसे साठ मिनट तक गाड़ी में सफर करना पड़ा। स्टेशन के आने से पहले ही वह अपना सामान आदि ठीक करके बैठ गई। गाड़ी प्लेटफॉर्म पर रुकी नहीं कि वह नीचे उतर पड़ी और बाजू में एक जगह पर खड़ी हो गई। एक युवक ने उसका सारा सामान नीचे उतरवाया था। गाड़ी जब निकली तो डिब्बे के अन्दर से उसी औरत ने चिल्लाकर पूछा-''क्यों चाचीजी! ये महोदय आपके दामाद हैं क्या?''

बंगारम्मा ने कोई उत्तर न देकर अपना मुँह दूसरी तरफ फेर लिया।

घर के पास टैक्सी रुकी। अन्दर से बेटी ने आकर स्वयं माँ की अगवानी की और बड़े आदर के साथ अन्दर ले गई। मकान मेहमानों से भरा हुआ था। बेटी ने अपने बच्चे को लाकर सामने खड़ा कर दिया। बंगारम्मा ने उसको अपने पास बुलाया तक नहीं। हाँ, बक्स खोलकर उसमें से बिस्कुट का एक पैकेट उसके हाथ में थमा दिया।

बच्चा बिस्कुट का पैकेट लेकर भागने को ही था कि बेटी ने उसे रोककर कहा-''कहाँ भागता है रे? पहचाना नहीं, ये तुम्हारी नानी हैं, नानी!''

यह सुनते ही बंगारम्मा तिलमिलाकर रह गई।

भोजन करके वह लेट गई तो कहीं शाम के पाँच बजे जाकर उठने का नाम लिया। उठी तो चाय पी, बेटी उसके सामने कुर्सी पर बैठी हुई थी। दूसरे दिन की व्यवस्था के बारे में बेटी ने अपनी माँ को बताया और अन्त में कहा-''सारा ज़िम्मा तुम्हारे हाथ में है, माँ!''

बंगारम्मा ने न तो 'न' कहा, न 'हाँ'। ठीक उसी समय बच्चा दौड़कर वहाँ आया था। बेटी ने समझा कि उसकी माँ बच्चे को अपनी गोद में ले लेगी और लाड़-प्यार जतायेगी, मगर उसकी माँ ने बच्चे की तरफ देखा तक नहीं।

बेटी से रहा न गया।

''क्यों बेटे! नानी से बिस्कुट लेने आया था क्या?'' इस पर बंगारम्मा के होंठों पर हल्की-सी एक क्षीण रेखा खिंच गई। बस!

रात को उसकी बेटी अपने पति से कह रही थी—''जाने क्यों, लगता है माँ की मानसिक स्थिति में परिवर्तन आ गया है। उसने पहले की तरह बोलना-चालना जैसे एकदम बन्द कर दिया है। कल की व्यवस्था के बारे में मैं देर तक बातें करती रही, पर उसने एक बात का भी उत्तर ठीक से नहीं दिया।''

''वहाँ अकेली रहती हैं न! शायद इसी बात का रंज होता होगा। तुम उनसे क्यों नहीं कह देतीं कि वह यहाँ आकर रह जाएँ?'' उसके पति ने कहा।

बंगारम्मा रात को बड़ी देर तक अपने-आपसे संघर्ष करती रही।

दूसरे दिन सुबह-सुबह उसकी माँ घर की व्यवस्था में जुट गई तो बेटी के आश्चर्य का ठिकाना नहीं रहा। सालगिरह के अवसर पर नाती के लिए वह जो चीज़ें ले आई थी, सब निकालकर उसने बच्चे के सुपुर्द कर दीं।

बंगारम्मा के बेटी के सिवा कोई दूसरी सन्तान नहीं थी। बेटी के ससुराल चली आने के बाद पति-पत्नी दो ही जने रह गए थे। लोगों को यह भ्रम था कि इन्होंने सम्भवतः अभी हाल में ही घर-गृहस्थी में प्रवेश किया होगा। इसके अलावा नौकरी के सिलसिले में उनका तबादला हर वर्ष यहाँ-वहाँ होता रहता था। जहाँ भी वे गए, बंगारम्मा को देखकर लोग यही कहते थे कि देखो तो, कितना सुडौल शरीर पाया है! जब बंगारम्मा के कानों में ऐसी बातें पड़तीं, तो वह फूलकर कुप्पा हो जाती। हमेशा ऐसी ही बातें सुनने को मन करता।

विधाता की लीला थी कि वह विधवा हो गई। फिर भी उसका मन जवान ही बना रहा। अभिलाषाएँ जैसी की तैसी रह गईं। बनना-सँवरना उसने छोड़ा नहीं। और आकृति में भी कोई परिवर्तन नहीं आया।

बंगारम्मा जॉर्जेट की साड़ी पहने हुए थी। बड़े उत्साह से मेहमानों की आवभगत कर रही थी। बीच-बीच में लोगों से हँसते हुए बातें भी करती जा रही थी। बच्चे की सालगिरह की सारी रस्में अदा की गईं। उसके बाद शानदार दावत भी हुई। मेहमान एक-एक करके विदा हो रहे थे।

''क्यों जी! तुमने तो कहा था कि माँ को भी बुलाया है, पर वह यहाँ दीख नही रही हैं; आई नहीं क्या?'' एक महिला ने जाते हुए पूछा।

बेटी ने तब अपनी माँ का परिचय सभी के साथ कराया था।

''आप? यकीन नहीं हो रहा है कि आपका कोई नाती भी हो सकता है! खैर, आपसे मिलकर बड़ी खुशी हुई।'' आश्चर्य प्रकट करते हुए उस महिला ने कहा।

बेटी हँसकर रह गई। पर माँ के चेहरे पर काटो तो खून नहीं। उसे बड़ा आघात पहुँचा।

दूसरे दिन बंगारम्मा वापस जाना चाहती थी, पर बेटी ने उसे कुछ दिनों के लिए रोक लिया।

एक सप्ताह भी नहीं बीता कि बच्चे को ज़ोरों का बुखार आ गया। डॉक्टर सुबह-शाम आकर दवा दे जाता था। बेटी और दामाद बड़े दुःखी थे। एक दिन रात को बच्चे की हालत और भी बिगड़ गई। बंगारम्मा अपनी बेटी को सांत्वना देने के उद्देश्य से कमरे के पास गई। बच्चे ने जैसे ही बंगारम्मा को देखा, उसने क्षीण स्वर में पुकारा—''नानीजी!''

वह जैसे आई थी, वैसे ही भागकर बाहर चली गई।

बेटी जब बाहर आई तो बंगारम्मा देर तक उसे गले से लगाकर रोती रही। क्योंकि पिछले एक सप्ताह से वह ठीक तरह से न खाती थी, न सोती थी। उसकी हालत देखकर बंगारम्मा को बड़ा दुःख हुआ।

उस दिन शाम को डॉक्टर ने बताया कि बच्चे के पास उसकी माँ को नहीं रहने देना चाहिए।

अपने मन को स्थिर बनाकर बंगारम्मा बच्चे के कमरे में बैठ गई। बच्चा आँखें बन्द किए हुए था।

बच्चे को दवा देने का समय हो चुका था। दवा की शीशी हाथ में लिए वह घड़ी में समय देख रही थी। एकाएक उसके कानों में बच्चे की आवाज़ पड़ी-"नानी!" यह सम्बोधन सुनते ही उसे ऐसा आभास हुआ कि बिच्छू ने उसे डंक मारा हो।

यह बात नहीं थी कि बच्चे का प्यारा-प्यारा मुखड़ा उसे पसन्द नहीं आया था। उसकी तोतली-तोतली बातें सुनकर वह मन-ही-मन खुश हो जाती थी। बेटी उसे गोद में बिठाकर प्यार करने लगती तो उसके हृदय में आनन्द की लहरें हिलोरें लेने लगतीं। पर जब वह 'नानी' का सम्बोधन सुनती तो जाने क्यों उसके मन को बड़ा सदमा पहुँचता।

बच्चे ने फिर पुकारा—"नानी!"

बंगारम्मा ने अपने शरीर की तरफ दृष्टि फेरी। उसे ऐसा लगा कि बच्चे की पुकार में ऐसी कोई शक्ति है, जो उसके यौवन की, उसकी सुन्दरता की अवहेलना कर रही हो। उसको यह भी आभास हुआ कि देखते-देखते उसका सारा शरीर जैसे ढीला पड़ गया हो, मुँह पर झुर्रियाँ पड़ गई हों और काले-काले चमकने वाले बाल सफेद हो गए हों। ऐसी भावनाएँ उसके मन में जाग्रत होते ही वह चेतना-शून्य हो गई। उसके हाथ से दवा की शीशी ज़मीन पर गिर पड़ी और चूर-चूर हो गई।

आवाज़ सुनकर उसकी बेटी और दामाद, दोनों कमरे में दौड़े चले आए। उन्होंने देखा, बंगारम्मा की देह काँप रही थी। उसे वे बाहर ले आए।

उसके दो दिन बाद बच्चे की हालत बिल्कुल सुधर गई। सुबह के वक्त दोनों पति-पत्नी बच्चे के कमरे में बैठकर बातें कर रहे थे। बेटी इन्तज़ार कर रही थी कि उसकी माँ कॉफी लेकर आयेगी। पर वह न आई। आठ कभी के बजे चुके थे। वह माँ को पुकारती हुई रसोई में गई। वह वहाँ नहीं थी। फिर पूरा घर छान डाला, किन्तु बेटी को उसकी माँ दिखाई नहीं दी। आखिर सोने के कमरे में उसकी एक चिट्ठी मिली। उसमें लिखा हुआ था—

"बेटी! मैं तुम लोगों को बगैर सूचित किए जा रही हूँ। जाने क्यों, मुझे परिवार के बन्धनों से विरक्ति-सी पैदा हो गई है। मैं अब किसी अस्पताल में नर्स का कार्य करूँगी। हाँ, मेरी पूरी जायदाद बच्चे को मिल जाएगी। उसको छोड़कर अब मेरा वारिस है ही कौन? अतः वसीयतनामे की कोई ज़रूरत नहीं।"

"मेरी माँ कितनी कायर है!" बेटी ने अपनी गीली आँखों को पोंछते हुए पति से कहा।

अनुवाद : **डी. मंजुलता**

•

आँखों के सामने

वी. एस. रमा देवी

अपने भाई के टायफायड का समाचार तार द्वारा मालूम होते ही, प्रमीला जैसे खड़ी थी, वैसे ही बस में निकल पड़ी। बुखार में वह उसकी बड़ी याद करने लगा था इसलिए वह देर नहीं करना चाहती थी, और ट्रेन के समय तक वह रुके कैसे?

प्रमीला अपने भाई के यहाँ पहुँच गई। जैसे ही वह अन्दर कमरे में घुसी उसने देखा–भाभी 'किसी' की गोद में सिर रखकर रो रही थी। 'वह' भाभी के सिर पर हाथ फेरते हुए उसे सांत्वना दे रही थी।

प्रमीला ने बड़े उतावलेपन से पूछा–"भाभी, भैया की तबीयत कैसी है?" उत्तर उसने दिया–"डरने की कोई बात नहीं। सीता तो, बस यों ही, घबरा बहुत रही है।" सीता उठ खड़ी हुई। अपने आँचल से आँसू पोंछते हुए वह प्रमीला को अन्दर ले गई।

प्रमीला को देखते ही शेखर ने बड़े प्रेम से पूछा–"अरी, तुम आ गई हो! कब आई? घबराने की कोई बात नहीं।" अपनी पत्नी की तरफ कृतज्ञता-भरी दृष्टि से देखते हुए उसने कहा–"तुम तो जानती ही हो अपनी भोली भाभी को। वह अपने दुःख को बर्दाश्त नहीं कर सकी, इसलिए उसने तुम्हें तार देकर बुला लिया।"

पाँच मिनट बाद 'वह' आई। शेखर के लिए ग्लूकोज़, सीता और प्रमीला के लिए चाय लेकर। उसे यों आते देखकर शेखर ने कहा–"देखो सीता, हमारे लिए रेखा कितनी तकलीफ उठा रही है!" सीता ने जैसे उसका समर्थन किया। रेखा की तरफ कातर नेत्रों से देखते हुए बोली–"क्यों नहीं, वह तो हमारा ख़याल ऐसे कर रही है, जैसे हमारी माँ हो।"

प्रमीला दस दिन वहीं रही। घर के व्यक्ति की तरह रेखा भी वहीं थी। वह शेखर की सेवा-सुश्रूषा करती रही और घर के कामों में भी हाथ बँटाती रही। बीच-बीच में सीता को सांत्वना भी देती रहती। पता नहीं क्यों, इतने दिन उस घर में रेखा के साथ रहने पर उसमें और प्रमीला में ऐसा कोई खास परिचय नहीं हुआ, जिस पर मित्रता की दीवार खड़ी की जा सके।

शेखर का स्वास्थ्य कुछ ठीक हो गया, तो प्रमीला अपने गाँव चली गई। उसके बाद प्रमीला को कभी रेखा की याद नहीं आई। पर हाँ, जब कभी उसकी भाभी की चिट्ठी आती तो उसमें यह लिखा रहता—"बहन रेखा तुम्हें बहुत याद करती रहती है।" तब एक क्षण के लिए उसकी स्मृति आँखों के सामने खिंच जाती और फिर धुँधली पड़ जाती।

चार-पाँच मास बीते नहीं कि एक और तार प्रमीला को मिला—'भाभी की हालत बहुत नाजुक है, फौरन चली आओ।' इस बार भी प्रमीला ट्रेन में न जाकर बस से ही चल पड़ी।

जैसे ही वह वहाँ पहुँची, सामने का दृश्य देखकर वह ठिठककर रह गई। उसका भैया दुःखी मन से हाथों से मुँह छिपाए बैठा था। 'वही' रेखा उसका सिर हाथ से सहला रही थी। प्रमीला चकित रह गई।

"भैया! भाभी की तबीयत कैसी है?" उसने पूछा।

"आओ प्रमी, सीता बराबर तुम्हारा नाम लेकर बड़बड़ा रही है। घबराने की कोई बात नहीं!" शेखर ने कहा।

रेखा प्रमीला को अन्दर ले गई।

अन्दर ले जाते हुए उसने प्रमीला से कहा—"कोई खास बीमारी नहीं। बस यही...उसे एबॉर्शन हो गया है।"

प्रमीला ने उसका कोई उत्तर नहीं दिया। उसकी आँखों के सामने तो बस, वही दृश्य...रेखा का, भाई का सिर सहलाना—रह-रहकर आने लगा।

प्रमीला को देखते ही सीता ने कहा—"आओ, प्रमीला। मुझे हमेशा तुम्हारी याद आती रही। अपने भैया से अभी मिली कि नहीं?"

प्रमीला अपनी भाभी को बहुत चाहती है। वह यह नहीं चाहती थी कि उस पर कोई अन्याय करे। 'भाभी कितनी भोली है! बेचारी! भैया तो बहुत बदल गए!' वह सोचती रही। थोड़ी देर बाद सीता ने उससे कहा—"देखो रेखा, दोनों भाई-बहन के लिए कॉफी बनाकर ले आओ।"

रेखा रसोईघर में चली गई।

"अगर रेखा न होती तो पता नहीं मेरी क्या दशा होती! उसका ऋण चुकाना तो बहुत मुश्किल है, प्रमीला!" सीता ने कहा।

पर प्रमीला ने मन-ही-मन यही सोचा कि भाभी बिल्कुल भोली है इसलिए तो वे दोनों इसे धोखा देने में सफल हो गए हैं। उसे अपने भाई पर बहुत गुस्सा आया।

"तुम्हारे भैया तो मेरी हालत देखकर बहुत ही दुःखी हो गए थे। उन्होंने खाना-पीना तक छोड़ दिया था। पर रेखा चुप रहने वाली थोड़े ही है! वह मना-मनूकर खिलाती रही।" सीता ने कहा।

प्रमीला जैसे-जैसे भाभी की भोली बातें सुनती गई, उसके प्रति उसमें एक दया-सी उत्पन्न होने लगी! भाई और रेखा पर क्रोध रोके भी नहीं रुक रहा था। उसका दिल

आक्रोश से भर गया था। एक तरफ तो भाभी बीमार होकर पड़ी है और दूसरी तरफ इनकी ये करतूतें! भैया तो एकदम देखते-देखते बदल गए! क्या, यह वही भैया हैं, जो भाभी पर जान तक देने को तैयार होते थे?—प्रमीला यह सब मन-ही-मन सोचती रही।

इस बार प्रमीला केवल एक सप्ताह रुकी। इतने दिनों में वह अपने भाई से बहुत कम बोली। वह हमेशा कन्नी काटती रही।

सीता स्वस्थ हुई। प्रमीला चली गई।

अपने भाई के यहाँ से प्रमीला के जाने के पन्द्रह दिन बाद उसके बच्चे के पेट में ज़ोरों का दर्द हुआ। बुखार भी बढ़ गया। फिर देखते-देखते दूसरे ही दिन वह चल बसा।

प्रमीला की स्थिति कटे वृक्ष की भाँति हो गई। उसकी आँखों में आँसू तक न आए। दिन-भर वह बेहोश पड़ी रही। जब उसकी बेहोशी टूटी, तो वह छोटे बच्चे की तरह बिलख-बिलखकर इतना रोयी कि उसके सारे आँसू बह गए।

प्रमीला को सांत्वना देने के लिए उसके जेठ भी आ गए थे। तब भी वह अपने हाथों से मुँह छिपाकर रोती ही रही।

"धीरज धरो प्रमीला, अब रोने से फायदा क्या है? इससे बच्चा थोड़े ही वापस आएगा! अपने स्वास्थ्य का तो ख़याल रखो पहले। उठो, हाथ-मुँह धोकर कम-से-कम कॉफी तो पी लो!" प्रमीला के जेठ ने यों कहकर खुद उसके हाथ पकड़ लिए और बड़े प्रेम से ऊपर उठाया।

प्रमीला इसके पहले न कभी जेठ के सामने आई थी और न कभी उसने उनसे कोई बात ही की थी। और वे भी कभी उसके इतने समीप नहीं आए थे, जितने कि आज। उम्र उनकी तीस-पैंतीस की होगी।

अपने जेठ साहब को यों हाथ पकड़कर उठाते देख प्रमीला को कुछ भी बुरा न लगा। उलटे, यह कार्य उसे बड़ा ही स्वाभाविक-सा लगा। और लगा—कोई आप्त बन्धु, पितातुल्य व्यक्ति दुःख में उसके आँसू पोंछ रहे हैं। इस भावना के साथ-ही-साथ अचानक ही वह दृश्य उसकी आँखों के सामने से गुज़र गया। वही—रेखा का, भाई का सिर सहलाना जब उसकी भाभी बीमार थी। तब उसे तीव्र इच्छा हुई कि वह दौड़ती हुई जाए और रेखा को गले लगा ले।

अनुवाद : **डी. मंजुलता**

•

पुरानी यादें

बुच्चि बाबू

अपराह्न में मैटिनी शो के बाद मेरीना की सैर करके रात के आठ बजे घर लौटना उनका शनिवार के दिन का कार्यक्रम है, क्योंकि उस दिन अदालत बन्द रहती है। पर न जाने क्यों, उस दिन तो वे छः बजे ही घर लौटे। ''आज इतनी जल्दी घर की याद कैसे आ गई जनाब को?'' मैंने दरवाज़ा खोला।

''आज वह तुम्हारा रावण दिखाई दिया।'' हँसते-हँसते वे कुर्सी पर बैठ गए।

मेरी तो कुछ भी समझ में नहीं आया। कॉफी उनकी तरफ बढ़ाते हुए मैंने प्रश्नसूचक दृष्टि से ताका।

''अरे, वही तुम्हारा रावण—पद्मराजु।''

कुछ-कुछ मेरी समझ में आने लगां, फिर भी मुँह यों फुला के रह गई कि मैंने कुछ भी नहीं समझा। मैंने पूछा—''कौन?''

''तुम्हारे बचपन के मित्र—पद्मराजु।''

मेरी समझ में सब-कुछ आ गया। ''सच? कहाँ?'' मैंने अपना उतावलापन भौंहों में दिखाते हुए पूछा। बार-बार उन्हें 'तुम्हारा पद्मराजु' दुहराते देखकर मुझे उन पर ज़रा भी गुस्सा नहीं आया। यह तो हमेशा की उनकी आदत है। मैं नहीं समझती, वे अपने मन में कुछ मैल रखकर ये बात दुहराते हैं। मैं तो मानती हूँ कि ऐसी बातें कहकर उल्टे वे मुझे आन्तरिक गौरव ही प्रदान करते हैं।

''पिक्चर हाउस में दिखाई दिया। इण्टरवल के बाद बत्तियाँ बुझ गईं। तब तक तो वह मेरी ही बगल में बैठा था।'' कॉफी का खाली कप उन्होंने टेबल पर रख दिया।

''आपको कैसे मालूम है कि पद्मराजु था? इसके पहले तो आपने कभी उसे देखा भी नहीं?''

''वही बात कहने तो दो!''

मैंने पूछा-''कहाँ के हैं?''

''उसने तुम्हारे ही गाँव का नाम बताया और अपना नाम भी। मैंने उससे फिर कहा—अच्छा!''

"तो क्या उसे अभी तक मेरी याद है?"

"मैंने फिर कहा—सुन्दरी ने आपके बारे में बहुत-सी बातें मुझे बतायी हैं। यह सुनकर वह कुछ बोला नहीं; चुप ही रहा।"

"आजकल यहाँ काम क्या कर रहा है?" कुछ तो पूछना चाहिए, इसलिए मैंने यह सवाल किया।

"एम. ए. का इम्तहान दे चुका है।"

"अच्छा! बहुत पढ़ लिया। बचपन में तो वह बड़ा भोला-भाला दीखता था।"

"हाँ-हाँ! अब भी भोला ही दिखता अगर सूट-बूट नहीं पहनता।" वे मेरीना की तरफ जाने के लिए उठ खड़े हुए।

"कोई नौकरी-वौकरी कर रहा है क्या वह?" मैंने सीढ़ियों तक आकर पूछा।

"नहीं, शो खत्म होने के बाद देखा तो वह मेरी बगल में नहीं था। पता नहीं, कब चला गया।"

पद्मराजु के बारे में उन्होंने जो अन्तिम बात कही, उससे मैं रात-भर सो नहीं सकी। मैं यह नहीं कहती और अपने-आपको धोखा भी नहीं देना चाहती कि ऐसा कोई दिन शायद ही रहा होगा, जिस दिन मैंने उसे याद न किया हो। उसके बारे में जब भी मैं सोचने बैठती हूँ तो मेरे मन में भय, आश्चर्य और प्रसन्नता का संचार होने लगता है। जब वह मुझे याद आता तो मैं यह देखने के लिए आईने के सामने खड़ी हो जाती थी कि मुझमें कोई परिवर्तन तो नहीं आया? उन्होंने उसके बारे में जितनी बातें बताई हैं, उससे तो पता चलता है कि वह मुझे बिल्कुल भूल चुका है। मुझे उस पर गुस्सा भी आया कि आखिर क्यों वह शो खत्म होने के पहले ही चल दिया? इसलिए तो नहीं कि वहाँ बैठे रहने से इनसे बातें करनी पड़ेंगी? पर उसका स्वभाव तो ऐसा नहीं था कि किसी को उस पर गुस्सा आए—वह इतना अच्छा था। जब मुझे उस पर गुस्सा आया तो यों मन को लगा कि वह शायद पद्मराजु न हो। पर हमारे पतिदेव तो ऐसी बातों में कभी गलती नहीं करते।

सोलह वर्ष पहले...

पद्मराजु के पिता और मेरे पिता उन दिनों एक ही जगह नौकरी करते थे। दोनों के घर भी पास-पड़ोस में थे। अब मैं यह नहीं बता सकती कि मेरे साथ उसकी मैत्री कैसे हुई। एक दिन उसकी पतंग हमारे पिछवाड़े में एक पेड़ पर आकर अटक गई, वह उसे लेने आया। मैंने पूछा—क्या है? उसने कहा—पतंग है। वह बहुत ही आकर्षक लगता था—मुझे बार-बार उसे देखने की इच्छा होती थी।—कितनी सुन्दर भौंहें थीं!—वह बहुत कम हँसता था—जब वह हँसने लगता तो मैं अपने-आपको भूल जाती थी।—उसकी पतंग की डोर टूट गई थी उस दिन—वह आकाश में उड़ गई—और मेरा मन भी उड़ गया।

शुरू-शुरू में हम आपस में रेल का खेल खेलते थे। उसे इंजिन मानकर उसका कुर्ता पकड़े मैं पीछे दौड़ती। वह मुझे बहुत दूर ले जाया करता था। पर हमारे बीच

बातें बहुत कम होती थीं। और बात करने के लिए हमें कुछ सूझता भी नहीं था। हम ऐसे हिल-मिल गए थे, जैसे पिछले जन्म का कोई नाता हो।

फिर कुछ दिनों बाद खेल-कूद में वह राम, बना मैं सीता बनी। हमारी रामायण में लक्ष्मण का पात्र नहीं था। मैं एक बकरी की बच्ची की तरफ उँगली दिखाकर कहा करती थी—मुझे वह सोने का हिरण चाहिए। वह उसके पीछे दौड़ता था; और बहुत देर से लौटता था। उसके बाद वह रावण का वेष धारण करता था। 'भिक्षा दो'—वह कहता, और जैसे ही मैं चावल देने को होती, वह मुझे पकड़कर पिछवाड़े के पुआल के ढेर के पास खींच ले जाता था। यहाँ तक की सारी बातें मैंने अपने पति से कभी की कह डाली थीं।

कुछ अर्से बाद हम पति-पत्नी का खेला भी करते थे। मैं रसोई बनाती थी, हम दोनों चटाई पर साथ सोते थे। कभी-कभी मैं उसके पाँव भी दबाती थी। जब तक वह नहीं सोता था, मैं उसका मुँह देखते-देखते बैठी रहती थी। मेरी आँखों से नींद भी उड़ जाती थी। फिर हवा का बड़ा झोंका आता और हमारा सारा किया-कराया उजड़ जाता। वह यह कहते हुए उठ बैठता था कि हम एक नया घर बनाएँगे।

"आज वह तुम्हारा इंजिन-ड्राइवर दिखाई दिया।" उन्होंने कहा।

"...?"

"नहीं समझीं? अरे, वह जिसके साथ तुमने रेल का खेल खेला था!" यह कह वे कमरे में चहलकदमी करने लगे।

मैं उनका अभिप्राय समझ गई।

"कहाँ?"

"ट्राम में। कह रहा था, किसी टेस्ट में बैठने वाला है। दो दिन में उसके लिए दिल्ली जा रहा है। अगर उसमें वह पास हो गया तो कोई बहुत बड़ी नौकरी मिलने वाली है।"

"साथ बुला के क्यों नहीं लाए अपने यहाँ?"

"सोचा मैंने भी यह था, पर मेरे कुछ पूछने के पहले ही वह ट्राम से उतरकर चला गया।"

"यहाँ रहता कहाँ है?"

"इतनी बातें हुई ही कहाँ थीं? ट्राम में इतनी भीड़ थी कि लोग एक के ऊपर एक बैठे थे, कुछ बात करने का अवसर ही नहीं मिल पाया।"

इस घटना से मेरे मन में कई तरह के प्रश्न उठे। आखिर वह जी चुराकर इस तरह से क्यों चला गया? क्या उसे यह भय था कि मेरे पति उसके सम्बन्ध में कुछ बुरे विचार रखते हैं? पर इस तरह से एकाएक चल देना क्या अच्छा था?

मुझे फिर से गुज़रे हुए दिनों की याद आ गई। मेरी शादी जब तय हुई, तब मैं बहुत छोटी थी। उस दिन मैं पद्मराजु के साथ बैठकर बहुत देर तक बातें करती रही। हम दोनों में से किसी को भी यह मालूम नहीं था कि शादी किसे कहते हैं।

तभी तो उसने कहा था—मैं भी अपने पिता से पूछकर जल्दी ही शादी कर लूँगा। कितनी भोली थी उसकी बात! आज भी मुझे उसकी वे बातें याद आती हैं।

हम दोनों बीच-बीच में लड़ते-झगड़ते भी थे। पता नहीं क्यों?

उस दिन रात के आठ बजे मैं उसके घर गई थी। वह ऊपर सो रहा था। मैंने घास के एक तिनके से उसके कान में गुदगुदाया। हड़बड़ाते हुए वह उठ बैठा। दो-एक पल के लिए वह मेरा मुँह देखता रहा। फिर अपने दोनों हाथों में मेरे मुँह को अपने पास खींच लिया। हम दोनों के बीच का वातावरण एक खुशबू से भर गया। ऐसी खुशबू जो चम्पा, चन्दन और गुलाब को एक जगह रखने से उत्पन्न होती है। मैं सहन नहीं कर सकी उस सामीप्य को, उस उष्णता को और उस सौन्दर्य को...मैं चुपचाप पीछे हटकर खड़ी हो गई। उसने मेरे कपोलों पर हल्की-सी चुटकी काटी। कुछ दर्द ज़रूर हुआ, पर वह बहुत मीठा था और मुझे यही बुरा लगा कि वह मीठा दर्द बहुत जल्द कम हो गया! उस दिन तो वह मुझे अपनी बगल में बैठाकर बहुत देर तक बातें करता रहा। मैं उसकी बातें सुनते-सुनते सो गयी। बहुत देर के बाद जब मेरी नींद खुली तो वह मेरी बगल में नहीं था। फिर उसके बाद आज तक मैंने उसे नहीं देखा।

पाँच महीने और बीत गए। उदयशंकर का डांस देखकर उस दिन वे रात के दस बजे घर लौटे।

"कैसा रहा डांस?" मैंने खाना परोसते हुए पूछा।

"क्या कहूँ! इन्द्रलोक नाम का कोई लोक है तो उसे धरती पर लाकर रख दिया। तुमको भी साथ लेकर जाना चाहिए था। उस नाटी 'सिमकी' ने 'पार्वती' का वेष धारण कर बहुत ही बढ़िया डांस प्रस्तुत किया। उस वक्त मेरे मन में आया कि मैं भी उनके साथ चल दूँ। पर मैं तो तबला बजाना तक नहीं जानता, तो वे लोग मुझे क्यों अपने ट्रुप में शामिल होने देंगे?"

मैं कुछ नहीं बोली।

"अरे, मैं यह कहना तो भूल ही गया, वह तुम्हारा पद्मराजु भी आया था डांस में। वह मुझसे बहुत दूर बैठा हुआ था। बीच में वह मेरी तरफ देखकर मुस्कराया।" उन्होंने हाथ धोते हुए कहा।

"तो यों कहिए न कि वह दिल्ली से लौट आया है।" कुछ तो औचित्य का ख़याल कर कहना चाहिए, इसलिए मैंने यह बात कही।

"कब लौटा, कैसा टेस्ट हुआ...मुझे कुछ पूछने का अवसर ही नहीं मिला। साथ में उसकी बीवी भी आई हुई थी। प्रोग्राम के खाली समय में हॉल में बैठे हुए लोगों ने उसकी तरफ देखकर अपना मन-बहलाव भी किया।"

"तो इतनी खूबसूरत थी क्या वो?"

वे उत्तर में हँसते रहे।

यह मेरे लिए नई बात थी। मुझे आज तक सूझा ही नहीं था कि एक-न-एक

दिन पद्मराजु की भी शादी होगी। उसकी पत्नी की खूबसूरती का हाल सुना तो मुझमें ईर्ष्या के बदले एक दया की भावना उत्पन्न हुई। वह लड़की उसकी ज़रूरतों को पूरा कर सकेगी अच्छी तरह से? वह अब बहुत बदल गया होगा। पिछले दिनों की यादों से मेरा मन बहुत विकल हो गया। वे दिन भी कितने अच्छे थे! सूरज निकला कि हम एक-दूसरे से मिलने के लिए दौड़ पड़ते थे। बरसात के दिनों में हम सड़कों पर बहने वाले पानी में कागज़ की नावें तैराते थे। वह हवा...वे पेड़...वह आसमान—सब ऐसे सुहाने लगते थे, जैसे वे हमारे जन्म-जन्म के साथी हों। प्रकृति की हर चीज़ हमें जानी-पहचानी-सी लगती थी। हमारा कितना लगाव था प्रकृति के साथ! हमारी कोई समस्या ही नहीं थी। बिना प्रयत्न के ही हमें संसार का रहस्य मालूम हो गया था...उन दिनों का वह रहस्य क्या था, आज तक मुझे मालूम नहीं पड़ा।

अब मेरी उम्र भी बढ़ गई है। अक्सर मैं अपना चेहरा आईने में देखकर वह पिछला सौन्दर्य पाने का प्रयत्न करती हूँ, जो पद्मराजु के स्मरण-मात्र से ही अपने-आपमें पाती थी। अब मेरा चेहरा भी उतना कोमल नहीं रहा। होंठ भी अपनी सुकुमारता खो बैठे हैं। आँख के नीचे परतें पड़ गई हैं। सिर के बाल भी थोड़े-थोड़े करके सफेद होने लगे हैं। बस यही ज़िन्दगी है। एक ज़िन्दगी वह थी, जो मैंने उसके साथ बितायी थी। और आज? अधिक सोचना और घंटों तर्क-वितर्क करना आज की ज़िन्दगी के अंग बन गए हैं। अब ज़िन्दगी से डर लगने लगा है। बीमार पड़ती हूँ, कराहती हुई खाट पर पड़ी रहती हूँ—पर वह कुछ नहीं करते, बस चुप्पी साधे बैठे रहते हैं। आपस में मन-मुटाव, लड़ाई-झगड़े सदा बने ही रहते हैं। धीरे-धीरे यह जीवन का रास्ता तंग होता जाएगा, आसमान में घना अन्धकार छा आएगा। उस रहस्य का नामो-निशान मिट जाएगा, जिसे मैंने एक दिन पाया था। आज मैं नहीं बता सकती, वह रहस्य मैंने जाना कैसे था?

मेरा यह अन्दाज़ा है कि मुझे धोखा देकर उस रहस्य को पद्मराजु ने अपने में ही छिपा लिया होगा। अँधेरी रातों में मुझे यों महसूस होने लगता है कि मेरे पीछे बहुत देर से कोई खड़ा है। पलकें भारी-भारी-सी लगती हैं। रोशनी बर्दाश्त करना मुश्किल हो जाता है। ऐसे ही शॉल ओढ़ लेती हूँ सिर से पैरों तक; पर उससे होता क्या है?...यह सब शायद एक तरह का मेरा भ्रम ही है। वह भी अब बहुत बदल गया होगा! उसकी दाढ़ी अब कड़ी हो गई होगी। उसकी आवाज़ भी भर्राती हुई होगी। भावों में भी संकीर्णता ने प्रवेश कर लिया होगा। क्या वह देवपुरुष था? कल्पनाओं का जो संसार मैंने बसा लिया था, उसमें अब अन्धकार है। उस दिन मैंने जो रहस्य जाना...उसका आलोक अब भी मेरे दिल में निक्षिप्त है, पर वह आलोक आज के अनन्त अन्धकार को ज्योतिर्मय नहीं बना पा रहा है। इसी की मुझे चिन्ता है। और इस चिन्ता में मुझे एक तरह का सन्तोष भी है, इसे अस्वीकृत भी नहीं कर सकती।

एक महीने बाद। इतवार का दिन। बाज़ार से कुछ चीज़ें खरीदकर लाए वे। उन चीज़ों को मेज़ की दराज़ में रख दिया था। मैंने उनसे पूछा नहीं, क्या लाए।

"आज तुम्हारे पद्मराजु से भेंट हुई।" उन्होंने मेरी तरफ देखते हुए कहा।

मेरी नज़र दराज़ पर थी।

"कह रहा था, टेस्ट में पास हो गया। दो मास के अन्दर अपाइंटमेण्ट ऑर्डर मिल जाने की उम्मीद है।"

"अच्छा! बहुत बड़ा आदमी बन जाएगा। किस्मत वाला है। तो क्या साथ में उसकी बीवी भी थी?"

"नहीं, मायके गई है।"

"तो रहता कहाँ है यहाँ?"

"वाई एम. सी. ए. में।...मैंने उसे आज चाय पर बुलाया है। आएगा चार बजे, आज ही। तब तक सब चीज़ें तैयार रखना। आइक्रीम का ऑर्डर दे आया हूँ। उपमा और चाय तो तुम्हीं को बनानी पड़ेगी। फिर छः बजे पिक्चर देखने का भी प्रोग्राम है। साथ चलना होगा तुम्हें भी।"

"खैर, मेरी बात रहने दीजिए।"

दो बजे के करीब कॉफी पीकर वे किसी काम पर चले गए। तीन बजे तक तो रसोईघर से मुझे फुरसत ही नहीं मिली। सब काम पूरा कर चुकने के बाद नहा-धोकर नयी साड़ी पहने अन्दर आ गई तो मेरी नज़र दराज़ पर पड़ी। खोलकर देखा। एक तो बेंगाल केमिकल कंपनी का जुल्फी हेयरऑयल था, जिसकी खुशबू मुझे उतनी पसन्द नहीं, और दूसरी चीज़ हरे रंग के डिब्बे में बन्द थी, जिसके ऊपर लिखा हुआ था—4711 टास्का। खोलकर देखा—सेंट की छोटी-सी शीशी थी, जर्मनी की। उनका बिल भी था साथ में। मूल्य साढ़े तीन रुपया। उसकी डाट निकालकर मैंने थोड़ा-सा अपनी साड़ी में लगा लिया। मुझे उसकी खुशबू चम्पा, चन्दन और गुलाब के मिश्रण-सी लगी। एकाएक मुझे पद्मराजु के चेहरे का उस दिन का परिमल स्मरण हो आया। तब मुझे लगा, शायद कुछ सुगंधें कुछ व्यक्तियों की, कुछ अनुभूतियों की याद दिलाती हैं।

हॉल में मेज़ और कुर्सियाँ डाली गईं। जब मैं मेज़ पर मेज़पोश सहेज रही थी, तो किसी के आने की आहट सुनाई दी और साथ ही दो कंठों की आवाज़ें भी। मैं अन्दर चली गई। किवाड़ की आड़ में से देखा। मेरे पति एक चश्मेवाले मोटे व्यक्ति से कह रहे थे-"कमिन् मि. पद्मराजु! टेक युवर सीट।"

जब मैं अपनी हँसी को रोक नहीं सकी तो साड़ी का छोर मुँह में दबाकर अन्दर चली गई और पलँग पर जा गिरी। जिस व्यक्ति को वे अपने साथ बुला लाए, वह पद्मराजु नहीं था। पद्मराजु का एक भी चिह्न इसमें नहीं था।

वे भी अन्दर आए।

"उठो, उठो! ज़रा बाहर आकर देखो, कौन आया है।"

मेरी हँसी और भी बढ़ गई।

"क्यों? इतना हँस क्यों रही हो? कुछ बात भी हो!"

"इस पहलवान को कहाँ से पकड़कर ले आए? यह तो पद्मराजु नहीं है।"

"पर—नाम तो पद्मराजु ही है।"

"ऐसे नाम वाले व्यक्ति और भी हो सकते हैं।"

"तब तो बेमौत मारे गए अपने राम। खैर, कोई बात नहीं। इस नाम से एक नया दोस्त ही सही।"

हँसते हुए वे कमरे से हॉल में चले गए।

एक घंटे तक उनके बीच बातें होती रहीं, और मैं अन्दर से सब बातें सुनती रही। चश्मेवाला पद्मराजु दिल्ली, आगरा और ताजमहल के सम्बन्ध में देर तक बताता रहा। पाँच बज गए। पिक्चर जाने का प्रोग्राम था, इसलिए दोनों उठ खड़े हुए। वे जाने के पहले एक बार कमरे में आए। कुछ काम से दराज़ खोला। पैकेट में से निकाली गई इत्र की शीशी भी देखी। पता नहीं, उन्होंने क्या सोचा कि फिर उसे दराज़ में रखा और अपने उस 'नये दोस्त' के साथ बाहर चले गए।

मुझे अपने पति पर बहुत गुस्सा आया। मेरी समझ में यह बात नहीं आई कि वह सचमुच चश्मेवाले महोदय को पद्मराजु समझकर समय-समय पर मुझसे उसके बारे में बताते रहे या मुझे धोखा देने के लिए, मेरे मन को दुःख पहुँचाने के लिए उन्होंने यह षड्यन्त्र रचा था? अगर मानसिक यातना देने की उनकी मंशा रही हो, तो विजय उन्हीं के पक्ष में है और हार मेरी हुई। अगर मैं उनकी बातों का विश्वास भी करना चाहूँ तो कैसे करूँ, जब कि आज बच्चे से लेकर बूढ़े तक यही कहते नज़र आते हैं कि जीवन में स्त्री का विश्वास नहीं करना चाहिए।

अनुवाद : **दण्डमूडि महीधर**

•

पालकी

के. विवेकानन्द मूर्ति

चार साल हो गए, अपना वतन छोड़े। आज पहली बार यहाँ कदम रखा है।

स्टेशन पर उतरा। गोपन्ना सामने खड़ा था। सामान ले जाकर इक्के में रख दिया। मैं भी इक्के के पास आ गया। एक बार चारों तरफ नज़र गड़ाकर देखा। क्या यही है अपना पुराना तणुकु? बहुत-कुछ बदल गया। चार साल पहले चार साल की बच्ची की तरह था यह! अब आँचल सँवारनेवाली युवती बन गई है।

'बैठिए न बाबूजी!' गोपन्ना ने कहा।

मैं इक्के में बैठ गया। गोपन्ना पैदल ही चला आ रहा था, इक्के के पीछे-पीछे। घोड़ा भी चल रहा था, दौड़ नहीं रहा था। मैं गाँव देखता जा रहा था। गोपन्ना की बेटी की तरह यह बहुत बढ़ चला था। गोपन्ना की बेटी भी बहुत बड़ी हो गई होगी इस गाँव की तरह, एकदम लम्बी—ऐलिज़ाबेथ टेलर की तरह!

'गोपन्ना।'

'कहिए बाबूजी।'

'कैसे हो?'

'आप लोगों की कृपा से ठीक ही हूँ साब! हाँ, बेटी की शादी कर दी साब!' गोपन्ना ने यह बात ऐसे कही, जैसे उसने मेरे मन की बात जान ली हो!

'किसके साथ?'

'वह बड़ा लोफर है साब! मेरी बच्ची को उसने छोड़ दिया। अब वह शहर में जाकर रहने लगा है। बड़ा बदमाश है।'

घोड़ा छींक उठा।

'बाबूजी! आप शादी कब कर रहे हैं?' गोपन्ना ने प्रश्न किया।

'तुम जान के क्या करोगे?' कुछ हँसते हुए कहा मैंने।

'मैं? मैंने तो आपको बचपन में गोद में उठाकर खिलाया है...घुमाया है। मैं तो आपकी शादी के वक्त आपकी पालकी का कहार बन जाऊँगा।' गोपन्ना की भुजाएँ उत्साह से फड़क उठीं। पता नहीं, उसने अपने कन्धों पर कितनों की शादियों का भार उठाया था। पवित्रता के भार से उसकी भुजाएँ बहुत मज़बूत हैं।

'बाबूजी! आपके घर में जितनी शादियाँ हुई हैं, सब-की-सब मेरी ही पालकी में हुई थीं। और अब आपकी बारी है! ...हाँ साब! ज़माना बहुत बदल गया है! आजकल पालकी में कोई बैठता ही नहीं। पालकी में बैठकर शादी के लिए जाना जैसे आजकल असभ्यता की बात हो गई! ...पुराने रीति-रिवाज धीरे-धीरे खत्म होते जा रहे हैं! ...मैं तो उसी पुरानी रीति के पीछे लगा हुआ हूँ क्योंकि मैं उसका एकमात्र बादशाह हूँ इसलिए!'

मैं गोपन्ना की बातें सुनता जा रहा था।

गोपन्ना हमारे 'सरिताश्रम' का माली है। कई बरसों से वह यहाँ रहता आ रहा है। उसकी एक पालकी है। 'सरिताश्रम' में जिस किसी की भी शादी हुई, उसका भार गोपन्ना ने अपने ऊपर ही लिया।

रास्ते में इक्का रोककर सिगन्ना की पान की दुकान से सिगरेट खरीद ली। घर के सामने जाकर इक्का रुक गया। मैं उतरकर अन्दर चला गया।

शाम को बाल्कनी में आकर देखा—चारों ओर। चहार-दीवारी है। बहुत पुरानी और ऊँची। नजदीक से 'गोस्त नदी' बह रही थी। आँगन में तरह-तरह के पेड़ हैं। बिल्कुल एक कोने में मौलसिरी का एक पेड़ है। मुझे इस बात का बड़ा गर्व हुआ कि 'सरिताश्रम' का एकमात्र मालिक मैं ही हूँ। मेरी दृष्टि एकाएक मौलसिरी के पेड़ की छाया में बनी गोपन्ना की झोंपड़ी पर पड़ी, जहाँ गोपन्ना की बेटी सीतालु खड़ी थी। वह एक पौधे को पानी दे रही थी। एकदम अप्सरा-सी लग रही थी! धीरे-से मैंने पुकारा-'सीतालु!' वह आ गई और आकर सीढ़ियों के पास खड़ी हो गई।

'थर्मस ले जाकर होटल से कॉफी ले आना ज़रा!' पैसे हाथ में लेकर सीतालु जाने के लिए मुड़ी। आखिरी सीढ़ी उतरने तक पीछे से मैं उसको देखता रहा।

एकाएक मुझे ऐसा महसूस हुआ कि गोपन्ना बड़ा उत्तम आदमी है। इसके पहले कभी मुझे ऐसा अनुभव नहीं हुआ। सीतालु जैसी लड़की का बाप होने के नाते शायद मुझमें ऐसी भावना आई होगी।

गोपन्ना बड़ा पुरातन व्यक्ति है, 'सरिताश्रम' जितना पुरातन! गोस्त नदी जितना पुरातन! गोपन्ना की गोपिका जैसी सुन्दर लड़की! सौन्दर्य के लिए जाति और धर्म का कोई भेद नहीं रहता, गरीबी-अमीरी का बन्धन भी नहीं! ईमान और बेईमानी भी उसके रास्ते के रोड़े नहीं!

सीतालु कॉफी ले आई। झुककर गिलास में डाल रही थी, जैसे पौधे में पानी डालती है। न मैं कॉफी की तरफ देख रहा था और न सीतालु की तरफ! झुकने पर उसके बदन में जो लोच आई थी, उसको मैं देख रहा था। मर्द जो ठहरा! गलती मेरी नहीं थी। मैंने उसे कमरा साफ करने के लिए कहा। जो काम झुककर करने होते हैं, वे सब काम उससे कराऊँ—ऐसी इच्छा हो रही थी।

जब मैं कॉफी पी रहा था, सीतालु अपना काम खत्म करके पिछवाड़े में चली गई।

शाम को कुछ बूंदाबाँदी हुई।

मौलसिरी के फूलों की खूशबू से सारा बगीचा महक रहा था।

आसमान पर काले-काले बादलों के टुकड़े इधर-उधर भाग रहे थे।

अँधेरा हो गया।

खाने के बाद गोपन्ना ऊपर चला आया, वहीं लेटने के लिए। देर तक बातें होती रहीं—शादियों की, पालकी की और न जाने वह क्या-क्या सुनाता रहा। सुनाते-सुनाते वह सो गया।

मगर मुझे देर तक नींद नहीं आई। बाल्कनी में आ गया। पिछवाड़े की तरफ गोपन्ना की झोंपड़ी की तरफ देखने लगा। उसकी झोंपड़ी से हल्की-हल्की रोशनी आ रही थी। उस रोशनी में सीतालु की छाया को मैं पहचान सका—खूबसूरत और जवान सीतालु को! मन में तरह-तरह की भावनाएँ उठने लगीं।

सूरज की किरणों की गर्मी से मैं उठकर बैठ गया। अँगड़ाइयाँ लेते हुए बाल्कनी में आ गया। गोपन्ना की झोंपड़ी के सामने लोगों की भीड़ थी। पता नहीं, क्या हो गया। मैं बहुत घबड़ा गया। चप्पल डालकर जल्दी-जल्दी नीचे उतरकर झोंपड़ी के पास गया। मेरे वहाँ पहुँचते-पहुँचते आधी भीड़ कम हो गई। बाकी लोग मुझे देखकर बाजू में चले गए। गोपन्ना सिर पकड़कर ज़ोर-शोर से रो रहा था।

'बाबूजी! खत्म हो गई। मेरी ज़िन्दगी आज खत्म हो गई! सीतालु अब नहीं रही। नदी में कूदकर उसने खुदकशी कर ली है बाबूजी!'

मुझे ऐसा महसूस हुआ कि मौलसिरी का पेड़ टूटकर मेरे सिर पर आ गिरा हो। कुछेक क्षण मैं किंकर्तव्य-विमूढ़-सा खड़ा रहा। मैंने उसकी तरफ बड़ी सहानुभूतिपूर्ण दृष्टि से देखा। उसके चारों ओर पाँचेक आदमी खड़े हुए थे। इसके पहले कभी मैंने गोपन्ना को यों रोते हुए नहीं देखा था। वह अब भी रोए जा रहा था। सोचा, बहुत बड़ा आघात पहुँचा है उसके दिल को।...

अनुतप्त हृदय से मैं अपने कमरे में लौटा मगर जाने क्यों मेरा दिल काँपने लगा। सारा मन विषण्णता से भर गया। बैठा रहा। चुपचाप।

शाम हो गई। फिर भी मेरे मन की अशान्ति कम नहीं हुई। मेरे समस्त अन्तस् में एक वेदना पूँजीभूत हो गई थी। मेरे घर में रोशनी नहीं जली। मेरी आँखों के सामने से सीतालु का चेहरा धूमिल नहीं हुआ। 'सरिताश्रम' का दीप हमेशा के लिए बुझ गया। हाँ, दीया जलता है और बुझता भी है।

रात हुई। मुझे नींद नहीं आई।

सारा अन्तरंग तरह-तरह की भावनाओं से अस्त-व्यस्त हो चला...

क्या सचमुच सीतालु ने खुदकुशी कर ली है या पैर फिसलने से नदी में डूब गई?

अगर औरत खुदकुशी कर लेती है तो इसके मानी हैं, अपनी गलती कुबूल कर लेना!

मगर सीतालु ने ऐसी कोई गलती तो नहीं की होगी! फिर...

नींद नहीं आ रही थी। करवटें लेता रहा! फिर भी नींद न आई। उठकर बाल्कनी में आ गया। मौलसिरी के पेड़ की तरफ देखा।

आश्चर्य! गोपन्ना।!

अपनी पालकी झोंपड़ी के बाहर ले आ रहा था। उस पर जमी धूल कपड़े से उसने पोंछ डाली। फिर लट्ठे ले आया बाहर। जरीदार कपड़े से पालकी को खूब सजाया, जैसे किसी की शादी में उसे ले जाना हो। उसके सामने खड़े होकर एक क्षण के लिए उसने सजी पालकी को निर्निमेष दृष्टि से देखा। दूसरे ही क्षण वह अन्दर जाकर तेल का डिब्बा ले आया। पालकी को तेल में सराबोर कर दिया। फिर उसमें आग लगा दी। पालकी एकदम जल उठी। मेरे सिर पर जैसे बिजली गिरी। मैं दौड़कर नीचे गया।

नीचे उतरते-उतरते जाने क्यों मेरे पाँवों की गति मन्द पड़ गई। पालकी जल रही थी। आन्दोलित मन से मैं धीरे-धीरे चलते हुए उस अग्नि-कुण्ड के समीप पहुँचा। अपने घुटनों पर सिर रखकर गोपन्ना मौन-रोदन कर रहा था–पास ही बैठे-बैठे। बौद्ध-भिक्षु की आत्माहुति-सा लगा।

'गोपन्ना!' उसके पास जाकर मैंने पुकारा।

'बाबूजी!' गोपन्ना बच्चे की तरह बिलख पड़ा। फिर वह उठकर मेरे पास आया और कहने लगा–'बाबूजी! इसकी मौत का कारण मैं हूँ। उसका पिता होकर मैं उसकी मौत का कारण बना! ...इन्हीं हाथों से मैंने उसकी शादी कराई थी बाबूजी! और इन्हीं हाथों ने उसको परलोक भेज दिया! ...यह देखिए! इसी पालकी में उसे बिठाकर शादी रचाई थी...किन्तु बाबूजी! वह भ्रष्ट हो गई। उसने बड़ा पाप किया था और उस पाप का प्रायश्चित्त उसको मिल गया। मैंने ही उसको मार डाला!' आँसू पोंछते हुए वह कहता जा रहा था–'बाबूजी! इस पालकी पर जो आखिरी शादी हुई, वह उसी की थी। इस पालकी को मैंने बड़ा पवित्र रखा था। इसको अपने प्राणों से भी अधिक माना था।...किन्तु उसने इसको अपवित्र कर डाला। सोचा था, मरने के पहले मैं आपकी शादी इसी पर रचाऊँगा। उसने बड़ा पाप किया, उसका पैर फिसल गया। इस पालकी पर आपकी शादी नहीं हो सकती बाबूजी। क्षमा कीजिए बाबूजी, क्षमा कीजिए।'

इसके बाद गोपन्ना ने मुझसे क्या कहा था, मैंने कुछ भी नहीं सुना। एकटक मैं उस जलती हुई पालकी को देखता रहा। मेरे वंश का क्या मूल्य है, गोपन्ना ही मुझसे अधिक जानता है। उसके विश्वास पर मुझे बड़ा अचम्भा हुआ।

आग की लपटों के कारण मौलिसिरी के पत्ते सूखकर काले पड़ गए।

मैंने कमरे में आकर बत्ती जलाई।

‘बाबूजी!’

मैंने पीछे मुड़कर देखा। सिंगन्ना, पान की दुकानवाला।

‘क्या है?’ मैंने पूछा।

‘आपकी कुछ रेज़गारी रह गई थी। देने आया हूँ।’

मुझे उस पर कुछ गुस्सा आया।

‘यही वक़्त मिला रेज़गारी लौटाने का?’

एकाएक वह मेरे पैरों पर गिर पड़ा।

‘बाबूजी! उससे मत कहिएगा। उसको यह बात मालूम हो गई तो मुझे ज़िन्दा नहीं छोड़ेगा।’

‘कौन-सी बात?’

‘कल रात आप बाल्कनी पर खड़े थे।...आपने मुझे देखा था।...हाँ, इसमें मेरा क्या दोष है? उसे मैंने प्यार किया था। मगर...जिसकी शादी पालकी में हुई थी, उसके साथ मैं शादी कैसे कर लूँ? उसका पति अभी ज़िन्दा है। फिर भी मैंने उससे कहा था कि हम दोनों कहीं दूर भाग जाएँगे और शादी कर लेंगे। पता नहीं, उसको यह बात मालूम हो गई—उसने बेटी को मार डाला। अब मेरी बारी है। आप ही मेरे रक्षक हैं बाबू जी! दया कीजिए। मैंने गलती की है। इसका मुझे रंज है बाबूजी।’

‘गलती? कैसी गलती?’

‘मुहब्बत जो की थी बाबूजी।’

‘इसी को तुम गलती कहते हो?’

‘हाँ, बाबूजी। एक तो उसकी शादी हो चुकी थी एक बार, दूसरे उसका पति...’

‘अच्छा जाओ, मुझे नींद आ रही है!’ मैंने उसकी बातें आगे बढ़ने नहीं दीं।

‘बाबूजी!’

‘हाँ-हाँ, कहा न! अभी तुम जाओ।’

वह चला गया। मैंने दरवाज़ा बन्द कर दिया।

क्या शादी के बाद औरत किसी दूसरे के साथ प्रेम नहीं कर सकती?...

सिंगन्ना ने समझा, मैंने उसको देखा था। मगर मैंने तो उसको देखा ही नहीं था! अब बात मेरी समझ में कुछ-कुछ आने लगी।

मुझे सीतालु से अजीब-सी नफरत हो गई।

खिड़की में से ठण्डी-ठण्डी हवा आ रही थी। सामने गोस्त नदी दिखाई दे रही थी। उसी नदी में सीतालु मर गई थी। उस नदी का पानी बड़ा पवित्र है। पवित्रता ही पाप का परिहार करती है, शायद! मुझे नहीं मालूम!

अनुवाद : **दण्डमूडि महीधर**

•

अफसर गाँव में पधार रहे हैं!

ताल्लूरि नागेश्वरराव

रोड ट्रांसपोर्ट कारपोरेशन की बस खड़ी हो गई। गाँव के रईस चिदम्बरम् उसमें से नीचे उतर पड़े—उतर क्या पड़े, एक युवक की तरह कूद पड़े, अपनी उम्र, ओहदे और वहाँ खड़े हुए लोगों का भी ख़याल न करके। बस में बैठे-बैठे उनका दम घुट गया था। आखिर उन्हें मुक्ति मिल गई। आधे घंटे तक बैठकर शहर से सफर कर रहे थे और जब तक वे सफर कर रहे थे, उन्हें वे दिन याद आते रहे, जब वे नमक सत्याग्रह में भाग लेकर जेल चले गए थे और वहाँ नाना प्रकार की यातनाएँ भोगी थीं। उन्होंने अनुभव किया कि उनको काँटों पर बैठाया गया हो।

बस स्टैण्ड के पास ही एक झोंपड़ी थी। चिदम्बरम् बस से उतरकर उस झोंपड़ी की ओलती के नीचे जा खड़े हो गए।

चिदम्बरम् उस गाँव के रईस हैं।

चिदम्बरम् उस गाँव की पंचायत समिति के प्रेज़ीडेंट हैं।

उस झोंपड़ी से थोड़ी दूर पर पान की दुकान थी। वहाँ खड़े-खड़े बहुत देर से इन्तज़ार कर रहा था, चिदम्बरम् का बड़ा नौकर। अपने मालिक को बस-स्टैण्ड के पास वाली झोंपड़ी की ओलती के नीचे देखकर वह भागा-भागा उनके पास गया और उनके हाथ का बैग थाम लिया।

चिदम्बरम् चलने लगे।

गाँव के रईस और पंचायत समिति के प्रेज़ीडेंट बड़े रोब से चलने लगे।

शाम ढल रही थी। चारों ओर से अन्धकार घिर रहा था।

चिदम्बरम् चलते-चलते गाँव के बीचोंबीच पहुँच गए। गाँव के बीच में एक रथशाला है और उसके पास एक बड़ा चबूतरा है और यही गाँव की चौपाल है।

चिदम्बरम् ने देखा, वहाँ गाँव के दसेक किसान बैठे हुए थे और जाने किस बात पर ज़ोर-ज़ोर से गपशप लड़ा रहे थे। और उससे भी ज़ोर से सुनाई दे रही थी, पंचायत समिति के रेडियो की आवाज़।

चिदम्बरम् को सबसे पहले रामय्या ने देखा।

“कहिए चिदम्बरम् साहब। कहाँ से आ रहे हैं?’ रामय्या ने पूछा।

“शहर से।” चिदम्बरम् ने जवाब दिया।

चिदम्बरम् चौपाल के पास खड़े हो गए।

उनका नौकर बैग लेकर घर की तरफ चला गया।

“आइए! बैठिए!” वहाँ बैठे हुए लोगों में से एक ने स्वागत किया।

चिदम्बरम् वहाँ बैठ गए।

“कहिए चिदम्बरम् साहब! शहर की क्या खबरें हैं?”

“कल हमारे गाँव में अफसर साहब पधार रहे हैं–प्रोक्यूरमेण्ट के अफसर! अनाज की वसूली के वास्ते!”

“सच?” किसी ने आश्चर्य प्रकट किया।

“हाँ! सोलहों आना सच है। खुद उस दफ्तर में काम करने वाले एक बाबू ने मुझसे कहा है। यह बात झूठ नहीं हो सकती है!” पालथी लगाकर बैठते हुए चिदम्बरम् ने कहा।

वहाँ बैठे हुए किसान हैरत में आ गए।

“कितना धान वसूल किया जाएगा?” किसी ने सवाल किया।

“हर एकड़ के पीछे सात बोरे वसूल करेंगे।”

“सात बोरे?”

“हाँ! लाजिमी तौर पर वसूल करेंगे। अमीर-गरीब का ख़्याल नहीं किया जाएगा। अगर ज़रूरत पड़ी तो पुलिस की भी सहायता ली जाएगी।”

“तो गाँव पर बड़ी आफत आने वाली है समझो!”

“हाँ-हाँ! बड़ी आफत ही आ पड़ी है। अपने लोगों के साथ वह अफसर कल सुबह दस बजे तक आ रहे हैं। वे चाहते हैं, कम-से-कम हमारे गाँव से चौदह हज़ार बोरे धान वसूल हो!

“चिदम्बरम् साहब! सरकार ने धान का क्या दाम निश्चित किया है?” सबसे पीछे बैठे हुए एक किसान ने पूछा।

“सरकार का निर्णय? अरे, उसने जो दाम मुकर्रर किया है, उससे नमक-मिर्च का भी खर्च नहीं आता। तीस रुपये मुकर्रर किया है, तीस रुपये। समझे साहब?...आप लोग जानते हैं, मार्केट में धान का क्या दाम है? पचास रुपये है, पूरे पचास रुपया! कौन किसान ऐसा होगा, जो अपनी मेहनत का फल कम दाम पर बेच दे, जबकि बाज़ार में उसका अधिक दाम है?”

“तो ऐसी हालत में हमें क्या करना चाहिए, आप ही बताइए न!” एक बुज़ुर्ग किसान ने पूछा।

“क्या करें? सरकार की बात मानने के सिवाय कोई दूसरा उपाय भी तो नहीं। सरकार की आज्ञा का उल्लंघन करना हमारे बस की बात नहीं। कोई मार्ग हमें ढूँढ़ना चाहिए।” चिदम्बरम् ने कहा।

वहाँ बैठे हुए सब लोग सोच में पड़ गए कि क्या किया जाए? देर तक बातें होती रहीं, मगर किसी को कोई मार्ग नहीं सूझा। अन्त में सबने एक राय से निर्णय किया कि इस मामले में जो कुछ भी करना होगा, चिदम्बरम् साहब करेंगे; क्योंकि एक तो वे ऐसे मामलों में दक्ष हैं और दूसरे, गाँव के वे रईस है, पंचायत-समिति के अध्यक्ष भी हैं।

चिदम्बरम् ने यह उत्तरदायित्व अपने ऊपर लिया कि धान-वसूली का काम रोक दिया जाए। कैसे रोकेंगे, क्या करेंगे, यह सब उनके हाथ में है। उन्होंने वादा किया—"मैं गाँव को उबारूँगा। सारे किसानों को इस मुसीबत से बचाऊँगा।"

वहाँ बैठे हुए सब-के-सब चिदम्बरम् के आश्वासन से आश्वस्त हुए। सबने सन्तोष की साँस ली।

रात को गाँव के छोटे-बड़े किसान, सब चिदम्बरम् के यहाँ इकट्ठे हो गए। चिदम्बरम् ने भोजन करते समय बहुत-सी बातें सोच रखी थीं। दूर की बातें सोचने में चिदम्बरम् बड़े माहिर हैं। तब तक वे किसी बात में दखल नहीं देते, जब तक उसमें कोई फायदे की बात न हो।

भोजन समाप्त करके मुँह में चुरुट दबाए चर्चिल की तरह बाहर वराँडे में आए, जहाँ गाँव के छोटे-बड़े किसान बैठे उनका इन्तज़ार कर रहे थे। सबकी तरफ घूमकर वे मुस्कराए। सबकी तरफ घूमकर देखा। फिर एक जगह बैठ गए, सबके बीचोंबीच।

"आज हमारा देश अन्न के मामले में बहुत पिछड़ा हुआ है...और आज हम दाने-दाने के लिए मोहताज हो रहे हैं। उत्तर प्रदेश में देखिए! बिहार में देखिए! वहाँ लोग मुसीबत में फँसे हुए हैं। कहीं सूखा है तो कहीं अकाल है। देश में अनाज की कमी है। रूस, अमरीका आदि देशों से जो कुछ अनाज मँगाया जा रहा है, उससे हमारी ज़रूरतें पूरी नहीं हो रही हैं। देश के किसी भी प्रान्त में, चाहे वह उत्तर प्रदेश हो, चाहे बिहार—कोई भूखा है तो समझना चाहिए कि हम खुद भूखे हैं। हम सब बराबर हैं। हमारा देश एक है। अब हमारा यह कर्तव्य है कि जहाँ अधिक धान होता है, वहाँ से उन प्रदेशों में भेज दिया जाये, जहाँ धान कम होता है, अथवा होता ही नहीं। हमें सरकार का साथ देना चाहिए। यह हमारा कर्तव्य है। धान की वसूली की यह पद्धति हमें भले ही पसन्द न हो, फिर भी हमें दूसरे प्रान्तों की स्थिति का ख़याल करके सरकार की इस नीति का समर्थन करना ही होगा।"

चिदम्बरम् कहते जा रहे थे।

सब-के-सब बड़े ध्यान से सुनते जा रहे थे।

"एक-एक बोरा मात्र देंगे, एकड़ के पीछे। हमारे गाँव के अधीन दो हज़ार एकड़ की भूमि है। इसका यह मतलब हुआ कि हम दो हज़ार बोरे प्रोक्यूरमेण्ट अफसर को दे देंगे। अब रहे बारह हज़ार बोरे...यह अनाज सरकार को न मिले—ऐसा उपाय हमें सोचना चाहिए...!"

चिदम्बरम् कहते-कहते रुक गए।

"वह भी आप ही सोचिए।" किसी ने कहा।

"हाँ-हाँ! मैंने एक उपाय सोच रखा है। सरकार के दाम में और मार्केट के दाम में बीस रुपये का फरक है। हम सब एक राय होकर एकड़ के पीछे पाँच रुपये के हिसाब से इकट्ठा करेंगे...और यह रकम..."

चिदम्बरम एकदम मौन हो गए।

"हाँ-हाँ! कहिए न!" एक ने उनका मौन भंग कर दिया।

"और वह रकम अफसर के हाथ में दे देंगे। तब वे हमारे गाँव की तरफ देखेंगे भी नहीं!" चिदम्बरम् ने चुरुट का धुआँ हवा में उड़ाते हुए कहा।

"कहीं यह बात सरकार..." एक किसान ने संदेह व्यक्त किया।

"वह सब मैं देखूँगा।...आप बेफिक्र रहिएगा।" चिदम्बरम् ने बड़े दृढ़ होकर कहा।

सब लोगों ने चिदम्बरम् की बात मान ली। यह उपाय सबको पसन्द आया। सबने सोचा, इसमें अपना ही फायदा है।

रात की रात में पैसे की वसूली आरम्भ हुई और सुबह होते-होते दस हज़ार रुपये की रकम चिदम्बरम् के हाथ सुपुर्द कर दी गई।

गाँव के किसान चैन की नींद सोये।

दूसरे दिन सुबह ग्यारह बजे प्रोक्यूरमेण्ट ऑफीसर आए थे, मगर गाँव में नहीं, गाँव के बाहर। हाँ, गाँव के बाहर दो फरलाँग की दूरी पर चिदम्बरम् का एक बगीचा है और उन्हें उसी बगीचे में ठहराया गया। बगीचे में एक अच्छा-सा बंगला भी है।

चिदम्बरम् ने अफसर को गाँव में आने से रोकने के लिए गाँव के बाहर डेढ़ घंटे तक उनका इन्तज़ार किया। जाल फेंका। शिकार को काबू में कर लिया। अफसर की नीयत के बारे में चिदम्बरम् ने उसके पहले ही दिन सब बातें जान ली थीं। इसलिए पकड़ने में ज़्यादा देर नहीं लगी।

अफसर जीप में आए थे। साथ में सूटकेस, बेडिंग वगैरह इसलिए नहीं लाए कि शाम तक काम पूरा करके फिर शहर चले जाएँ। उनके साथ दफ्तर के कुछ लोग और आए थे। उनको भी उसी बगीचे में ठहराया गया।

गाँव के पटवारी तथा पटेल को अफसर के आगमन की तथा आकर बगीचे में ठहरने की खबर जैसे ही मिली, दौड़ते-दौड़ते दोनों के दोनों बगीचे में आ पहुँचे।

बगीचे के चारों ओर हरे-भरे खेत थे। वहाँ का वातावरण बहुत ही मनमोहक था। बगीचे में तरह-तरह के पेड़ थे। वैसे वहाँ नींबू के पेड़ अधिक थे। बिजली के इंजिन से पानी बाहर फेंका जा रहा था और मजदूर पानी को तनों में ले जा रहे थे और मिट्टी से उसके चारों ओर मेड़ बना रहे थे।

बँगले के एक खास कमरे में अफसर के भोजन का प्रबन्ध कर दिया गया, और उनके साथ आए हुए दफ्तर के लोगों के लिए पेड़ों की छाया में।

अफसर को खाने के साथ वे सब चीज़ें मिल गईं, जो उनको पसन्द थीं। पुलाव,

अंडे, मछली का कटलेट और आखिर में गोल्डेन ईगल बीयर और यह सब परोसने के लिए माली किष्टय्या की जवान लड़की—वनजाक्षी को नियुक्त किया गया था। अफसर साहब खाते भी रहे और वनजाक्षी की तरफ बार-बार देखते भी रहे।

अफसर ने अपनी ज़िन्दगी में कभी न इस तरह का खाना खाया था और न इतनी खूबसूरत लड़की ही देखी थी। यही सब सोचते हुए अफसर सोफे में बैठे हुए थे, खाने के बाद।

चिदम्बरम् बिल्ली की तरह अन्दर चले आए। सामने के सोफे पर बैठ गए। मुस्कराए। अफसर साहब भी मुस्कराए। झट से चिदम्बरम् ने अपनी जेब से रुपये निकाले और अफसर के हाथ में रख दिए।

अफसर ने वह रुपया ले लिया और पैंट की जेब में रख लिया।

"आप कुछ थके हुए-से लग रहे हैं। विश्राम कर लीजिएगा। गाँव में आने की तकलीफ आप क्यों करते हैं? अपने सहायकों को भेज दीजिए। मैं उनके साथ रहकर दो हज़ार बोरे धान दिला दूँगा, किसानों से!" चिदम्बरम् ने कहा, बड़े विनीत भाव से।

यह सलाह अफसर को भी बहुत पसन्द आई। बार-बार उनके मन में वनजाक्षी की याद आने लगी। अफसर ने अपने सहायकों को कमरे में बुलाया और कहा—"तुम लोग चिदम्बरम् साहब के साथ जाओ और जैसा वे कहेगे, धान की वसूली करो। आराम करके मैं एक घंटे के बाद गाँव में जा जाऊँगा।"

चिदम्बरम् के साथ वे लोग गाँव में गए, सरकारी जीप में बैठकर।

अफसर पलँग पर लेट गए।

वहाँ बिल्कुल सन्नाटा था।

धीरे-धीरे इंजिन की आवाज़ भी बन्द हो गई। मजदूर भी वहाँ से चले गए।

आधा घंटा बीत गया।

इतने में दरवाज़ा खुलने की आवाज़ सुनाई दी।

अफसर उठ बैठे।

"बाबूजी! पानी पियेंगे?" वनजाक्षी ने पूछा।

"हाँ! पिलाओ!" अफसर ने हँसते हुए कहा।

तीन मिनट बाद वनजाक्षी वहाँ आई। मगर फिर से बाहर नहीं गई। पता नहीं, वह अन्दर कितनी देर थी।

गाँव में दो हज़ार बोरे धान की वसूली की गई। वसूली के वक्त खुद चिदम्बरम् भी मौजूद थे।

शाम हो गई। जीप में बैठकर प्रोक्यूरमेण्ट ऑफीसर के सहायकों के साथ चिदम्बरम् बगीचे के पास आ गए।

जीप की आवाज़ सुनकर अफसर जाग पड़े। जँभाई लेते हुए बाजू में देखा। वनजाक्षी वहाँ नहीं थी। उसके जूड़े से गिरा हुआ गुलाब का फूल बिस्तर पर पड़ा हुआ था, जिसकी पँखुड़ियाँ सूखकर इधर-उधर बिखरी पड़ी थीं।

जाने क्यों अफसर के होंठों पर मुस्कराहट खेल गई।

चिदम्बरम् ने जब अफसर को विदा किया तो उनके होंठों पर भी मुस्कराहट थी।

चिदम्बरम् बगीचे से गाँव में आ गए।

अँधेरा हो चुका था, इसलिए रास्ते में उन्हें कोई नहीं मिला। वे सीधे अपने घर पहुँचे। बाहर कुएँ के पास हाथ-मुँह धो लिया। अन्दर के कमरे में जाकर आयरन सेफ खोला। फिर अपनी जेब से सौ-सौ के नोट निकाले और गिनकर अन्दर रख दिए। सौ के पूरे पचास नोट थे।

फिर एक बार चिदम्बरम् के होंठों पर मुस्कराहट खिंच गई।

अनुवाद : **दण्डमूडि महीधर**

मुसाफिर

'त्रिपुरा'

शिवरामन् को भेजने एयरपोर्ट गया। कलकत्ते में इस प्रदेश के स्पेशल ऑफीसर के पद पर तबादला कर दिया मैंने। यहाँ की 'गर्मी' सही नहीं गई।

पिछले तीन साल से मेरे नीचे काम करने वाले शिवरामन् से, जिसके साथ मैं बड़ी दोस्ती के साथ रहता आया, क्या बात करूँ? उसकी ज़िन्दगी तो एक खुली किताब है।–'कलकत्ते में उतरते ही मेट्रो, लाइट हाउस, न्यू एम्पायर में जो भी पिक्चर होगी, देखूँगा। रात को ग्रांड में कैबरे...फ्लोरा में इजिप्शन...कर्विस...' कल्पना-लोक में बहते हुए वह बोलता गया, जैसे एक कदम चौरंगी में हो!

मैं गया तो था उसको भेजने, मगर मन ठीक काम नहीं कर रहा था। पूरी रात टेलीफोन के पास बैठकर बिताई थी। आँखों में बिल्कुल नींद नहीं थी। अचानक शाम को तीन बिहार मिलिटरी कम्पनियाँ आई थीं और उनके ट्रान्सपोर्ट का बन्दोबस्त करना पड़ा। वे लोग अकस्मात् आए थे। कमांडेंट को खूब सुनाई। रात-भर टेलीफोन के पास बैठा रहा और शहर में जितनी सरकारी गैर-सरकारी जीपें और लारियाँ मिल सकती थीं, उन सबको कमीशन करके बॉर्डर पर भिजवा दिया और हॉस्पिटल सुपरिटेंडेंट को ताकीद कर दी कि मेडिकल कवर के लिए तीन डॉक्टरों को भी तैयार रखें। तभी खबर मिली कि सब-के-सब वहाँ पहुँच चुके हैं।

अभी कुछ अन्धेरा था। टेलीफोन के पास से उठ गया। शेव, शॉवर, फिर ड्रेस पहनकर बाहर आ गया। सुशीला बड़ी मीठी नींद सो रही थी। हाथियों का झुण्ड आकर सूण्डों से उसे झकझोर भी दे, तब भी वह जागने का नाम नहीं लेती। सुशीला बड़ी खुशकिस्मत है। कोई बहाना मिल गया तो बहुत फैल जाती है। नहीं तो...

स्टेशन बैगन बाहर निकाला। थोड़ी दूर तक मोग्रा रोड पर गया, कुँज-वन के बाजू में से एयरपोर्ट जाने वाली सड़क पर आ गया। सारी प्रकृति बड़ी लुभावनी लग रही थी। बड़ी ठण्डी हवा कपोलों को छूने लगी तो कोट के लेपेल्स ऊपर उठा दिए और गले को ढँक लिया। एक विचित्र प्रकार का आनन्द मन को घेरने लगता। एक तरफ प्रकृति पीछे की ओर सरकती जाती तो दूसरी तरफ ज़िन्दगी के वे विषपूर्ण

क्षण सामने से गुजर जाते, जिनको भूलने की कोशिश मैं सदा से करता आ रहा था। एकदम दिल धड़क जाता।

गौहाटी जाने वाला फोकर नीचे उतर रहा था। लाउँज में शिवरामन् खड़ा था—हारिस ट्वीड एड्वरटाइज़मेंट के मॉडेल की तरह! ऑलिव ग्रीन यूनिफॉर्म में कई मिलिटरी ऑफीसर बैठे हुए थे। नेवी ब्लू सूट में शिवरामन्—जैसे पेड़ के पत्तों के बीच फूल हो। मिलिटरी ऑफीसरों के कन्धे पर ब्रास-पिप्स चमक रहे थे। ...डामिट् ...ब्लडी...लुकाउट्...डिप्लय...एयर सुपीरियारिटी...चाइनीज...बगर्स... मिलिटरी वालों की बातें ओलों की तरह लग रही थीं। शिवरामन् को बुलाया। रेस्तराँ में गए।

यहाँ कुछ गर्मी थी। नियोन बत्तियाँ अब भी जल रही थीं। पता नहीं, मैं स्वयं नहीं जानता कि शिवरामन् को मैं क्यों चाहने लगा था। उत्तरी ध्रुव और दक्षिणी ध्रुव में यह कैसा आकर्षण? कहीं ऐसा तो नहीं कि मुझमें जो गुण मौजूद हैं, उनका लोप शिवरामन् में हो और इस कारण मुझमें सुपीरियारिटी कॉम्लेक्स ने प्रवेश किया हो? हाँ, जब मैं नया-नया आया' था तब उसकी फाइल में जितने ब्लैक मार्क मौजूद थे, सबको मिटा दिया था।...शिवरामन् को आँखों के सामने जो कुछ दिखाई देता है, उसी को वह दुनिया समझ बैठता है। जिस रास्ते पर वह चलता रहता है, उसी को वह सही मान लेता है। उसको पता नहीं है कि दुनिया में और भी मार्ग हैं। जब कोई मार्ग दिखाई न देता तो भोला बनकर ऐसे ही खड़ा रह जाता।

लाउड स्पीकर में एनाउन्समेण्ट—गौहाटी जाने वाले यात्रियों को प्लेन के पास बुलाया गया। ऑलिव ग्रीन का समूह, चार सिविलियन खिड़की के बाजू में से जल्दी-जल्दी चलते हुए प्लेन के पास गए।

मैं सोच रहा था कि शिवरामन् के साथ मेरी आखिरी बातें क्या होनी चाहिए। कृतज्ञ बनकर मेरे पीछे-पीछे घूमने वाले शिवरामन् को अपने दिल का कोई कोना दिखा देना चाहिए।

बादलों के साथ आँख-मिचौनी करते हुए एक बड़ा हवाई जहाज हवा में चक्कर काट रहा था। इस एयरपोर्ट में उतने बड़े हवाई जहाजों के उतरने की सुविधा नहीं थी। एयरपोर्ट के ऑफीसर घबराहट से इधर-उधर घूम रहे थे। गौहाटी जाने वाला हवाई जहाज ऊपर उड़कर आसमान में चला गया।...

हम बाहर आ गए। कोई कह रहा था कि लैंडिंग सिग्नल दे दिया गया था। दो फायर इंजिन वहाँ आ गए। आसमान से पँख-कटे पक्षी की तरह लँगड़ाते-लँगड़ाते दो सौ मील की रफ्तार से उतरकर टारमैक के आखिरी छोर तक जाकर वह जहाज बरबाद होने से बच गया। मुँह बाये हम देखते रह गए...कॉकपिट के बाजू में से आग की लपटें दिखाई देने लगीं। फायर इंजिन वहाँ पहुँच गए।

पीछे का दरवाज़ा खोलकर तीन लोग ब्लू एण्ड ह्वाइट यूनिफॉर्म में बगैर रेम्प के कूदकर बाहर निकल आए। हममें से कुछ लोगों ने वहाँ जाने की कोशिश की,

मगर सेक्युरिटी पुलिस ने रोक दिया। ग्राऊँड इंजीनियर के कुछ लोग जीप में बैठकर वहाँ गए।

आग बुझा दी गई।

तीनों क्रू धीरे-धीरे चलते हुए हमारे नज़दीक आ गए। सबसे आगे चलने वाले पायलट की चाल मुझे कुछ पहचानी-सी लगी। पी-कैप से माथा ढँका हुआ था। लम्बा-सा और मोटा। वह ऐसा बेखबर होकर चल रहा था कि जैसे अभी दो-एक क्षण पहले कुछ हुआ ही न हो। वह गेट के पास आ गया। कैप निकालकर सिर खुजला रहा था कि...

शेषा...

शेषा चलपति...

'शेषियो!' कहते हुए मैं एकदम दौड़ा।

दोनों हाथों से कसते हुए उसको गले लगा लिया।

'शेषियो!'

'माइटी क्राइस्ट! भास्करम्!'

'शेषू!'

पानी में डूबकर मरने वाले व्यक्ति पर अपनी ज़िन्दगी की सारी स्मरणीय घटनाएँ एक क्षण में फिल्म-रील की तरह मानस-पटल पर अंकित हो जाती हैं। ठीक वैसे ही मेरे और शेषा चलपति के जीवन की सारी घटनाएँ न सही—कुछ घटनाएँ मन में अकस्मात् स्पार्क की तरह चमकाकर अदृश्य हो गईं।

उसने अपने दोनों साथियों से अपने टैक्नीकल जार्गन में कुछ कहा। वे दोनों हैंगर की तरफ चले। शेषू को रेस्तराँ ले गया। पीछे शिवरामन् भी था।

मेरे सामने शेषू बैठ गया। बाजू में शिवरामन्। बैठते ही मैंने शिवरामन् का परिचय कराया। कुर्सी में से उठकर हाथ मिलाते हुए शेषू ने कहा—'हाउ डू यू डू!'

मन के आवेग को दबाने तथा भावनाओं को छिपाकर बात करने की कला वह सीख गया है। शायद यह नौकरी की महिमा हो। इस एड्वेंचर के बाद यहाँ इस तरह से मिलने का अवसर मिलेगा, इसकी कल्पना तक मुझे नहीं थी। मन एकदम भारी हो गया—उसको देखते ही। ऐसा महसूस हुआ कि जैसे एक शैथिल्य ने मेरे समस्त तन-मन को घेर लिया हो। टेबल पर हाथ टेके मैं एकटक शेषू के मुँह को ताकता बैठ गया।

शेषू का मुँह जैसे पत्थर से तराशा गया हो। कटार की तरह चमकने वाली आँखें। दो कटार।

'बैरकपुर में चैक नहीं किया गया। बास्टर्ड! नारायणगंज पहुँचने पर शक हो गया। सिल्चर से जवाब मिला कि कुछ नहीं किया जा सकता है अब! गौहाटी से तो कुछ नहीं आया, मगर यहाँ से ओ. के. सिग्नल आया। नहीं तो कर्नल भट्टाचारजी वाली हालत हो जाती। क्रैश होने से बच गए।...हाँ, फूड ड्रॉपिंग ड्यूटी में हैं।...कहीं

शादी तो नहीं कर ली तुमने?...सुना है, शान्ता विशाखापट्टणम में है। किसी कॉलेज में पढ़ाती है। और हाँ, तुम यहाँ कैसे? कुछ काम कर रहे हो? कीड़े-मकोड़े को क्या काम रहता है? अन्दर प्रवेश कर खोखला बना देना या काट खाना।...'

शेषू ने एक बार शिवरामन् की तरफ देखा।

फिर वह बोलता गया।

'पिछली बार हम कहाँ मिले थे...? तब मैं कहाँ काम करता था? बर्मा-शेल? रुषीवेली स्कूल? कहाँ? कुछ भी याद नहीं आ रहा है!'

'कटक के डाक-बँगले में मिले थे। तब तुम बर्मा-शेल में थे।'

'डिसमिस कर दिया सालों ने! तीन महीने तक कलकत्ते के बाज़ारों में बेकार घूमता रहा।'

गौहाटी से फोकर आकर नीचे उतरा। शिवरामन् को उसी में जाना था। एनाउँसमेंट भी हो गई।

शिवरामन् उठ खड़ा हो गया।

'सावधानी से रहना। मैंने जो कुछ बातें तुम्हें लिखकर दीं, उनका नियमित रूप से पालन करते रहना।' मैंने कहा। शेषू साथ नहीं रहता तो न जाने शिवरामन् के साथ के आखिरी क्षण कितने सेंटिमेंटल रहे होते! शिवरामन् को शायद बुरा लगा होगा। उसने कल्पना नहीं की होगी कि मैं ऐसे रूखे शब्दों के साथ विदा दूँगा। मैं प्लेन के पास भी नहीं गया। रेस्तराँ के दरवाज़े के पास ही हैंड-शेक करके विदा कर दिया।

'हाँ भई! मुझे बहुत भूख लग रही है। शायद जवान लड़कियाँ यहाँ खाने को नहीं मिलती होंगी।'

'नहीं!'

बेयरा को बुलाकर आमलेट, फिश-चॉप्स लाने को कहा मैंने।

'बनारस की बात याद है न?'

बनारस...!

प्रतिवर्ष बढ़ते जाने वाली घर-गृहस्थी के सामान के साथ स्मृतियों के भार को भी अपने साथ लिए घूमता रहा हूँ। वैसे मैं अपने माल-असबाब को स्वयं नहीं ढोता, और अपनी यादों को भी मैं ऑब्जेक्टिव होकर देखता हूँ। अपने साथ की घटनाओं को भी यों देखने लगता हूँ, जैसे वे मेरे साथ नहीं, बल्कि किसी दूसरे के साथ घटित हो गई हों।

उसने पूछा—'मोगलसराय के वेटिंग रूम वाली बात याद है न?'

बहुत तड़के...मोगलसराय स्टेशन...दूर पर माल-गाड़ियों का शंटिंग...उस पार के प्लेटफॉर्म के टी-स्टॉल के पास सिर नीचे झुकाकर चाय पीने वाले व्यक्ति...छः फुट वाले अपने शरीर को दो कुर्सियों में धँसाकर मुसाफिरों की सुविधा का ख़्याल न करनेवाले रेलवे डिपार्टमेंट को तीन भाषाओं में गालियाँ देने वाला शेषू...'तूफान'

से उतरी शान्ता को—जो मेरी तरफ देखकर मुस्कराने लगी थी, बरबस दूसरे प्लेटफॉर्म की तरफ ले जाना...!

उस दिन जो ले गया, सो ले गया—शान्ता को मेरी ज़िन्दगी से भी अलग करके ले गया शेषू! यह नौकरी जो है, हर स्मृति को मन के अन्दर दबाकर रख देती है।

'हाँ, याद क्यों नहीं है? तुम यह सोचकर मेरे पीछे-पीछे बनारस से मोगलसराय आए कि मेरे रोमांटिक रहस्यों का पर्दाफाश कर दो और...'

'बस-बस! मैंने तुम्हें बचाया था शान्ता से। लक्की ब्लोक हो तुम, उसके चंगुल में नहीं फँसे। मैंने भी उससे जल्दी ही पिंड छुड़ा लिया! ...

कलकत्ता जाने वाला फोकर उड़ा। शिवरामन् को बुरा लगा होगा।

'क्या काम करते हो तुम यहाँ?'

अर्से के बाद जब लोग मिलते हैं तो पहला सवाल यही करते हैं। शेषू की खूबी तो इस बात में है कि जिस सवाल की उम्मीद हम करते हैं, उसे वह कभी नहीं पूछता।

मैंने बता दिया कि मैं यहाँ क्या करता हूँ।

हँसा। बहुत हँसा। उसके दाँत दाड़िम के दाने की याद दिलाते हैं। तब वह बहुत सीधा-सादा लगता है।

'नौकरी तुम्हारे लायक ही है...फिटिंग्स...मिनिट्स...रोलटॉप डस्क...एड्मिनिस्ट्रेटिव जीनियस...गवर्निंग...ठीक है, सरकारी रथ को आगे को ठेलते जा रहे हो...!'

बेयरा खाने का सामान ले आया।

वह खाने में लग गया।

शेषू के साथी नैथानी और कुछ दूसरे लोग बात करते हुए प्लेन के पास जा रहे थे।...कटक का डाक-बँगला...वहाँ भी अचानक हमारी मुलाकात हो गई थी। बाजू के कमरे में ही ठहरा हुआ था। कलकत्ते से बिजनेस के सिलसिले में पुरी जा रहा था। मुलाकात के दो मिनट बाद वह अचानक पूछ बैठा—'तुमने अल्बर्ट कामू को पढ़ा है?' फिर उसके बाद उसने स्वयं आत्म-हत्या के सम्बन्ध में कामू तथा शोपेन हॉवर की राय बता दीं। और बताया कि 'मैं बिजनेस के सोल को ढूँढ़ रहा हूँ।...इसके पहले मैंने बनारस में अमरानन्द के साथ मिलकर हठ-योग का अभ्यास किया था...। फिर मेरा जैसे दिमाग खराब हो गया था—उसके बदसूरत चेहरे को देखकर मुझे उल्टी-सी आ रही थी...। अभी तक उसका प्रभाव नहीं गया। शाम को ही मैं वेदान्ती बन जाता हूँ।...'

सुबह मुझे बालासोर जाना था। दोनों मिलकर पैदल ही स्टेशन के लिए रवाना हो गए।

'मैं एकाकी हूँ। माँ नहीं; पिता हैं, मगर जेल में हैं। आजन्म कैद हो गई। मुझे भूलना नहीं। रहम करना मुझ पर!' रेल चलने लगी तो वह बोला।

मैं हँसा।

'हँसो नहीं! सच कह रहा हूँ। बचपन का एक सुन्दर सपना टूट गया...उसी दिन से मेरी ज़िन्दगी बरबाद हो गई।'

रेल चलने लगी तो 'वी' साइन करते हुए खूब हँसने लगा...खूब...!

प्लेटों को बाजू में सरकाते हुए उसने कहा—'मैं ज़्यादा दिन ज़िन्दा नहीं रहूँगा। मुश्किल है! काम पूरा होते ही निकल जाऊँगा। देखते हैं, यह काम कब पूरा हो जाता है।'

थोड़ी देर के लिए वह रुका।

'पेट जब भरा रहता है, तो इसी तरह के सवाल सामने आते हैं। बर्मा-शेल छोड़ने के बाद तीन महीने तक कलकत्ते में पार्कों की बेंचों पर सोते हुए जो ज़िन्दगी बिताई थी, वह बहुत महत्त्वपूर्ण थी मेरे लिए। कई-कई दिन भूखा रहता था। आखिर पटनायक को डराया-धमकाया तो वह पुराना रिकॉर्ड गायब करने को राजी हो गया था। उसी की सिफ़ारिश पर मैं इस प्राइवेट एयरलाइन्स में दाखिल हो सका। मेरी उम्र तो तुम जानते हो। उनचालीस साल की है। मगर 'ए' क्लास का फिटनेस सर्टिफिकेट मौजूद है मेरे पास। 'सी' लाइसेन्स है।...और हाँ, अब अपनी सुनाओ। किडनी की बीमारी कैसी है? नौकरी की परेशानियाँ कैसी हैं?...

शेषू को देखने लगा तो ऐसा मालूम पड़ रहा था कि वह किसी टॉनिक-एड्वरटाइजमेंट के साथ लगी तस्वीर हो। स्वस्थ शरीर। रोमन नाक। ग्रीशियन माथा। ईरानी आँखें...और तेलुगुवाली पैनी ओर समझदार दृष्टि! साथ-साथ कुल मिलाकर एक बहुत सुन्दर चेहरा!

नैथानी आया।

'बोलो! क्या बात है?' शेषू ने पूछा।

'एक घंटे में प्लेन ठीक हो जाएगा। कुछ ज़्यादा नुकसान नहीं हुआ है।' नैथानी ने कहा।

'ठीक है, जाओ। टेकॉफ नौ बजे। कैरी ऑन!'

नैथानी चला गया।...कटक डाक-बँगले में शेषू ने जो बातें कही थीं, अकस्मात् याद आ गईं—'तुम कुछ भी कहो, आत्महत्या सबसे अहम् फिलॉसॉफिकल प्रॉब्लम है। वक्त और बदनसीबी के दायरे का अतिक्रमण आँख मूँदने-भर की देर में कर देना चाहिए। जब चाहे तब हमें मृत्यु के मुँह में चले जाना चाहिए। किसी बीमारी के चँगुल में हम क्यों आएँ? बाथ-टब में गरम पानी भर लो। खूब नहा लेना, फिर ब्लेड से रिस्ट के पास काट लेना। एक घंटे के अन्दर मौत तुम्हें अपनी गोद में ले लेगी। मगर हाँ, मुझे यों मरना पसन्द नहीं। मैं तो चाहूँगा कि स्काई-स्क्रैपर की तेरहवीं मंजिल के ऊपर से नीचे पेवमेंट पर कूद पड़ूँ, और खून से लथ-पथ होकर मर जाऊँ! ...'

बेयरा कॉफी ले आया। पॉट में से लिक्कर प्याले में डाला, दूध और चीनी मिलाई। एक प्याला शेषू की तरफ सरकाकर दूसरा हाथ में लिए मैं सिप करने लगा।

पोस्टल एयर-मेल की वैन बड़ी तेज रफ्तार से इधर आ रही थी।

दो गिद्ध आसमान पर चक्कर काट रहे थे।

सारा एयरपोर्ट सुनसान था।

'क्यों शेषू! तुम्हारे उस 'ब्रेक्र-फ्लूइड्' का क्या हुआ?''

वह जोर से हँसा।

'अब भी तुम्हें वह बात याद है?...बस, वह काफूर हो गया समझो। नरहरि चेट्टियार को तीस हज़ार का नुकसान कराकर चुपके से यहाँ चला आया—मद्रास से। उसका दिवाला निकल गया।'

एक्सेल्शियर केमिकल्स के नाम से एक कम्पनी कायम कराई थी—नरहरि चेट्टियार से। उसको यकीन दिलाया गया कि वह एक ऐसा खास हाइड्रालिक ब्रेक्र-फ्लूइड तैयार करेगा कि करोड़ों रुपये की आमदनी हो जाएगी।

मगर ऐसा नहीं हुआ। उसका दिवाला निकल गया।

उसमें एक ऐसा जादू है कि लोग देखते-देखते शेषू की तरफ आकर्षित हो जाते हैं। रेल के सफर में लोग अपनी आत्म-कथाएँ सुनाने लग जाते हैं। वह निकटतम भाई-बन्धुओं को अपनी बातों से बेवकूफ बना देता है।

नैथानी आ रहा था। वह कुछ शिथिल दीख रहा था। शेषू के साथ काम करनेवाले को या तो बात-बात पर उद्विग्न होना पड़ता है, या हँसी-खुशी में लोट-पोट होना पड़ता है। कोई मध्य-मार्ग नहीं। बस इधर या उधर।

'शेषू! फिर कब मिलोगे? अपनी रुटीन ज़िन्दगी में जाने कब ऐसे ही तूफान की तरह या टाइडल वेव की तरह कूद पड़ोगे! ...कभी आओ। दो दिन मेरे साथ रहो! रहोगे?' मैंने पूछा।

आधे मिनट तक वह सोचता रहा...सोचता रहा।

'नहीं! नहीं रह सकता। यह तुम भी जानते हो। ऐसा बेहूदा सवाल तुमने इसके पहले कभी नहीं किया।'

नैथानी अन्दर आया।

'आप आकर चेक कर लीजिए सर! सब-कुछ ठीक है!'

शेषू उठा।

बेयरे को पैसे देकर बाहर आ गए।

सुबह के नौ बजे थे। सूरज की किरणें अभी ताजी लग रही थीं। उत्तर की तरफ आसमान पर काले-काले बादल छाए हुए थे।

शेषू एरोड्रोम ऑफीसर के कमरे में गया और कुछ बातें करके और कुछ कागज़ों पर दस्तखत करके निकल आया। तीनों मिलकर प्लेन के पास गए।

औचित्य की आदत मुझसे अभी नहीं छूटी। मुझसे रहा नहीं गया। मैंने कहा—'सुशीला के हाथ का खाना खा लेते। वह बहुत खुश हो जाती आतिथ्य देकर!'

'कौन है वह बिच्? तुम्हारी बीवी?' मेरे सिर पर हल्की-सी धौल देकर वह कॉक-पिट में जाकर बैठ गया। उसने दोनों इंजिन—एक के बाद एक स्टार्ट किए।

आगे को झुककर 'वी साइन करके, जीभ ऊपर को उठाकर मुझे चिढ़ाते हुए अपने प्लेन को टेकॉफ़-प्वाइण्ट के पास ले गया। फिर प्रचण्ड वेग से टारमैक पर आखिर तक गया और ऊपर उड़ गया। देखते-देखते शेषू उत्तरी दिशा के आसमान पर छाए हुए काले-काले बादलों में खो गया।

पूस के सूरज की कोमल धूप बादलों की छाया के कारण कुछ मद्धिम-सी दिखाई देने लगी थी। तभी कहीं दूर से बिजली कड़कने की आवाज़ सुनाई दी थी।

अनुवाद : **दण्डमूडि महीधर**

पड़ोस की कुँआरी लड़की

टी. गोपीचन्द

हमारे घर के बाजू के घर में नये किरायेदार आ गए हैं—पति-पत्नी और तीन बच्चे—दो लड़के और एक लड़की। लड़के तो छोटे हैं, पर लड़की सयानी है। सोलह-सत्रह की उम्र होगी। अभी कुँआरी है।

मुझे इस बात का पता नहीं कि उस लड़की के पिता कहाँ काम करते हैं और क्या करते हैं। मैंने यह बात जानने की कोशिश भी नहीं की। हाँ, इतना ज़रूर है कि उनका वेतन ज़्यादा नहीं; यही कोई सौ-सवा सौ होगा। सुबह आठ बजे के करीब घर से निकल पड़ते हैं, तो कहीं रात को घर लौटते हैं।

वैसे तो वह कब आते हैं, यह मैंने खुद अपनी आँखों से कभी देखा नहीं, पर जब वह घर लौटते हैं तो उसके दूसरे ही क्षण मुझे इस बात की सूचना मिल जाती है। क्योंकि जैसे ही वह घर में कदम रखते हैं, उनकी बीवी कोई बात कहती है, उसके उत्तर में वह बीवी को मारने लगते हैं। बीवी रोने लगती है। तभी मुझे पता लग जाता है कि पति आ गए हैं। यह क्रम रोज चलता है।

"बेटी का ब्याह कर दो न!" पति के घर लौटते ही पत्नी यही कहती है।

'कैसे करूँ?" पति कहते।

"जैसे दूसरे बाप करते हैं।" पत्नी कहती।

"पर मेरे हाथ में एक कानी कौड़ी भी नहीं।" पति कहते।

"उसके लिए मैं क्या करूँ?" पत्नी कहती।

"मैं कहता हूँ, हाथ में रुपया नहीं है!" पति आँखें तरेरते हुए कहते।

"मैं कहती हूँ, बेटी का ब्याह कर दो!" पत्नी चिल्लाकर कहती।

"तो ठहर, अभी कर देता हूँ!" यों कहकर वह पत्नी को मारने लगते। वह जोर-जोर से रोने लगती।

जब-जब वह अपनी पत्नी को मारने लगते हैं, तो मुझे जाने क्यों उस कुँआरी लड़की पर तरस आने लगता है।

उनके घर के बिल्कुल सामने के घर में इन्कम टैक्स ऑफिसर रहते हैं। उनकी बीवी बहुत खूबसूरत है। पास-पड़ोस वालों से बड़े प्रेम से बात करती है। उसके

पति हज़ार रुपये वेतन पाते हैं। घर में हमेशा चार-चार नौकर मौजूद रहते हैं। जहाँ भी जाना हो, मोटर पर सवार होकर जाते हैं। बड़े ठाठ-बाट से रहते हैं पर घमण्ड नाममात्र के लिए भी नहीं। उनका एक ही बच्चा है—प्यारा-प्यारा-सा बच्चा।

इन्कम टैक्स ऑफिसर शाम के ठीक पाँच बजे दफ्तर से घर लौटते हैं। तब तक उनकी पत्नी बाहर जाने के लिए तैयार रहती हैं। जैसे ही वह आते हैं, दोनों पति-पत्नी बच्चे को लेकर बाहर चले जाते हैं। यह उनका रोज़मर्रा का कार्यक्रम है।

अपने बच्चे को वे बहुत लाड़-प्यार से पालते हैं। जहाँ भी वे जाएं, उसको साथ लेकर जाते हैं। किसी दिन वह अपनी छोटी मोटर चलाता हुआ दिखाई देता, तो दूसरे दिन साइकिल चलाता हुआ। हमेशा उसके पास पैसा रहता और हर चीज़ वह खरीद लेता था—कभी मौसम्बी, कभी आइसक्रीम।

उस बच्चे को वे बहुत प्यार से रखते। हमेशा अच्छे कपड़े पहनाते। कभी उसको न डाँटते-डपटते, न मारते-पीटते।

लेकिन एक दिन इसी बच्चे को लेकर झगड़ा शुरू हो गया।

मैं किसी काम से घर से बाहर निकला तो मैंने देखा, इन्कम टैक्स ऑफिसर की बीवी अपने दुमंजिले की बाल्कनी पर खड़ी थी। हमारी पड़ोसिन अपने तीनों बच्चों के साथ आँगन में खड़ी थी। वे दोनों आपस में झगड़ रही थीं।

'लाज-शरम तो पी गई है तू।'' पड़ोसिन ने कहा।

''काहे की लाज-शरम?'' अफसर की बीवी ने सवाल किया।

पड़ोसिन ने बड़े विस्तार से बता दिया कि लाज-शरम किस बात की थी।

''बड़ी आई अफसर की बीवी। अपने लाड़ले को सँभाल के रख!'' पड़ोसिन ने कहा।

''क्यों सँभालूँ?'' अफसर को पत्नी ने पूछा।

''उसने हमारे घर में आकर बर्तन तोड़ दिया है। तुझे अपना बच्चा प्यारा है, पर हमें नहीं!'' पड़ोसिन ने कहा।

''क्यों बेटे, तूने उनका बर्तन तोड़ दिया है?'' अफसर की पत्नी ने अपने बच्चे से पूछा।

''नहीं मम्मी, मैंने उनके घर में कदम ही नहीं रखा।'' बच्चे ने कहा।

''सुनती हो न?'' अफसर की पत्नी बोली।

''अपने लाड़ले का पक्ष ले रही है...बेहया कहीं की!'' पड़ोसिन ने गालियों की बौछार शुरू कर दी।

''बर्तन का जो भी पैसा हो, मुझसे ले लेना।'' अफसर की पत्नी ने कहा।

''बड़ी आई है पैसे वाली!'' पैसा हमने भी देखा है। देख री बेटी, पैसे का कितना घमण्ड है इस चुड़ैल को!'' पड़ोसिन अपनी कुँआरी लड़की से बोली।

''हाँ...हाँ, घमण्ड क्यों न हो! पति कमाकर जो ला रहा है हजारों रुपया!'' पड़ोसिन की कुँआरी लड़की ने कहा।

जाने क्यों मुझे इस कुँआरी लड़की पर तरस आने लगता है।

"अपने पास पैसा ज़्यादा है, तो ऐश करे, हमें इससे क्या!" पड़ोसिन बड़बड़ाती रही।

माँ-बेटी दोनों ने जी भरकर अफसर की पत्नी को खूब गालियाँ दीं। यह सब सुनकर अफसर की पत्नी सन्न-सी रह गई। उसके मुँह से एक भी शब्द अथवा अपशब्द नहीं निकला। किसी से सटर-पटर करने की उसे आदत नहीं थी।

"अब तुम्हीं बोलो, मैं क्या करूँ?" लाचार होकर अफसर की पत्नी ने थकी-सी आवाज़ में पूछा।

"तू अपने बच्चे को सँभाल के रख!" पड़ोसिन ने गरजकर कहा।

"माँ, अफसर के बच्चे ने मुझे अपनी साइकिल पर नहीं बैठने दिया।" पड़ोसिन के बच्चे ने शिकायत की।

"हाँ...हाँ, लाट साहब का बेटा है न! वह क्यों बैठने देगा! ऐ...सुनो! अपने बच्चे की मरम्मत करके बता देना, वह हमारे घर में कदम न रखे। समझी?" पड़ोसिन ने बड़े गुस्से में कहा।

"बच्चे को मारना मुझे अच्छा नहीं लगता!" अफसर की बीवी ने कहा।

"फिर तुझे क्या अच्छा लगता है?" पड़ोसिन ने उलटा सवाल किया।

"मैं अपने बच्चे को तुम्हारे यहाँ आने से रोक दूँगी।" अफसर की पत्नी यों कहकर घर के अन्दर चली गई।

"अगर तेरे बच्चे ने हमारे घर में कदम रखा, तो उसकी हड्डी-पसली एक कर दूँगी।" पड़ोसिन ने कुछ ठण्डे होकर कहा।

"माँ, अफसर का लड़का इस गली के सभी बच्चों को बिगाड़ रहा है।" पड़ोसिन की कुँआरी लड़की ने कहा।

"माँ, अफसर के लड़के ने मुझे चॉकलेट देने से इन्कार कर दिया।" पड़ोसिन के लड़के ने शिकायत की।

"अफसर का बेटा है न! बड़ा आया अफसर का बेटा!" पड़ोसिन के दिमाग की गर्मी अभी कुछ कम नहीं हुई थी।

"इस अफसर की बीवी को बड़ा घमण्ड है, माँ! उसका पति जो कमा रहा है हज़ारों रुपया!" कुँआरी लड़की ने कहा।

जाने क्यों मुझे इस कुँआरी लड़की पर तरस आने लगता है।

अफसर की बीवी के चले जाने के बाद भी माँ-बेटी की जबानें कैंची की तरह चलती रहीं बहुत देर तक।

उनके झगड़े का ढंग देखकर मुझे बड़ा आश्चर्य हुआ। मुझे यों लगा कि हमारी पड़ोसिन जान-बूझकर अफसर की पत्नी से झगड़ा मोल ले रही है। वह ऐसा क्यों कर रही है, यह जानने की मैंने बड़ी कोशिश की पर मेरी समझ में कुछ नहीं आया।

थोड़ी देर बाद मैं बाहर निकला। अफसर के घर के दरवाज़े बन्द थे। मगर पड़ोसिन तो अपने तीनों बच्चों के साथ वहीं खड़ी थी अपने आँगन में। अड़ोस-पड़ोस की चार-पाँच औरतें उन्हें घेरे खड़ी थीं।

"तूने उसे खूब सुनाई!" एक ने कहा।

"नहीं तो क्या! उसके बच्चे की वजह से नाकों में दम हो रहा है। उसकी देखा-देखी हमारे बच्चे भी बिगड़ने लगे हैं।" उँगलियाँ नाचते हुए पड़ोसिन कहने लगी।

"मेरा बच्चा तो चार दिन से मेरा दिमाग चाट रहा है सिल्क की शर्ट के लिए। ठीक वैसी ही शर्ट के लिए जैसी अफसर के बच्चे ने पहनी है।" दूसरी औरत बोली।

"अफसर के लड़के के पास जो छोटी साइकिल है, वैसी ही साइकिल के लिए मेरा बेटा भी ऊधम मचा रहा है।" तीसरी ने कहा।

"अफसर की बीवी को ही देखो न, हमेशा बन-ठनकर रहती है। शाम होने की देर, पति के साथ बाहर सैर-सपाटे के लिए निकल पड़ती है। क्या जमाना आ गया है? घर-गृहस्थी के सारे नियम मिट्टी में मिल गए!" पड़ोसिन ने कहा।

"पर तूने तो कोई कसर उठा नहीं रखी! उसे खूब खरी-खोटी सुनाई। उसे छठी का दूध याद आ गया होगा!" चौथी ने कहा।

"अभी तो कुछ नहीं हुआ, आगे देखना। मैं तब तक चैन न लूँगी जब तक वे लोग यह गली छोड़कर न चले जाएं।" हमारी पड़ोसिन ने बड़ी दृढ़ता के साथ कहा।

"हाँ...हाँ, ऐसा ही होना चाहिए। न नौ मन तेल होगा, न राधारानी नाचेंगी!" उनमें से एक ने कहा।

"हाँ भई, लाड़-प्यार की भी एक हद होती है। यह तो हद से ज़्यादा है। इस ज़्यादती को तो सहन नहीं करना चाहिए।" सभी ने जैसे एकमत होकर कहा।

"अफसर की बीवी को अपने-आप पर बहुत घमण्ड है। उसका पति जो कमा रहा है हज़ारों रुपया!" पड़ोसिन की कुँआरी लड़की ने अपनी दलील पेश की।

जाने क्यों, मुझे इस कुँआरी लड़की पर तरस आने लगता है।

रात के आठ-नौ बजे का समय होगा। हमारे पड़ोसी किरायेदार घर तशरीफ ले आए। रोज की तरह उनके घर लौटते ही पत्नी ने कहा—"बेटी का ब्याह कर दो न!"

"कैसे करूँ?" पति ने कहा।

"जैसे दूसरे बाप करते हैं।" पत्नी ने कहा।

"पर मेरे हाथ में कानी कौड़ी भी नहीं!" पति ने कहा।

"उसके लिए मैं क्या करूँ?" पत्नी ने कहा।

"मैं कहता हूँ, हाथ में रुपया नहीं।" पति ने गुस्सा होते हुए कहा।

"मैं कहती हूँ, बेटी का ब्याह कर दो जैसे-तैसे!" पत्नी ने चिल्लाकर कहा।

"तो ठहर, अभी कर देता हूँ!" यों कहकर वह अपनी पत्नी को मारने लगे। उनकी पत्नी जोर-शोर के साथ रोने-बिलखने लगी।

अनुवाद : **दण्डमूडि महीधर**

•

नयी ज़िन्दगी

कोडवटिंगट कुटुम्बराव

वह होटल खासकर मिल के मज़दूरों के लिए खोला गया था। वहाँ आधे आने में चाय मिलती है। मज़दूर एक आने में भजिया खाते और चाय भी पीते हैं। अगर एक आधा आना और खर्च किया जाए तो पाव-भर उसव्व खाकर भी चाय पी जा सकती है। 'भजिया' चने के आटे से बनाई जाती है। पाव यानी चार औंस की डबलरोटी, उसव्व—चने या मूँग की तरकारी, जिसमें रोटी डुबोकर खाई जाती है।

सुबह साढ़े सात बजे का समय था। मिल के मज़दूर एक-एक करके होटल में आने लगे और हिन्दी और मराठी भाषा में अपनी पसन्द की चीज़ें माँग-माँगकर खाने लगे। होटल के लड़के बहुत जल्दी सब चीज़ें ग्राहकों को दे रहे थे। लेन-देन की टेबुल पर बैठा हुआ मालिक भी चिल्लाता जा रहा था—"एक गिलास पानी दो! एक लेमन दो!" यों ग्राहकों की ज़रूरतों का वह पूरा ध्यान रख रहा था।

इस होटल में एक लड़के ने प्रवेश किया। सबकी नज़रें उसकी नई धोती और कुर्ते पर थीं, जो उसने पहन रखे थे। पर उसका चेहरा देखने से ही पता चलता था कि वह देहात से नया-नया शहर में आया है। एक लड़के ने उसे एक गोल मेज़ के सामने बिठला दिया और मराठी में पूछा—"तुम्हें क्या चाहिए?"

नया आगन्तुक समझ गया कि वह क्या पूछ रहा है, पर उसने तुरन्त जवाब नहीं दिया। उसने देखा, थोड़ी दूर पर ही एक तख्त पर काँच की सुराही में मट्ठा भरा हुआ था। सारा फर्श सफेद पत्थरों से मढ़ा हुआ था। यह सब देखकर उसे आश्चर्य हुआ। तब उसे लगा कि शायद इस होटल में खाने-पीने के लिए बड़े-बड़े सेठ-साहूकार आते होंगे। उसने अपनी नज़र चारों ओर फेरनी चाही, पर सम्भव नहीं हुआ।

"क्या चाहिए?" होटल के लड़के ने पूछा।

"क्या-क्या है?" लड़के ने पूछा। होटल के लड़के ने सारी चीज़ों की लिस्ट दुहरा दी—"पूरी, शिरा, बटाटा, पाव, उसव्व, भजिया, चा, लेमन, ताक, शर्बत..."

लड़का ज़रा समझदार था, उसने सब चीज़ों का भाव मालूम करके कुल ढाई आने की चीज़ें लाने को कहा।

होटल से मिल अधिक दूर नहीं। पहाड़ की बगल वाली खूबसूरत सड़क सीधे

फ़ैक्टरी को जाती है। सड़क के अगल-बगल बीसेक घर हैं। सब घर नए हैं, अभी हाल ही के बनाए हुए। उससे दो फर्लांग दूर और चलने पर दो फैक्टरियाँ एक-दूसरे से सटी हुई हैं। आध फर्लांग की दूरी पर तीसरी फैक्टरी है। सड़क पर धीरे-धीरे चलता हुआ वह लड़का जा रहा था। वह मज़दूरी की खोज में निकला था। उसे मज़दूरी चाहिए।

पहली जो मिल पड़ती है, वहाँ कोई चहल-पहल नहीं थी। दूसरी फैक्टरी के फाटक के सामने कुछ दूरी पर पाँच-छः आदमी खड़े हुए थे। वह यह नहीं जानता था कि लोग वहाँ काम के लिए खड़े हुए थे। फाटक के पास खड़े हुए पठान को उसने नहीं देखा था। सो उसने वहाँ जाकर झाँककर अन्दर देखा। देखने में वह अहाता बहुत सुन्दर था। एक ओर फूल-पौधों की एक झाड़ी थी और उसके आस-पास ही छोटे-छोटे पौधे, मिट्टी के गमलों में रखे हुए थे। फैक्टरी देखने में बहुत सुन्दर थी। उसने सोचा, अगर काम करना हो तो इसी फैक्टरी में करना चाहिए। बड़े भाग्यवान व्यक्तियों को ही यहाँ काम मिलता है। इतने ही में उसे पठान की आवाज़ सुनाई दी-"एय! क्या चाहिए तुझे?"

उसे हिन्दी नहीं आती थी। पर पठान का सवाल वह समझ गया।

"काम चाहिए।" उसने जवाब दिया।

"देखो! वहाँ जाके खड़े हो जाओ।...अरे ज़रा सँभल के जाना! ...मालिक की मोटर आ रही है।...जाओ-जाओ।"

घबराते हुए वह लड़का संड़क के उस पार पहुँच गया, जहाँ लोग खड़े हुए थे। तभी काले रंग की एक मोटर बड़ी तेज़ी से आई और अन्दर चली गई।

लड़का सोचने लगा, शायद उसको मालिक ने देखा होगा। अगर वह उससे नाखुश हुआ होगा तो काम मिलना मुश्किल होगा। लड़के को अपने किए पर दुःख होने लगा। अगर उस काले रंग वाली मोटर के नीचे आ गया होता, तब भी शायद उसे उतना दुःख नहीं होता।

फैक्टरियों के सामने काम की तलाश में आए हुए लोगों को देखकर आश्चर्य होता है। वे यह कभी नहीं सोचते कि उन फैक्टरियों में क्या-क्या काम होता है। भले ही वह वनस्पति की फैक्टरी हो, लोहे की हो, या कपड़े की—इसकी कोई परवाह उन्हें नहीं रहती। जो पढ़ा-लिखा आदमी होता है, उसे पहले ही से पता चल जाता है कि उसे कहाँ नौकरी मिल सकती है; क्योंकि उसके पास डिग्री रहती है। पर परिश्रम करने वाला मज़दूर अपने साथ अपना बदन और हड्डियाँ लाएगा। उसके पास और है ही क्या? जहाँ उसे चिमनी से धुआँ निकलता हुआ नज़र आएगा, वहीं वह मौजूद हो जाएगा और काम देने की बात कहेगा। वहाँ पर नौकरी मिलना या न मिलना उसकी किस्मत की बात है। अगर कहीं नौकरी मिल भी जाए तो कहीं चार महीनों के लिए होती है, या उससे अधिक समय के लिए। पर कहीं भी कोई चार साल से अधिक समय तक नहीं टिकता। फिर उसके बाद उसकी ज़िन्दगी वहीं आकर

रुकती है, जहाँ से शुरू हुई थी। कारण यह है कि अपनी पुरानी माँस-पेशियों की शक्ति वह वापस नहीं ला सकेगा। मज़दूर के रक्त व माँस-पेशियों की शक्ति फैक्टरी के अधीन हो जाती है। मिल के बाहर कदम रखते समय अगर चार पैसे उसकी जेब में बाकी भी होते हैं तो वे सब तब तक खत्म हो ही जाते हैं, जब तक उसे नई जगह कोई नई नौकरी नहीं मिलती। कभी-कभी पैसा तो खत्म हो जाता है पर नौकरी फिर भी नहीं मिलती।

फैक्टरी के सामने जो लोग खड़े थे, उनमें ऐसे भी थे, जिन्हें बहुत दिनों से नौकरी नहीं मिल रही थी। फैक्टरी के चालू होने के आध घंटे बाद ही नौकरी मिलने के सम्बन्ध में निश्चित बात मालूम हो पाती है। तब तक दूसरी जगह जाने से भी कोई फायदा नहीं होता। यह सब जैसे लॉटरी है। पर इस लॉटरी में इस लड़के की किस्मत खुल गई। मालिक के अन्दर जाने के थोड़ी ही देर बाद कोई बाहर आया। और फाटक के पास खड़े हुए लोगों की तरफ देखता कहता जा रहा था—"तुम लोग वापस लौट जाओ।" केवल एक युवक को ही अन्दर बुलाया गया। यह तो लॉटरी नहीं कही जा सकती। यह तो जैसे फैक्टरी का स्वयंवर है। इसमें मज़बूत माँस-पेशियों वाले जवान को तरजीह दी जाती है। अन्दर जाने पर इस लड़के की तरफ बड़ी लापरवाही से देखते हुए उस व्यक्ति ने पूछा, 'क्या नाम है तुम्हारा?'

"विठ्ठल पांडुरंग।"

"कभी तुमने फैक्टरी में काम किया है?"

"नहीं।"

"अच्छा! रोज़ की मज़दूरी बारह आना है और बारह आना महँगाई। इस खाते में तुम काम करोगे?"

विठ्ठल समझने लगा कि उसे बड़ा आदर मिला। प्रतिदिन डेढ़ रुपये की आमदनी! अगर पच्चीस दिन भी काम किया तो साढ़े-सत्ताईस रुपया हुआ। यानी वर्ष-भर की आय 450 रुपये! हैदराबाद के अपने गाँव में औरत-मर्द, बच्चे-बूढ़ों ने सब मिलकर साल-भर एड़ी से चोटी तक का पसीना बहाया, तब भी इतनी रकम नहीं कमा सके। कितनी खुशनसीबी है! और काम भी कितना आसान! जगह भी कितनी साफ-सुथरी है—न मिट्टी है, न कीचड़! फैक्टरी के काम से छुट्टी मिली तो कोई चिन्ता बाकी नहीं रहती। प्रतिदिन आठ घंटे का काम। अपने गाँव में खेत का काम तो कभी भी खत्म नहीं होता था। जितना भी करो, बढ़ता ही जाता था। शहर में कितनी मोटरें हैं, कितनी ट्रामें हैं, कितने सिनेमाघर हैं और कितना बड़ा शहर है! अहाते के एक कोने में एक लॉरी खड़ी थी। लॉरी में तांबे के टुकड़े रक्खे थे। चार मज़दूर लॉरी में से उन्हें निकाल-निकालकर फैक्टरी के भीतर रख रहे थे। वे तांबे के ढाँचे एकदम लाल थे। विठ्ठल से कहा गया कि वह भी उनको उठाने में मदद दे। हर एक आदमी मुश्किल से एक ढाँचा ढो रहा था और हाँफ रहा था। पर विठ्ठल ने एक-साथ दो ढाँचों को उठा लिया। अगर उसके हाथ में कोई और देने वाला होता

तो वह तीन को भी उठा कर ले जा सकता था। पर जब लॉरी के पास आकर उसने किसी को तीसरा ढाँचा भी उठा देने को कहा तो उसने कहा–"आया है बड़ा तीसमारखाँ।"

"मैं एक-साथ तीन ले जाऊँगा।" विट्ठल ने कहा।

"जैसा दूसरे करते हैं, वैसा ही करो।" लॉरी वाले ने कहा। मानो वही विट्ठल का मालिक हो। विट्ठल का उत्साह ठंडा पड़ गया।

विट्ठल को काम में लगे चार दिन बीत गए। तब तक उसके लिए फैक्टरी का नयापन दूर हो गया था। वहाँ काम करने वालों के साथ वह घुल-मिल गया। पर फैक्टरी में काम का तरीका उसकी समझ में नहीं आया। वैसे तो काम आदमी का है पर आदमियों के वश का नहीं दीखता। कोई पीछे से खदेड़ रहा हो, ऐसा भान होता रहता है। काम करते हुए कोई हँसता-गाता भी नहीं। काम करने में किसी का मन नहीं लगता। काम में किसी को कोई दिलचस्पी है, ऐसा नहीं दीखता। उसने देखा, फैक्टरी के मज़दूर काम तो करते हैं पर ऐसा लगता कि मानो उसके साथ उनकी कोई दुश्मनी हो। अपने काम के बारे में वे कभी बातचीत नहीं करते। अगर कभी बात भी करते, तो बड़ी लापरवाही से।

दूसरे मज़दूरों ने पहले दिन उसकी बड़ी खिल्ली उड़ाई। उसका एक कारण था, उसके कपड़े। "तुम मज़दूर हो या मालिक?"–उन्होंने हँसते हुए उससे पूछा।

"कल से काम करने के अपने अलग कपड़े लेते आना। यहाँ काम रहता है।" दूसरे मज़दूर ने हँसते हुए कहा, जो उम्र में कुछ बड़ा था। वास्तव में सब बहुत मैले, दुर्गन्ध वाले कपड़े पहने हुए थे। वे ही नहीं, 'साहब लोग' भी दुर्गन्ध वाले कपड़े पहने हुए थे।

विट्ठल यह समझ नहीं पाया कि ये मज़दूर लोग किस वर्ग के अन्तर्गत हैं। पर उसे इतना ज़रूर लगा कि उसका स्तर इन लोगों से कहीं ऊँचा है। अपने परिवार के लोग कुलीन हैं। हाँ, ज़मीन-जायदाद अधिक नहीं थी। थोड़ी ज़मीन की आय पर बहुतों का जीवन-यापन होने के कारण कुछ कर्ज़ हो गया था। वैसे तो वह खुद ही शहर चला आया, किसी ने आने के लिए नहीं कहा। जिस दिन यह काम पसन्द नहीं आएगा, उसी दिन वह अपने गाँव वापस लौट जाएगा। पर इन लोगों का क्या होगा? इनमें से कितने ही लोग लम्बे अर्से से यहीं काम करते आ रहे हैं। मगर नौकरी छूट जाती है, तो इन्हें सड़क की धूल छाननी पड़ती है। वह 'भय्या' जो है, हज़ार मील की दूरी से यहाँ चला आया। वह कुछ पढ़ा-लिखा भी नहीं। फिर उसका दिमाग भी खाली है। सब कोई उसे चिढ़ाते हैं। जो भारी काम होता है, वह उससे ही करवाया जाता है। उसे आए अधिक समय नहीं गुज़रा। उसने कभी भी आधा आना देकर चाय तक नहीं पी। यह भी मालूम हुआ कि वह खाना भी नहीं खाता। उसके कमरे में छः जने और भी रहते हैं। उनका कहना है कि वह चना भिगोकर खाता है। इसलिए उसका मुँह उतर गया है और आँखों से पानी बहता रहता है।

"तुम्हें कुछ तमीज़ नहीं। चने खाते जाओगे तो मर जाओगे। तेरे न तो बीवी है, न बच्चे हैं। जो कुछ कमाता है, उससे अच्छी तरह खाता-पीता क्यों नहीं? पत्थर जैसा बदन चूर-चूर कर लिया। कुछ अपनी फिक्र कर!" चाचा ने उसे खूब फटकार बताई।

—'चाचा' है एक पठान। नाम है रहमान। सब उसे 'चाचा' कहकर पुकारते हैं। उम्र 62 साल की है। सन् 1914 के युद्ध में उसने रेलें चलाने का काम किया था। अब भी देखने में बड़ा हृष्ट-पुष्ट है। एक दिन चाचा ने विट्ठल को अपनी कहानी सुनाई। युद्ध से लौटने के बाद चाचा ने सीमाप्रान्त में अपनी कमाई से थोड़ी-सी ज़मीन खरीद ली। न उसके पास इसके लिए कोई दस्तावेज था, न कोई सबूत ही। जिसने ज़मीन बेची थी, उसने लड़-झगड़कर चाचा को उस खेत से बाहर निकालना चाहा। "अगर खेत में कदम रखा तो हड्डी-पसली एक कर दूँगा।" चाचा ने उससे कहा।

"एक मिनट के लिए ज़रा इधर तो आ जा। एक बात कहनी है—" उस आदमी के एक सहायक ने चाचा का हाथ पकड़कर उसे खेत के बाहर बुलाया। चाचा ने हाथ छोड़ देने के लिए कहा। वह नहीं माना। बस, चाचा ने उसकी मरम्मत कर दी। इसके एवज़ में चाचा को तीन साल तक जेल की हवा खानी पड़ी।

जेल से लौटते ही चाचा ने एक नया काम तलाश कर लिया, यानी वह डाके डालने लगा। चाचा ने बड़े गर्व से कहा—"यह भी एक तरह की नौकरी है, पर बहुत ही मुश्किल। अपने बीवी-बच्चों को सीधे जाकर देख तक नहीं सकते। छिपे-छिपे जाना पड़ता है। और कभी भी उन्हें अपने ठिकाने के बारे में कुछ नहीं बताया जाता।"

"ये डाकू लोग रहते कहाँ हैं?"

"जंगल और पहाड़ों में रहते हैं।"

"वहाँ कोई आता-जाता भी है?"

"कोई नहीं। अगर कोई गया तो फासले पर खड़ा होना पड़ता है। साथ में खड़े नहीं हो सकते। चाहे सगे-सम्बन्धी ही क्यों न हों।"

"ऐसा क्यों?"

"डाकू किसी का विश्वास नहीं करता। डाकुओं को पकड़ने पर सरकार पैसा देती है। सगे-सम्बन्धी ही अगर लालच के वश वैसा कर दें तो क्या होगा? इसलिए बिल्कुल सामने खड़े होकर बात करनी पड़ती है।...हटाओ अपना हाथ!" चाचा ने ऐसा अभिनय किया, मानो किसी ने उसके कन्धे पर हाथ डाला हो और उसके हाथ बन्दूक पर चले गए हों। एक क्षण के लिए विट्ठल को चाचा सचमुच का डाकू ही प्रतीत हुआ।

जब कभी भी फुरसत मिलती, विट्ठल बैठकर हिसाब लगा लेता। सोचता—कम-से-कम हर महीना दस रुपया बचा सकता हूँ। अगर थोड़ी मेहनत और की जाए तो तेरह-चौदह रुपया भी बचाया जा सकता है। घर में ढाई-सौ रुपये का कर्ज है। अगर हर महीना

कुछ-न-कुछ भेजा जाए तो सम्भव है, कर्ज़ की पूरी रकम दो साल में चुकता हो जाए। विट्ठल ने पहली बार जब बारह रुपया घर भेजा तो उसकी खुशी का ठिकाना न रहा। यह पैसा पाकर घर में माँ और भाई कितने खुश होंगे, इसकी कल्पना कर वह और भी प्रसन्न हुआ। मनीऑर्डर के साथ-साथ वह गाँव जाकर उनके चेहरे पढ़ना चाहता था। घर के मवेशी और खेत उसके सामने से गुज़र गए। उसे एक तरह की वेदना हुई। पर उसने प्रण कर लिया था कि जब तक कर्ज़ चुकता न हो जाए, तब तक वह घर नहीं जाएगा। आधा कर्ज़ या कम-से-कम पचास रुपया चुकाकर घर जाना अच्छा होगा। पर जाना भी चाहे तो छुट्टी कौन देगा? अगर छुट्टी मिल भी जाए तो आने-जाने में एक महीने की पूँजी खर्च हो जाएगी और रुपया बेकार जाएगा।

दूसरा महीना बीत गया। तीसरा और चौथा मास भी गुज़र गया। अब विट्ठल में पहले की वह स्फूर्ति न रही। उसकी माँस-पेशियाँ कमज़ोर पड़ गईं। चाय की दुकान में खाने वाली चीज़ें उसके लिए माफिक नहीं पड़ीं। केवल खाने-पीने के लिए ही एक बार घर हो आने की इच्छा हुई। पर कैसे जाया जाए? मिल का काम पूरा कर जब घर की राह लेता तो वह थककर चकनाचूर हो जाता। सुबह होते-होते फिर थोड़ा-सा उत्साह आ जाता। इधर उसे नींद भी ठीक से नहीं आ पाती थी और शरीर थका-थका-सा रहता था।

'यह खाना क्यों इतना गया-बीता है? काम इतना खराब क्यों है? ज़िन्दगी भी इतनी मनहूस क्यों है?'—विट्ठल सोचने लगता। यों उसे खाने-पीने के सम्बन्ध में या काम के सम्बन्ध में कोई शिकायत नहीं, पर यहाँ की ज़िन्दगी देखकर उसे आश्चर्य होता था। गाँव में जाकर यहाँ की इस ज़िन्दगी के बारे में बता दिया जाए तो कोई विश्वास ही नहीं कर सकता। वह यह भी सोचा करता कि यह ज़िन्दगी झूठ है और इस ज़िन्दगी में साँस लेते हुए वह अपने-आपको धोखा दे रहा है। यहाँ के लोग यह क्या जानें कि जैसे ही घर का कर्ज़ा चुक गया, वह फैक्टरी से विदा ले लेगा। घर के लोगों को भी इस बात का पता नहीं था कि वह शहर में किस तरह की ज़िन्दगी बसर कर रहा है।

अब तीस रुपये का कर्ज़ चुक गया। अब घर जाने में हर्ज ही क्या है? पर उसने तो यों ही अपने मन में जैसे प्रतिज्ञा कर ली थी कि वह कर्ज़ की पूरी रकम चुकाएगा। पर सारा कर्ज़ चुकाने का उत्तरदायित्व उस पर नहीं है। वह जब कभी भी घर जाने की सोचता, तो उसका मन उसे धिक्कारता कि 'तुम आदमी हो या जानवर?'

विट्ठल इसी असमंजस में था कि फैक्टरी में हड़ताल शुरू हो गई। उन दिनों हड़ताल बात-बात पर शुरू नहीं की जाती थी। इस हड़ताल के पीछे किसी मज़दूर-वर्ग का नेतृत्व न था। डिसूजा नाम के एक गोरे फोरमैन और एक मज़दूर के बीच कोई झगड़ा हो गया था। मालिक ने डिसूजा की सलाह पर उस गरीब मज़दूर को नौकरी

से निकाल दिया। कोई सूचना तक नहीं दी। तत्काल ही सभी मजदूर एकत्रित हुए और हड़ताल आरम्भ कर दी गई। सब लोग काम छोड़कर अहाते में इकट्ठे हो गए। फिर आपस में इसी बात को लेकर चर्चा चल रही थी।

फैक्टरी के मैनेजर ने बाहर आकर कहा कि एक मिनट के अन्दर जो लोग काम पर नहीं लौटेंगे, उन्हें मैं बरखास्त कर दूँगा। यह सुनकर कुछ लोग अन्दर चले गए। उनमें विट्ठल भी था। बाकी लोगों को फाटक के बाहर चले जाने को कहा गया।

विट्ठल जब अन्दर आया तो उसके आश्चर्य की सीमा न रही। जो अन्दर चले आए थे, वे बीस से भी कम थे। करीब-करीब पचास मज़दूर बाहर चले गए थे। विट्ठल ने सोचा, सब-के-सब डरकर फिर काम पर वापस आ जाएँगे। मालिक की बात न मानने का मज़दूर साहस कर सकता है, यह विट्ठल ने कभी नहीं सोचा था। अगर उसे यह पहले मालूम होता कि कुछ मज़दूर इतने डरपोक नहीं हैं तो वह कभी काम पर वापस न आता।

दो घंटे तक फैक्टरी में कुछ काम नहीं चला। ऐसा दिखाई दिया कि मानो फैक्टरी को कोई बड़ी बीमारी लग गई हो। विट्ठल यह नहीं जानता था कि इन दो घंटे की अवधि में क्या-क्या बातचीत हुई और कौन-कौन अन्दर आए और गए। दो घंटे के बाद अचानक उसे कई आवाज़ें एक-साथ सुनाई दीं। जितने लोग बाहर चले गए थे, यह चिल्लाते हुए अन्दर चले आए कि—''जीत गए! जीत गए!'' हरेक के मुंह से यही बात सुनाई दे रही थीं। विट्ठल ने इसके पहले कभी भी मज़दूरों में इतना उत्साह नहीं देखा था। हड़ताल खत्म हुई। जो आदमी निकाला गया था, वह फिर से काम पर लगा लिया गया।

एक महाराष्ट्रीय मज़दूर सीधे विट्ठल के यहाँ आकर मराठी में उसे खरी-खोटी सुनाने लगा। विट्ठल ने उससे कहा कि उसे कुछ नहीं मालूम था। उसे यह मालूम हो गया कि जो कुछ उसने किया है उससे उसके साथी मज़दूर नाखुश हैं। पर एक आदमी के पीछे इतने लोगों ने अपनी आवाज़ क्यों उठाई, विट्ठल कुछ न समझ सका। पर यह बात किसी से उसने पूछी भी नहीं। हाँ, इतना तो वह ज़रूर समझ गया कि मज़दूरों के साथ कभी-कभी यहाँ जुल्म किया जाता है ।

दो महीने और बीत गए। घर से खत आया कि उसकी माँ बीमार है। वह अपनी माँ का सबसे छोटा लड़का है, और माँ पर जान देता है। ''चाचा! मेरी माँ बीमार है। मैं घर जाना चाहता हूँ। पर यह मुमकिन कैसे होगा?'' विट्ठल ने पूछा।

''छुट्टी लेकर चले जाओ न! फोरमैन से कह देना। पर हाँ, तुम्हें मज़दूरी नहीं मिलेगी।'' चाचा ने कहा।

''कितनी मनहूस ज़िन्दगी है!'' विट्ठल बड़बड़ाया। उसे एक सप्ताह की छुट्टी मिल गई। उसी दिन शाम की गाड़ी से वह हैदराबाद के अपने सुदूर गाँव के लिए निकल पड़ा।

विट्ठल जब अपने गाँव वापस आया तो उसे बड़ी प्रसन्नता हुई। सभी कुछ पहले के समान प्रतीत होता था। कहीं भी कोई परिवर्तन नहीं आया है। कई परिचितों से भेंट हुई। कोई नयापन उसे महसूस नहीं हुआ। हर किसी ने यही एक प्रश्न किया—''शहर कैसा है?'' कुछ लोगों ने यह भी पूछा—''तू शहर गया ही क्यों था रे?'' आखिर वह घर पहुँचा। माँ दालान में अपनी दूसरी बेटी की बच्ची को गोद में बिठलाकर कुछ खिला रही थी।

''माँ! तुम्हारी तबीयत कैसी है?'' विट्ठल ने माँ से पूछा।

''बीमारी! कौन-सी बीमारी। मैं तो कभी की भली-चंगी हो गई हूँ। तुम क्यों चले आए?'' माँ ने पूछा। विट्ठल के दिल को बड़ी ठेस लगी। ''मैं सप्ताह-भर की छुट्टी लेकर आया हूँ।'' विट्ठल ने कहा, इस आशा से कि माँ शायद यह कहे कि बस इतने ही दिन की छुट्टी ली थी? ''—तो ठीक है,'' माँ ने कहा—''इस सप्ताह-भर की छुट्टी में जो कुछ तुम्हें खाने की इच्छा हो, खाओ। न मालूम, वहाँ का खाना-पीना कैसा है।''

''माँ! वहाँ के खाने-पीने के सम्बन्ध में मत पूछो। एकदम रद्दी खाना मिलता है।'' विट्ठल ने कहा। उसकी माँ ने लड़के की तरफ स्नेहार्द्र नेत्रों से देखा। विट्ठल को कुछ तसल्ली हुई।

इतने में बड़ा भाई आया। छोटे भाई को देखते ही उसने कहा—''बस हो गई तेरी नौकरी!'' उसकी वाणी में निराशा की झलक थी—''मैंने तो तुझे पहले ही मना किया था।''

''नहीं, मैं तो छुट्टी लेकर आया हूँ। शहर में गया तो हुआ क्या? कम-से-कम अस्सी रुपये का कर्ज़ तो चुक गया!'' विट्ठल ने कहा, क्योंकि तब तक पैसे के बारे में किसी ने भी कुछ नहीं पूछा था।

''वह कर्ज़ इतनी आसानी से थोड़े ही चुक जाएगा!'' यह कहते हुए बड़ा भाई घर के भीतर चला गया।

''क्यों माँ? जो पैसा मैंने भेजा था, उससे कर्ज़ नहीं चुकाया था क्या?'' विट्ठल ने माँ से पूछा। उसकी माँ जोर से हँस पड़ी—''चाहते तो थे चुकाने को, पर एक-न-एक ज़रूरी खर्च आ ही जाता था बीच में। वह तो धीरे-धीरे चुक ही जाएगा। आखिर तुम भी आजकल कमाने में ही लगे हो।'' बड़े गम्भीर भाव से माँ बोली।

''एक रुपया भी अदा नहीं किया?''—विट्ठल ने बड़े आश्चर्य और चिन्ता से पूछा।

''नहीं।'' बड़े प्रशान्त चित्त से माँ ने उत्तर दिया।

''तो फिर मैंने जो रुपया भेजा था, वह सब क्या हो गया?'' कुछ स्पष्ट स्वर से विट्ठल ने पूछा।

''वह सब मैंने थोड़े ही खा डाला है? पहली बार जब तुम्हारा रुपया आया तो घर में तुम्हारी बड़ी बहन यहाँ आई हुई थी। उसकी बच्ची के हाथ खाली देख

उसके लिए सोने के कंगन बनवाये गए। इस पर तुम्हारी छोटी बहन गौरी को बुरा लगा। फिर उसकी बेटी के लिए कुछ बनवा के दिया। मैं लड़कियों का ही अधिक ख़याल रखती हूँ, इस अपवाद से बचने के लिए घर के बच्चों के लिए इधर-उधर की चीज़ें खरीदी गईं। तुमने रुपया मेरे नाम भेजा था, और मैंने उसका सदुपयोग किया। फिर तुमने इस रुपये से कर्ज चुका देने की बात कभी भी नहीं लिखी!'' ताना देती हुई-सी माँ ने उत्तर दिया।

विट्ठल को बड़ी निराशा हुई। उसे ऐसा अनुभव हुआ कि उसके सभी सम्बन्धी बड़े लालची, लुटेरे और दूसरे के सुख-दुःख को न समझने वाले व्यक्ति हैं। वह छः महीने के बाद आया तो उसे देखकर किसी को भी कोई प्रसन्नता नहीं हुई। जितना रुपया परिवार के सभी लोग इकट्ठे होकर नहीं कमा सकते, उतना वह अकेला ही कमाकर लाया, तो भी किसी ने कोई प्रशंसा तक नहीं की। पसीना बहाकर, अपना पेट काटकर जो रुपया उसने कमाया था उसे इन लोगों ने अंट-संट खर्च कर दिया।

विट्ठल को अपनी फैक्टरी की याद आ गई। वहाँ एक मजदूर को काम से निकाल देने पर सभी मजदूर उसके पीछे एक होकर खड़े हो गए थे। सच्चे इन्सान वे हैं या ये? उसे वहाँ चाचा से जो प्रेम मिला, उसका सौवाँ अंश भी क्या अपने परिवार के इन व्यक्तियों में है? विट्ठल गम्भीर भाव से यह सब सोचने लगा।

इन्हें कुछ कहना बेकार है। यहाँ की ज़िन्दगी ही ऐसी है। आखिर मैं भी तो यहीं पलकर बड़ा हुआ था। छः महीने पूर्व मेरी मनोवृत्ति भी ऐसी ही थी। अब यहाँ एक दिन के लिए भी ठहरना बेकार है, विट्ठल ने निश्चय किया।

दूसरे ही दिन वह शहर जाने को तैयार हो गया।

हर किसी ने पूछा—''इतनी जल्दी?'' पर विट्ठल को यह नहीं लगा कि ये लोग सचमुच उसे रोकना चाहते हैं।

''नहीं, मुझे ज़रूर जाना है। डेढ़ रुपये की प्रतिदिन की आमदनी बेकार जाएगी।...माँ बीमार थी, इसलिए मैं दौड़ा आया था। नहीं तो मैं आता ही नहीं।'' उसने कहा।

''अगर ऐसी बात है, तो बेशक चले जाओ।'' सभी ने अपनी स्वीकृति दे दी।

विट्ठल ने इस बार सच्चे मजदूर के रूप में शहर में प्रवेश किया। शहर ने जैसे उसे अपनी गोद में छिपा लिया। उसके बाद फिर कभी भी उसके यहाँ से धेला भी मनीऑर्डर के रूप में उसकी माँ के नाम नहीं गया।

अनुवाद : **दण्डमूडि महीधर**

•

राघवुलु का प्रस्थान

जी. वी. कृष्णाराव

"अरी ओ सुनती हो? कहाँ गई?" वेंकय्या ने आवाज़ दी।

"जाऊँगी कहाँ? आई।...क्या है?" लक्षुवम्मा ने पूछा।

"मवेशीखाने में कोई आया मालूम पड़ता है। जाकर ज़रा देखना तो!"

"अजी, अब कौन आएगा। शायद राघवुलु आया होगा, घास लेकर।"

"अरी पगली! राघवुलु तो घर का आदमी है। अगर वह आया होता तो अकेली गाय ही क्यों रँभाने लगती? ज़रा उधर जाकर देखो तो सही!" पति ने डाँटा। दूध का बर्तन वह रसोईघर में छोड़कर आई थी। अगर वह मवेशीखाने में चली जाती तो शायद बिल्ली आकर दूध पी लेती और दूसरे, छोटे देर तक उसका दामन पकड़कर खाने के लिए मचलने लगता।

"देख बेटे! ज़रा मवेशीखाने में आकर जाकर देखना तो कौन आया है।" लक्षुवम्मा ने छोटे से कहा। मगर उसने अनसुनी कर दी।

चूल्हा जल रहा था। लक्षुवम्मा यह सोचकर रसोईघर में चली गई थी कि दूध का बर्तन चूल्हे पर रख दूँ और उसके बाद मवेशीखाने की तरफ चलूँ।

वेंकय्या ने देखा, पत्नी काम में लगी हुई है। वह खुद उठा और उपरना कन्धे पर डाले मवेशीखाने की तरफ चल पड़ा।

पूरब में सूरज निकल रहा था। सूरज की रोशनी को हथेली की आड़ से बचाते हुए वेंकय्या ने आवाज़ दी—"कौन है?"

"मैं हूँ मालिक!"

सिर पर पगड़ी बाँधे सामने से एक आदमी आ रहा था।

वेंकय्या ने गौर से देखकर उसे पहचाना।

"कौन? पुल्लाय! तू? कब आया रे?"

वेंकय्या को देखते ही पुल्लाय ने पगड़ी उतार दी, पालागन की और कहा—

"मालिक! मैं अभी-अभी आ रहा हूँ।"

"घर में सब कुशल-मंगल है न?"

"हाँ, सरकार! आपकी मेहरबानी से सब-कुछ ठीक है।"

''क्यों रे, बड़े लम्बे अर्से के बाद तुझे हमारी याद आई? अरे कम्बख्त! कम-से-कम अपने बच्चे को तो देख जाता! इन दो सालों में तू एक बार भी न आया। बच्चों को पैदा करके दुनिया में छोड़ देने मात्र से ही तेरी जिम्मेदारी खत्म नहीं होती। ऐसे तो जानवरों के भी बच्चे होते हैं। जानवर और मनुष्य में कुछ फरक तो होना चाहिए। समझे?''

वेंकय्या पुल्लाय को डाँटता जा रहा था, मगर उस डाँट-डपट के पीछे वात्सल्य था, यह पुल्लाय को मालूम था। इसलिए वह चुपचाप सुनता रहा।

''क्या करूँ बाबूजी! कई बार कोशिश की थी आपके यहाँ आने की, मगर बात ऐसी हो गई कि नहीं आ सका। एक बार मेरी बीवी बीमार पड़ गई, उसके बाद मैं। उसके कुछ समय बाद मेरे बच्चे की तबीयत एकाएक बिगड़ गई थी। फिर खेतीबारी के दिन आ जाते। इस तरह से वक्त गुज़रता गया। मैं नहीं आ सका।''

''अरे पुल्लाय! तू तो बड़ा चंट है। बात बनानी खूब आती है तुझे। चाहता तो फुरसत निकालकर ज़रूर आ जाता, अगर तुझे अपने बच्चे—राघवुलु पर प्रेम होता! क्यों, ठीक है न?''

मगर पुल्लाय ने इसका कोई उत्तर नहीं दिया। क्योंकि यह बात सही थी।

जब राघवुलु की उम्र पाँच साल की भी न थी, पुल्लाय ने उसे वेंकय्या के यहाँ नौकर रख दिया था। गाँव का एक गरीब, ज्यादा बाल-बच्चेवाला और निम्न-वर्ग का आदमी और कर ही क्या सकता है? पिछले पन्द्रह साल से राघवुल वेंकय्या की देख-रेख में पल रहा है। वहाँ रहते-रहते राघवुलु सब काम सीख गया—हल जोतना, खेत भरना, बैलों की सानी-पानी करना और खेत से घास और पुआल ले आना; घर में वह इतना हिल-मिल गया कि जैसे कोई घर का ही आदमी हो। लक्षुवम्मा भी उसे बहुत चाहती। यही वजह थी कि वह कभी उनका घर छोड़कर चले जाने की बात ही नहीं करता। पुल्लाय जब गाँव छोड़कर दूसरे गाँव जाने वाला था, तब भी राघवुलु ने अपने बाप के साथ जाने से इन्कार कर दिया था। वेंकय्या के स्नेह ने उसे बाँध लिया था। उस घर में कभी किसी ने उसे गाली नहीं दी। किसी ने कुत्ता, सुअर नहीं कहा। किसी ने कान नहीं उमेठे। सबने उसे मीठी निगाहों से देखा। पुल्लाय साल में एक बार आकर राघवुलु के माहवार का पैसा, जो कुछ मिलने का होता था, हिसाब देखकर, लेता था और चल देता था। ऐसी हालत में अगर राघवुलु में अपने बाप के प्रति कोई आकर्षण नहीं है तो इसमें आश्चर्य करने की कोई बात नहीं। लक्षुवम्मा माँ होने की वजह से साल में एक बार चारेक दिन के लिए राघवुलु को ज़बरदस्ती उसके माँ-बाप के यहाँ भेज दिया करती थी।

''एमेवू! राघवुलु तंड्रि वच्चाडे। आ पेद्द चेंबु तेच्चियि। मोगम् कडुव-कुंटाडु।'' (अरी ओ सुनती हो! राघवुलु का बाप आया है। वह बड़ा लोटा लाकर दे दे, मुँह धो लेगा।) वेंकय्या ने पत्नी को आवाज़ दी।

''मालिक! आप ज़रा कमजोर मालूम पड़ रहे हैं। क्या बात है?'' पुल्लाय ने वेंकय्या के मुँह की ओर देखते हुए कहा।

''उम्र का तकाजा है, और कुछ नहीं।'' कहते हुए वेंकय्या मवेशीखाने के बाहर चबूतरे पर बैठ गया।

लक्षुवम्मा 'कुंभकोणम् चेंबु' (कुंभकोण का लोटा, जो बड़ा होता है) हाथ में लिए बाहर आई और उसे पुल्लाय के पास रखते हुए बोली-''क्यों रे! मुद्दत के बाद हमारी याद आ गई। खैर, अब तो आ गए। रस्सी कुएँ के पास है। पानी खींच के हाथ-मुँह धो ले।''

लक्षुवम्मा का यों खाली लोटा लाकर दे देना उन लोगों को कुछ अजीब-सा लगेगा, जो किसानों के परिवारों को नज़दीक से नहीं जानते। इसी में अपनेपन की भावना निहित है। लोटा देने मात्र से ही पुल्लाय इतना खुश हुआ कि कहा नहीं जा सकता।

''राघवुलु से मिला?'' लक्षवुम्मा ने पूछा।

''हाँ मालकिन। रास्ते में खेत हो आया हूँ। वह पुआल का गट्ठर बाँध रहा था।'

''तो रास्ते में ही उसको जो कुछ सिखाना था, सिखाकर आया है?''—वेंकय्या ने ताना मारा।

''आप भी बड़े अजीब हैं। बहुत दिन हो गए थे न! देखने को जी चाहा होगा। रास्ते में मिल के चला आया, इसमें बुरा क्या है?'' लक्षुवम्मा ने पुल्लाय का साथ दिया।

''तुम शायद नहीं जानती कि पुल्लाय यहाँ क्यों आया है। न वह हमें देखने के लिए आया है, न अपने बेटे से मिलने।''

''तो फिर क्यों आया है भला?''

''हाँ-हाँ! मालकिन ने अच्छा सवाल किया।'' पुल्लाय हँसने लगा।

''बताता हूँ, बताता हूँ।'' वेंकय्या ने पुल्लाय की तरफ घूमकर कहा--''क्योंकि तू साल के बीच में आया, तो मुझे शक हो गया। मैं जानता हूँ...साल के शुरू में पूर्णिमा के दिन तो निश्चित रूप से आता। अब बीच में कैसे टपक पड़ा?''

''शायद उसे फुरसत अब मिली होगी।'' लक्षवुम्मा ने कहा।

''अरी रहने दे। ज़्यादा अक्लमन्दी मत बघार! बीच में बोलती है!''

''नहीं, आप ही बड़े अक्लमन्द सही, बस!'' पुल्लाय की तरफ घूमकर लक्षुवम्मा ने कहा—''अरे तू जा हाथ-मुँह तो धो ले।''

इतने में मवेशीखाने की गायें एक-साथ रँभाने लग गईं। धौरा बैल खूँटे के पास ही अपने अगले खुरों से ज़मीन को खरोंचते हुए फुफकारने लगा। सोकना बैल, जो लेटे-लेटे पागुर कर रहा था, एकदम उठकर खड़ा हो गया और पिछवाड़े के दरवाज़े की तरफ देखने लगा। छोटी बाछी अपने चारों पैरों को एक-साथ ज़मीन से उठाकर

चौकड़ियाँ भरने लगी और सिर पर पुआल का गट्ठर रखकर आने वाले दो जनों के सामने जा खड़ी हुई और पहले वाले गट्ठर को सूँघकर दूसरे वाले के पास पहुँच गई। दूसरा गट्ठा राघवुलु का था।

हाथ-मुँह धोते पुल्लाय यह सब देखता रहा। घर के बछड़े से लेकर मालिक तक उसको बहुत चाहते हैं। ऐसे नौकर को कौन किसान हाथ से जाने देगा—पुल्लाय ने अपने मन में सोचा।

"अरे हट! हट जा! अरे मेरी धोती छोड़ दे। छोड़ धोती! मुझे क्यों खींच रहा है?" राघवुलु बड़े प्रेम से धमकाने लगा बछड़े को, जो उसकी धोती पकड़कर खींच रहा था। उसने धोती तो छोड़ दी, मगर उसके चारों ओर उछल-कूद करता रहा। यह देख वेंकय्या ने अपने छोटे लड़के को आवाज़ दी—"अरे चिट्टाडु! (अरे छोटे!) तुम्हारी नौचा-बाछी फुदके जा रही है। सँभालो उसे।"

चिट्टाडु अपनी माँ का आँचल छोड़कर एक छलाँग में अपने पिता के पास पहुँच गया।

"वो देखो, राघवुलु के पीछे पड़ा हुआ है। ले जाकर उसे खूँटे से बाँध दे।"

चिट्टाडु दौड़कर बाछी के पास गया और उसके गले की रस्सी पकड़कर खींचने लगा। मगर वह टस-से-मस न हुई। राघवुलु की धोती मुँह में दबाकर चबाने लगी। राघवुलु ने फिर उसे डाँट बताई। चिट्टाडु ने जोर लगाया। तब जाकर उसने राघवुलु को छोड़ दिया।

छोटे मालिक और राघवुलु—दोनों ने घास के गट्ठे मवेशीखाने के एक कोने में डाल दिए। फिर दोनों ने मिलकर उसे सहेजकर रख दिया। सूखे पटसन के गट्ठे कोठे में डालने को छोटे मालिक से कहकर राघवुलु वेंकय्या के पास चला आया।

"क्यों रे! आज तूने बड़ी देर लगा दी?" मवेशीखाने के बाजू में चबूतरे पर बैठे हुए मालिक ने पूछा।

"क्या करूँ मालिक? पुआल खींचते-खींचते यह वक्त हो गया। मैंने आपको 'गड्डि वामि" (पुआल का अटाला) गिरा देने को कहा, मगर आप माने नहीं।"

"हाँ बापू! एक तिनका तक जोर लगाए बगैर नहीं आ रहा है। अटाले को गिरा देना ही ठीक होगा। अच्छा रे राघवुलु, यह काम मैं कल कर दूँगा।" छोटे मालिक ने कहा।

"कल नहीं छोटे बाबू! दो-एक दिन और ठहरना अच्छा होगा। क्योंकि पानी पड़ने का अंदेशा है।" राघवुलु ने कहा।

वेंकय्या को राघवुलु की अक्लमन्दी पर बड़ी खुशी हुई।

"क्यों रे राघवाय। तेरा बाप आया है रे, तुझे देखने।" मकान के अन्दर से बाहर आते हुए लक्षुवम्मा ने कहा।

"आया तो क्या हुआ माँ जी?...मुझे बहुत भूख लग रही है। पहले आप मुझे

खाना खिलाइए। फिर मुझे खेत जाना है, जोतने। इस साल हम कुछ पिछड़ गए हैं। दूसरे लोगों ने तो जोतने का काम भी शुरू कर दिया है।'' राघवुलु ने कहा।

''दो साल के बाद आया है, तेरा बाप। बात कर ले!'' लक्षुवम्मा ने फिर कहा।

''क्या हुआ भाईजी, दो साल के बाद आये तो? आया तो देख के चला जाएगा।'' उसने छोटे मालिक की तरफ घूमकर कहा-''तुम जल्दी खाना खाकर गाय-भैंसों को खोल देना।''

''सुन बेटे! इधर आओ तो।'' उसके बाप पुल्लाय ने पुकारा।

राघवुलु ने उसकी बात सुनी, मगर अनसुनी करके मकान के अन्दर जाने लगा।

''तेरा बाप तुझे बुला रहा है रे!'' वेंकय्या ने उसे टोका।

राघवुलु मालिक के सामने जाकर खड़ा हो गया। पुल्लाय भी चबूतरे के पास आ गया।

''तेरा बाप तुझसे कुछ बात करना चाहता है।'' मालिक ने कहा।

''मुझसे क्या बात करेंगे बाबूजी? जो कुछ बोलना-सुनना हो, वह आप दोनों के बीच हो जाए तो ठीक।''

''मालिक! सुन रहे हैं, इसकी बातें? बड़ा ओछा हो गया है।''

''आप दोनों बड़े हैं। बीच में मेरा क्या है?...मुझे देर हो रही है। खाना खाकर हल चलाने जाना है खेत में।'' बाप के बुलाने पर भी अनसुनी करके राघवुलु मकान के अन्दर जाने लगा।

''अरे राघवाय। धौरा बैल का जरा ख़्याल रखना। जुआ अभी-अभी पड़ा है न! कुछ मचलने लग जाएगा!'' मालिक ने आवाज़ देकर कहा।

''मालिक! नालों में पानी आने वाला है। सात एकड़ की ऊँची ज़मीन की जुताई का काम तो अभी अधूरा पड़ा है। किसी दूसरे की मदद लेनी होगी। हमारी इस जोड़ी से काम नहीं चलने का।'' राघवुलु ने कहा।

''जब होगा, होगा। फिक्र करने से क्या होता है? देख लेंगे। पहले यह काम तो पूरा हो जाए।'' मालिक ने कहा।

''लड़का ज़रा तेज़ मिजाज का हो गया मालूम पड़ता है।'' पुल्लाय ने अपने बेटे के चले जाने पर मालिक से कहा।

''नहीं-नहीं। वह काम का बड़ा पक्का है। चल, अब तू भी खाना खा ले। जल्दी क्या है? बात कर लेंगे।''

खाने के बाद सब अपने-अपने काम पर चले गए। वेंकय्या पूरब वाले कमरे में एक तख्ते पर उतान लेटकर बड़े इत्मीनान से चुरुट पीने लगे। नीचे पड़े हुए तम्बाकू के एक टुकड़े को पुल्लाय ने अपने मुँह में डाला तो वेंकय्या ने कहा-''अरे यह क्या? एक सींका मैं दे देता!''

''नहीं मालिक! चबाने के लिए यही ठीक है। मुदा यह तम्बाकू की लत ऐसी है कि एक बार मुँह लग जाने पर छूटने का नाम नहीं लेती।''

घर का काम-काज पूरा करके लक्षुवम्मा भी वहाँ आकर बैठ गई।

"देखिए मालिक..." पुल्लाय बीच में ही रुक गया।

"हाँ बोलो, क्या बात है?" वेंकय्या ने आग्रह के साथ पूछा।

पुल्लाय दुविधा में पड़ गया कि बात कहूँ या नहीं।

"अरे बोलो न? तेरी घिग्घी क्यों बँध गई रे? जो कुछ बोलना हो, बोल!" मालिक ने पुल्लाय की तरफ देखा।

"मालिक! बात यह है कि...मैं इस साल बचवे की शादी कराना चाहता हूँ।"

"शौक से। नेकी और पूछ-पूछ? कहीं लड़की देखी है?" लक्षुवम्मा ने स्नेह-भरी नज़रों से उसकी तरफ देखते हुए पूछा।

"अभी देखी नहीं, मालकिन।"

"तो अब तू कहना क्या चाहता है?" मालिक ने पूछा।

"बात यह है सरकार कि अगर लड़की वालों को यह मालूम हो जाए कि लड़का कमाऊ है तो वे कतार में खड़े हो जाएँगे।"

"तो क्या राघवुलु कमाऊ नहीं? वह तो कमाऊ ही नहीं, बल्कि बड़ा मेहनती है, घिचिर-पिचिर का काम कभी नहीं करता। चट से कहा, पट से काम हो गया। अपना लड़का हीरा समझो, हीरा! ऐसा-वैसा नहीं।"

"हाँ मालिक! मैं जानता हूँ, राघवुलु हीरा है हीरा, मगर उसमें बीवी को खिलाने-पिलाने की सामर्थ्य भी तो हो! पचास रुपये में उसका गुजारा कैसे होगा मालिक? लोग-बाग पूछते हैं, लड़के को माहवार कितना मिल रहा है?"

"पुल्लाय! मैं तेरा मतलब समझ गया। तू चाहता है कि मैं उसकी पगार बढ़ा दूँ, नहीं तो तू उसे ले जाएगा। यही न?" मालिक ने पूछा।

"हाँ सरकार! आप तो सब-कुछ जानते हैं। हमारे सुख-दुःख आपसे छिपे थोड़े ही हैं?"

"तू अपने लड़के की शादी कराना चाहता है, यही है न असल बात?"

"असल बात यह है सरकार..." पुल्लाय बीच में ही रुक गया।

"हाँ, बोल! रुक क्यों गया? तू कहना क्या चाहता है?" चुरुट का धुआँ उड़ाते हुए पूछा वेंकय्या ने।

"बात यह है मालिक...हमारे गाँव के रईस रामय्याजी राघवुलु को नौकर रखना चाहते हैं।"

"तो ठीक है, अपने बेटे को वहीं रख देना।" मुँह की थूक जोर से थूकते हुए वेंकय्या ने कहा।

"रामय्या साहब पगार पचहत्तर रुपये और दो जोड़ी कपड़े देना चाहते हैं।" पुल्लाय ने असल रहस्य खोल दिया।

"क्या कहा? पचहत्तर रुपये!" लक्षुवम्मा ने आश्चर्य प्रकट किया।

"हाँ मालकिन। यह बात बिल्कुल सच्ची है। झूठ मैं आपसे क्यों बोलूँ? यहाँ

तक मालकिन कि वे रुपया लाकर मेरे हाथ में जबर्दस्ती रखने लगे। मगर मैंने लिए नहीं। उनसे यही कहा कि मालिक से सलाह-मशविरा करूँगा।"

लक्षुवम्मा चुप हो गई।

"पुल्लाय! मैं नहीं चाहता कि तुझे पच्चीस रुपये का नुकसान हो। अपने बेटे को तू साथ ले जा और उन्हीं के यहाँ रख दे। हाँ, मेरा भी बोझ कुछ हल्का हो जाएगा। जितना पैसा हुआ है, ले लेना। हिसाब कल सुबह देख लेंगे।" आग बुझ गई तो चुरुट को दूर फेंकते हुए वेंकय्या ने कहा।

"आप मालिक लोग हैं। हम लोगों को तो आप ही का सहारा है। आप एक बार फिर सोचिएगा।"

"मैं तो खूब सोच चुका हूँ पुल्लाय। मेरी अब उतनी सामर्थ्य नहीं रह गई है। मैं सच कह रहा हूँ। राघवुलु को तू ले जा।"

थोड़ी देर तक दोनों मौन रहे। राघवुलु को रखने की जो बातचीत चल रही थी, वह सब लक्षुवम्मा भी सुन रही थी। उससे रहा न गया। उसकी आँखें भर आईं। पिछले पन्द्रह साल से वह इस घर में रहता आया है। उसको कभी अलग नहीं समझा, और वह भी घर का काम-काज इतनी खूबी से करता कि कभी कोई बात कहने की ज़रूरत ही न पड़ती थी। ऐसा लड़का फिर कहाँ मिलेगा? पच्चीस न सही, दस-बारह रुपया और अधिक देकर उसको यहीं रख लेते।—लक्षुवम्मा ने सोचा।

एक क्षण के बाद लक्षुवम्मा ने फिर सोचा—क्या उनके पति को यह बात मालूम नहीं कि राघवुलु ने कितनी नेकी की है और उसके रहने से कितना काम हो रहा है? यह जानते हुए भी राघवुलु को वे भेज देने के लिए उतारू हो गए हैं। शायद कुछ सोच-समझकर ही यह निर्णय किया होगा। ऐसी हालत में पति से कुछ कहना भी मुनासिब न होगा।

"तो सरकार। आपका यही निर्णय है?" पुल्लाय ने कुछ आगा-पीछे करते हुए कहा।

'हाँ, मेरा यही आखिरी निर्णय है। मैं मजबूर हूँ पुल्लाय। मेरे हाथ बँधे हैं। मैं कुछ नहीं कर सकता इस मामले में।'

"जब आपका यह निर्णय है तो आपको मजबूर नहीं करना चाहता। एक बिनती है आपसे मालिक।"

"बोल, क्या है?"

"ज़रा आप उसे समझा-बुझा देंगे तो बड़ी मेहरबानी होगी।"

"राघवाय को?" तूने उससे कुछ कहा नहीं?"

"जी, मैं बोला तो था, मगर उसने कुछ जवाब नहीं दिया। जब तक आप उसे चले जाने को न कहेंगे, वह यहाँ से न जाएगा। उसका ऐसा रुख है सरकार!"

"जब खुद उसको तेरे साथ जाना पसन्द नहीं है तो क्या मेरे कहने से मान जाएगा?"

"ज़रूर मान जाएगा। आपकी बात की वह बहुत कदर करता है।"

"देखता हूँ। रात को जब खेत से लौटता है तो बात चलाऊँगा।" कहते हुए वेंकय्या तख़्त पर से उठे और चप्पल पहनकर खेत की तरफ चल पड़े।

रोज की तरह राघवुलु कुछ अँधेरा हो जाने के बाद खेत से लौटा, बैलों को हाँकते हुए। बैलों के कन्धे पर से हल खोल दिया। बैलों को खूँटे से बाँध दिया और उनके सामने घास वगैरह डालकर घर के पिछवाड़े में गया और कुएँ के पास हाथ-पैर धो लिए। फिर खाना खाया। तब तक घर के सब लोग खा चुके थे।

मकान के बाहर, चबूतरे पर बैठकर वेंकय्या चुरुट पी रहे थे। पुल्लाय भी वहीं बाजू में खड़ा था। गाय-भैसों को चारा-पानी देने वाले राघवाय को बुलाया गया।

"क्यों रे राघवाय! तूने अपने बापू से पूछा कि वह यहाँ क्यों आया है?" मालिक ने बड़ी रुचि से चुरुट का धुआँ छोड़ते हुए पूछा।

राघवुलु ने सिर हिलाकर 'हाँ' में जवाब दिया।

इतने में चिट्टाडु (नन्हा) वहाँ आकर अपने पिता की गोद में बैठ गया।

"तूने अपने बाप को क्या जवाब दिया?"

"मैं क्या जवाब दूँ मालिक? आप तो बुजुर्ग हैं। जैसा आप कहें!" राघवुलु ने बड़ी गम्भीर मुद्रा में उत्तर दिया।

"अच्छा! जैसा मैं कहूँ, बाप-बेटे—दोनों मान जाने को तैयार हो?"

"जी मालिक।" राघवुलु ने कहा।

"आप कुछ कहें और हम न मानें, यह कैसे हो सकता है मालिक?" पुल्लाय ने कहा।

"राघवाय! सुना है, तुझे पचहत्तर रुपये मिलने वाला है, तेरे गाँव के रईस के यहाँ। सचमुच यह अच्छी रकम है।"

"आप कहना क्या चाहते हैं मालिक?" राघवुलु ने आश्चर्य से पूछा।

"मैं तो यहीं कहूँगा कि तुझे चार पैसा ज़्यादा मिलें। मैं तेरा सुख चाहता हूँ राघवाय! इसके सिवा कुछ नहीं।"

"मगर मैंने सोचा, आपने मेरी शादी के मामले में कुछ सलाह-मशविरा देने के लिए मुझे बुलाया है।" राघवुलु ने कुछ रोनी सूरत लिए कहा।

"तेरे बाप का ख़याल है कि अगर तुझे कुछ ज़्यादा पैसा मिलने लग जाए तो शादी के मामले में आसानी होगी। यह सही भी है। इस बात को ठुकराया नहीं जा सकता और मैं तुझे रोकना भी नहीं चाहता। कल सुबह अपने बाप के साथ चले जाना। पिछले पन्द्रह सालों से तू हमारे यहाँ रहता आया है। मैंने कभी तुझमें और चिट्टाडु में कोई फर्क नहीं माना। लेकिन फिर भी, तेरे बाप से बढ़कर तेरा हित चाहने वाला और कौन हो सकता है? तेरा बाप कह रहा था कि तूने उसके साथ

जाने से इनकार कर दिया है। अब...मैं तुझसे जाने के लिए इसलिए नहीं कह रहा हूँ कि तेरा यहाँ रहना मुझे पसन्द नहीं है, अथवा तू यह न समझना कि तेरे प्रति मेरे मन में कोई मैल है। अब मेरी परिस्थितियाँ ठीक नहीं हैं। मैं लाचार हूँ राघवाय! मेरी सामर्थ्य होती तो मैं तुझे कभी न जाने देता। लाचारी है। कल सुबह चले जाना।'' वेंकय्या ने दूसरी तरफ देखते हुए कहा। तब तक हाथ की चुरुट की आग भी बुझ चुकी थी। फिर भी वेंकय्या उसे हाथ में लिए हुए था।

''बापू! राघवाय, कहाँ जाएगा?'' चिट्टाडु ने अपने पिता से प्रश्न किया।

''अपने घर।''

''उसका घर तो यही है न?''

''नहीं बेटे! उसका घर यहाँ से बहुत दूर है।''

''क्यों रे राघवाय तू अपने घर क्यों जा रहा है? बापू ने तुझे मारा था क्या?''

मालिक को छोड़ सब लोग जोर से हँस पड़े।

''वह अपनी माँ के पास जा रहा है।'' पिता ने कहा।

''फिर कब आएगा?''

''वह फिर नहीं आएगा। वह हमेशा के लिए हमें छोड़कर जा रहा है।'' छोटे मालिक ने अपने भैया को समझा दिया।

''मैं जाने नहीं दूँगा राघवाय को। वह मेरा दोस्त है।'' कहते हुए चिट्टाडु अपने पिता की गोद से उतरकर राघवाय के पास गया और उसके गले से लगकर चिपक गया।

''नहीं-नहीं, मैं नहीं जाता चिट्टाडु। तू जा सो जा।'' राघवुलु ने कहा।

''नहीं-नहीं, तू मुझे धोखा देना चाहता है। मेरे सो जाने के बाद तू चला जाएगा। आज तो मैं तेरे साथ ही सोऊँगा।'' चिट्टाडु 'आँ-ऊँ' करके मचलने लगा।

''नहीं बेटे! तू अन्दर जाके सो जा।'' पिता ने कहा।

''नहीं बापू। आज तो मैं राघवाय को छोड़ूँगा ही नहीं।''

राघवुलु चिट्टाडु को गोद में लिए मवेशीखाने की तरफ चला गया।

''अरे बेटे! तू अपनी माँ से कह दे कि वह चिट्टाडु को अन्दर ले जाए।'' वेंकय्या ने अपने बड़े बेटे से कहा।

''क्या हुक्म है मालिक?'' पुल्लाय ने पूछा।

''बता दिया न, कल सुबह अपने बेटे को साथ लेके चले जाना। मैंने पूरा हिसाब देखकर पैसा मालकिन को दे दिया है। ले लेना। समझे?...हाँ, रात बहुत हो गई। तू जाके सो जा। चटाई ले लेना, ओसारे में है।''

वेंकय्या मकान के अन्दर चले गए और अपनी खाट पर लेट गए।

रसोईघर के काम-काज से निपटकर लक्षुवम्मा छोटी लालटेन हाथ में लिए पिछवाड़े का दरवाज़ा बन्द करने गई। ओसारे में राघवुलु की बगल में सो रहे चिट्टाडु को उठाकर उन्होंने अपनी खाट पर लिटा लिया। बड़े लड़के के सिरहाने का तकिया

ठीक किया, और नीचे पड़ी हुई चादर उसको ओढ़ा दी। लालटेन की बत्ती कम करके एक जगह रख दी।

फिर जाकर वह अपनी खाट पर बैठ गई।

लक्षुवम्मा ने देखा, उसके पति छोटे बच्चे की तरह रह-रहकर इधर-उधर करवटें बदल रहे हैं।

"अभी आप सोये नहीं क्या?" लक्षुवम्मा ने पति से प्रश्न किया।

"कोशिश तो कर रहा हूँ, मगर नींद नहीं आ रही है।" पति ने दूसरी करवट लेते हुए उत्तर दिया।

"आपने राघवुलु को कुछ कहा था क्या?"

"क्यों? मैंने तो उसे कुछ नहीं कहा था। हाँ, सिर्फ इतना बोल दिया था कि वह अपने बाप के साथ चला जाए। क्या करूँ? लाचारी है।"

"राघवुलु बड़ा नेक और वफादार नौकर है।"

"हाँ, मैं भी मानता हूँ। वह बहुत अच्छा है।"

"हमारे पड़ोसी सीतारामय्याजी का जो नौकर है, वह बड़ा ही निठल्ला, कामचोर और पेटू है। कुछ काम नहीं करता। उनकी पत्नी हमेशा उसके पीछे हाथ धो के पड़ी रहती है। उसकी तुलना में तो राघवुलु हीरा है हीरा! ...पहचत्तर रुपया उसको देना शायद कुछ ज़्यादा नहीं हो!"

"अब मेरी स्थिति ऐसी नहीं कि मैं उसको हर महीना पच्चीस रुपया ज्यादा दे सकूँ। पच्चीस रुपये के हिसाब से साल में कितना देना पड़ेगा? तीन सौ रुपये। शायद तुम्हें याद ही होगा, मैंने जंवाई को पाँच हज़ार रुपये का प्रॉमिसरी नोट लिखकर दिया था। मवेशीखाना बनाने के लिए एक हज़ार रुपया सूद पर लाया था, गाँव के कोठीवाल से। हर साल सूद बढ़ता ही जा रहा है। इन दिनों मुझे बड़ी फिक्र लगी है कि यह रुपया कब तक चुकता हो पायेगा। जब तक यह कर्ज का बोझा नहीं उतरेगा तब तक मैं दूसरा बोझ अपने सिर पर नहीं डालना चाहता।" वेंकय्या ने अपनी अन्दरूनी हालत का पूरा ब्यौरा अपनी पत्नी को दे दिया।

तब जाकर लक्षुवम्मा को पता चला कि राघवुलु को अपने यहाँ ज़्यादा पैसा देकर रखने में उसके पति क्यों आनाकानी कर रहे थे।

तकिये पर सिर, गाल-तले हथेली रख लक्षुवम्मा लेट गई। दिन-भर के काम-काज से थकित होने की वजह से लेटते ही उसे नींद आ गई।

मगर वेंकय्या की आँखों से नींद जैसे गायब हो गई।

ऐसा लग रहा था वेंकय्या को कि खोपड़ी के भीतर कोई मानो फरही भून रहा है। उसके मन और मस्तिष्क पर मानो किसी ने बहुत बड़ा बोझ रख दिया हो। एक अजीब-सी घुटन, अजीब-सी बेचैनी महसूस होने लगी। काफी रात बीतने आई, पर नींद का नाम नहीं। उसके आगे अँधेरा-सा छाने लगा और इस अँधेरे में उसके

सामने कई आकृतियाँ उभरने लगीं—प्रॉमिसरी नोट हाथ में लिए चाँदी का चश्मा पहने समधी की आकृति...गाँव के महाजन की आकृति...और ये दोनों आकृतियाँ बार-बार मिल-जुलकर उसके सामने नाचने लगतीं, फिर अलग हो जातीं। 'बुरा न मानना! पैसे कीं बड़ी ज़रूरत है। फाल्गुन में प्रॉमिसरी नोट की मियाद पूरी होने वाली है। तब तक रुपये का बन्दोबस्त कर देना। अब की टाल मटोल नहीं चलेगा।' यह समधी की आवाज़ थी। हाँ भाई वेंकय्या! कब तक अदा करोगे हज़ार रुपये की वह रकम? सूद भी छः सौ तक बढ़ गया। जैसे भी हो, अगले महीने पूरी रकम तुम्हें अदा करनी पड़ेगी।' गाँव का महाजन कह रहा था।

वेंकय्या दूसरी तरफ करवट बदलकर लेट गए। फिर भी चैन नहीं। रह-रहकर वही दो आकृतियाँ उसके सामने उभरने लगीं। उनकी ही बातें मन को झकझोरने लगीं। रात-भर वह खीझ और लाचारी के मारे कबाब की तरह सिंकते रहे।

आधी रात के वक्त वह उठकर बैठ गए। आँखें खोलकर चारों तरफ़ देखा। सन्नाटा था। सामने लालटेन-मात्र जल रही थी। रोशनी देखकर उसको थोड़ी सांत्वना-सी मिली।

मगर वह अधिक देर तक नहीं रही।

खाट पर बैठे-बैठे वेंकय्या फिर न जाने क्या-क्या सोचने लगे...

ज़िन्दगी में कभी किसी का बुरा नहीं किया। दूसरे के सोने को मिट्टी समझा। पराये धन की आकांक्षा कभी नहीं की। भगवान ने जो दिया, उसी से सन्तुष्ट रहा। जिसने उसका भला किया, उसका भी भला किया और जिसने बुरा किया, उसका भी भला। दहेज के पैसे के बदले में खेत लिखकर देने के लिए समधी ने बहुत आग्रह किया था, मगर देखते-देखते खेत किसी के हवाले करना उसे मंजूर नहीं था। इसलिए उसने कागज़ लिखकर दिया था। आज वे तगादा करने को उतारु हो गए हैं। जमाना कितना बदल गया! रिश्ते-नाते का भी ख़्याल करना छोड़ दिया लोगों ने। ऐसी हालत में गाँव के महाजन को कुछ कहना फिजूल है।

अगर धान के दाम इतना नहीं गिरते तो शायद ये दिन देखने न पड़ते। दो साल के अन्दर सारा कर्ज़ा चुकता कर देता।

अब क्या किया जाए? ऋण के इस भार से कैसे मुक्ति मिलेगी? तो क्या अब ज़मीन बेच दूँ? अगर ज़मीन बेच दे तो उसकी क्या स्थिति हो जाएगी? वह क्या करेगा? बच्चों का क्या होगा। गाँव के लोगों को उसने हमेशा यही कहते सुना था कि वेंकय्या भारी मोतबर है। अगर ज़मीन-जायदाद बेच डाले तो ये ही लोग कहेंगे—बड़ा गरीब हो गया बेचारा! कौल पर खेत लिया जाए तो ठीक रहेगा, मगर जग-हँसाई का क्या होगा? अगर उसका ख़याल भी छोड़ दिया जाए तो कौल से कुछ भी नहीं बचता। कौल का खेत करने के लिए एड़ी का पसीना चोटी तक बहाना पड़ता है। क्या उसमें उतनी शक्ति है?

...इतने दिनों तक एक इज़्ज़तदार किसान की तरह ज़िन्दगी बसर करके एक

मजदूर की तरह जीवन-यापन करना उसके लिए सम्भव होगा? बिरादरी वालों में कितनी बेइज़्ज़ती हो जाएगी।

...ऐसी ज़िन्दगी बसर करने के बजाय खुदकुशी कर लेना कहीं बेहतर होगा। मगर इससे समस्या का हल तो नहीं होता? बीवी-बच्चों को दर-दर ठोकरें खानी पड़ेंगी। इससे और भी बेइज़्ज़ती होगी।

वेंकय्या बैठे-बैठे बहुत देर तक यही सब-कुछ सोचता रहा। भावों का आवेग इतना बढ़ गया कि आगे का मार्ग सोचने की सामर्थ्य उसके दिमाग में नहीं रह गई। वह फिर लेट गया। पता नहीं, उसको कब झपकी आ गई।

पौ फटने को थी। पुल्लाय घबराते हुए वेंकय्या के पास आकर कहने लगा–"मालिक, गजब हो गया।"

वेंकय्या हड़बड़ाकर उठ बैठा।

"क्या है?" वेंकय्या ने नींद-भरे स्वर में ही पूछा, गमछे से हाथ-मुँह पोंछते हुए।

"राघवुलु नहीं दीख रहा है। सब जगह ढूँढ़ा, मगर वह नहीं दिखा, सरकार।"

वेंकय्या कुछ नहीं बोले। खाट पर पल्थी मारकर वैसे ही बैठे रहे।

मालिक का चेहरा देखकर पुल्लाय को कुछ और कहने का साहस नहीं हुआ वह फिर दबे पाँव अन्दर चला गया था। लक्षुवम्मा ने रात को पति के दिए हुए रुपये पुल्लाय के हाथ में दे दिए।

"तू राघवाय की चिन्ता न कर!" लक्षुवम्मा ने पुल्लाय को आश्वासन देकर उसे विदा कर दिया।

उस दिन करीब बारह-एक बजे रात को राघवुलु लालटेन हाथ में लिए घर लौटा। सबसे पहले राघवाय को चिट्टाडु ने देखा।

"राघवाय आ गया। राघवाय आ गया!" कहकर घर के सब लोगों की उसके आने की सूचना दे दी। राघवुलु ने एक ताड़ का फल चिट्टाडु के हाथ में थमा दिया। उसकी खुशी का ठिकाना न रहा। वह हमेशा खेत से कुछ न कुछ ला देता था उसे।

राघवुलु लालटेन ओसारे के कोने की खूँटी में लटकाकर पिछवाड़े के कुएँ के पास गया। घड़े से पानी खींचकर मुँह-हाथ धोने लग गया।

"क्यों रे! कहाँ गया था?" लक्षुवम्मा ने रसोईघर से बाहर आकर पूछा।

"खेत गया था मायजी! धान के पौधों वाली क्यारी में पानी देने। रात को नहीं जाता तो पानी मिलने की गुंजाइश नहीं थी मालकिन। बड़ी होड़ लगी हुई है।" खंखाकर गले को साफ करते हुए राघवुलु ने जवाब दिया।

"अरे भोंदू कहीं का! तेरा बुढ़ऊ बाप उतनी दूर से आया और तू है कि उससे कन्नी काट के चला गया?"

थोड़ी देर तक दोनों ओर चुप्पी।

"मायजी! आप जो भी कहें, सुनने को तैयार हूँ। मैं बुरा कभी नहीं मानता, क्योंकि आपने मुझे कभी गैर नहीं समझा। मगर मेरा बाप जो है, पिछले कई सालों से मुझे अपने से बहुत दूर रखता आया है। मेरा कुशल-क्षेम पूछने की गरज से कभी नहीं आया। कभी आया तो मेरा रुपया ले जाने के लिए आया। कभी मैं बीमार पड़ा या कुछ और हुआ तो आप लोगों ने मेरी देख-भाल की, माँ-बाप की तरह। मैं सब समझता हूँ। दूध-पीता बच्चा नहीं हूँ मायजी।"

राघवुलु एक साँस में बोल गया।

"आखिर वह तेरा बाप ही तो है। कोई गैर नहीं। वह तेरी भलाई चाहता है।"

"नहीं-नहीं! उनको मेरी भलाई की चिन्ता नहीं, मेरी कमाई की चिन्ता है। उनको पैसा चाहिए, पैसा। आदमी नहीं। अगर मेरी भलाई की उनको चिन्ता है तो हर साल यहाँ से जो पैसा जाता है, उसका हिसाब बताएँ। ये नहीं बताएँगे। उनकी नीयत से मैं बहुत अच्छी तरह से वाकिफ हूँ मायजी।"

"नहीं रे! ऐसा नहीं सोचना चाहिए। जब बच्चे बड़े हो जाते हैं तो उनका यह फर्ज हो जाता है कि बाप की कुछ मदद करें। उसका सहारा बनें।"

"आपका कहना ठीक है मायजी! मगर मुझे बड़ा किसने किया? मेरे बाप ने? नहीं। मुझे खाना-कपड़ा देकर बड़ा किया था आप लोगों ने, काम सिखाया था आप लोगों ने,आदमी बनाया था आप लोगों ने। मेरे बाप ने नहीं।"

लक्षुवम्मा उसकी बातें सुनकर अवाक् रह गई। उसको कोई उत्तर ही नहीं सूझा। उसके सामने वह हार मान गई।

"तू तो ठीक ही कहता है। फिर भी खेत जाने से पहले अपने बाप से मिलके जाता तो कितना अच्छा होता। वह क्या समझेगा? समझेगा कि हमने तुझे पट्टी पढ़ाई है।"

"पट्टी पढ़ाने जैसी इसमें कौन-सी बड़ी बात है? क्या मैं बच्चा हूँ? मैंने उससे साफ कह दिया था कि मैं यह घर छोड़कर कहीं नहीं जाऊँगा, चाहे कोई पचहत्तर रुपया दे, चाहे सौ रुपया। मुझे शादी-ब्याह भी नहीं करना।" धोती के पल्ले से अपना मुँह पोंछते हुए राघवुलु ने बड़े स्पष्ट शब्दों में कहा।

"अच्छी बात है। जो होना है, सो होगा। चल, अब खाना खा ले।" लक्षुवम्मा राघवुलु को खाना परोसने के लिए रसोईघर की तरफ चली गई।

राघवुलु खाना खाकर फिर खेत चला गया।

गाय-भैंसों को सानी-पानी देना, बैलों को तरीके से खिलाना-पिलाना, खेत में हल जोतना, मेंड़बन्दी करके पानी देना, फिर उसके बाद खेतों की निगरानी—ये सब काम राघवुलु इतना मन लगाकर करता था कि लक्षुवम्मा और वेंकय्या दोनों दंग रह जाते। वेंकय्या के बड़े लड़के को खुद राघवुलु हिदायतें देता कि अमुक काम करो, अमुक काम मत करो। गाँव के किसान राघवुलु की बड़ी तारीफ करते। गाँव-भर में मिसाल के तौर पर उसका नाम लेते।

समय बीतता गया। बरसात का मौसम शुरू हो गया। इस मौसम में खेती का काम बहुत कम रह जाता है। इस मौसम में राघवुलु हर साल पशुओं के लिए तरह-तरह के पगहे तैयार करने में लग जाता। मवेशीखाने में बैठकर एक तरफ पशुओं को सानी-पानी देता रहता और दूसरी तरफ साल-भर के लिए काम आने वाले पगहे तैयार करने में लग जाता। उसकी खास दिलचस्पी बैलों में थी। इसलिए बैलों को बहुत साफ रखता। वह अपने बैलों के गले में डालने के लिए तरह-तरह की चीज़ें तैयार करता; सींगों का सिंगार करता। कभी-कभी वह सोचने लगता, यह सब वह क्यों कर रहा है? इस घर से इतना मोह क्यों हो गया? ये बैल अपने नहीं, ये गाय-भैंस अपनी नहीं, वे खेत, खेतों में लहलहाने वाले धान के पौधे—कुछ भी अपना नहीं है। इस घर से इतनी ममता उसे क्यों है? पर नहीं, बचपन से वह यहाँ पला है। इस घर का नमक खाया है, इसलिए यह घर उसका है। गाय-भैंसें, बैल और खेत—सब उसके हैं। फिर सोचने लगता, अगर ऐसी बात है तो मालिक ने उसके बाप से ऐसा क्यों कहा कि ले जाए उसे? मुझे निभाने की सामर्थ्य उनमें नहीं है? नहीं-नहीं, मालिक कभी उसे जाने नहीं देंगे। वह उनके लिए भारस्वरूप बिल्कुल नहीं।

राघवुलु का भोला-भाला मन जाने क्या-क्या सोचने लगता? उसे इस बात का गर्व है कि इस साल अपने मालिक के खेत में एक एकड़ के पीछे तीस बोरे का धान हुआ है और वह भी उसकी मेहनत की बदौलत। उसे इस बात का भी गर्व है कि मालिक के बैलों की बराबरी करने वाले सुन्दर और मोटे-ताजे बैल गाँव-भर में क्या—आसपास के चार-पाँच गाँवों में भी नहीं हैं।

उसकी आकांक्षा है कि उसका मालिक मालामाल हो जाए। खेती अच्छी हो जाए। घर धान से भर जाए। किसी वस्तु की उन्हें कमी न हो। मोतबर किसानों में उनकी गिनती हो।

पता नहीं, इतनी ममता उस घर के साथ उसे क्यों हो गई! इससे उसको क्या मिलने वाला है? इसका समाधान शायद बड़े-बड़े तत्त्वज्ञानी ही दे सकेंगे।

बरसात के मौसम के साथ ही वेंकय्या के बुरे दिन आरम्भ हुए। उनके समधी ने वकील द्वारा नोटिस भिजवाया कि दहेज की पूरी रकम ब्याज मिलाकर छः हज़ार आठ सौ रुपये फौरन अदा कर दी जाए। उसके थोड़े दिन बाद ही गाँव के महाजन ने खबर भिजवाई कि सोलह सौ रुपये उसे एक महीने के अन्दर-ही-अन्दर मिल जाने चाहिए। लक्ष्मम्मा समय-समय पर गाँव के पंसारी की दुकान से कुछ चीज़ें मँगाती रही थी। अब वहाँ का हिसाब पहचत्तर रुपये तक बढ़ गया था। दुकान के बनिये ने आदमी भेजना शुरू कर दिया। उसका आदमी रोज आता और आँगन में बैठा रहता और सबके सामने कहने लगता—'हिसाब चुकता कर दो। वरना मैं यहीं डटा रहूँगा।' जैसे-तैसे मना-मना कर भेज देती। अब उसे खाने-पीने में अरुचि होने लगी। कोई काम वह ढंग से नहीं कर पाती।

वेंकय्या की स्थिति ऐसी हो गई कि उसका मस्तिष्क एक अजीब तनाव का

अनुभव करने लगता और साँस घुटने-सी लग जाती। मन कलपने लगता। मानसिक आकुलता के कारण न दिन में चैन मिलता, न रात में। आधी रात को अचानक नींद खुल जाती तो आँखों के सामने ऋणदाताओं की आकृतियाँ ही उभरने लग जातीं।

अपनी मानसिक आकुलता से छुटकारा पाने के लिए वेंकय्या के पास एक ही उपाय रह गया था और वह था—अपनी ज़मीन बेचकर कर्ज चुका देना। अगर तीन साल पहले बेच दी होती तो एक एकड़ के पीछे पाँच हज़ार रुपया मिलने की संभावना थी। मगर अब, जबकि उसे पैसे की बड़ी ज़रूरत थी, खेतों के दाम बहुत गिर गए थे। वेंकय्या ने एकाएक अपनी आठ एकड़ उर्वर भूमि आठ हज़ार रुपये में सरय्या को बेच दी और यह बात उसने किसी को जानने का मौका भी न दिया। और दो सौ मन का धान चार सौ रुपये में दे दिया। यह भी किसी को पता न चला।

इतना सब-कुछ बेचने के बाद भी छः सौ रुपये और कम पड़ गए। उसने निश्चय किया, जैसे भी हो इसको भी अदा कर देना चाहिए।

एक दिन बातों के दौरान में वेंकय्या ने अपनी पत्नी के सामने प्रस्ताव रखा कि बैल और गाय-भैंसों को बेच दिया जाए तो कैसा रहेगा?

झट-से लक्षुवम्मा ने कहा—"कल के दिन शायद आप मुझसे यह पूछेंगे कि बीवी-बच्चों को बेच दिया जाए तो कैसा रहेगा? जग-हँसाई हो जाएगी। बिरादरी में नाक कट जाएगी। लोग-बाग हमें चीथड़े की तरह अलग फेंक देंगे!"

"यह ठीक है, मैं भी जानता हूँ। मगर यह कर्ज का बोझा जो मेरे सिर पर है? मुझे हर दम ऐसा लगता है कि कोई मेरे मन को आरे से चीर-चीरकर छितरा देता हो। यह मुझसे सहा नहीं जाएगा।"

"अगली फसल के आने तक सहन कीजिए। धान खलिहानों में बेच सकते हैं, उतनी जल्दी है तो!"

"अगली फसल? और खलिहानों में?"

"हाँ! इसमें सोचने की क्या बात है?"

"मगर मैंने ज़मीन तो बेच डाली।"

लक्षुवम्मा को एकदम काठ मार गया। उसकी आँखों से आँसुओं की धारा रोके न रुकी।

"पुरखों की ज़मीन आपने बेच डाली? अगर आपको यही करना था तो यह काम आपको तीन साल पहले करना चाहिए था।" छलछलाई हुई आँखों से, सिसकियों से भरे हुए कंठ से लक्षुवम्मा बोली।

"मुझे क्या पता था कि कर्जदार यों तगादा करने को उतारू हो जाएँगे? खैर, अब रोने से कोई फायदा नहीं।"

"यह सब हमारी बदनसीबी है।" लक्षुवम्मा ने एक लम्बी साँस लेकर कहा। उसका स्वर दर्द में डूबा हुआ था।

वेंकय्या ने भी अपनी इस हीन स्थिति का पूरा उत्तरदायित्व भाग्य पर छोड़

दिया। सोचा, भाग्य में जो लिखा है, सो होगा। मानव के हाथ में क्या है? वह एक कठपुतला है। यह सोचकर वह सन्तुष्ट हो गया। एक तरह से वह निश्चिन्त भी हो गया।

मगर दुनिया वाले उसे निश्चिन्त क्यों बैठने देने लगे?

लोगों को मालूम हो गया कि वेंकय्या ने अपनी सारी ज़मीन बेचकर कर्जदारों का पैसा अदा कर दिया है। इसके पहले लोगों को पता नहीं था कि उसके ऊपर इतना कर्ज चढ़ा हुआ था। गाँव में वह चर्चा का विषय बन गया। तरह-तरह की अफवाहें उड़ाई गईं। ये सब बातें उन लोगों के कान में भी पड़ीं, जिन्हें वेंकय्या की तरफ से कुछ रुपया मिलना बाकी था। उन्होंने खबर भिजवाई कि उन्हें रुपये-पैसे की बड़ी आवश्यकता है। ये वे ही लोग थे, जिन्हें वेंकय्या ने कई अवसरों पर मदद पहुँचाई थी। आज वे ही लोग उसका पानी उतारने को उद्यत हो गए।

वेंकय्या ने उन पर क्रोध नहीं किया। जमाने को कोसा।

बुरे दिन आते हैं तो सब एक-साथ आते हैं।

वेंकय्या ने अपने सुन्दर और हृष्ट-पुष्ट बैलों को साढ़े तीन सौ रुपये में बेच दिया, जो उस इलाके में बड़ा नाम अर्जित कर चुके थे और बड़ी आसानी से एक हज़ार रुपये में कोई भी लेने को तैयार होता। मगर वेंकय्या ने रातों-रात एक-दूसरे गाँव वाले के साथ दाम तय किया और दूसरे दिन बैलों को विदा कर दिया। यह बात लक्षुवम्मा को भी मालूम नहीं होने दी।

उस दिन राघवुलु ने हरी घास का एक भारी गढ़ौल सिर पर लिए गोठ में प्रवेश किया। रोज की अपेक्षा आज वह ज़्यादा घास काटकर लाया। घास का गट्ठर गोठ के एक कोने में डाल दिया और उसे खोलकर बैलों को देने के लिए घास हाथ में लिए मवेशीखाने में गया पर वहाँ बैल नहीं दिखाई दिए। इस वक्त बैल कहाँ गए? उसे बड़ा आश्चर्य हुआ। वे इतने अच्छे बैल हैं कि पगहा खूँटे से अलग भी हो जाए, फिर भी वे गोठ का खाली मैदान छोड़कर कहीं नहीं जाते। और दूसरे, किसी के बहुत अनुयन-विनय करने पर भी मालिक बैल नहीं देते। अगर कभी बैलों को देना भी पड़े तो साथ में उसको ज़रूर भेज देते! आखिर बैल कहाँ गए?

हाथ में हरी घास लिए राघवुलु खड़े-खड़े सोचता रहा।

शायद कोई ज़रूरी काम आ जाने से गाड़ी में जोतकर मालिक शहर गए हों।

राघवुलु ने मुड़कर मवेशीखाने के बाजू में देखा। गाड़ी तो वहीं मौजूद थी।

फिर कहाँ गए बैल?

राघवुलु सोचता रहा।

राघवुलु के हाथ में हरी घास को देखकर गाय-भैंस ऊधम मचाने लगीं; गले की रस्सियों को झटका रही थीं। गोठ के सब पशु उसे देखकर रँभाने लगे; मगर राघवुलु ने कुछ भी नहीं सुना। वह दौड़कर लक्षुवम्मा के पास गया।

“माईजी! बैलों का क्या हुआ?”

रंज और गम के मारे उसका चेहरा एकदम स्याह पड़ गया था।

“गोठ में होंगे और कहाँ जाएँगे!”

“नहीं हैं मायजी।”

“तो जाएँगे कहाँ? शायद तेरे मालिक गाड़ी में जोतकर कहीं गए होंगे।”

“गाड़ी तो यहीं है।”

राघवुलु मुँह लटकाये पिछवाड़े के ओसारे में गया और एक लम्बी साँस खींचकर धड़ाम से ज़मीन पर बैठ गया।

लक्षुवम्मा भागी-भागी मवेशीखाने में गई। बैल नहीं थे। बड़ा बेटा सामने से आते हुए दिखाई दिया। वह उसके पास जाकर बोली-“देख बेटे! गोठ में बैल नहीं हैं। लाइब्रेरी के पास चौपाल में तुम्हारे पिताजी होंगे। जाकर उनसे बोल दे।”

बड़ा बेटा लौटकर आया।

“माँ! बापू लाइब्रेरी के पास नहीं हैं।”

लक्षुवम्मा को कुछ भी नहीं सूझा। दूध दुहने के लिए वह बर्तन और रस्सी लेकर मवेशीखाने की तरफ जा रही थी। बेटे का जवाब सुनकर वह ऐसे ही खड़ी रह गई। बर्तन और रस्सी चिट्टाडु के हाथ में देते हुए बोली–“बेटे, इसे ले जाकर राघवुलु को दे दे। वह दूध दुहकर लाएगा।”

चिट्टाडु राघवुलु के पास गया। वह मवेशीखाने के बाजू में गाड़ी के नीचे पुआल पर लेटा हुआ था। चिट्टाडु की बात का कोई जवाब उसने नहीं दिया। चिट्टाडु ने जाकर अपनी माँ से कह दिया कि वह चुपचाप पुआल पर पड़े-पड़े किसी सोच में मग्न है। लक्षुवम्मा ने बड़े लड़के से कहा कि वह दूध दुहकर लाए। उसने कहा–मुझे दुहना नहीं आता।

औरत और माँ होकर वह कैसे दूध दुहे? दूसरी तरफ बछड़ा देर से गला फाड़-फाड़कर रँभा रहा था। लक्षुवम्मा ने जाकर बछड़े को खूँटे से छोड़ दिया।

लक्षुवम्मा का मन किसी आशंका से घबराने लगा। उसका रोम-रोम कलपने लगा। उसके पति अभी तक क्यों नहीं आए? कहाँ गए होंगे? कुछ क्षणों के लिए वह सोचती खड़ी रही।

फिर वह राघवुलु के पास जाकर बोली-“मालिक के आने के बाद पूछ लेंगे, बैल कहाँ गए। उठ, खाना खा ले।”

उसने कहा–“मायजी! मुझे भूख नहीं।”

“भूख कैसे नहीं होगी? उठ!”

लक्षुवम्मा ने बहुत मनाया, पर राघवुलु खाने के लिए नहीं गया, नहीं गया।

लक्षुवम्मा बड़े लड़के को खाना परोसकर चिट्टाडु के बिस्तर के कपड़े लाने अन्दर वाले कमरे में गई। वह अवाक् रह गई। उसके पति अन्दर खाट पर लेटे हुए थे और कराह रहे थे।

लक्षुवम्मा बहुत घबरा गई।

"कैसी तबीयत है?" उसने अपने पति के माथे पर हाथ रखते हुए कहा-"शरीर तो बहुत गरम है। बहुत तेज बुखार है।"

"नहीं-नहीं! कुछ नहीं है।" पति ने कहा।

"नहीं कैसे? बदन तो तवे की तरह जल रहा है और आप कहते हैं, कुछ नहीं। उधर मवेशीखाने में बैल नहीं दीख रहे हैं।"

वेंकय्या एक क्षण के लिए मौन रहा, फिर गहरी साँस लेते हुए बोला--"बैल मैंने बेच दिए।"

लक्षुवम्मा को यह सुनकर बड़ा आघात-सां लगा। वह खड़ी की खड़ी रह गई। उसके मुँह से कोई बात न निकल सकी। एक क्षण के लिए वह बुत बनकर खड़ी रही। उसके बाद वह दरवाज़े के पास रखी हुई लालटेन लेकर मवेशीखाने की तरफ चली।

राघवुलु पहले की तरह गाड़ी के नीचे पुआल पर पड़े-पड़े न जाने आसमान की तरफ देखते हुए क्या सोच रहा था। लक्षुवम्मा जाकर उसके नज़दीक एक पत्थर पर बैठ गई।

"राघवाय! तू क्या सोच रहा है?" लक्षुवम्मा ने रुंधे हुए कंठ से पूछा।

मगर वह कुछ नहीं बोला।

"मैं जानती हूँ, तू क्या सोच रहा है। मैं जानती हूँ, इस घर से तुझे कितना लगाव है। यह जानकर तुझे रंज होगा राघवांय कि तेरे मालिक ने बैल बेच दिए। लाचारी थी।"

राघवुलु एकदम चौंक उठा और उठ बैठा।

"क्या कहा मायजी आपने? बैल बेच दिए?" बड़ी उत्कंठा से उसने पूछा। फिर वह जोर से रो पड़ा, बिल्कुल एक छोटे बच्चे की तरह।

लक्षुवम्मा ने संक्षेप में घर की सारी हालत बता दी।

राघवुलु ने सिसकियाँ लेते सब-कुछ सुना।

"सब अपना-अपना भाग्य है। भगवान की करनी को कोई नहीं टाल सकता। हम-तुम क्या कर सकते हैं? चल! थोड़ा खाना खा ले।" लक्षुवम्मा ने उठते हुए कहा।

राघवुलु का मुँह आँसुओं से भीग गया था।

"यह सब मेरी बदनसीबी है।"

"जो होना था, सो हो गया। हाँ, चल, थोड़ा खाना खा ले।"

"मुझे भूख नहीं है मायजी! माफ कीजिए।"

लक्षुवम्मा ने उसे बहुत समझाया-बुझाया, मगर वह खाने के लिए नहीं आया। लक्षुवम्मा को भी उस दिन खाने की इच्छा नहीं हुई। लालटेन की रोशनी को मद्धिम करके उसने उसे दरवाज़े के पास रखा और अपनी खाट पर लेट गई।

राघवुलु को रात-भर नींद न आई। उसकी सारी पिछली ज़िन्दगी उसकी आँखों के सामने से गुजर गई।...उसके मन में विचारों की एक श्रृंखला जुड़ने लगी।...

इतने वर्षों तक वह यहाँ क्यों रहता आया? सबेरे से शाम तक वह अपने शरीर को क्यों खपाता रहा? उसका अपना क्या है? एक खूड ज़मीन भी उसकी नहीं, एक फूल-पत्ती भी तो उसकी अपनी नहीं? फिर क्यों उसने समझा कि सारे खेत, बाग-बगीचे, कुएँ, गाय, भैंस, बैल और उस घर की सारी सम्पदा उसकी अपनी ही है और उसका अधिष्ठाता वह स्वयं है? चैत-वैशाख में मालिक का घर अनाज से भर जाता तो वह फूले अंग क्यों नहीं समाता था? आज वे खेत कहाँ गए? आज वे बैल कहाँ गए? इतने सालों तक जिसे वह अपना समझता आया, आज वह सब किसी दूसरे के अधीन हो गया। मैं इस घर को क्यों अपने प्राणों से भी अधिक चाहता रहा? पेट के लिए? नहीं! उसने जो कुछ भी किया था, अपने मालिक की भलाई के लिए किया था। क्या आज मालिक सुखी है? आज वे खेत मालिक के नहीं हैं, जिन्हें वह मुँह-अँधेरे जाकर दिया जले तक जोतता था, जिनमें उसने बीज बोये थे वैशाख-जेठ में अपने पसीने की बूँदों से सींचकर बड़ा किया था। आज कुछ भी मालिक के पास नहीं।...उसका सारा सुख छीन लिया गया। उसकी सारी तृप्ति छीन ली गई।...न जाने कहाँ से यह दुर्भाग्य आया कि मालिक की संगत कर ली, जिसके कारण आज उसे यह दिन देखना पड़ा...

राघवुलु ने भी इस स्थिति को अपने करमों का भोग माना। आज उसके सारे बन्धन तोड़ दिए गए, जिनके साथ वह पिछले पन्द्रह सालों से जुड़ा हुआ था। वह यह नहीं जान सका कि उसके ये बन्धन तोड़ कैसे दिए गए थे!

'अब क्या किया जाए? इस घर में अब उसका रहा ही क्या है।'

रात-भर वह विचारों में डूबता-उतराता रहा।

पौ फटी। राघवुलु उठ खड़ा हो गया। नित्य-कर्मों से निवृत्त होकर कुएँ के पास जाकर नहाया-धोया। धुले कपड़े पहन लिए। पुराने कपड़ों को एक गठरी में बाँध लिया। फिर उस गठरी को एक लकड़ी पर लटकाये सीधे रसोईघर के सामने जाकर खड़ा हो गया। राधवुलु को देखकर लक्षुवम्मा बाहर आ गई। उसके साथ मालिक भी थे। छोटे मालिक और चिट्टाडु भी बाहर चले आए।

राघवुलु को देखकर सब-के-सब भौंचक्के रह गए।

"मायजी! मैं जा रहा हूँ।" धरती पर अपनी निगाहें जमाए राघवुलु ने कहा।

"यह क्या? कहाँ जा रहा है?" लक्षुवम्मा ने आश्चर्य से पूछा।

"बस, जा रहा हूँ मालकिन।"

"आखिर कहाँ?"

"जहाँ अपने पाँव ले जाएँ।"

"अपने बाप के यहाँ जा रहा होगा!" वेंकय्या ने कहा।

"जी नहीं।"

इस उत्तर ने सबको और भी आश्चर्य में डाल दिया।

"ऐसे कैसे जाएगा? तूने रात को भी नहीं खाया। तुझे जाने से मैं रोक नहीं सकती, मगर तू खाना खाके चला जाना!" लक्षुवम्मा ने अनुनय के स्वर में कहा।

इतने में बछड़ा दौड़ता हुआ आया और राघवुलु की धोती का पल्ला पकड़कर खींचने लगा।

"माफ कीजिए मालकिन! मुझे जाने दीजिए।"

"नहीं रे! थोड़ा ही सही, खाके चले जाना।" लक्षुवम्मा ने राघवुलु के पास जाकर उसकी ठुड्डी छूते हुए कहा।

"माफ कीजिए मालकिन! मुझे आज्ञा दीजिए।"

राघवुलु ने सबको एक बार नमस्कार किया और आँसू-भरी आँखों से वहाँ से विदा हो गया।

चिट्टाडु जोर से रोने लगा। पिछले कई सालों से खेत से आते समय कभी मटर, कभी चने का होला या कुछ-न-कुछ इसी चिट्टाडु के लिए वह लाया करता था।

बछड़ा 'अम्बा' कहकर अकुलाने लगा। मवेशीखाने में खूँटे से बँधे हुए सारे पशु जोर-जोर से रंभाने लगे, जिनको उसने अपने प्राणों से भी अधिक माना था।

कोई उसे रोक नहीं सके।

राघवुलु कदम बढ़ाता हुआ आँगन पार कर चला गया। उस घर से, पन्द्रह साल के अपने सारे बन्धन तोड़कर, राघवुलु ने प्रस्थान किया। हमेशा के लिए वह वहाँ से चला गया।

अनुवाद : **दण्डमूडि महीधर**

•

और रोशनी बुझ गई

दिवि वेंकट रामय्या

अन्धकार रोशनी को निगलने की ताक में बैठा हुआ था और चाँद अनजान बनकर सूरज के डूबने के पहले छोर से निहारने लगा, उस भिखमंगे की तरह जो नया-नया भीख माँगने के लिए निकला हो।

शहर वहाँ से चार मील की दूरी पर है और वहाँ से सड़क और नहर एक-साथ चलकर वहाँ तक आईं और वहाँ आकर दोनों ने एक-दूसरे से तलाक ले लिया। दिल की शक्ल में पत्थर का रूप धारण किए हुए सड़क पूर्व की ओर मुड़कर गाँव की तरफ चली गई। नहर अभी पूर्ण गर्भवती है। अपनी सारी आकांक्षाओं को पानी के रूप में बहाते हुए नहर धीरे-धीरे आगे बढ़ती जा रही थी।

सड़क और नहर को तलाक दिलाने वाले जज की तरह राघवराव पुलिया पर अकेला बैठा हुआ था।

पानी से भरी हुई नहर से नज़र हटाकर राघवराव ने धान के खेतों की तरफ देखा, फिर गाँव की तरफ।

आज सुबह से ही गाँव में आग लगी हुई थी। वह अभी बुझी नहीं। शायद ही बुझे! हर कोई उसमें घी डाल रहा था। पानी डालनेवाला कोई नज़र नहीं आ रहा था। यह आग जल्दी बुझ जाए—यह कोई नहीं चाहता। आग भड़कती जा रही थी। चिनगारियाँ उड़ रही थीं। वह किसी भी क्षण फट पड़ेगी। देखते-देखते सारे गाँव को राख की ढेरी बना देगी।

उस गाँव में छः सौ मकान हैं। तीन हज़ार की आबादी है। ये लोग दो दलों में बँटे हुए हैं। दोनों दलों के बीच पुराना वैर चला आ रहा है। दोनों दलों के मुखिया यह नहीं चाहते कि पुराना वैर मिट जाए और दोनों में मेल-मिलाप हो जाए। एक दल का मुखिया गाँव का पटेल रामचन्द्रन था और दूसरे दल का अगुवा सरपंच रंगाराव।

गाँव में एक प्राथामिक पाठशाला है, जहाँ बच्चे पढ़ते कम हैं, शोर ज़्यादा करते हैं। बड़े-बूढ़े लोग आलथी-पालथी मारकर ग्रन्थालय में बैठ जाते हैं—किताबें पढ़ने के लिए नहीं, बल्कि ताश खेलने के लिए। एक श्रीरामचन्द्रजी का मन्दिर भी है,

जहाँ लोग बैठकर दुनिया-भर की गन्दी बातों को लेकर बहस करते हैं। गंगा माई के मन्दिर में बड़े पैमाने पर जश्न मनाते। आसपास ताड़ी और शराब की अलग-अलग दुकानें हैं।

उस गाँव में जो चमेली का फूल खिलता है, उसमें से आक के फूलों की गन्ध आने लगती हैं। वहाँ कोयल की कूक उल्लू की बोली-सी लगती है।

उस गाँव के लोग सामने से देवता नज़र आते हैं मगर पीठ-पीछे से एकदम भूत-प्रेत से लगते हैं; मुँह से बात करते रहते हैं, मगर भृकुटी उनकी टेढ़ी चढ़ी रहती है। एक आँख से सरसों फूलती है तो दूसरी आँख से लहू टपकता है। कहते कुछ हैं करते कुछ और। मानो तो देव, नहीं तो पत्थर। मुँह में राम, बगल में छुरी। बगलवाले के घर में आग लग जाती तो तीज-त्यौहार मनाते, महीनों तक कोई त्यौहार न आता तो वे खुद ही आग लगा देते।

ऐसे लोगों के लिए अपना करिश्मा दिखाने का एक अच्छा मौका अब हाथ लग गया था। उस दिन सुबह का वाकया था। सरपंच का नौकर भैंसों को पानी पिलाने के लिए पोखरे की तरफ हाँककर ले जा रहा था। वह कहीं पीछे था। भैंसें पलक मारते पटेल के मकान के पिछवाड़े में घुस गईं और वहाँ लगाए गए पेड़-पौधों को उखाड़कर खा डाला। नौकर ने अपनी गलती मान ली और गिड़गिड़ाकर माफी भी माँग ली। मगर पटेल ने उसकी एक भी न सुनी। उसको इतना पीटा, इतना पीटा कि वह बेहोश हो गया। फिर उसके बाद पटेल के नौकरों ने सरपंच की भैंसों को खूँटों से बाँधकर इतना पीटा कि 'उआँ-उआँ' करती रही। उनकी तमाम चमड़ी खून से लथपथ हो गई। सरपंच रंगाराव के कान में जब यह खबर पड़ी तो उसका खून खौल उठा। अपने संगी-साथियों की मीटिंग उसने बुलाई और कहा कि लाठी का जवाब लाठी से ही देना होगा। सबने एक कंठ से उसका समर्थन किया

पटेल ने सरपंच के नौकर और भैंसों को अधमरा बनाकर बाहर खदेड़ दिया। और अपने संगी-साथियों को खबर भिजवा दी। रामचन्द्रन ने उनको बताया कि सरपंच ने जान-बूझकर भैंसों को उसके पिछवाड़े में घुसा दिया था। उसके दल वालों ने आवेश में आकर कहा कि लातों के देवता बातों से नहीं मानेंगे। जब लात सरपंच पर पड़ेगी, तभी उसकी अक्ल ठिकाने आएगी।

पंचायत के दफ्तर के पास सरपंच के पक्ष के लोग एकत्रित होने लग गए। तालाब के उस तरफ पटेल का मकान है और मकान के पिछवाड़े में पटेल के पक्ष के लोग इकट्ठे होने लगे। सबके हाथ में भाले-बरछे थे। अब दोनों दल के लोगों के आमने-सामने हो जाने की देर थी।

यह खबर गाँव में फैलते देर न लगी कि आज सरपंच और पटेल के लोगों के बीच डटकर लड़ाई-झगड़ा होने वाला है। इस खबर से गाँव वालों के जैसे होश उड़ गए। सबके रोंगटे खड़े हुए हो गए। ''आज कम-से-कम दस लाशें उठेंगी।''—गाँव के बड़े-बूढ़ों ने राय जाहिर की। कुछ लोग तो यह सोचकर वहाँ जाने को उतावले

हो रहे थे कि चलो, तमाशा देखेंगे। गाँव वाले दो दलों में बँट गए। जिनको दलबन्दी से नफरत थी, वे लोग घर ही रहे। औरतें और बच्चे सहमे और दुबके हुए थे।

गंगा माई का मन्दिर पंचायत-दफ्तर और पटेल के मकान के बीच में है। लड़ाई-झगड़े का मैदान वही है। पहले भी झगड़े यहीं हुए थे। जिन लोगों को तमाशा देखना था, वे सब तो गंगा माई के मन्दिर के आसपास के मकानों में, जिसको जहाँ जगह मिली, जमकर बैठे हुए थे।

मगर मैदान में पहले कूदने की हिम्मत दोनों दलों में से किसी को नहीं हो रही थी। दोनों को एक-दूसरे का इन्तज़ार था। दोनों को इस बात का डर था कि एकाएक हमला करने से बेकार में कई जानें चली जाएँगी। कुछ नौजवान लड़के उतावले हो रहे थे, मगर बड़े-बूढ़े उनको पीछे धकेल रहे थे। एक घंटा बीत गया। दो घंटे बीत गए। बारह बजे के करीब पटेल का साला किसी दूसरे गाँव से लौट रहा था, और यह खबर सरपंच के दल वालों को मिल गई। दल के लोगों में सलाह-मशविरा हुआ। दसेक मजबूत लठैतों को चुन लिया गया। वे लोग गाँव के गली-कूचों में से होते हुए प्राथमिक शाला के पीछे के बबूल के झुरमुटों में जाकर छिप गए। जैसे ही पटेल का साला वहाँ पहुँचा कि वे लठैत उस पर टूट पड़े और पीट-पीटकर उसको अधमरा कर दिया।

विजय-गर्व से सरपंच अपनी मूँछों पर ताव देता रहा। पटेल दाँत पीसता रह गया।

तिरुमलराव, जो सरपंच के खास कृपापात्रों में से एक था, पानी देने के लिए तड़के ही खेत में गया हुआ था ओर यह बात पटेल के दल वालों को मालूम हो गई। बीस आदमी इकट्ठे हो गए और जब वह लौट रहा था तो गाँव के समीप ही उस पर टूट पड़े। तिरुमलराव आर्तनाद करता रहा—'चच्चानु बाबो'। (बाप रे, मर गया)। मगर कोई उसको बचाने नहीं गया, क्योंकि किसी में उतनी हिम्मत नहीं थी।

इस घटना के बाद आग भड़क उठी। पटेल के दल का पेरय्या जब शहर से लौटने लगा तो सरपंच के व्यक्तियों ने उसे खूब पीटा। सरपंच के दूर के रिश्तेदार को, जो लंगड़ा था, शराब की दुकान के सामने पटेल के लोगों ने छुरा भोंक दिया।

और सरपंच ने प्रतिज्ञा की कि सुबह होते-होते अगर मैं पटेल का खून न करूँ तो मेरा नाम बदल देना। उधर पटेल ने ऐलान कर दिया कि इस गाँव में या तो मैं रहूँगा या सरपंच। अब उसके दिन समाप्त हो गए!

जब गाँव की यह हालत थी तो गाँव से कुछ दूरी पर, जहाँ शहर से आने वाली सड़क मुड़ती है, वहाँ पुल पर राघव बैठा हुआ था और दूसरी तरफ अन्धकार रोशनी को निगलने की ताक में बैठा हुआ था। राघव ने उस गाँव में जन्म लिया, जहाँ उसको जन्म नहीं लेना था। जन्म लेना ही था तो सरपंच रंगाराव के लड़के के रूप में जन्म नहीं लेना था। शायद यही वजह थी कि कभी-कभी उसका बाप

उसे नालायक कहा करता था। आज सुबह भी उसने अपने बाप की गालियाँ सुनी थीं। लाठी लेकर उसे भी लड़ने के लिए भेजना चाहा था सरपंच ने। मगर लड़का नहीं माना।

घर में बैठे हुए राघव को नौकर-चाकरों के मुँह से गाँव में होने वाली हलचल का पता लग रहा था। सुनते-सुनते वह बौरा गया। उसको घर में बैठे हुए देखकर उसकी माँ ने एतराज किया और हाथ में एक लाठी देकर जबदस्ती उसे बाहर भेज दिया। लाठी घर में ही फेंककर वह बाहर चला आया और गाँव के बाहर आकर पुल पर बैठ गया। उसकी समझ में नहीं आ रहा था कि क्या करना चाहिए। दस साल की उम्र से ही वह शहर में मामा के यहाँ रहकर पढ़ता रहा। पिछले साल ही कॉलेज की पढ़ाई खत्म करके गाँव लौटा था। गाँव को लेकर, वहाँ की ज़िन्दगी और लोगों के मन-मानस को लेकर जो भावनाएँ उसके मन में मौजूद थीं, वे सब इस एक साल के अन्दर काफूर हो चुकी थीं। वे सब बातें कल्पना मात्र रह गईं...

प्राथमिक पाठशाला के अध्यापक रामशास्त्री शहर से साइकिल पर लौट रहे थे। पुल पर बैठे हुए राघव को देखकर वह साइकिल से उतर गए और जाकर उसके पास बैठ गए। इस एक साल की अवधि में दोनों में बड़ी गहरी दोस्ती ही गई थी।

"कहाँ से आ रहे हो मास्टर?" राघव ने पूछा।

"आज छुट्टी थी न, इसलिए सुबह-सुबह उठकर शहर चला गया था। अरे, हाँ, शहर में रामू धोबी दिखा था। कह रहा था कि गाँव में कुछ गड़बड़ी मचने वाली है। क्या बात है?" रामशास्त्री ने पूछा।

राघव ने सारी बातें कह सुनाईं; कहा—"तुम गाँव में जाओगे तो जान से हाथ धोना पड़ेगा और तुम्हें तो गाँव के बिल्कुल उस कोने में जाना है। कोई मनचला व्यक्ति तुम पर भी हाथ उठा दे, कौन जाने! बेहतर तो यही है कि तुम आज रात के लिए हमारे यहाँ ठहर जाओ!"

"अच्छा! तो हालत इतनी नाजुक हो रही है? राघव! पहले तो मेरी समझ में यह बात नहीं आ रही है कि लोगों में इतनी अमानुषता, इतना ईर्ष्या-द्वेष, इतनी खून की प्यास क्यों रहती है! दूसरे गाँव के कई लोग पढ़े-लिखे भी हैं।" शास्त्री ने कहा।

राघव कुछ क्षणों के लिए खामोश बैठा रहा; बोला—"शास्त्रीजी! उस पढ़ाई का क्या मतलब है जो आदमी को आदमी नहीं बनाती। तुम जिस पढ़ाई की बात कर रहे हो, उससे तो व्यापारी बनते हैं, अफसर बनते हैं, डॉक्टर और इंजीनियर तैयार होते हैं। इससे क्या लाभ होता है?"

शास्त्री कुछ कहने ही जा रहा था कि सरपंच का एक नौकर भागता हुआ वहाँ आया, बोला—"छोटे बाबू! हमारे लोग आधी रात को पटेल के घर पर धावा बोलने की बात सोच रहे हैं! पता नहीं, दूसरे पक्ष वालों का क्या इरादा है! मगर

कुछ भी हो, आज रात को पाँचेक आदमियों का खून हो जाएगा। बाबूजी ने कहा है, आप हमारे घर पर ही ठहर जाएँ। अब घर चलिए। यहाँ बैठना भी ठीक नहीं।''

''ठीक है! तुम जाओ। मैं अभी आया।'' राघव ने नौकर को विदा कर दिया।

शास्त्री के मुँह पर हवाइयाँ उड़ने लगीं। देखते-देखते उसका चेहरा सुर्ख हो उठा। भीतर-भीतर जैसे उसे कुछ साल रहा हो—''राघव! यह सब क्या है?'' उसके स्वर में भय था।

राघव कुछ देर के लिए अपने विचारों में उलझा रहा। फिर बोला—''शास्त्री! तुम एक काम करो। तुम फिर से शहर चले जाओ। जाकर पुलिस को इत्तिला दे दो।''

''अगर किसी को यह बात मालूम हो जाए कि मैं पुलिस ले आया हूँ तो क्या लोग मुझे ज़िन्दा छोड़ेंगे?'' शास्त्री की आवाज़ थरथरा रही थी और शब्द जैसे टूटकर निकल रहे थे।''

''डरने की कोई बात नहीं। मैं जो हूँ, तुम्हारा साथ देने के लिए। तुम्हारा कुछ नहीं होगा। अब यह काम तुम्हारे बगैर कोई नहीं कर सकता। इससे बहुत बड़ा खून-खराबा होने से बच जाएगा। यह बहुत बड़ा काम है। अच्छा हो, तुम यह काम करो।''

शास्त्री साइकिल पर सवार होकर फिर शहर की तरफ चला, राघव गाँव की ओर।

अन्धकार ने रोशनी को पूरी तरह से निगल लिया। उप-सरपंच चलपतिराव के घर में सरपंच के पूरे संगी-साथियों को बड़े पैमाने पर भोज दिया जा रहा था। उधर पटेल के छोटे भाई के घर में पटेल के दल वालों के लिए खाने-पीने का इन्तज़ाम किया गया था। मुर्ग-मुसल्लम के साथ-साथ पीने-पिलाने का कार्यक्रम जोरों पर था—दोनों जगहों पर! खाते-पीते हुए योजना बनाई जा रही थी कि रात को किस किस का खून, कैसे और कहाँ किया जाए।

ठीक इसी वक्त पटेल के घर से रोने-कलपने की आवाज़ें सुनाई पड़ीं। अपने भाई के यहाँ से पटेल जाने के लिए तैयार हो गया तो उसके भाई ने और दूसरे लोगों ने उसको रोका और कहा—''तुम मत जाओ। किसी और को भेज देंगे।'' और भाले-बरछे लेकर लोग बाहर दौड़े।

पटेल की बड़ी लड़की ससुराल से नैहर आई हुई थी। उसका नवाँ महीना चल रहा था। अचानक उसकी सारी देह ऐंठने लग गई थी। देह भी ठण्डी पड़ रही थी। वात-रोग हो गया था—यह सोचकर पटेल के घर में औरतों ने रोना-धोना शुरू कर दिया था। उसको फौरन शहर के अस्पताल में ले जाना होगा। नहीं तो जान का खतरा हो सकता था। पाँच मिनट के अन्दर गाड़ी तैयार की गई। पटेल की बेटी को बैलगाड़ी में लिटा दिया गया। पटेल की पत्नी के अलावा दो औरतें और गाड़ी में बैठ गईं। पटेल के छोटे भाई ने अन्दर अपने भाई को खबर भिजवा दी—''बेटी

की तबीयत कुछ खराब हो गई है। इसलिए उसे शहर ले जा रहे हैं। डरने की कोई बात नहीं!" पटेल का भाई गाड़ी के साथ निकल पड़ा—साथ में पाँचेक लोगों को लेकर।

गाड़ी गलियों में होते हुए सड़क पर आ गई तो वहाँ सरपंच के बीसेक लोग सड़क के बीच में खड़े दिखाई दिए। पटेल के भाई ने जब उनको देखा तो अपने को सम्हाल नहीं सका। वह गाड़ी पर से नीचे कूद पड़ा कि उस पर बीस लाठियों के प्रहार पड़े। उसके साथी तो कभी के वहाँ से भाग चुके थे। बैलगाड़ी को चारों ओर से सरपंच के लोगों ने घेर लिया था। गाड़ी में जो औरतें सवार थीं, यह नजारा देखकर जोर-जोर से रोने-पीटने लगीं। पटेल की पत्नी गाड़ी से नीचे उतर पड़ी और बहुत अनुनय-विनय करने लगी; आँखों में आँसू लिए हुए बोली—"देर हो जाएगी तो मेरी बेटी की जान चली जाएगी! हमें यहाँ से निकल जाने दो!" मगर सरपंच के लोगों ने गाड़ी को जाने नहीं दिया। उन्होंने कहा—'गाड़ी हम तब तक जाने नहीं देंगे जब तक तुम्हारे पति यहाँ आकर हमारे सामने हार न मान लें। हमें कोई रंज नहीं होगा चाहे तुम्हारी बेटी यहीं प्राण छोड़ दे।"

पुल पर से लौटते हुए राघव ने दूर से यह हँगामा देखा। यह समझने में उसे देर न लगी कि उसके पिताजी के पक्ष वाले बैलगाड़ी को रोककर कोई उत्पात मचाने की कोशिश में हैं। वह जल्दी-जल्दी कदम बढ़ाते हुए वहाँ आया। पूरी बात मालूम हो गई। पटेल की पत्नी ने हाथ पकड़कर गिड़गिड़ाते हुए कहा—"बेटा! बच्ची की हालत बहुत खराब है। उस पर रहम करो। मैं तुम्हारा एहसान कभी नहीं भूलूँगी बेटा!" वह रोने लग गई। राघव का दिल पिघल गया। उसने उन लोगों की तरफ देखा, जो वहाँ खड़े थे। उसे लगा, वे पत्थर की प्रतिमाएँ थीं। उनसे कुछ कहना बेकार था। राघव अपने घर की तरफ जाने लगा। थोड़ी दूर जाने के बाद वह एकदम भागते हुए पीछे आ गया। गाड़ी के पास जो लोग खड़े थे, उन्होंने पूछा—"क्या बात है?" उसने जवाब दिया—"चार व्यक्तियों के साथ मेरे पिताजी पुस्तकालय की तरफ भागे जा रहे हैं। उनको पटेल के लोग खदेड़ रहे हैं। उन लोगों की संख्या ज़्यादा है। पता नहीं, वे क्या कर बैठें? हमारे लोग कहीं पीछे रह गए होंगे। तुम इधर खेतों में से जाओ और पंचायत-दफ्तर के पास अपने जो लोग एकत्रित हैं, उनको सूचित कर दो और सबको साथ लेकर तुम लोग पुस्तकालय की तरफ चले आओ। मैं अपने घर की तरफ जाकर और लोगों को भी साथ लेकर आता हूँ।"

वहाँ खड़े हुए लोगों ने जब सुना कि सरंपच मुसीबत में फँसे हुए हैं, तो वे लोग वहाँ से दौड़े। उन लोगों के जाते ही राघव पटेल की पत्नी के पास आया; बोला—"अब आप लोग चले जाइए!"

पटेल की पत्नी समझ गई कि राघव ने क्या किया था। वह बोली—"जीते रहो बेटे!" उसने राघव को आशीर्वाद दिया। राघव ने खुद सहारा देकर पटेल के भाई को गाड़ी में बिठा दिया, जो घायल होकर नीचे पड़ा हुआ था। गाड़ी शहर की

तरफ रवाना हो गई। राघव ने चैन की साँस ली और आगे बढ़ गया। उसके घर के नुक्कड़ पर जो कनेर का पेड़ था, उसके पीछे से अचानक कोई दस लोग आगे आए और उस पर टूट पड़े।

रात के साढ़े दस बजे शहर से पुलिस लेकर रामशास्त्री गाँव में आया मगर कहीं भी राघव का पता नहीं चला। आखिर जब उसका पता लगा तो उसने देखा, भाले-बरछों की मार से छिन्न-भिन्न राघव का शरीर लहू के कीचड़ में लथ-पथ पड़ा हुआ था।

रामशास्त्री को ऐसा महसूस हुआ कि उसके दिल की गहराइयों में से कोई कह रहा था–''शास्त्री! उस पढ़ाई का क्या मतलब है, जो इन्सान को इन्सान नहीं बनाती।''

अनुवाद : **दण्डमूडि महीधर**

•

ज्ञान-बोध

वनश्री

"क्यों, आज जल्दी आएँगे न?" बाहर जाते हुए पति से पार्वती ने पूछा। चप्पल में पैर डालते-डालते विश्वनाथ ने पत्नी की ओर देखा। वह बहुत दुःखी थी। उत्तर की प्रतीक्षा में पति की तरफ एकटक देख रही थी।

कैसी अजीब औरत है! पूछती है–आज तो जल्दी आएँगे न? मतलब यह कि वह रोज चाहकर ही देर से घर आता है। जो मन में आता है, वही ऊट–पटाँग सोचती रहती है। समझ तो बिल्कुल है ही नहीं! ऐसी औरत दुश्मन को भी न मिले! वह अपना दुखड़ा किसे सुनाए?

पार्वती ने फिर कहा–"बोलते क्यों नहीं? इधर लड़के को खाँसी है, उधर लड़की को खसरा निकला है। मैं घर के काम-काज से मरी जा रही हूँ सो अलग, और आप हैं कि रात के नौ बजे तक घर आने का नाम ही नहीं लेते! ऐसी ज़िन्दग़ी से तो मैं उकता गई।" पार्वती की आँखों से आँसू छलक पड़े।

धत्तेरे की! हर रोज का वही पुराना राग, जैसे घिसा हुआ ग्रामोफोन-रिकार्ड। पहले दोषी ठहराना, फिर आसमान सिर पर उठाकर साड़ी के पल्ले से आँसू साफ करना–रोज का यही तो रवैया है। सात साल की ज़िन्दगी में कोई नई बात तो है नहीं यह। खाक ज़िन्दगी हुई यह भी! नहीं, यह रोज-रोज की बक-बक और आँसू के दरिया वह बरदाश्त नहीं कर सकेगा। रोना-धोना ही तो ज़िन्दगी नहीं है। फिलॉसफी ऑनर्स में फर्स्ट डिवीजन लाया था वह पर किस्मत कि नौकरी कुछ दूसरी तरह की करनी पड़ी। बेमतलब ही इतनी पढ़ाई की। पहले दर्जे में पास होना भी बेकार गया। वह अब तक यह समझ ही नहीं सका कि किसलिए ज़िन्दा रहना है और ज़िन्दगी का अर्थ क्या है? यह एक पहेली ही रही सदा।

विद्वान् विश्वनाथ अपने दर्शन-शास्त्र में डूब गया और भोली-भाली पार्वती उमड़कर आने वाले दुःख को रोकने का प्रयत्न किए बगैर बोलती गई–'मेरी और मेरे बच्चों की किसी को क्या गरज पड़ी है। हम सब जाएँ जहन्नुम में...'' बाकी की बातें रुलाई में विलीन हो गईं।

'मेरी और मेरे बच्चों की...' पार्वती का यह वाक्य विश्वनाथ के हृदय में मन्दिर के घंटों की तरह गूँज उठा। बच्चे उसके हैं! मानो वह उनका कुछ भी नहीं! अगर वह भी इसी ढंग से सोचता तो कभी का इन बन्धनों से मुक्त हो गया होता।

पार्वती एकदम रो पड़ी! रोना! रोना!! इसकी सारी ज़िन्दगी रोते-रोते बीत जाएगी। पहले दुःख पैदा हुआ और बाद में इसका जन्म हुआ होगा! इस घर की दीवारें और ऊपर की छत इसके रोने से घबराकर एक-न-एक दिन चकनाचूर हो जाएँगी।

पार्वती बीती बातों को याद करके भी रोती है और आने वाली मुसीबतों की सोचकर भी विह्वल होती है। हे भगवान! यह फिजूल ही इतना गम क्यों करने लगी? इसका कोई अन्त भी है?

विश्वनाथ दोनों हाथों से सिर को पकड़े उठ खड़ा हुआ और दो कदम आगे बढ़ा। पार्वती की रुलाई ने जोर पकड़ा। स्वर को कुछ और ऊँचा करते हुए उसने कहा–'मेरी बातें सुनने वाला कोई है ही नहीं!''

पार्वती की रुलाई हवा में मिल गई और आकाश में व्याप्त हो गई। विश्वनाथ ने पार्वती की ओर मुड़कर कहा–''छीः! चुप भी रहो। हमेशा रोती ही रहती हो। ऑफिस का काम खत्म होते ही चला आऊँगा। जल्दी ही।''

उसने साड़ी के पल्ले से आँखें पोंछते हुए कहा–''लौटते वक्त डॉक्टर से लड़के के लिए दवा भी लेते आना।''

उसकी सारी रुलाई ऐसे काफूर हो गई, जैसे गरमी के दिनों में तालाब का पानी।

''क्या पहले की दवा खत्म हो गई?''

''हाँ, वह मैंने पिला दी है। अजी! मैं तो भूल ही गई, घर में कॉफी-पाउडर और चीनी नहीं है।''

विश्वनाथ ने 'अच्छा' कहकर बाहर कदम रखा। पार्वती ने पति के पीछे चलते हुए कहा–''लड़की कुछ नहीं खाती। ग्लूकोज और आधा दर्जन नारंगी लेते आना। फल का रस शायद पी सकेगी।''

कपड़े धोकर उन्हें कन्धे पर डाले हुए विश्वनाथ की माँ मंगरम्मा ने बेटे से कहा–''अरे विशू! घर में दाल, इमली और प्याज खत्म हो चुका है। शाम को लौटते समय ये सब चीज़ें ज़रूर ले आना, बेटा।''

विश्वनाथ एक मिनट के लिए ज्यों-का-त्यों आँगन में खड़ा हो गया। पीछे की तरफ देखने की हिम्मत उसे नहीं हुई। वह सड़क की ओर देखने लगा।

पत्नी ने कहा–''आते वक्त बाज़ार से साग-सब्जी भी लेते आना। घर में कुछ नहीं है।''

माता ने कहा–''अरे बेटा! जब बाज़ार जा ही रहे ही तो दो दर्जन नींबू ज़रूर लाना। अचार डालूँगी।''

बड़े लड़के प्रसाद ने कहा–"बाबूजी! मेरे लिए कलर-पेंसिल और ज्योमेट्री-बाक्स आज ज़रूर लेते आइए। हर रोज मास्टर साहब डाँटते हैं।"

"अरे विशू, मैं दस दिन से भूलती ही जा रही हूँ–मुझे धोतियाँ रंगनी हैं। एक तोला बैंगनी रंग लेते आना।" माँ ने कहा।

"अजी सुनिए...!"

"बाबूजी...!"

"अरे बेटा विशू...!"

विश्वनाथ के सुनते-सुनते कान पक गए। दिमाग कुछ काम नहीं कर रहा था। बीवी, बच्चे और बूढ़ी माँ की माँगों से उसका सिर भन्नाने लगा। एक छलाँग में विश्वनाथ सड़क पर आ गया।

कड़ी धूप सिर को जला रही थी। कहीं पत्ता नहीं हिल रहा था। सारा शरीर पसीने से तर-ब-तर हो गया। तारकोल वाली सड़क की गरमी चप्पल में से पैरों को छू रही थी। घर से दफ्तर डेढ़ मील की दूरी पर है। पैदल जाने के अलावा कोई दूसरा चारा नहीं।

विश्वनाथ ने बड़ी तेजी से जलती सड़क पर कदम बढ़ाए। उसकी बगल से नए मॉडल की एक कार फर्र से निकल गई। एक लॉरी 'घर्र-घर्र' की आवाज़ करती खिसक गई। सामान लदी एक गाड़ी वजन की वजह से 'किर-किर' की ध्वनि करती हुई चली गई।

विश्वनाथ का मन सत्य के अन्वेषण में डूब गया। इस ज़िन्दगी का अर्थ क्या है? इस तरह जीने का प्रयोजन ही क्या है?

चौक में पहुँचते ही घंटाघर की तरफ उसकी नज़र गई। सत्य की खोज में किसी दूसरी दुनिया में विचरता उसका मन घड़ी की तरफ देखते ही ज़मीन पर लौट आया।

तभी घड़ी ने साढ़े दस का घंटा बजाया। "बाप रे! साढ़े दस बज गए!' श्री रामचन्द्र द्वारा शिव-धनुष तोड़ते समय के भयंकर गर्जन की तरह विश्वनाथ के कान में घंटे की आवाज़ गूँज उठी।

साढ़े दस बजे तो उसका ऑफिस में होना ज़रूरी है। लेकिन साढ़े दस यहीं बज गए और अभी उसे एक मील और चलना है। विश्वनाथ को सामने की काली सड़क काले साँप की तरह लेटी हुई नज़र आई। समय दौड़ रहा है और वह अभी आधी दूर भी नहीं चल सका। ऑफिस पहुँचने में करीब पन्द्रह मिनट और लगेंगे।

लेट! लेट!! यू आर ऑलवेज लेट! आई कैन नॉट टॉलरेट!–बड़ा साहब यों चिल्लाता है, मानो शेर आदमी को देखकर गरजता हो।

विश्वनाथ तेज़ी से ऑफिस की ओर दौड़ पड़ा। सारा शरीर पसीने से भीग गया।

तीन बार देर से गया तो एक दिन की छुट्टी कट जाएगी। एक रोज का वेतन चला जाएगा। अगले महीने के वेतन में से तीन रुपये चार आने कम हो जाएँगे। तिस

पर कैफियत देनी पड़ेगी, घुड़कियाँ सुननी पड़ेंगी, सो अलग। उसका दिल धड़कने लगा।

पसीने से तर-ब-तर विश्वनाथ दफ्तर में दाखिल हुआ। उसने रास्ते में जो सोचा था, वही हुआ। तब तक अफसर ने दो बार उसे बुलवाया था। जाने क्यों ऑफिस में जो क्लर्क मौजूद नहीं रहता, बार-बार उसी के लिए बुलावा आता है?

''बाबूजी! साहब आपको बुला रहे हैं।'' विश्वनाथ अपनी कुर्सी पर बैठा भी नहीं था कि चपरासी ने आकर कहा। दिल कड़ा करके वह साहब के कमरे में दाखिल हुआ।

साहब ने पूछा—''आज देर से क्यों आए?''

विश्वनाथ डर से बकरे के बच्चे की तरह 'मैं...मैं' करता बोला—'जी, देर हो गई।'

''वह तो दीख ही रहा है। मालूम पड़ता है, तुम्हारा दिमाग ठीक नहीं है। देर से क्यों आए?''

क्या उत्तर दे? विश्वनाथ को कुछ नहीं सूझा। उसके दिमाग ने काम करना छोड़ दिया।

छीः! बेकार की ज़िन्दगी! आदमी का सम्मान गया तो बाकी रहा ही क्या? सदा के लिए इस्तीफा देकर यहाँ से चला जाए, तो कितना अच्छा हो।

अफसर फिर गरज उठा—''ताड़ के पेड़ की तरह खड़े क्यों हो? कुछ तो जवाब दो, देर क्यों हुई?''

''माफ कीजिए, घर पर कुछ ज़रूरी काम था।''

''ज़रूरी काम तो सभी को रहता है। मुझे भी है। खैर, पैसा गिनकर रखो। कैशबुक भी देख लेना! जानते हो, आज तीस तारीख है।''

''जी। सब तैयार रखूँगा।'' हाथ मलते हुए विश्वनाथ ने उत्तर दिया और आकर अपने स्थान पर बैठ गया। विश्वनाथ को ऐसा लगा, जैसे शेर के मुँह से बाहर आ गया हो। माथे पर जो पसीने की बूँदें उभर आई थीं उन्हें पोंछ लिया।

आदमी को मशीन की तरह काम करना पड़ रहा है। दर्शन का पण्डित हो कर भी विश्वनाथ को सब-ट्रेजरी ऑफिस में कैश-सेक्शन की क्लर्की करनी पड़ रही है। यह भी चार साल तक 'लोअर डिवीजन क्लर्क' की चक्की पीसने के बाद मिली है। इनके लिए तो मैट्रिक पास आदमी भी काफी है,पर जमाना ही खराब आ गया है। अगर कहीं इससे अच्छी नौकरी मिल जाए, तो वह इसे तत्काल छोड़ दे। लेकिन अच्छी नौकरी की बात तो अलग, पाँच साल के अनुभव से वह यह जान गया है कि जिस जगह वह अब है, उसी को स्थायी रखने के लिए उसे अपनो सारी ताकत लगानी होगी। अब तो वह दलदल में कमर तक फँस गया है।

सवेरे से शाम तक मेहनत करने पर भी काम खत्म नहीं होता। हिसाब-किताब तो उसके लिए पहले से ही सिर-दर्द है। फिलॉसफी के ग्रेजुएट के लिए गाणित सिर-दर्द नहीं तो और क्या है?

विश्वनाथ अपनी जगह बैठ तो गया, पर उसका मन वेदान्त और जीवन के मूल्यों के बारे में सोचने लगा। ढेर-के-ढेर बिलों के बण्डल उसके सामने पड़े थे।

अगर वह विचार-धारा में खो गया, तो दफ्तर का काम रुक जाएगा। और अगर काम करने में मशगूल हो गया तो विचार-धारा कुण्ठित हो जाएगी!

"बाबूजी! साहब बुला रहे हैं।" चपरासी दूसरी बार फरमान लाया था।

विश्वनाथ ने घड़ी की तरफ देखा। पौने पाँच बज गए थे। उसका दिल धड़कने लगा। काम अभी बहुत बाकी था। वह धीरे से उठकर साहब के कमरे में गया।

साहब ने पूछा—"हिसाब का सब काम खत्म हो गया?"

विश्वनाथ ने डरते हुए जवाब दिया—"जी, हो रहा है, अभी कुछ बाकी है।"

"तुम कैसे अजीब आदमी हो जी! तुमने अभी तक काम करने का ढंग नहीं सीखा। मैंने कितनी बार तुम्हें समझाया कि ठीक वक्त पर ऑफिस आया करो, और तमीज़ से काम करते रहो! पर तुम आदमी हो कि..."

विश्वनाथ के दिल में जैसे तीर चुभ गए। उसे काम करने की तमीज़ नहीं! वह मानव नहीं है!

अफसर ने फिर रोबीली आवाज़ में कहा—"चाहे रात-भर बैठो, पर काम पूरा करके ही घर जाना। समझे? जाँच-पड़ताल मैं सवेरे कर दूँगा। अच्छा, जाओ। अब खड़े क्यों हो?"

विश्वनाथ ने बड़े विनीत भाव से कहा—"आज घर पर एक ज़रूरी काम है। मेरे बच्चों की तबीयत ठीक नहीं है। कल सवेरे आकर मैं सब काम पूरा कर दूँगा।"

अफसर बड़े जोर से चिल्लाया—"चुप रहो! पहले अपनी जगह बैठकर काम पूरा करो। मैं कुछ सुनना नहीं चाहता। तुम्हारी नखरेबाजी मैं खूब जानता हूँ।"

विश्वनाथ चुपचाप आकर अपनी कुर्सी पर बैठ गया, और फाइलें पलटने लगा।

शाम के छः बज गए। एक-दो क्लर्कों के सिवा बाकी सब लोग चले गए थे। चपरासी ने बिजली का बटन दबाकर बत्ती जलाई। विश्वनाथ जल्दी-जल्दी काम करने में मशगूल हो गया।

लेकिन विचारों ने विश्वनाथ का पीछा नहीं छोड़ा। मूर्ख अफसर ने उसे पशु कहा! सच है, ठीक ही तो कहा। अगर वह मानव होता तो यह गधे का काम क्यों करता? छीः, क्या ज़िन्दगी है! क्या इससे मुक्त होने का कोई रास्ता नहीं?

आज भी घर जाते-जाते नौ बज जाएँगे। पार्वती का रोना-धोना और माँ की चखचख सुननी पड़ेगी। पर मासूम बच्ची का क्या होगा? यहाँ से जाते-जाते डॉक्टर भी अपना दवाखाना बन्द करके घर चला जाएगा। सवेरे चलते वक्त पार्वती ने घर की कुछ ज़रूरी चीज़ें लाने को कहा था। कॉफी-पाउडर, चीनी, ग्लूकोज और...और तो भूल ही गया। अगर वे चीज़ें नहीं ले गया, तो क्या होगा?

विश्वनाथ को रुलाई आने लगी।

ऑफिस की घड़ी ने आठ बजा दिए। विश्वनाथ के सारे विचार तितर-बितर हो गए। बिल का बण्डल एक तरफ रखा, और जल्दी से बाहर निकल आया।

उसका मस्तिष्क भन्ना रहा है और वह घर की तरफ एक-एक कदम बढ़ रहा है। बिजली की बत्तियों से सारा वातावरण चमक रहा है। ठण्डी हवा गालों को चूमती हुई जा रही है। समुद्र की लहरों की तरह विश्वनाथ के विचार ऊपर-नीचे होने लगे।

उस नीच का यह साहस! मैं मानव नहीं हूँ!! मेरा मूल्य आँकने की शक्ति और समझ-बूझ उस बदमाश में है कहाँ? मेरे जैसे कितने लोगों को यह अपने पैरों से रौंदता होगा। इसका तबादला और जगह क्यों नहीं किया जाता? यह दफ्तर एक जहन्नुम है और यह अफसर है यम।

विश्वनाथ सामने से आने वाली लॉरी से बाल-बाल बचा और सड़क की किनारी पर चलने लगा। घर के निकट आते ही विश्वनाथ के मस्तिष्क की हलचल चरम स्थिति पर पहुँच गई। एक भीषण दृश्य उसके मनोनेत्रों के सामने घूम गया—नरक से बाहर निकलकर फिर उसी नरक में जा रहा है वह! अगर इस रास्ते का कभी अन्त ही न हो और वह ऐसे ही चलता-चलता अनन्त में मिल जाए, तो? वहाँ उजाला होगा। हँसी-खुशी होगी और होगी शान्ति।

रोज की तरह विश्वनाथ के पैर घर के सामने आकर रुक गए। अभी तक वह एक अलौकिक कल्पना में खोया हुआ था। वह फिर से घरातल पर आ गया। वह घर के सामने खड़ा है।

पार्वती आँगन में उसकी प्रतीक्षा में खड़ी थी। दोनों का आमना-सामना हुआ कि दूसरा अध्याय शुरू हो गया।

आधी रात बीतने पर भी विश्वनाथ सो नहीं सका। करवट बदलते-बदलते रात गुजर रही थी। मन बहुत अशान्त और उलझा हुआ था। स्मृतिपटल पर अनेक चित्र और ध्वनियाँ उभरकर धुँधली हो रही थीं। यह सिलसिला खत्म ही नहीं हो रहा था।

वह उठ बैठा और लालटेन जलाकर गीता के पन्ने उलटने लगा, ताकि कोई नया सन्देश उसे सुनाई दे। पर ऐसा हुआ नहीं। गीता को बन्द कर दिया। एक पुराना दैनिक अखबार हाथ में लेकर उलटने-पुलटने लगा। एक शीर्षक पर नज़र पड़ी—"विश्व-शान्ति में नेहरूजी का योग।" नेहरूजी अशान्त विश्व में शान्ति स्थापित करने के हेतु अथक परिश्रम कर रहे हैं। पर विश्वनाथ के लिए कहीं शान्ति नहीं हैं। ऑफिस है एक आग उगलता ज्वालामुखी, और घर है तूफान से उद्वेलित एक क्षुब्ध महासागर! फिर शान्ति कैसी? जीवन कहाँ जाकर रुकेगा? तेज हवा में उड़ने वाले सूखे पत्ते की तरह, वह नहीं जानता कि वह कहाँ उड़ा जा रहा है।

मेज पर संगमरमर की बनी बुद्ध भगवान् की एक सफेद मूर्ति रखी है। कितनी शान्त मुद्रा! कितना उज्ज्वल मुख-मण्डल! एक अजस्त्र आभा का स्रोत! पर उसकी

ज़िन्दगी में वह आया कहाँ? ऐसे महानुभाव उसके हृदय में ज्योति का जागरण क्यों नहीं करा देते? राजमहलों में सारे सुख भोगते हुए भी लोक-कल्याण के लिए सिद्धार्थ ने सत्य की खोज में भयंकर जंगलों में जाकर घोर तपस्या की। पर्णशालाओं में रहकर वेदों में रत रहने वाले महा ऋषियों का जमाना अब नहीं रहा। वे सब अब कहाँ छिप गए? सत्यं शिवं सुन्दरम्—सब भारतीयों का यही आदर्श था। वे सब अतीत के गर्भ में कहाँ छिप गए?

"हे बुद्ध भगवान्, मुझे उजाला दिखाओ।" विश्वनाथ बिस्तर से उठा और बुद्ध भगवान् के सामने हाथ जोड़कर श्रद्धानत बैठ गया और न मालूम किस दुनिया में डूब गया। बैठे-बैठे ही उसकी आँखें झिप गईं और वह स्वप्न-लोक में विचरण करने लगा—

"कूकड़ू कूँ!"—मुर्गे ने बड़े जोर की बाँग दी है। विश्वनाथ चौंक पड़ता है। जल्दी-जल्दी बिस्तर से उठा और अपने कुछ कपड़े उसने एक थैले में रख लिए हैं। पत्नी सोई पड़ी है। गहरी नींद में सोई अपनी पत्नी की तरफ अन्तिम बार बड़े प्रेम से उसने देखा है। अपने मासूम बच्चों को बगल में लिटाकर वह सारी दुनिया को भूले हुए है। माता की तरफ भी एक क्षण के लिए देखकर उसने मुँह मोड़ लिया है। दरवाज़ा पार करते हुए उसने फिर से सबकी तरफ नज़र दौड़ाई। उसकी आँखें नम हो गई हैं और हमेशा के लिए घरबार छोड़कर वह अँधेरे में विलीन हो गया है। लेकिन काशी, प्रयाग, बद्रीनारायण आदि पवित्र स्थानों की यात्रा करने पर भी उसके मन की अशान्ति दूर नहीं हुई है। बद्रीनारायण से लौटते समय रास्ते में एक बहुत बड़ा बरगद का पेड़ दिखाई दिया है। उसकी छाया में बैठकर उसने घोर तपस्या करनी शुरू की है। सत्य की खोज कर, शान्ति का पथ पाने की धुन उसे सवार है। अपने लक्ष्य तक पहुँचकर ही वह साँस लेगा।

"खों—खों!"

लड़के की खाँसी।

"बाबूजी! बाबूजी!!"

सपने में बच्ची की पुकार।

"पिताजी! ज्योमेट्री बाक्स!!"

बड़े लड़के प्रसाद की आवाज़।

"देखिए, आज तो जल्दी घर लौटेंगे न?"

पत्नी की बड़बड़ाहट।

सपना टूट गया।

विश्वनाथ का तप भंग हो गया। वह अपने ध्येय को प्राप्त नहीं कर सका। हिमालय की तलहटी में बरगद के पेड़ की छाया में बैठा विश्वनाथ सहसा चौंक पड़ा।

अगर वह घर छोड़कर चला जाएगा, तो इन लोगों की ज़िन्दगी कैसे गुजरेगी?

कल ही से इन्हें भूखा रहना पड़ेगा। पार्वती के हाथ में तो एक कौड़ी भी नहीं है। वह इन सब लोगों का कैसे पालन-पोषण कर सकेगी?

विश्वनाथ अपने बिस्तर पर आकर लेट गया।

सवेरे जब उसकी आँख खुली तो उसने पार्वती को दूध वाली के साथ झगड़ते सुना। सवा आठ बज चुके थे। आज इकतीसवीं तारीख है। अगर जल्दी ऑफिस का काम खत्म कर हिसाब-किताब अफसर को नहीं सौंपा, तो बड़ी मुसीबत सिर पर आ पड़ेगी। विश्वनाथ जल्दी-जल्दी नहाया और भोजन करके ऑफिस के लिए चला तो पार्वती ने रोज की ही तरह पूछा–"क्यों, आज तो जल्दी आएँगे न?"

विश्वनाथ एक क्षण के लिए वहीं ठिठक गया।

"बोलते क्यों नहीं? कल भी बच्चे के लिए दवा नहीं लाए। लड़के को भी खाँसी अधिक हो गई है। कुछ तो बोलिए न? मेरी बात आपको सुनाई दे रही है कि नहीं? हमारे ऊपर दया भी नहीं आती? घर-गिरफ्ती के प्रति आप इतने उदास क्यों हैं?"

विश्वनाथ फिर भी कुछ नहीं बोला।

"हाय, भगवान्। ऐसे मर्द के साथ मैं कैसे घर सम्हालूँ? इन बच्चों की परवरिश कैसे करूँ?" पार्वती का स्वर उत्तरोत्तर तेज होता गया।

छिः! वही रोज का पुराना राग। पहले सिर पटकना, फिर आँसू बहाना! छिः, यह कैसी ज़िन्दगी है! मन को शान्ति कहाँ मिलेगी? दफ्तर में बैठकर विश्वनाथ काम कैसे कर सकेगा।

तभी माँ की आवाज़ कान में पड़ी–"अरे विशू, वे चीज़ें कल तू भूल गया? आज ज़रूर लाना, बेटा!"

बड़े लड़के प्रसाद ने अपनी बात दुहराई–"बाबूजी! ज्योमेट्री बाक्स। अध्यापकजी मुझ पर..."

विश्वनाथ कान बन्द कर तेजी से घर के बाहर निकल गया। घर की चहारदीवारी से पार्वती की रुलाई, काली नागिन की तरह उसका पीछा कर रही थी और वह ऑफिस की तरफ दौड़ रहा था।

कब तक खत्म होगी यह दौड़? कहाँ है इसका अन्त?

कल पहली तारीख है। यह दिन सभी के लिए खुशी का सन्देश लाता है। इसी पहली को उसकी वर्षगाँठ भी पड़ती है। पर कल वह जल्दी कैसे लौट सकेगा? कल उसे दस हज़ार के बिलों का पेमेंट करना है। दस हज़ार रुपये! इतनी रकम वह अपने ही हाथों से सबको बाँटेगा, लेकिन वह स्वयं उसमें से पाएगा सिर्फ एक सौ! घर पहुँचते-पहुँचते उसमें से भी दो-तीन रुपये खर्च हो ही जाते हैं।

दफ्तर के सब साथी शाम होते ही अपने-अपने घर चले गए हैं, पर विश्वनाथ अभी तक हिसाब में जुटा है। चपरासी ने कहा–"बाबूजी, रात के आठ बज गए।"

"ऐं!" विश्वनाथ ने यों कहा, जैसे वह अभी तक सपना देख रहा था।

चपरासी ने धीरे-से पूछा—"बाबूजी! घर में ज़रा काम है..."

"घर में काम है, तो चले जाओ।"

चपरासी चला गया।

रात के करीब दस बजे विश्वनाथ घर लौटा। घर में सब सो रहे थे। पार्वती दरवाज़े के पास बैठी झपकियाँ ले रही थी। ज़रा-सी आहट सुनते ही आँखें खोलकर वह चारों ओर देख लेती थी।

विश्वनाथ धीरे से किवाड़ खोलकर अन्दर चला आया।

"क्यों जी?"

पार्वती की दर्द-भरी आवाज़ वह सुन नहीं सका, और झपाक से अपने कमरे में जाकर उसने किवाड़ अन्दर से बन्द कर लिए।

दिन चढ़ आया, तो पार्वती ने अपने बड़े लड़के प्रसाद से कहा—"देख बेटा, अपने बाबूजी को जगा तो। दिन बहुत चढ़ गया और वह अभी तक सो रहे हैं।"

"बाबूजी! बाबूजी!!" पुकारता प्रसाद पिता के कमरे में गया तो कमरा खाली पाया। वह निराश हो माँ के पास लौट आया—"माँ, बाबूजी कमरे में नहीं हैं।"

शाम होते-होते पुलिस वालों ने आकर विश्वनाथ का घर घेर लिया। घर की तलाशी ली गई और पार्वती से पूछताछ करके पुलिस चली गई।

मोहल्ले-भर के लोग जमा हो गए। देखते-देखते वह घर एक तमाशा बन गया। लोग एक-दूसरे से कहने लगे—"आदमी तो देखने में बड़ा सीधा-सादा नज़र आता था, पर एक नहीं, दो नहीं, पूरे दस हज़ार लेकर चम्पत हो गया!"

पार्वती रात-भर अपने बच्चों को गोद में लिए रोती-बिलखती रही। किसी ने पानी तक नहीं छुआ।

विश्वनाथ का घर रिश्तेदारों और दोस्तों से भर गया। हर कोई पार्वती से दो-चार सान्त्वना की बातें कह जाता।

आज तीसरा दिन है। आने-जाने वालों का ताँता बन्द हो गया है। रात को पार्वती का भाई बहन को सान्त्वना देने मद्रास से आया।

भाई को देखते ही पार्वती बिलख-बिलखकर रोने-पीटने लगी—"भैया! अब हमारा कौन सहारा है?"

भाई ने कहा—"रोओ मत बहन! रोओ मत! अब रोने-पीटने से फायदा क्या है? सब अपना-अपना भाग्य है। चलो, कल सवेरे की गाड़ी से मद्रास। वहीं रहना। सामान वगैरह ठीक कर लो!" भाई के स्नेहपूर्ण व्यवहार से वह गद्‌गद् हो गई। पर वह उसकी हालत जानती थी। बोली—"भैया! यह तुम क्या कह रहे हो? मैं जानती हूँ तुम्हें

कितना कम वेतन मिलता है। ऐसी हालत में हम सबका वहाँ गुजारा कैसे मुमकिन हो सकता है?''

भाई एक क्षण चुप रहा। फिर बहन के कान में धीरे-से बोला—''जिसको जहाँ जाना था, वह चला गया। पर बात यह है कि जाने वाला सब इन्तज़ाम करके गया है। तुम सबके आराम के लिए पूरा साज-सामान जुटा गया है। तुम लोग दस साल बेफिक्र रह सकते हो। जल्दी सामान बाँध लेना। सवेरे की गाड़ी चार बजे निकलती है, हम उसी से जाएँगे।''

अनुवाद : **डी. मंजुलता**

•

सिफारिश

चलसानि प्रसादराव

'क्यों भाई! देखा तुमने?''

''किसको?''

''अप्पाराव को?''

''हाँ!''

''और क्या देखा?''

''कुछ नहीं।''

''कुछ नहीं? याद तो करो?''

''उसकी बीवी को।''

''और...?''

''...!''

''अच्छा! तुमने और कुछ नहीं देखा?''

''कुछ नहीं।''

''अरे! उसका स्कूटर नहीं देखा?''

''देखा। उसमें क्या रखा है?''

''वह बिल्कुल नया है।''

''होगा! शायद नया ही खरीदा है!''

''वह कैसे खरीद पाया?''

''पैसा देकर!''

''पैसा कहाँ से आया?''

''मैं नहीं समझता कि उसने कोई चोरी की हो।''

''वह चोरी भी कर सकता है!''

''चोरी?''

''हाँ चोरी! क्या तुम्हें याद नहीं, जब हम पाँचवीं में पढ़ते थे, उसने तुम्हारी पेन्सिल की चोरी की थी और उसे बेच-बाचकर चने-मुरमुरे खरीदकर खा लिए थे!''

''वह बचपन की बात थी।''

''अब भी उसकी नीयत में कोई फर्क नहीं पड़ा।''

''तो क्या वह आजकल चोरियाँ कर रहा है?''

''चोरी तो नहीं कर रहा है, मगर वह आजकल बहुत अकड़-अकड़कर चलने लगा है।''

''चलने दो!''

''चलने कैसे दें? वह बहुत बदल गया। तुम सुब्बाराव को जानते हो न?''

''क्यों नहीं! वही एम. एल. ए. का भानजा! उसको क्या हुआ?''

''अप्पाराव ने उसके साथ दोस्ती बढ़ाई।''

''फिर...?''

''हर रोज जाकर यह एम. एल. ए. की चापलूसी करता रहा, सुब्बाराव की आड़ लेकर।''

''फिर?''

''फिर उसको बहुत बड़ी नौकरी मिल गई!''

''कैसे?''

''उस एम. एल. ए. की सिफारिश से! क्या तुमने देखा नहीं?''

''किसको?''

''उसके स्कूटर को!''

''स्कूटर में क्या रखा है?''

''वह बिल्कुल नया है।''

''होगा।''

''चार महीने की तनख्वाह से खरीदा है।''

'क्या उसकी इतनी तनख्वाह है?''

''हाँ! इण्टरव्यू के लिए पच्चीस उम्मीदवार गए थे। आखिर वह नौकरी इसको मिल गई।''

''तो अप्पाराव बड़ा योग्य व्यक्ति है।''

''अरे छोड़ो, उसकी योग्यता को! नौकरी तो एम. एल. ए. की सिफारिश पर मिल गई थी।''

''तो क्या हुआ!''

''मैं सिफारिशों के बल-बूते पर नौकरी पाने वालों को अच्छा नहीं समझता हूँ। इस परम्परा का विरोध करना चाहिए!''

''हाँ, करना ही चाहिए।''

''इसकी वजह से पच्चीस व्यक्तियों के साथ बड़ा अन्याय हो गया है।''

''हाँ, बड़ा अन्याय हो गया है।''

"ये सब लोग समाज-विरोधी हैं!"

"कौन लोग?"'

"ये अप्पाराव, सुब्बाराव तथा उसके चाचा जैसे लोग! इनकी वजह से सामाजिक मूल्य खराब होते जा रहे हैं।"

"कैसे?"

"इनकी वजह से योग्य व्यक्ति पीछे रह जाते हैं और ऐरे-गैरे बड़े-बड़े ओहदों पर बैठते जा रहे हैं।"

"आज के जमाने में यह सब होता ही है।"

"मैं कहता हूँ कि इस जमाने को बदल डालना चाहिए।"

"कैसे बदल डालोगे?"

"इन सिफारिशों का अन्त करके!"

"जाने दो भाई! अप्पाराव तो अपना ही दोस्त है। बहुत दिनों से बेकार था। तुम्हारी नौकरी भी कुछ खास बुरी नहीं।"

"बुरी क्यों नहीं! अप्पाराव की तनख्वाह के सामने तो मेरी कुछ भी नहीं है!"

"कोई अच्छी-खासी नौकरी की तलाश क्यों नहीं कर लेते?"

"आजकल सिफारिशों का जमाना है। मेरी कौन सुनता है?"

"तुम भी किसी की सिफारिश क्यों नहीं लेते?"

"मैं और सिफारिश?"

"हाँ!"

"ऐसा नीच कार्य मैं नहीं करूँगा।"

"कैसे बुद्धू हो जी तुम?"

"क्यों?"

"आजकल चपरासी की नौकरी के लिए भी सिफारिशें चलती हैं!"

"अच्छा!"

"हाँ! उसके बगैर कोई तुम्हारा मुँह ताकेगा भी नहीं, चाहे तुम कितने ही योग्य क्यों न हो।"

"हाँ-हाँ! तुम्हारा कहना भी सच है। आजकल सिफारिशों की ही तूती बोलती है! मगर..."

"क्या मगर...?"

"अरे भाई! मैं किसी बड़े आदमी को जानता ही नहीं।"

"तुम सुब्बाराव को तो जानते ही हो।"

"हाँ।"

"उसके द्वारा उनके चाचाजी के पास जाओ। परिचय बढ़ाओ।"

"फिर?"

"फिर उनकी पार्टी की प्रशंसा करो, उनके महान् व्यक्तित्व की तारीफों के पुल बाँध दो!"

"क्या ऐसा करने से अच्छी नौकरी मिल जाने की सम्भावना है?"

"कोशिश करके तो देखो!"

"अच्छी बात है! कोशिश करूँगा।"

अनुवाद : **दण्डमूडि महीधर**

•

चप्पल

कावुटूरि वेंकट नारायणराव

दो पुराने चप्पल सामने गिरे...धड़ाम, धड़ाम!

रंगय्या चप्पल सी रहा था। सिर उठाकर देखा। पैर के अँगूठे के नीचे एक चप्पल दबाकर सी रहा था वह! सुई लगी हुई थी और धागे का लच्छा खुला हुआ था।

एकाएक उसका काम रुक गया। आठ साल का उसका बच्चा रमण सामने दिखाई दिया। वह इसी साल स्कूल में दाखिल हुआ था।

"क्यों रे रमण! ये चप्पल कहाँ से लाया?" बच्चे की ओर घूरते हुए रंगय्या ने पूछा।

रमण के कन्धे पर किताबों का बस्ता लटक रहा था। उसमें तेलुगु की पहली पुस्तक, पाटी, पहाड़े किताब आदि थीं। ये सब चीज़ें उसे मुफ्त में दी गई थीं।

रमण ने बस्ता हाथ में ले लिया।

"हमारे मास्टर सा'ब के हैं...मास्टर सा'ब के, ठीक कराकर जल्दी लाने को कहा है।" अपने अँगूठे से ज़मीन पर गोल-गोल आकार बनाते हुए रमण ने कहा।

रंगय्या का मुँह एकदम चमक उठा। झुर्रियों की परतें खुल गईं।

"क्या कहा? मास्टर सा'ब के हैं? बहुत अच्छा! बहुत अच्छा!!" कहते हुए उनको हाथ में ले लिया और कहा—"ये कैसे चप्पल हैं तुम्हारे मास्टर सा'ब के? दादा-परदादा के जमाने के दीख रहे हैं।"

"मुझे क्या मालूम?" रमण ने कहा। वहाँ ठहरने की उसकी बिल्कुल मर्जी नहीं थी।

वे चप्पल इतने खराब हैं कि ठीक करना बहुत मुश्किल है। चमड़ा तो पूरी तरह से घिस गया है। अन्दर के सब गत्ते बाहर निकल आए हैं। उसकी सारी सिलाई टूट-फूट चुकी है, रंगय्या के शरीर की हड्डियों का ढाँचा। उसके बगल में पानी का डिब्बा रखा हुआ था।

"इन चप्पलों को ठीक करने के बजाय नए चप्पल बनवा लेना बेहतर है रे रमण!" चप्पल पानी में भिगोते हुए रंगय्या ने कहा।

"मास्टर सा'ब ने मना किया था बापू। इसी को ठीक कराकर लाने को कहा है...अभी चाहिए...जल्दी!" रमण ने कहा।

एक काली मोटर धूल उड़ाते हुए आगे को निकल गई। वह उसी की तरफ देख रहा था। रंगय्या चप्पलों को बड़े गौर से देख रहा था। सिर झुकाकर चप्पल सीने के बजाय उसे किसी दूसरी दुनिया से कोई वास्ता नहीं। वह उसी जगह पर पिछले पचास साल से वही पेशा करता आ रहा है। संसार बहुत-कुछ बदल गया, मगर उसकी ज़िन्दगी में किसी तरह का परिवर्तन नहीं आया।

"अब इतनी जल्दी नहीं हो सकता है रे! शाम तक...जो कुछ होगा, मैं कर दूँगा...तू स्कूल से भाग तो नहीं आया, चप्पल के बहाने?" बेटे की तरफ कुछ सन्देह की दृष्टि से देखते हुए पूछा।

"नहीं! घण्टी हो गई तब आया।"

"ठीक है! तो जा अब!"

रमण न हिला न डुला।

"बा...पू...! बा...पू..." वह फुसफुसाने लगा।

"क्या है रे?"

"बापू...।" फिर पहले की तरह बात मुँह के अन्दर ही रह गई।

"क्या है रे? क्या चाहिए?" कुछ खीजते हुए पूछा रंगय्या ने।

रंगय्या को बात समझने में देर नहीं लगी कि वह चाहता क्या है। वह हँसा। सोचा, आज के जमाने में हर किसी को पैसे की ज़रूरत होती है।

पाँच बच्चों के मर जाने के बाद रमण पैदा हुआ था। और रमण के जन्म के साथ ही उसकी माँ चल बसी। तब से उसको वह बड़े लाड़-प्यार से पाल-पोस रहा है। रंगय्या कभी भी उसका मन नहीं दुखाता।

"क्यों रे! पैसा चाहिए क्या, पैसा?"

सिर हिलाकर हामी भर दी रमण ने।

उसने बनियान की जेब से चिल्लर निकाला और उसमें से पाँच पैसे का सिक्का लेकर बाकी पैसे फिर जेब में डाल लिए।

रमण की नज़र उसी पाँच पैसे के सिक्के पर गड़ी हुई थी। उसकी आँखों में उतावलापन दीख रहा था। सारी दुनिया उसको पाँच पैसे के रूप में दीखने लगी। उससे रहा नहीं गया। झट से अपने बाप के हाथ से वह पाँच पैसा छीनकर दौड़ा। और दौड़ते-दौड़ते बोला—"बापू! मैं जा रहा हूँ, स्कूल।"

"अरे देख इधर! देख रे रमण!" रंगय्या ने जोर से पुकारा, मगर उसको कुछ भी सुनाई नहीं दिया। वह अपनी खुशी में भागे जा रहा था। बच्चे के हाथ में पैसा धर दिया कि जाने वह किस लोक में पहुँच जाता है—रंगय्या ने सोचा।

रंगय्या देर तक उसी तरफ देखता रहा, जिधर रमण भागकर चला गया था। फिर होश में आया तो उसको हँसी आ गई। उसने गर्व का अनुभव किया कि उसके

भी एक बेटा है और वह दूसरे बच्चों की तरह बेकार में वक्त न गँवाकर कुछ पढ़ना-लिखना सीख रहा है। उसका मन एकदम पिघल गया और वह पिघला हुआ मन खुशी के आँसू के रूप में गालों पर बहने लगा।

रंगय्या की सारी आशाएँ रमण पर हैं। वह चाहता है कि उसका बेटा खूब पढ़े, बड़ा आदमी बन जाए और उसके कुलवालों में अच्छा नाम कमाए।

रमण की खुशनसीबी थी कि मास्टर साहब अपने यहाँ उसको खाना देकर पढ़ा-लिखा रहे हैं। उनका ऋण किसी भी रूप में चुकाया नहीं जा सकता।

रंगय्या का हृदय कृतज्ञता से भर गया। चटसार चलाने वाले उस मास्टर साहब का रूप आँखों के सामने घूम गया—गोरा-गोरा शरीर, सिर पर एक छोटी-सी चोटी, मस्तक पर भस्म की रेखाएँ, चन्दन का तिलक, धोबी की धुली हुई धोती, कन्धे पर खादी का दुशाला।

रंगय्या के मन में आया कि एक बार उनके सामने जाकर साष्टांग प्रणाम किया जाए। उसकी यह भी इच्छा हुई कि रमण वहाँ कैसे पढ़-लिख रहा है, यह भी एक बार देख ले। एक बार स्कूल की तरफ चला जाए तो ये दोनों इच्छाएँ पूरी हो जाएँगी।

बाजू में चाय की एक छोटी-सी दुकान थी। वहाँ के रेडियो से सीलोन के फिल्मी गीत सुनाई दे रहे थे। रंगय्या ने उस तरफ देखा। चाय बना रहा था, चौड़ी पट्टियों वाला बनियान पहने हुए एक युवक। "एक सिंगल चा।"—रंगय्या ने उसकी तरफ देखकर कहा।

चाय के आने तक वह छोटा-मोटा काम करता रहा और इससे एक रुपया मिल गया। जूते को पालिश करना है, साइकिल का एक टायर ठीक करना है, चप्पल सी देना है, जूतों की एड़ी में नाल ठोंकना है।

पाँच मिनट तक बड़े आराम से बैठकर वह रुक-रुककर चाय पीता रहा। फिर उस गिलास में सात पैसे डाल दिए—रंगय्या ने। दुकान का लड़का आकर गिलास उठाकर ले गया।

सब काम पूरा करने में रंगय्या को आधे घंटे से अधिक ही लगा। उसके बाद मास्टर साहब के चप्पल हाथ में लिए। वे चप्पल बहुत ही मामूली थे। उनमें कोई खासियत नहीं थी, मगर रंगय्या को बड़े महिमान्वित-से लगे। एकदम परम पवित्र। उन्हें आँखों से लगाया। 'हाँ, इनको ठीक कर दूँगा, ऐसा करूँगा कि मास्टर साहब याद रखें। बिल्कुल नया चप्पल बना दूँगा।' रंगय्या ने सोचा।

वह तुरन्त स्कूल की तरफ चल दिया, वह चप्पल और अपने सामान वाली थैली एक तरफ रखकर।

रंगय्या ने जेब टटोलकर देखी। चिल्लर ही चिल्लर हाथ लगा। बाहर निकालकर गिन लिया, बड़ी सावधानी से। कुल छः रुपया बीस पैसे थे। उसकी खुशी का ठिकाना न रहा। यह कल की मेहनत का फल था। कुछ झुकी हुई अपनी कमर को सीधा करके रंगय्या बड़े उत्साह से आगे बढ़ा। स्कूल के पास जाकर ही उसने दम लिया।

स्कूल एक छोटे-से खपरैली मकान में है। आगे दोनों तरफ चबूतरे पर एक-एक अध्यापक बैठकर बच्चों को पढ़ा रहे थे।

रंगय्या मास्टर साहब को ढूँढ़ रहा था। अन्दर जाने का साहस नहीं हुआ। वह वहीं खड़ा हो गया।

एक अध्यापक बच्चे से कुछ पढ़वा रहे थे। बाकी बच्चे उसी को दुहरा रहे थे। उन बच्चों के सम्मिलित कंठों से निकलने वाला स्वर रंगय्या को एक ऐसा तन्मयत्व प्रदान कर रहा था कि वह अपने-आपको भूल गया।

तीनेक क्षण बीत गए। समय क्षण-क्षण कर जैसे बीतता जा रहा था, अपना बच्चा कैसे पढ़ रहा है, यह देखने की तमन्ना उसमें बढ़ती जा रही थी। अन्दर जाने का साहस उसमें नहीं था, फिर भी साहस करके सीढ़ियाँ चढ़ते-चढ़ते रुक गया।

"कहिए साहब। कौन हैं आप? कौन चाहिए आपको?" एक अध्यापक का कंठ-स्वर सुनाई दिया।

रंगय्या से तत्काल उत्तर देते नहीं बना। उसको इस बात का भय होने लगा कि कहीं वह ऐसा काम तो नहीं कर रहा है, जो उसे नहीं करना चाहिए?

"हाँ! मैं...अपने बच्चे...रमण...को देखने...!" उसकी जबान लड़खड़ाने लगी।

"आप अपने बच्चे को देखना चाहते हैं?"

"हाँ!"

"वह किस दर्जे में पढ़ रहा है?"

"जी, पहली में।"

"तो आप सीधे अन्दर चले जाइएगा। बरॉंडे में है वह क्लास!" अध्यापक ने कहा।

रंगय्या ने ऐसा महसूस किया, जैसे कि वह बड़ी विपत्ति से बाहर निकलकर आ गया हो! उसने देखा, वरॉंडे में कुछ बच्चे बैठे-बैठे बारहखड़ी याद कर रहे थे और उनके साथ रमण भी बैठा हुआ था।

पढ़ना-लिखना उसके भाग्य में तो नहीं बदा था। उसका लड़का बड़ा खुशनसीब है कि वह कुछ सीख रहा है।

रंगय्या की खुशी का ठिकाना न रहा।

मास्टर साहब एक स्टूल पर बैठे-बैठे बच्चों से कुछ कंठस्थ करवा रहे थे। उनके हाथ में 'पेद्द बाल-शिक्षा' (तेलुगु की प्रथम पुस्तक) थी। बोलने वालों में रमण भी था। उसने सिर उठाकर ऊपर देखा। सामने अपने बाप को देखकर उसके मुँह से निकल पड़ा—"बापू।"

मास्टर साहब ने उधर देखा। रंगय्या हाथ जोड़कर बड़े विन्रम भाव से खड़ा था । वे उठकर खड़े हुए।

"कौन? रंगय्या? कैसे हो? कब आए यहाँ?" मास्टर साहब ने पूछा।

"अभी-अभी आया हूँ सा'ब! रमण को देखने की इच्छा हुई, चला आया।" रंगय्या ने कहा।

"वह देखो रमण! अरे रमण! इधर आ!"

"रहने दीजिए मास्टर साहब। पढ़ रहा है शायद!"

"मेरे साथ चलो। अपनी पाठशाला दिखा दूँ तुम्हें।"

"नहीं मास्टर सा'ब। रहने दीजिए।...रमण ठीक पढ़ रहा है न?"

"वह तो बहुत अच्छा पढ़ रहा है। लड़का बड़ा होशियार है। अब 'पेद्द बाल-शिक्षा' पढ़ने लगा है। मास्टर साहब ने वह किताब दिखा दी, जो उनके हाथ में थी।

"क्या यह सच है मास्टर साहब? इतनी बड़ी पुस्तक वह पढ़ने लगा है? मैं भी यही चाहता हूँ सा'ब। मैं अपना चमड़ा उतारकर चप्पल बना के दूँगा, फिर भी आपका ऋण नहीं चुका सकूँगा सा'ब।" यह कहकर वह नीचे झुक गया और उनके पाँव पकड़कर बोल पड़ा-"आप इसको खूब पढ़ाइए सा'ब।"

मास्टर साहब को इस बात की उम्मीद नहीं थी कि रंगय्या यों झुककर उनके पाँव छुएगा। बच्चों को भी वह कुछ अजीब-सा लगा।

"तुम यह क्या रहे हो रंगय्या? कोई देखेगा तो अच्छा नहीं होगा...रमण की चिन्ता न करो। वह बहुत बड़ा आदमी बन जाएगा। तुम्हें मोटर में बिठाकर घुमायेगा।" मास्टर साहब ने कहा।

"क्या वह दिन मैं देख सकूँगा?" हाथ जोड़े हुए वह खड़ा हुआ और कहा–"मैं आपके चप्पल शाम तक ठीक करके भेजूँगा सा'ब!"

"कोई बात नहीं! हाँ, मैं शाम को नहीं रहूँगा। कल सुबह भेज देना!"

"मैं खुद ले आऊँगा सा'ब!"

"अच्छी बात है! अब तुम जाओ। रमण तुम्हारा बच्चा नहीं, मैं उसे अपना बच्चा समझता हूँ। तुम उसकी चिन्ता न करो! उसका सारा भार मुझ पर छोड़ दो!"

रंगय्या को वे बातें अमृत-सी लगीं। हाथ में से चार रुपये निकालकर मास्टर साहब के हाथ में रख दिए। रुपये हाथ में लेते हुए उन्होंने कहा–"इसके पहले के दो सौ रुपए हुए। इनको मिलाकर दो सौ चार...अरे हाँ, इस कमाई का क्या करोगे आखिर?"

"जो आप उचित समझें, कीजिएगा! मैं क्या जानूँ सा'ब!"

फिर एक क्षण के लिए रंगय्या वहाँ नहीं रुका। फूले अंग वह समा नहीं रहा था। "चलता हूँ बेटे।" कहकर वह बाहर चला आया। बाहर आकर वह एक क्षण के लिए खड़ा हो गया और स्कूल की तरफ बड़े गौर से देखने लगा। उसे वह एक स्वर्गधाम-सा लगा। सोचा, उसका बेटा बड़ा भाग्यवान है।

उसको बड़ी तृप्ति हुई। वह जाने को ही हुआ कि जाने उसे क्या सूझा कि पीछे जाकर चबूतरे पर बैठे हुए अध्यापक से मिला।

रंगय्या को पास आते हुए देखकर उन्होंने पूछा–"आप अपने बच्चे से मिल लिए?"

"जी हाँ! आपसे एक बात पूछूँ?" बड़े विन्रम भाव से रंगय्या ने पूछा।

"ज़रूर पूछिए।"

"क्या मैं भी पढ़ सकता हूँ?"

"क्यों नहीं पढ़ सकते?" अध्यापक ने उसके प्रश्न पर आश्चर्य करते हुए कहा।

"तो क्या मैं कल से पाटी लाकर यहाँ बैठ सकता हूँ। वहाँ जाऊँ तो शायद मेरा बच्चा मुझे देखकर डर जाएगा!" रंगय्या ने कहा।

उसके भोलेपन पर अध्यापक को हँसी आ गई।

"आप जैसे लोगों के पढ़ने-लिखने के लिए वयस्कों की रात्रि-पाठशालाएँ हैं। कल शाम को आप यहाँ आ जाइएगा। मैं खुद आपको वहाँ दाखिल करा दूँगा।"

"ज़रूर आऊँगा सा'ब! मेरी आप इतनी-सी मदद कीजिएगा तो मैं आपके लिए चप्पल बनाके लाऊँगा।... नमस्कार!...चलता हूँ सा'ब।"

"हाँ, आ जाना!"

रंगय्या इतना खुश था कि उसके पाँव ज़मीन पर नहीं पड़ रहे थे। वह सोचने लगा, अगर वह भी पढ़ना-लिखना सीखेगा तो उसकी बिरादरी वाले अचरज करने लगेंगे।...लेकिन इस उम्र में वह पढ़कर क्या करेगा? न! न!... अरे क्यों नहीं? सबको पढ़ना-लिखना चाहिए। बड़ी उम्र हो गई तो क्या हुआ?... रमण की तरह वह भी पढ़ लेगा।

तरह-तरह के विचार उसके मन में उठने लगे। रंगय्या अपने बच्चे की याद करके बहुत खुश हुआ। जाने वह पढ़-लिखकर कितना बड़ा आदमी हो जाएगा। अगले साल दूसरी में...उसके बाद तीसरी में...फिर चौथी...पाँचवीं...

वह बहुत-कुछ पढ़ लेगा!

हाँ, मास्टर साहब ठीक कह रहे थे—कल रमण बहुत बड़ा आदमी बन जाएगा...!

चाय की दुकान के पास पहुँचकर रंगय्या ने अपनी थैली उठा ली और घर की राह पकड़ी। फुटपाथ पर चलते-चलते नाले का पुल पार करके वह थिएटर के सामने वाली झोंपड़ियों के पास पहुँच गया।

जिधर देखो, उधर ढेर-सारे चमड़े के टुकड़े और पुराने चप्पलों के चिथड़े पड़े हुए थे। और ठीक वैसी ही थी, यहाँ के लोगों की ज़िन्दगियाँ भी! यहाँ हर कोई शराब पीता है और गन्दा रहता है। रंगय्या उन्हीं लोगों में से एक है, मगर उनके साथ उठना-बैठना उसको बिल्कुल पसन्द नहीं।

नाले के किनारे एक मोड़ पर ही है रंगय्या की झोंपड़ी! तीन शहतीर वाली! यहाँ की झोंपड़ियों में वह एक इमारत-जैसी है।

झोंपड़ी के बाहर चबूतरा था। रंगय्या जाकर उस पर बैठ गया। वह बहुत थका हुआ था और कन्धे पर जो थैली थी, वह अपने-आप नीचे लुढ़क गई। उम्र के साथ-साथ रंगय्या की शक्ति भी क्षीण होती जा रही है। बच्चे को बड़ा बनाने की एक ही आकांक्षा उसकें शरीर को चलाए जा रही है।

धूप में चलने की वजह से उसका सिर चकरा-सा गया था। उसने थोड़ी देर तक वहीं बैठकर आराम किया। फिर बाहर देखा। उसने अन्दाजा लगाया कि दिन के बारह बजे का वक्त है। धीरे से उठा। अन्दर जाकर पानी पिया। बाहर आ रहा था कि अचानक रुक गया।

सामने दीवार पर भगवान वेंकटेश्वर की तस्वीर लगी हुई थी। उसको देखकर रंगय्या ने प्रणाम किया और मनौती की—"हे भगवान्! मेरे बच्चे का उद्धार करो। उसको खूब पढ़ना-लिखना आ जाए। उसको तुम्हारी शरण में ले आऊँगा। उसके बाल तुम्हें अर्पित करूँगा...अपने भी!"

भगवान् के प्रति रंगय्या को बड़ी भक्ति थी।

बाहर आकर वह चबूतरे पर बैठ गया। सामने नाला बह रहा था और उसके पानी की बदबू से रंगय्या की नाक फट रही थी। बच्चे उसी पानी में डुबकी लगा-लगाकर नहा रहे थे। औरतें उसी में कपड़े धो रही थीं।

रंगय्या को मास्टर साहब के चप्पलों की याद हो आई। फौरन मास्टर साहब के पुराने चप्पल थैली में से बाहर निकाले। सोचा, इनको नये चप्पल बना दूँगा...बिल्कुल नया। और मैं स्वयं जाकर उनके पाँवों में पहना दूँगा। इससे बढ़कर बड़ा काम और क्या होगा?

"मामा!" किसी की आवाज़ सुनाई दी।

रंगय्या ने सिर ऊपर उठाकर देखा। सामने दस साल की एक बच्ची सड़ा हुआ आम चूसती दिखाई दी।

"क्या बात है पोली?"

"आज माँ की तबीयत ठीक नहीं है। आज खाना नहीं बना सकेगी।"

रंगय्या ने एक गहरी साँस ली—"क्या हुआ है तेरी माँ को?"

"मुझे नहीं मालूम।"

"ठीक है।"

वह बच्ची चली गई।

रंगय्या ने थैली में से सामान निकालकर मास्टर साहब की चप्पलों को ठीक करना शुरू किया। उसको बड़ी सावधानी से ठीक-ठाक करके सी दिया। बिल्कुल नया रूप हो गया। यह सब काम करने में एक घंटा लगा। फिर उसकी पालिश भी कर दी। उनको बाजू में रखकर उनकी सुन्दरता पर वह स्वयं मुग्ध हो रहा था। हाँ, नया चप्पल बनाने में या पुराने चप्पलों को नया बनाने में रंगय्या बड़ा माहिर है और यह बात उस गाँव में सबको मालूम है।

मास्टर साहब की चप्पलें उसने अटारी पर रखे दीं। उसको बड़ी भूख लग रही थी। द्वार बन्द करके सड़क पर आ गया।

नल के पास ही रेलवे प्लेटफॉर्म वाला होटल है।

एक औरत बड़ी टोकरी में भात, हाँडी में साम्बर और एक दूसरे बर्तन में मट्ठा रखकर बैठी हुई थी। चारेक रिक्शा वाले उसके चारों ओर बैठकर खाना खा रहे थे।

रंगय्या ने नल के पास जाकर हाथ-मुँह धो लिया। बनियान के छोर से मुँह पोंछते हुए वहाँ जाकर उस औरत के बाजू में बैठकर उसने पूछा—"क्यों गंगा! आज क्या-क्या बना है खाने में?"

"बैंगन का साम्बर ओर पिटुआ की चटनी!" गंगा ने उत्तर दिया।

'अच्छा! एक पत्ता इधर डाल दे!'

"क्यों नहीं! अभी लो!' गंगा ने एक पत्ता उसके हाथ में दिया।

रंगय्या बैठ गया। गंगा ने टोकरी के ऊपर से कपड़ा हटाकर एक छोटे-से बर्तन से तोलकर तीन बार रंगय्या के पत्ते में भात डाल दिया और पूछा—"चटनी डालूँ या साम्बर?"

"चटनी!"

गंगा ने चटनी परोस दी।

रंगय्या अन्न को नमस्कार करके खाने लगा।

"क्यों, गंगा! यह धन्धा कैसा चल रहा है?"

"चावल का दाम तो और भी बढ़ गया है। क्या करूँ? पाँच पैसे और बढ़ाने का सोच रही हूँ।"

"हाँ-हाँ, ज़रूर बढ़ा दो! ...ज़रा साम्बर डालना इस पर!"

गंगा ने दो चम्मच साम्बर डाल दिया। उसने बाकी खाना उसी से खा लिया, और थोड़ा मट्ठा पीकर उँगलियाँ चाटते हुए नल के पास जा पहुँचा। वहाँ हाथ धोकर पास वाले पीपल के पेड़ के नीचे जाकर बैठ गया। बैटे-बैठे ही उसको नींद आ गई।

वह कितनी देर सोया, खुद रंगय्या को ही पता नहीं। किसी ने उसको उठाया तो हड़बड़ाकर उठ बैठा।

"क्यों रे नारिगा! क्या हुआ?" रंगय्या ने पूछा।

"उठो दादा! उठो जल्दी! हमारी पल्ली में आग लग गई है आग!" यह कहकर वह भाग गया।

रंगय्या का दिल एकदम बैठ गया। थिएटर की तरफ का आसमान धुएँ से भरा हुआ था। वह जल्दी से उठकर खड़ा हो गया और जल्दी-जल्दी चलने लगा।

शाम को चार बजे का वक्त था। आग कैसे लगी, इसका किसी को पता नहीं लगा। सब-की-सब झोंपड़ियाँ आग में जल रही थीं। ज्वालाएँ आसमान को छू रही थीं। सब जगह रोना-धोना सुनाई दे रहा था। घर का सामान बाहर निकालना मुश्किल हो रहा था। पुराने टायर, चमड़े आग में जलकर बदबू पैदा कर रहे थे। कुछ साहसी व्यक्ति जलती हुई झोंपड़ियों में घुसकर छोटा-मोटा सामान निकालने की कोशिश ज़रूर कर रहे थे, मगर उनको कोई सफलता नहीं मिल रही थी। आग और तेजी से बढ़ने लगी थी।

रंगय्या हाँफते हुए आया। जलते हुए अपने घर की तरफ देखा। छत पूरी की पूरी जल गई थी और तेज आग की आँच दूर तक पहुँच रही थी।

मास्टर साहब के चप्पल अन्दर अटारी पर रखे हुए थे और रंगय्या का मन उनको याद कर व्यथित होने लगा, छटपटाने लगा। उसकी बगल में एक युवक खड़ा था।

"देख बेटे, अन्दर अटारी पर चप्पल रखे हुए हैं...मास्टर साहब के...। ज़रा ला दो। तुम जितना पैसा माँगोगे दे दूँगा।" रंगय्या ने कहा।

"दादा! तुम पागल तो नहीं हो गए? वहाँ इतनी आग धधक रही है और तुम कहते हो, अन्दर जाकर सामान ला दूँ। नहीं-नहीं! अब कुछ नहीं हो सकता!" युवक ने कहा।

रंगय्या से रहा नहीं गया। उस जलती हुई झोंपड़ी में अगर कोई बहुमूल्य वस्तु है तो वह है—मास्टर साहब के चप्पल! उनके जलने के बजाय उसका स्वयं जलकर राख होना बेहतर है।

जाने वह किस आवेश में था! उसने यह नहीं सोचा, आखिर चप्पल है, नया बनाकर दिया जा सकता है। उसने अपनी सारी शक्ति केन्द्रित करके फौरन जलती हुई झोंपड़ी में कदम रखा, द्वार को धकेलते हुए।

उसी वक्त आग बुझाने का दमकल आ गया।

देर तक रंगय्या बाहर नहीं आया।

दमकल वालों ने सबसे पहले रंगय्या के घर की आग बुझा दी थी। चार आदमियों ने अन्दर जाकर देखा। वहाँ का दृश्य देखकर भय-कम्पित-से हो गए।

रंगय्या मुँह के बल गिरा हुआ था। ऊपर का सारा शरीर जल गया था।

"रंगय्या जल गया।"

इस घटना की खबर भी आग की तरह फैल गई। दौड़कर सब-के-सब वहाँ इकट्ठे हो गए। रंगय्या को उठाया गया। मास्टर साहब के दोनों चप्पल-पॉलिश किए हुए ज्यों-के-त्यों चमक रहे थे और वे दोनों उसके पेट के नीचे थे।

रंगय्या के प्राणों का निकलना अगर किसी ने देखा हो तो उन चप्पलों ने ही देखा था! बस!

अनुवाद : **दण्डमूडि महीधर**

•

हाथ की लाठी, चप्पल की जोड़ी

श्री नार्लचिरंजीवि

गर्मी के आधे दिन बीत गए। पश्चिम की गरम लू चलने लगी।

हर प्राणी गर्मी के मारे झुलसा जा रहा था। ऐसा मालूम पड़ता था कि बेजवाड़ा के पहाड़ों से आग की हवा बह रही हो। हर बस्ती नीरव और नीरस पड़ी हुई थी। काटपल्ली गाँव एक गज़-भर सफेद मिट्टी की बुकनी से भरा पड़ा है। गर्मी के दिनों में गाँव के बीच सड़क से चलना मुश्किल है। सड़क की बगल में ही दादा-परदादाओं के ज़माने की एक सराय है, जिसकी कुछ मरम्मत करके गाँव के कुछ नौजवानों ने पत्र-पत्रिकाएँ मँगाकर उस जगह को बैठने लायक बना लिया है।

गर्मी के दिनों में, दिन चढ़ने के बाद, सड़क पर चलता कोई नज़र ही नहीं आता। सराय के बरामदे में गाँव के चार-पाँच बूढ़े आदमी बैठकर दुनिया-भर की बातें करते रहते हैं। वहाँ की पत्र-पत्रिकाएँ हवा के मारे छटपटाती रहती हैं। उस समय कोई उन्हें हाथ नहीं लगाता। उड़ी हुई धूल घर की दीवारों में ऐसी जम गई है, जैसे किसी ने उसे ठीक-ठाक कर पोत दिया हो। गाँव की सड़कें तो ऐसी हैं जैसे कि खेत हल से जोतकर सिंचाई के लिए तैयार कर रखा हो। वर्षा-ऋतु का प्रारम्भ हुआ कि यह दृश्य एकदम बदल जाता है।

हवा की गति मन्द पड़ जाती है। कहीं एक पत्ता भी नहीं हिल रहा था। सराय में बैठे हुए बूढ़े लोग अपने शरीर के कपड़े उतारकर बदन के पसीने को सुखा रहे थे। कुछ ने कपड़े पानी में भिगोकर अपने शरीर पर लपेट लिए थे। फिर बातचीत शुरू हुई—गर्मी की प्रचण्डता के बारे में, आग से होने वाले आकस्मिक नुकसानों के बारे में।

दुनिया-भर की बातें वहां हो रही थीं कि इतने में तेज हवा की आँधी चलने लगी। देहाती लोगों का यह विश्वास रहा है कि ऐसी हवा की आँधी भूत का प्रतिबिम्ब होती है। सब एकदम काँप-से गए। ज़मीन की राई-रत्ती भी हवा में एक वलयाकार में उड़ने लगी। घर की छतें भी ऊपर-नीचे हो रही थीं। ऐसा मालूम पड़ता था कि हज़ारों कंठ एक होकर बड़ा शोर कर रहे हों और उस धांय-धांय में एक विषाद का स्वर भी भरा पड़ा हो।

सराय के सब लोग जहाँ के तहाँ गुमसुम बैठे थे। आँधी थम गई। ठीक उसी समय वहाँ बैठे हुए लोगों ने देखा कि हवा के झोंकों में से होते हुए अपना सिर नीचा किए गंगन्ना फटाफट सड़क पर बढ़ता जा रहा था। सब-के-सब चकित रह गए। बस...

उस गाँव का बच्चा-बच्चा गंगन्ना को जानता था। घर में बैठे हुए बूढ़े भी उसकी चाल बड़ी आसानी से पहचान लेते हैं, क्योंकि गंगन्ना के पैरों में हमेशा 'टिक' की आवाज़ देने वाले चप्पल और हाथ में एक मज़बूत लकड़ी ज़रूर रहती है। इन दोनों के बगैर गंगन्ना कभी बाहर नहीं निकलता। कभी निकला भी हो, पर इन पच्चीस बरसों के दरमियान किसी ने उसे नहीं देखा।

पर आज इतनी कड़ी और चिलचिलाती धूप में, और वह भी इतनी तेज़ हवा के झोंकों के साथ बिना हाथ की लकड़ी और चप्पल की जोड़ी के सड़क पर तूफ़ानी चाल से चला जा रहा है। बदन पर कुछ कपड़े भी ज़्यादा नहीं। अगर कुछ है, तो वह उससे अपने मुँह को ढाँपे हुए है। सराय में बैठे लोग गंगन्ना को देखकर चकित रह गए और आँखें फाड़-फाड़कर देखने लगे। वे लोग गंगन्ना को आवाज़ देने ही वाले थे कि वह बहुत दूर निकल गया।

गंगन्ना जा कहाँ रहा है? वह तो तालाब की तरफ भाग रहा है। रास्ते में दो-चार आदमियों ने उसे टोका भी, पर कोई उत्तर उसने नहीं दिया। कुछ लोगों ने गंगन्ना को उस स्थिति में देखकर पहचाना भी नहीं।

गंगन्ना बगैर पीछे की तरफ मुँह मोड़े आगे को बढ़ता ही गया। तालाब के किनारे बाप-दादाओं के ज़माने का बरगद का पेड़, अपनी असंख्य शाखाएँ चारों ओर फैलाए खड़ा था, जो हज़ार खम्भों वाला मण्डप जैसा दीख रहा था। खेत का काम खत्म कर घर की तरफ जाने वालों और घर से खेती-बाड़ी के काम पर गाँव के बाहर जाने वाले काश्तकारों के लिए यह एक मंज़िल है। यहाँ दो-एक क्षण सुस्ताकर आगे बढ़ते हैं। गंगन्ना वहाँ जाकर छाया में बैठे हुए लोगों से अलग जाकर एक कोने में गुमसुम बैठ गया।

'क्यों चाचाजी! कैसी तबीयत है?...दूर क्यों बैठे हो?'' वहाँ बैठे हुए लोगों में से किसी ने कहा।

गंगन्ना के मुँह से एक बात भी न निकल पाई। वहाँ बैठे हुए, हर किसी ने सवाल किए, पर किसी का कोई जवाब गंगन्ना के मुँह से नहीं निकला। वे पूछते-पूछते थक गए और अपने-अपने काम पर चल दिए। शाम होने वाली थी। गंगन्ना अकेला ही वहाँ बैठा हुआ था।

इधर कुछ समय पूर्व कुछ पानी बरसा था, जैसा कि हर साल इस ऋतु के प्रारम्भ में बरसता है। नदी-नाले नया पानी भरकर खेतों के बीच में से बह रहे थे। यह पानी धान की क्यारियों में ले जाया जा रहा था। बगुले कतारों में खड़े होकर पानी की तह पर तैरनेवाले कीड़े-मकोड़ों को अपनी चोंचों से निगल रहे थे। सफेद

सी धूप, काली-काली ज़मीन, आवाज़ करता हुआ बहने वाला पानी वहाँ एक चहल-पहल का वातावरण छाया हुआ था। गंगन्ना ने अपना सिर ऊपर किए खेतों की तरफ टुकर-टुकर कर देखा। आँखें गीली हो गईं। फिर बरबस टप-टप आँसू टपक पड़े...

बात पच्चीस साल पहले की थी। उत्तर आन्ध्र की एक छोटी-सी बस्ती, दो एकड़ ज़मीन, बीवी-बच्चों का अपना परिवार...सब उसकी आँखों के सामने घूम गए। वह सोच रहा था—मैं अपनी घर-गृहस्थी को छोड़कर यहाँ आया ही क्यों? इसके पहले भी एक-दो बार उसने ऐसा ही सोचा था। आज तो वह भावना उसके दिल को साल रही थी। शहर के दूध वाले के घर बछड़े की जो बेमौत मौत होती है, ठीक वैसी ही हालत उसकी आज है।

गाँव के रईस—रंगय्या का देहान्त पच्चीस साल पहले हुआ था। उसकी पत्नी राघवम्मा ने पूछताछ कर फौरन ही उत्तर आन्ध्र से गंगन्ना को बुला लिया। राघवम्मा ने उसकी भलमनसी के बारे में बहुत-कुछ सुन रखा था। अगर वह वक्त पर यह काम नहीं करती तो उनकी जायदाद-ज़मीन पर रिश्तेदार आ-आकर छीना-झपटी शुरू कर देते। पूरी जायदाद की देख-रेख का भार राघवम्मा ने गंगन्ना के हवाले कर दिया। पहले कुछ दिनों तक सराय में राघवम्मा के इस कार्य की आलोचना होती रही। मूँछों पर ताव देते हुए यह भी कहते सुना गया कि गाँव में इतने लोगों के होते हुए भी उनकी अवहेलना कर किसी दूसरे गाँव के ऐरे-गैरे के हाथ घर की बागडोर पकड़ा देना कहाँ तक सही है। इसी वजह से गंगन्ना के गठीले बदन, हाथ की मोटी-सी लकड़ी और आवाज़ करने वाली चप्पलों की जोड़ी देखकर वे घृणा की नज़र से ही हमेशा उसे देखते रहे।

देखते-देखते राघवम्मा की खेती-बाड़ी का कार्य सुव्यवस्थित हो गया। गंगन्ना ने नुक्ताचीनी का अवसर ही नहीं दिया। एक साल के अन्दर-ही-अन्दर जिस खेत में से दस बोरे धान निकलता था, उसमें पन्द्रह बोरे निकल आए। गंगन्ना ने गुण्टूर ज़िले से अच्छे-खासे चार-पाँच जोड़ी बैल खरीद लिए। देखते-देखते सारे खेत और बगीचे लहलहाते नज़र आने लगे।

सगे-सम्बन्धियों ने राघवम्मा को सलाह दी कि इतनी बड़ी जायदाद का मालिक बनने के लिए किसी को गोद लेना ज़रूरी है। इस सम्बन्ध में गंगन्ना ने ना नहीं की। आखिर वह इस मसले पर खूब सोच-विचारने के बाद इस निश्चय पर पहुँची कि किसी को अपना वारिस बना लेना चाहिए। एक दिन गंगन्ना को बुलाकर राघवम्मा ने कहा—देखो भाई! मूलपाडु में हमारे रिश्तेदारों का एक लड़का है। एक बार वहाँ जाकर तुम उसे देख आओ। अगर तुम्हें लड़का पसन्द आया, तो अपने घर बुला लाएँगे उसे।

गंगन्ना मूलपाडु गया। रिश्तेदारों का घर बहुत छोटा था। आँगन में मवेशीखाना था। मेहनत-मजूदरी करके वे अपना पेट पाल रहे थे। उस लड़के को भी देखा था,

जिसे राघवम्मा गोद लेना चाहती थी। वह धोती ऊपर को बाँधे मवेशियों का गोबर इकट्ठा कर रहा था। बदन पर एक बनियान थी। उम्र कोई तेरह-चौदह होगी। नाम राजय्या था। 'हल चलाना आता है तुम्हें?' गंगन्ना ने लड़के से पूछा। उसका उत्तर सुनने पर गंगन्ना को लगा कि लड़का काम-काज कुछ जानता ज़रूर है, मेहनती भी है और बात करने का शऊर भी उसमें है। लड़का उसे पसन्द आया।

'पैसा पानी की तरह बहाने वाले को घर बुला लिया तो सब चौपट हो जाएगा। जिसने गरीबी देखी हो, वही रुपया-पैसा संग्रह कर रख सकता है, और उसका मूल्य भी वह अधिक जानता है। राजय्या मुझे पसन्द आया। उसे लेने में मुझे कोई एतराज नहीं। फिर जैसी आपकी मर्जी।' गंगन्ना ने लड़के के बारे में राय जता दी।

अगर उस दिन गंगन्ना ने राजय्या के बारे में यों अपनी राय नहीं दी होती, तो आज ये दिन शायद नहीं देखने पड़ते। अब तो यह ज़िन्दगी काँच की तरह टुकड़े-टुकड़े हो गई। यह राजय्या क्या उसी मासूम राजय्या का ही प्रतिबिम्ब है?

यों सोचते-सोचते गंगन्ना का कलेजा छलनी होने लगा। उसका सारा बदन पसीना-पसीना हो गया। हल्की-सी हवा के झोंके चलने लगे। पानी निगलकर खेत गरम हवा उगल रहे थे। वह फिर सोचने लगा।

मूलपाडु की एक टूटी-फूटी झोंपड़ी में ज़िन्दगी बसर करने वाले राजय्या को राघवम्मा ने गोद ले लिया। देखते-देखते वह लाखों रुपयों की दौलत का मालिक बन बैठा। उसके बदन पर वे पुराने कपड़े अब नहीं रहे। मालूम नहीं, इस घर में कदम रखने के बाद उसने अपने मन में क्या-क्या सोचा हो, पर बाहर से वह सीधा-साधा ही लगता था और गंगन्ना को 'चाचा' कहकर पुकारता था। उसकी इजाजत के बगैर कोई भी काम नहीं करता था। यह बात सभी को मालूम थी।

समय बीतता गया! राघवम्मा ने भी लड़के को देखकर सन्तोष की साँस ली कि आखिर उसे एक काबिल आदमी मिल गया, जो उसके वंश का नाम रोशन करेगा। उसकी यह भी धारणा थी कि गंगन्ना के सलाह-मशविरे से ही वह इतना काबिल आदमी बन सका।

बदलते जमाने की हवा का रुख किस ओर है, सो गंगन्ना को अच्छी तरह से मालूम था। इस वजह से उसने कभी भी अपने कार्य में ढिलाई नहीं आने दी। नौकरों-चाकरों से काम कराने में वही फुर्ती थी, वही दिलचस्पी थी। दस्तावेज भी सम्भालकर रखा करता था। खेत की मरम्मत आदि भी नियमित रूप से करवाता था। घर के हिसाब-किताब का सारा भार हाथ में लिए बैठा है, जैसे कि यह उसका खुद का घर है।

अगर हमने कभी राघवम्मा की किसी चीज़ को हाथ लगाने या कोई चीज़ खाने की सोची तो वह क्यों बीच में टाँग अड़ाता है।

यों लोगों में बहस होती और आखिर एक दिन उन्होंने राघवम्मा के कान भी भर दिए—

'गाँव में हम इतने सगे-सम्बन्धी हैं, पर हमारी कुछ भी परवाह गंगन्ना नहीं करता और हर काम में उसकी तूती बोल रहीं है। यह बात कहाँ तक ठीक है कि कोई पराए गाँव का आदमी यहाँ आए और इतनी बड़ी जायदाद का मैनेजर बनकर अपना रौब दिखाए? ख्याल रखना, कहीं वह तुम्हारी जायदाद का दुरुपयोग न कर बैठे!'

'गंगन्ना कभी भी कोई अनुचित कार्य नहीं कर सकता। उसकी बोटी-बोटी मैं अच्छी तरह से जानती हूँ।' यह राघवम्मा का उत्तर था। चुगली खाने वालों को धक्का-सा लगा। अपना-सा मुँह लेकर चल दिए।

गंगन्ना के कान में भी यह बात पड़ी थी कि कुछ लोगों ने उसके विरुद्ध बात चलाई है। वह केवल मुस्करा दिया।

गंगन्ना की देख-रेख में सब काम पूर्ववत् चल रहा था। नौकर-चाकर, उसकी आवाज़ सुनने की देर थी कि दौड़कर आते। वह उनसे काम भी ठीक करवाता और उनकी मजदूरी भी पाई-पाई चुका देता। खेतों के पानी आदि के प्रबन्ध में भी कोई दिक्कत नहीं पड़ती। पहले तो लड़ाई-झगड़े तक की नौबत आती थी, पर अब वह बात नहीं रही। एक बूँद पानी भी बेकार नहीं जाने दिया। खुद भी काम करता और नौकरों-चाकरों से भी करवाते कोई थकावट महसूस नहीं करता।

एक दिन गंगन्ना ने राघवम्मा को सलाह दी कि राजय्या को कुछ पढ़ाया-लिखाया जाए तो सोने में सुगन्ध लग जाए। राघवम्मा ने हाँ कर दी। गंगन्ना का खयाल था कि लड़का पढ़-लिखकर अपनी दौलत को अच्छी तरह से सम्हाल सकेगा। गंगन्ना ने उसी दिन राजय्या को घर पर ही पढ़ाने के लिए एक मास्टर नियुक्त कर दिया।

ये सब बातें गंगन्ना के दिमाग में एक-एक करके घूमने लगीं। दिन-रात सिर का पसीना एड़ी तक बहाता रहा। आखिर उसके बदले में मिला क्या? कुछ नहीं। उसी का यह आग्रह था कि राजय्या को पढ़ने की तरफ मोड़ दिया जाए। पर वही पढ़ाई अन्त में जाकर कुछ उल्टे ही परिणाम का कारण बनी।

बरगद के पेड़ की छाया में बैठे-बैठे गंगन्ना यह सब सोचता जा रहा था और उसाँसें भरता जा रहा था। बगल के तालाब में पानी की लहरें मन्द-मन्द उठ रही थीं।

गंगन्ना उठ खड़ा हुआ। उसकी नजर तालाब के दक्षिण की तरफ दौड़ गई। दूर पर तीन पीपल के पेड़ दीख रहे थे। हाँ...वही खेत...! वही! वही! गंगन्ना की आँखों में पानी भर आया।

पश्चिमी आकाश में सूरज अपने को छिपाना चाहता था। गाय-भैंसों को चराकर लोग घर लौट रहे थे। गंगन्ना चलने को उद्यत हुआ। उसे प्यास लग रही थी। जीभ से ओंठों को गीला कर लिया। सारे बदन में उसे कँपकँपी-सी मालूम हो रही थी। फिर अकस्मात ही उसे अपनी बीवी-बच्ची की याद आई। दक्षिण की तरफ फिर से आँख उठाकर देखा। पीपल के तीनों पेड़ निश्चल खड़े नज़र आ रहे थे। वह समझ

रहा था कि उसके परिवार के तीनों व्यक्ति तीन पीपल के पेड़ों का रूप धारण कर वहाँ खड़े हुए थे। फटे-पुराने अंगोछे से मुँह पोंछ लिया और खेतों के किनारे-किनारे चलने लगा। यह मिट्टी, यह खेत...कोई आवाज़ उसके अन्दर से ऊधम मचाने लगी थी। किसी अज्ञात बोझ से उसका दिमाग दबा जा रहा था। चारों ओर से घेरकर उसे कोई डरा रहे थे, बड़े-बड़े डण्डे-से दिखा रहे थे। उसे ऐसा लग रहा था कि कोई बड़ा षड्यन्त्र उसके विरुद्ध रचा गया था और वह उसमें फँसता जा रहा था। उसकी शुरुआत कब हुई, सो उसको मालूम नहीं।

गंगन्ना के अन्दर की सुप्त भावनाएँ फिर एक बार भभक उठीं।

मूलपाडु से राजय्या जब लाया गया तो उसके लिए काला अक्षर भैंस बराबर था। सिर्फ गाय-भैंस का गोबर इकट्ठा करना अच्छा जानता था। दस साल के अन्दर वह बहुत-कुछ सीख गया। बड़ा तजुर्बेकार आदमी बन गया। अपने को शरीफ कहता चलता-फिरता था। आदमी क्या-से-क्या बन जाता है, यों गंगन्ना सोचता जा रहा था। उसके विचारों की तीव्रता के कारण मुँह पर रक्त उभर आया था।

चार साल—सिर्फ चार साल तक वह शहर में पढ़-लिखकर वापस आया। उसका रहन-सहन बदल गया, बात करने का ढंग बदल गया और उठने-बैठने के तौर-तरीके भी भिन्न हो गए थे। शहर से लौटकर उसने जो बड़ा काम किया था, वह यह था कि उसने गंगन्ना को पहले की भाँति चाचा कहकर पुकारना बन्द कर दिया। गंगन्ना को सिर्फ घर का एक नौकर ही समझा, क्योंकि आखिर इतनी बड़ी जायदाद का मालिक जो ठहरा वह! वह समझता था कि इतनी सारी जायदाद के लिए वही एकमात्र योग्य व्यक्ति था। जब तक यह छोकरा गाँव में पड़ा रहा, तब तक उसे यह मालूम न था कि दौलत किस चिड़िया का नाम है, रुपये-पैसे का क्या मूल्य होता है। पर उसी लौंडे को जब दौलत का नशा चढ़ गया तो अपने को अक्ल में, तजुर्बे में बहुत बड़ा आदमी समझ बैठा था।

ये महाशय तो मैट्रिक में दो बार फेल हो गए। अपनी मोटी अक्ल का सिक्का बैठता न देखकर उल्टे पाँव कोटपल्ली पलट पड़े, रुपया-पैसा बरबाद करने तथा मौज करने।

राजय्या के शहर से आने तक घर की सारी पूँजी की चाबियाँ गंगन्ना के हाथ में ही थी। लेन-देन की सारी ज़िम्मेदारी भी उसी के अधीन थी। वैसे तो गंगन्ना पढ़ा-लिखा न था, पर लेने-देने में, घर के हिसाब-किताब में एक कौड़ी का भी फर्क नहीं पड़ा। हिसाब-किताब की लिखाई-पढ़ाई में गाँव के पटवारी की मदद वह ले लिया करता। उसकी होशियारी देखकर लोगों को विश्वास नहीं होता कि गंगन्ना दस्तखत करना भी नहीं जानता। घर की व्यवस्था के साथ-साथ खेती बाड़ी के कार्य में भी वह बड़ा सतर्क रहा करता था। जब धान कूटने के दिन आ जाते तो उसकी आँखों से नींद ओझल हो जाती और तब तक चैन की नींद नहीं सोता, जब तक

कि धान अच्छे दाम पर बेचकर पैसा घर में जमा नहीं करता और दुबारा अच्छा-सा कोई खेत नहीं खरीदता। यों अपने परिश्रम से राघवम्मा की जायदाद अस्सी एकड़ तक की बना दी। अक्सर गाँवालों को यह कहते सुना गया कि गंगन्ना यदि नहीं आता, तो राघवम्मा की अस्सी एकड़ की जायदाद सपने की बात होती।

राजय्या ने शहर से लौटते ही घर की व्यवस्था की सारी बागडोर अपने हाथ में ले ली। गंगन्ना ने बड़ी खुशी से सब चीज़ें उसे सौंप दीं। लेने-देने के मामले में भी समझा दिया। राघवम्मा भी चाहती थी कि घर की व्यवस्था राजय्या खुद देख ले, ताकि इतनी बड़ी जायदाद को सम्भालने की जानकारी उसे प्राप्त हो जाए। पर राघवम्मा के मन में गंगन्ना के प्रति बड़ी सद्भावना बनी हुई थी। अगर उसने यह सब सोचा हो तो केवल इसलिए कि वह राजय्या की खैरियत चाहती है।

कुछ साल और गुजर गए।

गंगन्ना का शरीर दिन-दिन शिथिल पड़ता गया। परिवार की व्यवस्था में भी बहुत सारे परिवर्तन हो गए। गंगन्ना ने मूलपाड़ में अपनी ज़मीन-जायदाद बेच डाली और कोटपल्ली में ही स्थिर होने की सोची। जो पैसा हाथ में आया, उससे गंगन्ना ने अपने लिए कुछ खेत खरीदने चाहे। आखिर खेत भी ठीक कर लिया, वही खेत जिसमें तीन पीपल के पेड़ लगे हुए थे। मोल-भाव भी हो गया। गंगन्ना ने अपना पैसा राजय्या को दे रखा था। सो खेत की बात पक्की कर ली। पूरे सात हज़ार की रक़म उसकी है और दो हजार की रकम की उसे ज़रूरत थी। उसने सोचा—राजय्या से वह रकम माँगी जा सकती है क्योंकि उस परिवार के साथ उसका सम्बन्ध सालों पुराना है। दो हज़ार तो राजय्या के लिए कोई बड़ी रकम नहीं है। गंगन्ना ने राजय्या से यह बात कह भी दी थी।

लोगों में तो यह अफवाहें उड़ी हुई थीं कि वे स्वयं राघवम्मा इतने सालों की सेवा के उपलक्ष्य में चार-पाँच एकड़ जमीन गंगन्ना के नाम लिख देगी। गंगन्ना ने उस परिवार के लिए जी-तोड़ मेहनत करके दौलत इकट्ठी करके दी थी।

गंगन्ना ने खेत खरीदने के सम्बन्ध में राजय्या को सब बातें बतला दीं। राजय्या सब सुनता गया, पर कुछ बोला नहीं था। दौलत बहुत बड़ी चीज़ होती है। उसको पाकर आदमी बहुत बदल जाता है। राजय्या के सम्बन्ध में भी यही बात हुई। राजय्या की नज़र से गंगन्ना की तस्वीर कभी की ओझल हो चुकी थी।

गंगन्ना की बीवी का स्वभाव ऐसा था कि वह अपने पति के मार्ग में कोई रोड़े अटकाना गुनाह समझती थी पर आखिर उससे चुप नहीं रहा गया। जब गंगन्ना ने अपने गाँव की जमीन-जायदाद बेच-बाचकर उसका पैसा राजय्या के हाथों में सौंपा और पीपल के पेड़ों वाले खेत की बात पक्की कर ली तो उसने कहा—'हम तो ठहरे पराए गाँव के आदमी। कौन जाने कब कौन-सी मुसीबत हमारे सिर आ पड़े! अच्छा तो यह है कि खेत का मामला आप स्वयं ही जल्दी तय कर लीजिए। आखिर हमें

बच्ची की शादी जो करनी है। खेत के मामले में दस्तावेज वगैरह लिखा लीजिए।' गंगन्ना ने हँसते हुए उत्तर दिया-'इसमें डरने की क्या बात है? राजय्या सब ठीक कर देगा।'

एक साल और गुजर गया।

राजय्या गंगन्ना के खेत के मामले में एक निश्चय पर आ गया था। गंगन्ना ने भी अपने मन में खेत के मामले में हवाई महल खड़े कर लिए थे। पर दोनों की मानसिक स्थिति में जो अन्तर था, वह किसी को ज्ञात नहीं था। समय बीतने पर उसी अन्तर ने अविश्वास का रूप धारण कर लिया था। आदमी को जब अविश्वास की बीमारी हो जाती है, तो वह एक बहुत बड़ा फफोला बन जाता है। घर के नौकर-चाकरों में गंगन्ना के खेत को लेकर काना-फूसी होने लगी थी। राघवम्मा ने रसोईघर के कमरे मं अपने को बन्द-सा कर रखा था।

देखते-देखते राजय्या गाँव का प्रमुख व्यक्ति गिना जाने लगा। ग्राम-पंचायत के चुनाव में भी वह खड़ा हुआ। शहर से उसके चार दोस्त आते और दो-चार दिन मौज कर चल देते। घर की. व्यवस्था में बहुत भारी परिवर्तन हो गया था। गंगन्ना को उस घर में कोई पूछने वाला तक नहीं रहा।

इतना होते हुए भी पुराने कागज़ात आदि के मामलों में गंगन्ना की सलाह-मशविरे की ज़रूरत होती ही रही। लोग अब भी गंगन्ना का नाम अपनी जबान पर लाने में हिचहिचाते नहीं थे। उसकी ईमानदारी की लोग प्रशंसा करते थकते न थे। यह बात राजय्या को बुरी लगी।

गंगन्ना की आँखों की ज्योति क्षीण होती जा रही थी। दाँत आधे गिर चुके थे। गालों का माँस लटक आया था। उसमें पहले की स्फूर्ति नहीं रही। इसलिए उसने बहुत शीघ्र ही राजय्या को नौकरी से हटा देना ही उचित समझा था। आखिर एक दिन उसने राजय्या से पूछ ही डाला–'अब तो मुझमें काम करने की ताकत नहीं रही। अब मुझे आराम की ज़रूरत है। हिसाब ठीक हो जाए तो अच्छा हो।' उसने फौरन उत्तर दिया, मानो वह इसी अवसर का बहुत पहले से इन्तज़ार करता रहा हो–'अगले सोमवार के दिन ठीक कर लेंगे।'

अगला सोमवार आया और चला भी गया। देखते-देखते आठ सोमवार बीत चुके, पर राजय्या पर जूँ तक न रेंगी। इस दरमियान दोनों जनों के मन में मालूम नहीं क्या-क्या भावनाएँ घर कर गईं। अब उस घर की चारदीवारों के अन्दर पहले की वह चहल-पहल नहीं, काम करने की वह दौड़-धूप नहीं। नौकर-चाकरों में वह स्फूर्ति भी नहीं रही। ऐसा मालूम होता था कि खेती का सारा काम बन्द करवा दिया गया हो। राजय्या तो पंचायत के कार्यों में व्यस्त रहता था। एक क्षण की भी फुरसत उसे नहीं थी। गंगन्ना ने राजय्या के दरवाजे पर धरना जमा दिया कि आज कुछ निर्णय करके बाहर कदम रखेगा, वरना वहीं पड़ा रहेगा।

'गंगन्ना! यदि तुम काम पर नहीं आ सकोगे तो मुझे कोई एतराज नहीं। तुम पटवारी साहब से मिल लेना और अपना हिसाब चुकता कर लेना।' मालिकों की सहज रोबीली आवाज़ में राजय्या ने कहा।

'हाँ, उस खेत के कागज़ात कहाँ हैं?' गंगन्ना ने पूछा।

'खेत?...कौन-सा खेत...?' आश्चर्य करते हुए राजय्या ने पूछा।

'पीपल के पेड़ों वाले खेत के कागज़ात?'

'उसे तो मैंने अपने नाम पर खरीद लिया था।'

'वह क्यों?'

'वह इसलिए कि ज़मीन के दाम घटने लगे हैं। तुम्हें नुकसान से बचाने के लिए मैंने यह काम किया।'

'ऐसा क्यों किया था राजय्या?'

गंगन्ना ने अपनी गलती फौरन ठीक कर ली। उसने राजय्या से एकवचन का सम्बोधन किया था। गंगन्ना ने अपने को सम्भालकर फिर कहा—'नहीं बाबूजी, आपको ऐसा नहीं करना चाहिए था। मैंने तो उस पीपल के पेड़ों वाले खेत को अपना ही समझकर उसकी मिट्टी के साथ अपना सम्बन्ध जोड़ लिया है। मैंने आपसे कहा था कि खेत मेरे नाम पर खरीदा जाए। आपने भी हामी भर दी थी। मैंने सोचा था कि दस्तावेज आदि मेरे ही नाम लिखा दिए होंगे। फिर आपने ऐसा क्यों किया बाबूजी? गंगन्ना की आवाज़ में कँपकँपी थी।

राजय्या तो इस बातचीत को बढ़ाने के पक्ष में नहीं था। सो उसने कड़ककर कहा, 'इस मामले में अब मेरा सिर खाने से कोई फायदा नहीं होगा। जो कुछ भी दे दूँ, उसे आँखें मूँदकर लेने में ही तुम्हारी भलाई है।'

जब दो काले नाग लड़ने को उद्यत हो जाते हैं, तो अधिक समय तक छीना-झपटी नहीं होती। कुछ ही क्षणों में वह थम जाती है। गंगन्ना और राजय्या के बीच में भी यही बात हुई।

गंगन्ना के मुँह पर लहू उभर आया। नासिका ऊपर-नीचे हो रही थी। आँखें लाल-लाल हो गईं, मानो उसका अभिमान आँखों से होकर टपकना चाहता हो।

'क्या इतने लम्बे अर्से तक आपकी खिदमत में रहने का यही नतीजा है?' गंगन्ना ने पूछा।

राजय्या क्यों कर चुप रहता? उसने कहा, 'अगर तुमने हमारा कुछ काम कर दिया तो क्या हुआ? अपने पेट का उद्धार तो कर लिया था न तुमने?'

'तुम्हारे घर का खाना मुफ्त में मेरा पालूत कुत्ता भी नहीं छूता। जी-तोड़ मेहनत मैंने की थी, कौड़ी-कौड़ी मैंने तुम्हारे लिए इकट्ठी कर रखी थी। तुम्हारे सामने हाथ पसारने की कोई जरूरत मुझे नहीं थी।' गंगन्ना का कंठ रुँध गया था।

इतने स्पष्ट शब्दों में गंगन्ना के मुँह से बात सुनने की आशा राजय्या को

नहीं थी। कुछ आवेश में आकर, फिर अपने को सम्हालकर बड़ी शान-शौकत दिखाते हुए वह हँस दिया। ऐसी उम्र में यों हँसना आसान काम नहीं था।

'कुत्ते की बात क्यों करते हो? अपनी कहो। बातें बनाने से अब कोई फायदा नहीं। अपना हिसाब ले लो और अपना रास्ता नापो।' राजय्या ने कहा।

गंगन्ना कुछ सुन नहीं पा रहा था। केवल कुछ शब्द उसे कानों में गूँजते हुए-से लगे।

'उच्छिष्ट की आशा रखने वाले तुम जैसे नीच के सामने खड़ा रहना भी पाप है!' गंगन्ना कहकर जाने के लिए खड़ा हुआ।

राजय्या लाल-पीला हो गया।

'देखो राजय्या! मैं अब जा रहा हूँ। जो कुछ मेरे हिस्से का हो, वह मेरे घर भिजवा देना। मुझे अब इसके सिवाय तुम्हारी किसी और चीज़ की ज़रूरत नहीं।' गंगन्ना के कदम आगे को बढ़े। उसके चप्पलों की जोड़ी 'किट-किट' की आवाज़ करने लगी। हाथ की लकड़ी 'खट-खट' की ध्वनि करने लगी।

राजय्या ने गंगन्ना को वापस बुलाया और पूछा—"देखो, तुमने अभी कहा था न कि मैं उच्छिष्ट की आशा रखने वाला नीच नहीं हूँ? ठीक है, वही सही। तुमने यह भी कहा था कि तुम्हें मेरी किसी चीज़ की कोई ज़रूरत नहीं होगी।"

गंगन्ना एक क्षण निश्चल खड़ा रहा। फिर तुरन्त अपने हाथ की लकड़ी उसने बरामदे की तरफ फेंक दी—'ले लो। तुम्हारी ही चीज़ रही। उसे अपने पास ही रख लेना।' गंगन्ना जाने को मुड़ा।

'चप्पल की जोड़ी?' राजय्या ने पूछा।

गंगन्ना ने चप्पल की जोड़ी भी उतारकर फेंक दी।

गंगन्ना उसके बाद राजय्या के घर से बाहर आ गया था। उसकी आँखों के सामने एक अन्धकार-सा छा गया था। वह धीरे-धीरे सड़क पर चलने लगा। बस बात इतनी-सी ही थी।

और यही बात रह-रहकर गंगन्ना के मन को चुभ रही थी। गंगन्ना सिर नीचा किए आगे को बढ़ता जा रहा था। चलते-चलते सड़क के बगल वाले पेड़ से भी उसका सिर टकरा गया था और वह यह भूल भी गया था। फिर भी चलता रहा। खेतों के किनारे चलते-चलते वह आखिर पीपल के पेड़ों वाले खेत में पहुँच गया था। तब तक अँधेरा भी हो चुका था।

उस दिन धान की क्यारियों में पानी देने के लिए जो लोग आधी रात के समय खेतों की तरफ गए थे उन्होंने वहीं से किसी के चिल्लाने-चीत्कार करने की आवाज़ सुनी थी, पर उन्हें उस आवाज़ का पता लगाने का साहस उस अँधेरी रात में नहीं हुआ था।

मालूम नहीं, गंगन्ना उस रात में पीपल के पेड़ों वाले खेतों के कितनी बार चक्कर लगा चुका होगा। रात-भर वह उसकी परिक्रमा करता रहा और जब थक

गया तो खेत के बीचों-बीच बैठकर हाथों से ही उसकी मिट्टी तोड़ता रहा। वह समझ रहा था कि ज़मीन उसकी है। उसको वह किसी के अधीन होते देखना नहीं चाहता था। वह मिट्टी को कसकर पकड़े रहा। फिर पागल की भाँति चीखता-चिल्लाता रहा। मिट्टी को अपनी मुट्ठियों में भरता रहा।

दूसरे दिन सवेरे पीपल के पेड़ों में मिट्टी की तरफ मुँह किए गंगन्ना मरा पड़ा था और उसका सारा बदन लहू-लुहान था। यह दृश्य देखकर सारा गाँव रो पड़ा।

उसी दिन राजय्या ग्राम-पंचायत का अध्यक्ष चुना गया।

अनुवाद : **दण्डमूडि महीधर**

•

जग-हँसाई

उषारानी भाटिया

"बाबूजी, क्या लेंगे? गरम-गरम पेसरट लाऊँ?" होटल का सर्वर यह पूछते हुए सामने खड़ा था।

शास्त्री ने धूप का चश्मा निकालकर एक बार चारों ओर अपनी नज़र दौड़ाई। धूप में चलकर आने की वजह से अन्दर कुछ अन्धेरा-सा लग रहा था। कुछ लोग बैठकर चाय-कॉफी पी रहे थे। टेबिल और खाने की चीज़ों को देखने से मालूम पड़ता था कि वह एक मामूली होटल है। शास्त्री का मन हुआ कि वहाँ से उठकर चला जाए। मगर उसे भूख और प्यास–दोनों बहुत देर से बहुत सता रही थीं। धूप में वह काफी घूम चुका था–मछलीपट्टणम की गालियों में।

"पहले ठंडा पानी तो पिलाओ!" रूमाल से मुँह पोंछते हुए शास्त्री ने कहा।

शास्त्री की उम्र चालीस से ऊपर की है। पिछले पच्चीस साल से दवाओं की एक दूकान में सेल्समेन की नौकरी कर रहा है। शहर-शहर घूमना ही उसका काम है। पहले तो घूमने में बड़ा मजा आता था, मगर अब तो सफर के नाम से बुखार चढ़ने लगता। मगर लाचार था। पाँच लड़कियों के बाद एक लड़का हुआ जो अभी छोटा है। लड़कियाँ सब-की-सब बड़ी हो चुकी हैं और शादी की लाइन में खड़ी हैं। तनख्वाह के नाम से जो रकम उसे मिलती है, उसमें से कुछ बचा पाना सम्भव नहीं हो पा रहा था। क्या किया जाए?...शास्त्री यह सोचते हुए गुमसुम बैठा रहा।

इतने में दो आदमी और उसके सामने की कुर्सियों पर बैठ गए।

"पेंसरट जल्दी लाओ भाई! मन्त्री महोदय चले न जाएँ।" एक ने बैठते हुए कहा।

"मन्त्री महोदय के अलावा कोई फिल्मी अभिनेत्री भी आने वाली थी न?" दूसरे ने कहा।

"फिल्म स्टार को फुरसत कहाँ होती है? इस अनाथाश्रम को...सुना है, फिल्म स्टार ने एक मोटी रकम चन्दे के रूप में दी है। आखिरी मिनट में उसने अपने आने का प्रोग्राम कैंसिल करा लिया है, एक ज़रूरी शूटिंग की वजह से।" पहले वाले ने कहा।

न चाहते हुए भी शास्त्री को उनकी बातचीत सुननी पड़ी।

"क्षमा कीजिए बाबूजी, आपकी घड़ी में क्या बजा है?" उनमें से एक ने पूछा।

"चार बजे हैं।" शास्त्री ने उत्तर दिया।

"जल्दी करो! देर करेंगे तो वहाँ खड़े होने की भी जगह नहीं मिलेगी। सुना है आसपास के गाँवों से भी लोग, आने वाले हैं।" पहले वाला व्यक्ति जल्दी करने लगा।

"क्यों बाबूजी, वहाँ आप नहीं चल रहे हैं?" उसी ने शास्त्री से प्रश्न किया।

"मुझे काम है। मुझे उतनी फुरसत नहीं है।" शास्त्री ने घड़ी की तरफ देखते हुए कहा।

"हमारे शहर में यही एक ऐसी संस्था है, जहाँ अनाथ स्त्रियों और बच्चों को आश्रय मिलता है। आज उसी का वार्षिक उत्सव मनाया जा रहा है। सबके लिए खुला निमन्त्रण है।" शास्त्री की तरफ देखते हुए उस व्यक्ति ने कहा।

शास्त्री ने कोई उत्तर नहीं दिया। वह थोड़ी देर के लिए आराम से बैठना चाहता था। उनकी बातें सुनते-सुनते शास्त्री का मन चिड़चिड़ा हो गया। बिल चुकाकर बाहर आ गया। उसे कहीं भी कोई रिक्शा नज़र नहीं आया। अपने मुकाम की तरफ थोड़ी दूर पैदल चलने पर शास्त्री को सामने लोगों की बड़ी भीड़ दिखाई दी। सड़क के बीचोंबीच बने पंडाल में सभा का आयोजन किया गया था।

लोग तालियाँ बजा रहे थे। मन्त्री को हार पहनाया जा रहा था। शास्त्री ने उसको गौर से देखा—बड़े-बड़े अक्षरों में कपड़े पर लिखा हुआ था—'अनाथ-उद्धार समिति।'

शास्त्री की भौंहें तन गईं। आजकल ऐसी समितियों का गठन एक आम बात हो चुकी है। शास्त्री को बड़ी खीज हुई। भीड़ इतनी ज़्यादा थी कि उसे पंडाल में प्रवेश करना पड़ा। उसकी वेशभूषा देखकर स्व्यंसवेकों ने समझा कि यह कोई सम्माननीय अतिथि होगा। उसे जबदस्ती अन्दर ले जाया गया।

मंच पर मन्त्री महोदय बैठे हुए थे और उनके साथ दो महिलाएँ भी। मंच के सामने चादरें बिछी हुई थीं और वहाँ बैठे लोग शास्त्री की तरफ बड़े कौतूहल से देख रहे थे। उस स्थिति में शास्त्री को आगे बढ़ना पड़ा। ठीक उसी समय मन्त्री जी भाषण देने के लिए उठे।

यह मौका पाकर शास्त्री बाहर जाने के लिए रास्ता ढूँढ़ रहा था कि एक अधेड़ उम्र की स्त्री सामने प्रकट हो गई और नमस्कार करके बोली—"आप किसी पत्र के संवाददाता मालूम पड़ रहे हैं। आइये, अन्दर आइये, आपको अपनी संस्था की गतिविधियों से अवगत करा दूँ।"

"माफ कीजिए। मैं कोई संवाददाता नहीं हूँ। मुझे जाने दीजिए।" शास्त्री ने कहा। वह स्त्री कुछ भी सुनना नहीं चाहती थी।

"कोई बात नहीं। हम आपका अधिक समय नहीं लेंगी। आइये, अन्दर चलिए।"

अन्दर का रास्ता दिखाते हुए स्त्री ने शास्त्री का स्वागत किया। शास्त्री पसोपेश में पड़ गया। एक तो वह बहुत थका हुआ था और जल्दी जाने की धुन में था। दूसरे ऐसी संस्थाओं से उसे बहुत चिढ़ थी।

लाचार होकर शास्त्री को अन्दर जाना पड़ा।

अन्दर बड़े-बड़े कमरे थे। सिलाई की मशीनें रखी हुई थीं। एक तरफ तरह-तरह से सिले हुए कपड़े थे, दूसरी तरफ साड़ियों पर छपाई का काम हो रहा था। कुछ महिलाएँ पढ़-लिख रही थीं और उससे थोड़ा आगे छोटे-छोटे बच्चे किलकारियाँ भरते हुए खेल रहे थे।

शास्त्री को इसके पहले इस तरह के आश्रम में आने का अवसर नहीं मिला था, इसलिए यह सब उसे कुछ नया-नया-सा ही लगा। उसने कभी न अनाथ स्त्रियों के बारे में सोचा, न बेसहारा बच्चों के बारे में ही। हाँ, अक्सर अखबारों में स्त्रियों और बच्चों के बारे में तरह-तरह के समाचार पढ़ता ज़रूर था। 'गुंटूर में स्त्री पर शिशु-हत्या का आरोप' 'गन्दे नाले में शिशु मिला...' आदि-आदि। ऐसे समाचार जब भी पढ़ने को मिलते तो फौरन ही शास्त्री राजनीति से सम्बन्धित समाचारों पर अपनी दृष्टि दौड़ाता। वह सोचने लगता कि देश की स्थिति रोज-रोज बिगड़ती जा रही है। लेकिन आखिर ये सब बातें क्यों हो रही हैं, या मानव-स्वभाव का बाहरी परिस्थितियों के साथ कहाँ तक सम्बन्ध है? आदि प्रश्नों को लेकर माथापच्ची करने का कष्ट शास्त्री ने कभी नहीं किया, और न उनके बारे में सोचने का अवसर ही उसे मिला। उसके विचार कुछ दूसरे ही तरह के थे। अगर आज समाज में इतनी सारी बेईमानी बढ़ गई है तो इसका एकमात्र कारण गरीबी है—यह कैसे कहा जा सकता है? जिन देशों में आर्थिक स्थिरता कायम है, क्या वहाँ कोई समस्या नहीं है? किन्तु हमारे देश में 'समाज सेवा' के नाम से नारे लगाये जाते हैं और यही पैसा और नाम कमाने का एक साधन बन गया है।...शास्त्री ने उन महिलाओं की तरफ देखा, जो सिर झुकाये अपने काम में मग्न थीं। एक औरत छोटे बच्चे को झूले में झुलाए जा रही थी। उसके माथे पर काली बिन्दी थी, शरीर पर एक सस्ता-सा कुर्ता था, सिर तेल से भरा हुआ था।...उस बच्चे की तरफ वह ठीक तरह से देख नहीं सका। सामने से आती हुई उस औरत को देखकर मिचली-सी आ गई जिसके दाँतों पर पान खाने से एक काली परत चढ़ी हुई थी। वह कुछ कहने के लिए आगे बढ़ी थी, मगर शास्त्री ने उसकी तरफ ध्यान ही नहीं दिया। अस्थि-पंजर जैसी लगने वाली कुछेक महिलाएँ सामने से गुजर गईं तो शास्त्री का सिर चकरा गया।

पूरी संस्था का निरीक्षण हो चुका। शास्त्री बरामदे में आ गया। वहाँ एक टेबिल पर एक पेटी रखी हुई थी और पास में ही एक पुस्तक थी, जिसमें वहाँ आए हुए विशिष्ट व्यक्तियों के मत दर्ज थे। वहाँ आते-आते वह महिला हठात् खड़ी हो गई, जो शास्त्री को आश्रम घुमा रही थी।

"आपने आश्रम को अच्छी तरह देख लिया है। आप जैसे सहृदय व्यक्तियों

का प्रोत्साहन अगर हमें मिलता रहे तो हमें आगे बढ़ने में बड़ी सहायता मिलेगी।'' उस महिला ने कहा।

शास्त्री ने अपनी जेबें टटोलीं। रुपये का एक नोट निकालकर कुछ सोचते हुए उस पेटी में डाल दिया। उसके मुँह पर एक फीकी हँसी खिंच गई, जो यह बता रही थी कि मुझे इस पुस्तक में कुछ नहीं लिखना है।

तेज कदम बढ़ाते हुए शास्त्री बाहर चला आया। पाँच बज चुके थे। उसे इस बात की चिन्ता हुई कि व्यर्थ ही उसका सारा समय बरबाद हो गया।

दूसरे दिन प्रायः साढ़े चार बजे विजयवाड़ा के लिए गाड़ी जाती है। फिर भी शास्त्री पूरी रात स्टेशन पर बिताने के खयाल से वहाँ पहुँच गया। बिस्तर और बक्सा प्रतीक्षालय के एक कोने में रखवां दिया। फिर हवा खाने के उद्देश्य से प्लेटफॉर्म पर चला गया।

चारों तरफ अँधेरा छाया हुआ था। यात्री ज़मीन पर ही बिस्तर आदि बिछाकर बेखटके सो रहे थे। शास्त्री खड़े-खड़े सिगरेट सुलगाने के लिए दियासलाई जलाने जा रहा था कि पास में से चूड़ियों ध्वनि सुनाई दी।

पच्चीस साल की एक युवती सामने आकर कातर स्वर में कहने लगी—''बाबूजी! दो दिन से भूखी हूँ, अनाथ हूँ। पेट में शिशु है। मेरी कुछ सहायता कीजिए।'' शास्त्री को बड़ी खीझ हुई।

''मेरे पास पैसों का ढेर पड़ा है क्या? जाओ-जाओ!'' उसने झिड़ककर कहा। एक दैन्य भावना उसके मुँह पर झलकी। वह वहाँ से चली गई। उसके चले जाने के बाद शास्त्री को अपने कटु व्यवहार पर कुछ खेद हुआ। फिर यह सोचकर उसको तसल्ली हुई कि शाम को ही मैंने अनाथाश्रम के लिए एक रुपया दान में दिया था।

शास्त्री घर लौटा तो हमेशा की तरह उसका स्वागत करने के लिए उसकी पत्नी शेषम्मा दरवाज़े पर आकर खड़ी नहीं हुई। दरवाज़ा भी कई दस्तक देने के बाद ही खुला। उसकी तीसरी बेटी ने आकर दरवाज़ा खोला। दरवाज़ा खोलकर वह गुमसुम अन्दर चली गई।

बोरा-बिस्तर एक जगह रखकर शास्त्री ने कपड़े बदल लिए। उसको इस बात का बड़ा आश्चर्य हुआ कि घर में कोई कुछ नहीं बोल रहा था। सब-के-सब मौन थे। घर में पूरा सन्नाटा छाया हुआ था। बच्चों का शोर-गुल आज बन्द था। उसे बड़ा अचम्भा हुआ। जल्दी-जल्दी वह सोने के कमरे में चला गया।

शेषम्मा नीचे चटाई डाले लेटी हुई थी। शास्त्री ने जाकर उसे जगाया। वह उठकर बैठ गई और ज़ोर से रोते हुए उसके पैरों से लिपट गई। शास्त्री की समझ में नहीं आया कि असल में बात क्या है। वह भी नीचे बैठ गया।

''एक अनहोनी हो गई। हमारी बड़ी बेटी राधा...'' शेषम्मा इतना ही कह पाई। आगे कुछ बोल नहीं सकी। उसका गला रुँध गया—''पता नहीं, यह सिलसिला कितने

दिन से चल रहा था। पड़ोस के नायुडू के लड़के के साथ राधा ने शादी कर ली है। दोनों गाँव से भाग गए हैं, पता नहीं कहाँ गए। इस जग-हँसाई को कैसे बर्दाश्त करें? लोगों में कानाफूसी चल रही है। नसोढ़ी ने कालिख लगा दी मुँह पर। मुझसे यह सब बर्दाश्त नहीं होगा।'' शेषम्मा कहकर रोने लग गई।

अकस्मात् शास्त्री की आँखों के सामने अँधेरा छा गया। अनाथाश्रम में झूले में लिटाया गया छोटा-शिशु...बगैर हस्ताक्षर किए अधूरी छोड़ी गई विचार-पुस्तिका... प्लेटफॉर्म पर उस युवती की दैन्य भावना...फिर राधा का पड़ोस के नायुडू के लड़के के साथ शादी करके भाग जाना...ये सारे दृश्य उसकी आँखों के सामने घूम गए। फिर अपनी पत्नी को सान्त्वना देने के स्वर में शास्त्री ने कहा—''उठो! जग-हँसाई का खयाल छोड़ दो। समय बहुत बदल गया है। सब-कुछ ठीक हो जाएगा।''

शेषम्मा उठ बैठी और अपने पति की तरफ देखती रह गई, और देखती ही रह गई।

अनुवाद : **दण्डमूडि मंजुलता**

•

मुझे गरीब पति चाहिए

इच्छापुरपु जगन्नाथ राव

मेज पर ढेर-सारे फोल्डर्स।

प्रकाशराव बड़े ध्यान से उनको पढ़ता रहा। एक घंटा बीत गया। उनको उठाकर एक तरफ धर दिया। फिर बैठे-बैठे सोचता रहा—स्टील-शीट का लाइसेन्स आया हुआ था, आठ-एक दिन पहले, और उसे डाइरेक्टर ने अपने पास रख लिया था। एक घंटा पहले उसके हाथ में देते हुए उन्होंने कहा, "यह काम बहुत जल्दी का है। दो महीने के अन्दर पूरा हो ज़ाना चाहिए। हाँ, इधर जापान और युनाइटेड स्टेट्स से कोटेशन आ गए न? मुझे उनको पढ़ने का अवसर ही नहीं मिला। आप उन्हें देखकर आज ही केबल भेज दीजिएगा। बैंकिंग डिपार्टमेंट को इत्तिला कर दीजिए कि वह फौरन लेटर-ऑफ-क्रेडिट ओपेन कर दे।"

शुरू में उसे कोबे कम्पनीवालों का कोटेशन कुछ ठीक मालूम पड़ा था। मगर सबके कोटेशन देख लेने के बाद वह कुछ असमंजस में पड़ गया। युनाइटेड स्टेट्स के भाव कुछ अधिक ज़रूर हैं, मगर टर्म्स टॉलरेबल हैं।

"क्या मैं अन्दर आ सकती हूँ, सर?"

एलिस हाथ में नोट-बुक लिए सामने खड़ी थी, मुस्कराती हुई। जब वह सामने आ जाती है तो जाने क्यों प्रकाशराव अपने-आपको भूल जाता है।

"डिक्टेशन सर?"

वह मुस्कराती क्यों है? आखिर उसकी मंशा क्या है? क्या उसको पागल बनाना चाहती है? मगर ऐसी गलती वह कभी नहीं करेगा।

"अभी सोच रहा हूँ...।"

"चालीस मिनट का समय रह गया है सर! चिट्ठी आज नहीं गई तो कल तक टोकियो नहीं पहुँच सकेगी।"

"लेकिन आपको कैसे मालूम कि मुझे जापान पत्र भेजना है?" वह कुछ झल्लाया।

एक क्षण के लिए एलिस उसकी आँखों में देखती रही। उसकी मुस्कराहट जाती रही।

"वैसे स्टील शिपमेंट जापान के साथ ही होते हैं, और दूसरे आप ये फोल्डर्स जो देख रहे हैं।"

उसे और भी क्रोध आ गया।

"मिस एलिस। आप अपना काम करिए। ज़रूरत पड़ेगी तो बुला लूँगा। उठा ले जाइए ये फोल्डर्स...।"

उसके स्वर में अनायास ही कटुता आ गई। अगर वह एलिस के साथ ऐसा बरताव न करे तो सम्भव है किसी दिन उसमें दुर्बलता का प्रवेश हो जाए और संयम खो बैठे। प्रकाशराव को यह बात भली-भाँति मालूम है। अलावा इसके, वह ऑर्डर भी एक लाख रुपये का है। खूब सोच-समझकर कदम उठाना होगा।

एलिस का चेहरा उतर गया। प्रकाशराव को कुछ रंज हुआ। सोचा, खेद प्रकट किया जाए। शब्द होठों तक आते-आते रुक गए। फिर उसने सोचा, कहीं यह सिर न चढ़ जाए। एलिस को कुछ वाजिब फासले पर रखना ही बेहतर है।

यह सब वह सोच रहा था।

'इण्टरकॉम आवाज़ करने लगा।

"प्रकाश! केबल भेज दिया है न?" डाइरेक्टर की आवाज़ थी।

"जी नहीं, अभी सोच रहा हूँ।"

"माई गॉड!...फौरन भेज दीजिए। कोबे कम्पनी के टर्म्स मुझे ठीक ही लगे हैं। अगर हो सके तो जनवरी के अन्त तक या फरवरी में शिपमेंट माँग लीजिए। थैंक्स।"

अब एलिस को बुलाना होगा। चिट्ठी डिक्टेट करानी है।

टेलीफोन–

"हेल्लो!"

स्वामी की आवाज़ थी। वह कभी भी पन्द्रह मिनट से कम बात नहीं करता। साढ़े चार बज चुके हैं...। वक्त ज़्यादा नहीं। बारह मिनट तक वह बोलता ही रहा।

प्रकाशराव ने काल-बेल दबाकर एलिस को बुलाया। केबल डिक्टेट कर दिया।

"पहले आप इसको फौरन भेज दीजिए। उसके बाद पत्र डिक्टेट करूँगा।"

एलिस ने वैसा ही किया।

वह डिक्टेशन लेने आई। इस बार उसके चेहरे पर मुस्कराहट नहीं थी। उदास-सी थी...बहुत। गाल लाल-लाल हो गए।

डिक्टेशन दस मिनट तक चलता रहा। अब पाँच बजने में दो मिनट बाकी हैं।

डलहौजी स्क्वेअर से वह रोज ट्राम पकड़ती है। वह ट्राम पाँच-दस को वहाँ से रवाना होती है। यह बात प्रकाशराव जानता है। लेकिन...

वह अन्दर चली गई, बगैर कुछ बोले। उसके मन में फिर एक बार आया कि 'सॉरी' बोल दे। कुछ सोचकर वैसा नहीं किया।

ट्रेनिंग की अवधि छः महीने की है। यह अवधि पूरी हो गई तो वह मैनेजर हो जाएगा। अतः इस अवधि में बड़ी सावधानी से रहना होगा।

पाँच पन्द्रह...

एलिस चिट्ठी टाइप करके ले आई। प्रकाशराव की नज़र न जाने क्यों उसके सफेद ब्लाउज पर पड़ी। उसने पत्र पढ़कर हस्ताक्षर कर दिया। एलिस चली गई, वह भी उठ खड़ा हुआ। टाई ठीक कर ली।

एलिस आज घर कैसे जायेगी?

ट्राम चली गई होगी। बस मिलनी भी बहुत मुश्किल है। उसी की वजह से एलिस को देर हो गई।

अपनी मोटर में बिठाकर उसे घर पहुँचा दूँ तो कैसा रहेगा? उसने सोचा, लोग-बाग देखेंगे तो क्या समझेंगे? कहीं डाइरेक्टर साहब की नज़र पड़ गई तो...?

प्रकाशराव पाँच मिनट तक सोचता रहा। फिर बाहर चला आया।

बाहर मोटर तैयार थी। तब तक दफ्तर के सब लोग जा चुके थे।

वह सीढ़ियाँ उतर ही रहा था कि पीछे से हील्स की आवाज़ सुनाई पड़ी। पीछे घूमकर देखा...अनायास ही। एलिस थी।

एलिस उसकी तरफ नहीं देख रही थी। प्रकाशराव को कुछ रंज हुआ। क्या वह नाराज हो गई?

प्रकाशराव जाकर मोटर में बैठ गया। मोटर स्ट्रैंड रोड पर आ गई। पेवमेंट पर एलिस अकेले पैदल जा रही थी। प्रकाशराव ने सोचा, मोटर रोककर एलिस को बैठा ले। मगर यह बात सोचने के पहले ही मोटर आगे निकल गई।

ट्राम की वजह से स्ट्रीट-क्रॉसिग के पास मोटर रोकनी पड़ी। प्रकाशराव ने पीछे मुड़कर देखा। डाइरेक्टर मुखर्जी एलिस को अपनी मोटर में बैठा रहे थे।

प्रकाशराव की आँखों के सामने जैसे अन्धकार छा गया। एलिस को अपनी मोटर में न बैठाकर बहुत बुरा किया। वह कितनी खूबसूरत लड़की है।

अलीपुर में है उसका फ्लैट। दफ्तर की ओर से मिला है। कमरे दो ही हैं, मगर उनमें सब सुविधाएँ हैं।

स्नान किया। धुले कपड़े पहने। ब्वॉय ने चाय लाकर दे दी। चाय पीने के बाद एक किताब लेकर बैठ गया। एलिस की याद तैर आई...डाइरेक्टर मुखर्जी...अपने मन के भावों को जबर्दस्ती रोककर किताब पढ़ने में लग गया।

मगर उसका एक शब्द भी उसकी समझ में नहीं आया।

इतने में टेलीफोन की घंटी बज उठी।

मद्रास से ट्रंक-काल था। सेठ कौशमल की कंठ-ध्वनि थी। उसने कहा, "कॉल मुखर्जी के लिए बुक किया था, मगर वे लाइन पर नहीं मिले, इसलिए आपको डाइवर्ट किया है।...कल की कैरविल से राधा और मल्लिक वहाँ जा रहे हैं। परसों वहाँ से

काठमाण्डू के लिए रवाना हो जाएँगे। कल आप एरोड्रोम पर उनसे मिल लीजिएगा। 'ग्राण्ड' में या 'ग्रेट ईस्टर्न' में कमरा रिज़र्व करा दीजिएगा।''

''मल्लिक?''

''हाँ, मल्लिक। दोनों हनीमून मनाने के लिए काठमाण्डू जा रहे हैं। आइ. ए. सी. प्लाइट में सीट्स रिजर्व कर दी हैं। थैंक्स।''

रिसीवर नीचे रख दिया। राधा और मल्लिक की शादी हो गई! कब?

प्रकाशराव बैठे-बैठे सोचता रहा। राधा की शादी की बात पर उसे विश्वास नहीं हो रहा था। राधा...!

फिर टेलीफोन की घंटी।

एक्सचेंज का था। पूछ रहे थे कि काल खत्म हो गया कि नहीं।

''हाँ, थैंक्स!''

फिर राधा!

मल्लिक के साथ शादी करके हनीमून मनाने के लिए काठमाण्डू जाने वाली राधा!

उसने डाइरेक्टरी हाथ में उठा ली, अनिच्छा से ही। ग्राण्ड होटल का नम्बर देखने लगा। उसे लगा कि वह जो काम करने जा रहा है, वह तो बिल्कुल एक साधारण व्यक्ति का काम है। लेकिन उसकी नौकरी मामूली-सी नहीं है। फ्लैट...मोटर...मोटी तनख्वाह...

प्रकाशराव ने 'ग्राण्ड होटल' का नम्बर मिलाया।

ठीक एक साल पहले की बात है।

एम. ए. सेकेण्ड डिवीजन में पास हो गया था। घर आया तो माँ किसी नये व्यक्ति से बातें कर रही थी। चूँकि माँ उन दिनों एक समाज-सेवका के रूप में काफी विख्यात थीं, इसलिए लोगों का आना-जाना अधिक होता था। रिजल्ट की बात सुनकर वह प्रसन्न हो गईं। माँ ने उस नये व्यक्ति का परिचय प्रकाश से कराया था। वे संसद-सदस्य थे।

नमस्कार के बाद दोनों में बातें होती रहीं। अन्त में एम. पी. साहब ने पूछा—''आगे क्या करने का इरादा है?''

''जी! अभी कुछ तय नहीं किया।'' उसने बताया।

एक क्षण के लिए वे मौन रहे। फिर बोले, ''भारत स्टील कम्पनी वालों से मेरा अच्छा-खासा परिचय है। अभी ऑफीसरों का रिक्रूटमेंट चल रहा है। जूनियर एडिमिनिस्ट्रेटिव ऑफीसर की नौकरी दिलवा दूँगा। पहले प्रोबेशनर के रूप में काम करना होगा। मंजूर है?''

नेकी और पूछ-पूछ! इससे अधिक चाहिए ही क्या? फर्स्ट क्लास एम. ए. वालों को भी ऐसी पोस्ट मिलनी मुश्किल है।

वह गद्‌गद्‌ हो उठा। मुँह से बात भी न निकली। पन्द्रह दिन के अन्दर इण्टरव्यू हुआ और सेलेक्शन भी।

ड्यूटी ज्वाइन की।

सेठजी से मिलने के लिए पहली बार दफ्तर में कदम रखा। प्रकाशराव को बहुत आश्चर्य हुआ, जब उसने देखा कि उसका नाम सुनते ही सेठजी मारे खुशी के उछल पड़े। बड़े प्रेम से बातें कीं।

दस मिनट भी नहीं बीते कि दरवाज़ा खोलकर बिजली की तरह अन्दर प्रविष्ट हुई राधा। आज भी एक स्वप्न-सा लगता है, वह क्षण। उसे वह कभी नहीं भूल सकता। कानों में रिंग्स थे, गले में एक नेकलेस। बस इसके अलावा कोई दूसरा आभूषण नहीं था। मगर...मगर...।

सेठजी ने उसका परिचय नहीं कराया था प्रकाशराव से। मगर राधा ने स्वयं पूछा था। तब जाकर सेठजी ने राधा का परिचय उसे दिया।

''बहुत अच्छा! आज आप मुझे पिक्चर ले चलिए।'' राधा ने कहा। परिचय होने के दूसरे ही क्षण!

''पिक्चर?'' प्रकाशराव घबरा गया।

वह मुस्करायी।

''हाँ, पिक्चर 'माई फेयर लेडी'। मेरे पास दो टिकट हैं। सोचा, पिताजी चलेंगे। मगर ये तो कहीं ज़रूरी काम से जा रहे हैं। आप चलिए न मेरे साथ।'' राधा ने जबर्दस्ती के स्वर में कहा।

प्रकाशराव कुछ उत्तर दे, इसके पहले ही सेठजी बोले-''हाँ-हाँ, प्रकाश! आप ले जाइए न इसको। अकेले भेजना ठीक नहीं।''

राधा!

दिन-ब-दिन वह उसके बहुत निकट आती गई। राधा कितनी हसीन है! स्वप्न-लोक की सुन्दरी। परी! कोई भी काम वह कल पर नहीं टालती। मिनटों में पूरा कर देती। यही एक ऐब है उसमें।

मल्लिक महीने में तीनेक मरतबा ज़रूर ही बम्बई से आया करते थे। दफ्तर के काम पर। और सेठजी भी बहुत चाहते थे उनको। राधा...?

प्रकाशराव को वह दिन आज भी याद है—शाम के छः बजे...वह घर में था, कॉफी पीने जा रहा था। इतने में राधा भागती हुई अन्दर चली आई—बेतहाशा। चेहरे पर क्रोध की कठोर रेखाएँ खिंची हुई थीं। प्रकाशराव घबरा गया।

''चलिए, चलिए!'' प्रकाशराव के कुछ कहने के पहले ही बोली, ''कॉफी बाहर किसी होटल में पियेंगे। कपड़े बदलकर जल्दी तैयार हो जाइए।'' वह कुर्सी पर बैठ गई।

''क्यों राधाजी? क्या हुआ? आप इतनी घबराई हुई क्यों हैं?''

''पहले आप निकलिए तो सही।''

उसने सोचा, अब कुछ पूछना बेकार है। मूड खराब है।

पाँच मिनट में वह तैयार हो गया और मोटर में उसके साथ बैठ गया।

एक घंटे तक इधर-उधर घूमते रहे। उसके बाद मेरीना होटल गए। दोनों एक जगह बैठे गए।

"प्रकाश! मेरे बारे में आप क्या विचार रखते हैं? क्या सोचते हैं?" राधा ने वहाँ बैठते ही प्रश्न किया।

बाहर समुद्र की लहरें बड़ी आवाज़ करती हुई उठ-गिर रही थीं। उसके हृदय में भी भयंकर कोलाहल मच गया, इस सवाल से। बाहर का वातवरण बहुत सुहावना था। सामने राधा गुमसुम बैठी थी, उसकी तरफ देखती हुई।

'राधाजी! मैं तो सोचता हूँ, आपके लिए, आपके प्रेम के लिए अपने-आपको आपके कदमों पर समर्पण कर दूँ।' ये शब्द होंठों तक आकर अटक गए। अच्छा हुआ कि प्रकट नहीं हुए, अन्यथा बड़ा तूफान मच जाता।

"आप बड़ी नेक हैं, हसीन हैं, और हमेशा मुस्कराती रहती हैं। मगर एक बात है..."

"क्या है वह?"

"आप कोई काम करने की ठान लेती हैं तो मिनटों में कर देती है।"

यह सुनकर वह मुस्कराई।

"देखिए, प्रकाश! सच-सच बता दीजिए, आप अपनी ज़िन्दगी में क्या चाहते है?"

'हँसी-खुशी और आराम!"

"और रुपया-पैसा?"

"उसके बगैर तो ज़िन्दगी में रखा ही क्या है?"

वेटर ने कॉफी लाकर रख दी। फिर खामोशी।

"और आप?"

राधा अपने विचारों में खो गई। एकाएक प्रकाशराव की तरफ घूमकर पूछा, "क्या कहा आपने?"

"आप अपनी ज़िन्दगी में क्या चाहती हैं?"

राधा ने प्रकाशराव की तरफ देखा, बड़ी तीक्ष्ण-दृष्टि से।

"सच बात बता दूँ?"

"हाँ बता दीजिए।"

"चौंकिएगा नहीं।"

"बता तो दीजिए न!"

"मुझे पति चाहिए!"

"पति? कैसा पति?"

"मुझे एक गरीब पति चाहिए...बच्चे चाहिएँ। पूरे छः बच्चे! सुन्दर! ऊधमी!" उसकी आँखें चमक रही थीं। जैसे वह कोई स्वप्न देख रही हो।

प्रकाशराव के पास कहने के लिए कुछ नहीं था। वह हँसा।

"मैं ऊब चुकी हूँ रईसाना ठाट-बाट से। एक गरीब की ज़िन्दगी बसर करना चाहती हूँ। इसलिए मैंने पिताजी से साफ कह दिया है कि मैं मल्लिक के साथ शादी नहीं करूँगी। उनका उठना-बैठना, बोलना-चालना, तौर-तरीके, पीना-पिलाना सब-कुछ मुझे अस्वाभाविक और अटपटे-से लगते हैं।"

उसकी आँखों में क्रोध की रेखाएँ उभरकर आ गईं।

देखते-देखते चारों ओर अन्धकार छा गया। दोनों वहाँ से उठ खड़े हुए। मोटर में बैठ गए। मगर वह कुछ नहीं बोली, चुप थी और वह भी चुप था।

राधा को उसके घर छोड़कर लौटा तो प्रकाशराव को बहुत देर तक उसी की बातें याद आती रहीं। बड़ी अजीब लड़की है। स्वप्न देखती है मगर उसको मालूम नहीं कि वे क्षणिक हैं।

एक महीना बीत गया। राधा दो-एक मर्तबा दीखी, पार्टियों में। उसके चेहरे पर पहले की चमक-दमक नहीं थी। हिलना-मिलना और बोलना-चालना भी कम कर दिया। मगर प्रकाशराव को इसका कुछ भी रंज नहीं हुआ।

मल्लिक आए।

तीन दिन हो गए थे।

प्रकाशराव अपने घर में खाट पर लेटे-लेटे आसमान में चाँद को देख रहा था, कुछ सोच रहा था।

घर में कोई नहीं था। माँ कोयम्बतूर गई हुई थी।

काल-बेल।

दरवाज़ा खोला...

सामने राधा खड़ी थी।

वह अवाक् रह गया।

"आप?"

"हाँ, मैं!"

राधा चुपचाप अन्दर चली आई। प्रकाशराव दरवाजा बन्द करके ड्राइंग-रूम में आया। बत्ती जलाई।

वह जाकर खाट पर बैठ गई।

उसे यह सब एक स्वप्न-सा लग रहा था। डर रहा था कि पता नहीं, अब क्या हो जाए।

"कहिए राधाजी! कैसे आना हुआ? आपकी मैं क्या सेवा कर सकता हूँ?" प्रकाशराव ने कुर्सी पर बैठते हुए पूछा।

"सेवा?" एक क्षण वह मौन रहकर बोली, "प्रकाश! आप मुझसे शादी करेंगे? इस नौकरी को लात मारिए। हम दोनों कहीं दूर चले जाएँगे। खुशी से ज़िन्दगी बसर करेंगें। मैं भी कोई-न-कोई नौकरी करूँगी। मैं भी श्रम करूँगी। बोलिए! मंजूर है आपको मेरा प्रस्ताव?" यह सब वह एक साँस में बोल गई।

"आप जोश में हैं। जल्दबाजी में हैं। पिताजी के साथ अनबन हो गई होगी। आवेश में आकर आप कुछ कर डालेंगी तो पीछे पछताना पड़ेगा। ठंडे दिल से सोचिएगा।"

राधा सुनती रही। कुछ नहीं बोली। प्रकाशराव जाकर एक गिलास ठंडा पानी लाया। वह गटगट पी गई।

"अब कैसी तबीयत है आपकी?" प्रकाशराव ने पूछा।

वह हँस पड़ी। वेदना-भरी हँसी।

दूसरे दिन डाइरेक्टर के साथ वह दमदम एरोड्रोम गया—हाथ में बड़ी-सी फूलमाला लिए। कैरविल लेट आया था। रात हो गई।

माला ले गया था राधा के लिए। मगर मल्लिक साहब आगे बढ़ आए और माला हाथ में लेकर बोले, "थैंक यू प्रकाश।"

थोड़ी देर तक दोनों में कुछ बातें हुईं। उसकी आँखें राधा को ढूँढ़ रही थीं। मिसेज मुखर्जी के साथ वह गेट की तरफ जा रही थी। राधा ने जान-बूझकर उसको एवॉइड कर दिया। प्रकाशराव ने यह बात भाँप ली।

मगर प्रकाशराव को इससे प्रसन्नता ही अधिक हुई, दुःख नहीं। उसे इस बात का गर्व हो रहा था कि उस दिन राधा को जल्दबाजी में निर्णय लेने से रोका था। उसने बताया था कि वह क्षणिक आवेश में है। क्षणिक आवेश गें आकर काम कर डालने से बाद को पछताना पड़ेगा।

मिसेज मुखर्जी एरोड्रोम पर ही रह गईं। उनके कोई बन्धु बी. ओ. ए. सी. फ्लाइट से आने वाले थे। मुखर्जी और मल्लिक एक मोटर में बैठ गए। और वे चले भी गए। जब उसको बताया गया कि उसको राधा की मोटर में बैठना होगा तो वह पसीना-पसीना हो गया।

वह मोटर में बैठ गया। राधा कुछ नहीं बोली। गुमसुम थी। कुछ अनमनी-सी, कुछ उदास-सी। उसकी वह पहले की मुस्कराहट कहाँ गायब हो गई? वह उल्लास कहाँ अदृश्य हो गया? एकदम सीरियस। एक गृहिणी का सहज रूप उसमें आ गया।

रास्ते-भर वह मौन ही रही।

ग्राण्ड होटल पहुँच गए।

"लगता है, मल्लिक और मुखर्जी स्टूडियो चले गए हैं। आप भी ऊपर आइए मेरे साथ!" राधा ने कहा, जैसे आज्ञा दे रही हो। चुपचाप वह भी उसके पीछे-पीछे चला। सारा सामान अन्दर रखवा दिया गया। वह जाकर कमरे में बैठ गया। दस

मिनट में वह नहा-धोकर एक खूबसूरत साड़ी पहनकर आई और उसके सामने कुर्सी पर बैठ गई।

वेटर आया।

''व्हाइट हॉर्स-टू। स्मॉल।''

प्रकाशराव को अपने-आप पर विश्वास नहीं हुआ।

राधा!

''मैं नहीं पीता! हाँ, एपल ज्यूस लूँगा।''

''ऑल राइट।''

वह हँस दी।

क्यों? इसलिए तो नहीं कि वह नहीं पीता। मगर उन दिनों वह भी तो नहीं पीती थी। पीने-पिलाने वालों से बहुत नफरत करती थी।

''हाँ, बोलिए प्रकाश। क्या हाल हैं? कैसे हैं आप? आराम से हैं न?''

''आप अपनी सुनाइए। पूरे एक साल बाद आपसे मुलाकात हुई है।''

बेयरा व्हिस्की ले आया। उसमें सोडा मिलाते हुए राधा फिर एक बार मुस्कराई।

''कलकत्ते में आपने किसी से प्यार किया है या नहीं?''

प्रकाशराव ने कोई जवाब न दिया। सिर्फ हँस दिया।

''आप मजे में हैं न?''

''हाँ, हाँ! मल्लिक बड़े अच्छे आदमी हैं। देखिए न यह अँगूठी! उन्हीं की दी हुई...बड़ी कीमती है।'' राधा ने अँगूठी निकालकर उसको दे दी। वह बहुत ठंडी थी।

''बहुत सुन्दर है यह। इसमें जड़े पत्थर की चमक आँखों को चकाचौंध कर रही है।''

प्रकाशराव ने अँगूठी उसकी तरफ बढ़ाई। राधा ने अपनी उँगली आगे कर दी। प्रकाशराव का हाथ एकाएक काँप उठा। अँगूठी को उसने राधा की हथेली पर रख दिया।

''सम्हालकर रख लीजिए। बड़ी कीमती चीज़ है।'' प्रकाशराव ने कहा।

''अच्छा? थैंक्स!'' उसने गटागट गिलास खाली कर दिया। इशारे से बेयरे को बुलाया।

''पीने में बड़ा आनन्द आता है मुझे।''

''मगर यह...''

''यह आदत अच्छी नहीं, यही कहने जा रहे थे न आप?''

प्रकाशराव चुप। यह कहने का उसे क्या अधिकार है? वह अब मल्लिक की पत्नी है।

प्रकाशराव ने सिर्फ 'हाँ' कह दिया।

राधा ने एक गहरी साँस लेकर उसकी आँखों में देखा। प्रकाशराव उन नज़रों की तीक्ष्णता को बरदाश्त नहीं कर सका।

"काठमाण्डू कितने दिन ठहरेंगी?"

"उनकी मरजी।"

राधा ने गिलास नहीं छुआ।

सिर झुकाए हुए बैठी थी और बार-बार देखती जा रही थी, अपनी उस अँगूठी को, जिसे मल्लिक ने उसे दिया था।

वह विचारों में खो गई। चुप...बिल्कुल चुप।

"देखिए प्रकाश, आज की रात मुझे बहुत सुहानी-सी लग रही है। चलिए न, लेक्स तक हो आएँ।" वह अकस्मात् बोल उठी।

प्रकाशराव अवाक् रह गया, यह सुनकर।

"मल्लिक साहब भी आ जाते तो अच्छा होता।" गिलास में बचे एप्पल-जूस को गटागट पी गया वह।

"हाँ, हाँ! मैं तो उनकी बात ही भूल गई थी।" राधा ने गिलास हाथ में लेते हुए कहा।

अनुवाद : **दण्डमूडि महीधर**

•

रूमाल

बुर्रा वेंकट सुब्रह्मण्यम्

"क्या काढ़ रही हो पद्मिनी?"

"रूमाल!"

"किसके लिए?"

"अपने लिए।"

"कपड़ा तो बहुत खूबसूरत है। मलमल का है क्या?"

"शायद! इसको 'क्रेप डी चाईन' या 'क्रेप डी षाइन' कहा जाता है। वह कौन-सी किताब है तुम्हारे हाथ में?"

"ये...ये कुछ नहीं...कुछ नहीं!"

"दिखा दो न! क्या है वह?"

"पद्मिनी! आज तुम्हारा जन्म-दिन है न?"

"यह तुमसे किसने बताया?"

"मुझे कुछ-कुछ ऐसा याद है!"

"पहले वह किताब तो दिखा दो!"

"अगर तुम कहो कि आज तुम्हारा जन्म-दिन है तो दिखा दूँगा।"

"हाँ, आज ही मेरा जन्म-दिन है!"

"तो फिर लो यह किताब!"

"यह क्या है किट्टि शास्त्री? मेरे जन्म-दिन के उपलक्ष्य में तुम्हारा यह कैसा उपहार?"

"मगर हाँ, अपने माता-पिता को मत दिखाना। अपनी पेटी में छिपा लेना।"

"क्यों? उनके देखने से क्या होगा?"

"वे कुछ का कुछ समझेंगे। मुझे कुछ शरम-सी आती है!"

"शरम? इसमें शरम की क्या बात है, किट्टि शास्त्री! हाँ, यह तो बताओ, तुम्हारा जन्म-दिन कब पड़ता है?"

"न! उसकी क्या ज़रूरत है?...पढ़ाई के लिए मद्रास कब जा रही हो तुम?"

"पिताजी और माताजी अभी तक कोई निर्णय नहीं कर पाए। पिताजी को

कोई एतराज नहीं, मगर माँ को पसन्द नहीं मेरा वहाँ जाना।...यह कोई अच्छी किताब मालूम हो रही है! क्या दाम है इसका?"

"खैर, इससे क्या मतलब है? रहने दो न!"

"अरे हाँ, दाम इस पर लिखा तो है–साढ़े सात रुपये। बाप रे बाप! इतनी कीमत? आखिर तुमने इतना पैसा क्यों खर्च किया? मेरी खातिर? अच्छा यह तो बताओ, तुम्हारा जन्म-दिन कब पड़ता है?"

"मामी को तुम्हारा मद्रास जाना क्यों पसन्द नहीं?" वह क्या चाहती हैं आखिर?"

"मुझे वहाँ जाने से रोकने के लिए जाने क्या-क्या दलीलें पेश करने लगीं!"

"मुझे अच्छी तरह से मालूम है कि वह जाने से क्यों रोकती हैं।"

"क्यों!"

"क्योंकि वह तुम्हारी शादी करना चाहती हैं।"

"इन सब बातों से तुम्हें क्या लेना-देना? बकवास छोड़ो। यह तो बताओ कि इस साल तुम मद्रास जा रहे हो कि नहीं?"

"दिल तो करता है जाने को, क्योंकि तुम भी तो जा रही हो। मगर उम्मीद नहीं! माँ कह रही है, वह मेरे बगैर नहीं रह सकेंगी। अलावा इसके बहिन की शादी की बात भी चल रही है। इस हालत में न मालूम, मेरा मद्रास जाना कहाँ तक बन पड़ेगा। फिर तो मुझे यहीं गाँव में ही रह जाना पड़ेगा। अरे हाँ, मेरा एक मित्र है–लक्ष्मीकान्तम्। वह मद्रास जाने वाला है।"

"क्या कहा? अभी से तुम्हारी बहिन की शादी की बात चल रही है? इतनी जल्दी शादी?"

"उसको पढ़ाने-लिखाने का न हमें शौक है, और न इतना खर्च करने की सामर्थ्य। पिताजी को गुजरे छः वर्ष बीत गए हैं।"

"शास्त्री! इतना पैसा खर्च करके तुमने यह किताब क्यों खरीदी?"

"अभी बताता हूँ, बशर्ते कि तुम मेरी बात को हँसी में न उड़ा दो।"

"बोलो, क्या है?"

"मैं पिछले छः महीने से थोड़ा-थोड़ा करके जो पैसा बचाता आया था, उसी से मैंने यह किताब खरीदी है। पद्मिनी, यह बात तुम किसी से न कहना।"

"तुम भी बड़े अजीब आदमी हो। किताब की बात माँ से छिपाऊँ? मैंने आज तक कोई बात माँ से नहीं छिपाई है।"

"कोई बात नहीं। मगर मुझे शरम और संकोच लगता है। मुझे यह भी डर है कि शायद मामी को मुझ पर गुस्सा न आ जाए।"

"अच्छी बात है! इसे मैं भी छिपाकर रख लूँगी। तुमने अपने जन्म-दिन की तिथि नहीं बताई? बता दो न! मैं भी तुम्हें कुछ खरीदकर दे दूँगी।"

"नहीं पद्मिनी। मुझे कुछ नहीं चाहिए।"

"मैं भी एक किताब खरीदकर दे दूँ? या कोई और चीज़?"

"नहीं, मुझे कुछ नहीं चाहिए। मैं तो सिर्फ यही चाहता हूँ कि तुम मुझे भूल मत जाना।"

"नहीं-नहीं। मैं तुम्हें कैसे भूल सकती हूँ?"

"पद्मिनी! तुम मद्रास जा रही हो, इसका मुझे बहुत दुःख है। अब एक साल के बाद ही शायद तुमसे मुलाकात हो सकेगी। तब तक तुम्हारी शादी भी हो जाएगी। पता नहीं, तब तुम मुझसे बात भी करोगी या नहीं।"

"क्या कहा? मेरी शादी? तुम बार-बार मेरी शादी का जिक्र न करो शास्त्री। तुम्हें क्या चाहिए, बोल दो। वह चीज़ मैं तुम्हें दे दूँगी।"

"मुझे कुछ सूझ नहीं रहा है। तुम्हारा मद्रास जाना अभी निश्चित नहीं हुआ है न? मेरा मित्र लक्ष्मीकान्तम् परसों जा रहा है।"

"तुमने बताया ही नहीं कि तुम्हें क्या चाहिए। अच्छा...यह रूमाल दे दूँ? बेल-बूटे काढ़ लेने के बाद।"

"तुमने तो कहा था कि वह तुम अपने लिए काढ़ रही थीं?"

"कोई बात नहीं! मैंने कल तो काढ़ना शुरू किया था। एक किनारे का आधा अंश भी पूरा नहीं हुआ...। तो तुम्हें यह रूमाल पसन्द है न?"

"तुम्हारी पसन्द ही मेरी पसन्द है।"

"मेरी पसन्द की बात नहीं, तुम अपनी कहो! अगर तुम्हें कोई दूसरी चीज़ पसन्द हो तो बताओ। दे दूँगी! मेरे पास अब पन्द्रह रुपये हैं।"

"मुझे यह रूमाल दे दो!"

"ठीक है! मद्रास से जब छुट्टियों में यहाँ आऊँगी, तब दे दूँगी।"

"पद्मिनी! वैसे...मुझे तो कुछ नहीं चाहिए!"

"अगर मैं इसे तुम्हें अभी देना भी चाहूँ तो भी पूरा नहीं कर पाऊँगी। कशीदे का काम बड़े सिर-दर्द का काम है। वैसे मुझमें ऐसे काम करने की क्षमता भी नहीं।"

"पद्मिनी! आज मैं बहुत ही खुश हूँ, क्योंकि तुम रूमाल काढ़कर मुझे देना चाहती हो!...पद्मिनी! सच बताओ, मुझ पर तुम्हें इतना प्रेम है?"

"तुम्हारी सारी बातें मुझे आज बहुत अजीब-सी लग रही हैं। तुम मेरी बुआ के बेटे हो! तुम्हारे ऊपर प्रेम क्यों नहीं होगा?"

"मैं तुम्हारी बुआ का बेटा हूँ, इसीलिए तुम्हें मुझसे प्रेम है?"

"शास्त्री! सावित्री बुआ का बेटा लक्ष्मीनारायण भी आया था। मगर मुझे तो तुम्हारे ऊपर ही अधिक प्रेम है।"

"याद रखना, वह बड़ा गुंडा है...गुंडा!"

"मैं कुछ नहीं जानती! मैं इतना जानती हूँ कि तुम अच्छे हो। कशीदे का

काम पूरा हो जाने के बाद रूमाल तुम्हीं को दे दूँगी। हाँ, यह किताब भी छिपाकर रख लूँगी। डरना नहीं!"

दो वर्ष बाद–

"शायद आपको बेल-बूटे का काम बहुत पसन्द है।"

"हाँ, मगर बड़े अर्से तक इसे छुआ तक नहीं। कल ही मैंने इसे बाहर निकाला था। वैसे मुझमें तो काढ़ने-वाढ़ने की उतनी क्षमता भी नहीं है। अगर आप औरत होकर जन्म लेते तो यह काम बड़े चाव से कर लेते! क्या खयाल है आपका?"

"पिछले दो साल से हम एक ही कॉलेज में, एक ही क्लास में पढ़ते आ रहे हैं। अब भी आपका मुझे 'आप' कहकर सम्बोधन करना अच्छा नहीं लग रहा है!"

"और आप भी तो मुझे 'आप' कहकर पुकार रहे हैं।"

"आपकी बात अलग है। आप औरत हैं। स्त्री का आदर करना पुरुष का कर्त्तव्य है।"

"आज के जमाने में स्त्री-पुरुष–दोनों बराबर हैं न! फिर यह भेद क्यों? आप बार-बार मुझे 'पद्मिनी गारू!' 'पद्मिनी देवि गारू!' कहते रहते हैं। यह मुझे अच्छा नहीं लगता। आप मुझे 'पद्मिनी' कहिए, इसी में उस नाम का सौन्दर्य है! आपकी क्या राय है?"

"सिर्फ नाम में नहीं, बल्कि..."

"बस-बस! कोई सुनेगा तो क्या कहेगा? वह देखिए, उस कोने में बैठी लड़की हमारी सारी बातें सुन रही है–ऐसा मुझे लग रहा है। नहीं, उस तरफ मत देखिए। धीरे से बात कीजिए।"

"अच्छा!...मेरी आवभगत करना और यह औपचारिकता...यह सब आप कब बन्द कर देंगी?"

"आज तक के लिए तो चलेगा ही!"

"आपने मुझे हॉस्टल में बुलाया तो मैंने सोचा, हो न हो कोई खास बात होगी!"

"खास बात तो कुछ भी नहीं। हॉस्टल की ज़िन्दगी से बोर हो गई हूँ। कल से मेरा मन बहुत ही बेचैन है। कल शाम को मेरे साथ, मेरे ही कमरे में रहने वाली लड़की ने मुझसे झगड़ा किया था। उसने गुस्से में आकर मेरी एक साड़ी फाड़ दी!"

"सच्ची?"

"हाँ, सच्ची! मगर मैं चुप थोड़े ही रहने वाली हूँ? उसकी पेटी में से एक नई साड़ी निकालकर मैंने भी टुकड़े-टुकड़े कर दिए। उसके बाद हम दोनों बैठकर रोती-चीखती रहीं।...अरे, आप चुप क्यों हैं? मेरे मुँह की तरफ क्या देख रहे हैं?...हाँ, उसके बाद हम दोनों में फिर मैत्री हो गई। लड़कियाँ बड़ी विचित्र होती हैं–यही आप सोच रहे हैं न?"

"आप वह कमरा छोड़ क्यों नहीं देतीं? दूसरे कमरे में चली जाइए! ...कुछ लोगों के स्वभाव बड़े विचित्र होते हैं। ऐसे स्वभाव के पुरुष भी हैं।"

"हाँ, कल मैंने सोचा था कि वह कमरा बदल लूँ। मगर अब नहीं छोड़ूंगी। मैंने अपना वह इरादा बदल लिया है।...अपनी ही राम-कहानी से मैं आपको बोर कर रही हूँ न?"

"नहीं, बिल्कुल नहीं! आपको क्या मालूम कि मुझे आपके सामने बैठकर बातें करने में कितनी प्रसन्नता होती है। और मैं चाहता हूँ कि आपके साथ बड़ी निकटता का सम्बन्ध स्थापित हो जाए! ...मैंने कई बार सोचा था कि आपके साथ बैठकर कई बातें...अपने मन की बातें आपको बता दूँ। मगर यह सम्भव नहीं हुआ। पिछले तीन-चार वर्षों में मैं आप ही के बारे में दिन-रात सोचता रहा। जब आप राजमहेन्द्रवरम् में पढ़ा करती थीं, तब चिट्टि शास्त्री आपके बारे में..."

"कौन चिट्टि शास्त्री? मेरी बुआ के लड़के?"

"हाँ, वही! हम उसे पुरुषोत्तम के नाम से जानते हैं। वह हमेशा आपके बारे में बहुत-सी बातें बताया करता था। तब मैं सोचता था कि अगर कभी आपसे बात करने का अवसर मिल जाए तो कितना अच्छा हो!"

"सच?"

"हाँ, सच! जब आप सैर करने को निकलती थीं, तो मैं उसी रास्ते से निकला करता था...आपको देखने-भर के लिए। आप पिक्चर या नाटक देखने के लिए जातीं तो मैं भी वहाँ उपस्थित हो जाया करता था, ताकि मैं आपको दूर से ही सही, देखकर प्रसन्न हो जाऊँ!"

"मगर मुझे उन दिनों इस बात का आभास तक नहीं था कि मेरे पीछे कोई व्यक्ति इस कदर छाया की तरह लगा रहता था। मुझे कुछ भी मालूम नहीं था आपके बारे में!"

"मालूम होने का अवसर ही कहाँ था? यह तो इत्तिफाक की बात है कि हम दोनों एक ही कॉलेज में, एक ही क्लास में पढ़ रहे हैं। और दूसरी बात, जब मैं राजमहेन्द्रवरम् से यहाँ आ रहा था तो आपके पिताजी ने मेरे द्वारा आपके लिए कुछ चीज़ें भेजी थीं। वह दिन मैं कभी नहीं भूलूँगा, जिस दिन मैं आपको चीज़ें देने के लिए आपके यहाँ गया था। उस दिन की बातचीत अब भी मुझे बहुत अच्छी तरह से याद है। उसे मैं कभी नहीं भूल सकता।"

"हाँ, हाँ, मुझे भी वह दिन याद है। उसके एक दिन पहले मेरे पिताजी की चिट्ठी भी आई थी। उस दिन मैं आपका बहुत इन्तज़ार करती रही।

"इन्तज़ार? इन्तज़ार आपने मेरा नहीं बल्कि अपनी चीज़ों का किया होगा।"

"नहीं, मैंने आप ही का इन्तज़ार किया था...आप ही का!"

"खैर...उसके बाद आपने यदाकदा आपको देखने के लिए आने का मौका मुझे दिया, यह मेरा सौभाग्य नहीं तो और क्या है?"

''आप यकीन मानें न मानें, मगर मैं तो शनिवार का बड़ी बेसब्री के साथ इन्तज़ार करती हूँ। हर शनिवार के दिन आपसे मिलने की बड़ी उत्कंठा रहती है, आपसे बात करने की बड़ी इच्छा होती है। यदि किसी दिन आप नहीं आते तो मैं बहुत उदास हो जाती हूँ। उस दिन मुझे कुछ भी नहीं सूझता, दिन-भर सिर-दर्द बना रहता है।''

''सच कह रही हैं आप?''

''बिल्कुल सच! ...हाँ, पिछले शनिवार को आपने जो किताब मुझे दी थी, उसे मैंने पढ़ डाला। बहुत अच्छी किताब है वह!''

''हाँ, वह बहुत अच्छी किताब है। यह बात मैंने आपको पहले ही बता दी थी। वैसे तो इस लेखक का नाम मुझे तब तक मालूम नहीं था, जब तक मधूसूदन राव ने मुझे नहीं बताया था। हमारे क्लास के मधुसूदन राव को आप जानती हैं न?''

''हमेशा आपके साथ ही बैठते हैं, वही हैं न!''

''हाँ वही! बड़ा जीनियस है!''

''अक्सर आप उन्हीं के साथ उठते-बैठते, घूमते-फिरते होंगे।''

''हाँ, हाँ! जिस दिन मैं आपके यहाँ नहीं आता हूँ, उस दिन मैं उसी के साथ अपना समय गुजार देता हूँ। बात करने का उसका ढंग बड़ा आकर्षक है!''

''मगर वह देखने में तो उतना जीनियस नहीं लगता।''

''हाँ, कुछ लोग ऐसे ही होते हैं। बड़ा शर्मीला है। लोगों से कतराता है। जान-पहचान वालों से ही बात करता है। वह इतना मीठा बोलता है कि उठने की इच्छा ही नहीं होती! आज मैं आपके यहाँ आ रहा था तो कहने लगा—''यार! मुझे भी अपने साथ ले जाकर उनसे परिचय करा दो न!''

''ले आते साथ!''

''अबकी बार लेता आऊँगा।''

''अरे हाँ, आपका समय हो गया जाने का। ज़रा ठहर जाइए, आपकी वह किताब ले आऊँ।''

''नहीं-नहीं! उसे आप रख लीजिए। वह आपको पसन्द आ गई थी न! मेरी तरफ से भेंट के रूप में स्वीकार कीजिए।''

''उसे आप भेंट रूप में दे रहे हैं? ठीक है! ले लूँगी। मैं भी आपको कुछ भेंट में दे दूँगी। बोलिए, कौन-सी चीज़ आप पसन्द करते हैं?''

''जी नहीं! मुझे कुछ नहीं चाहिए। मुझ पर आपकी मेहरबानी है, यही बहुत है।''

''नहीं, ऐसा नहीं। किस लेखक की रचनाएँ आपको ज़्यादा पसन्द हैं? आप जो किताब पसन्द करेंगे, वह मैं आपको खरीदकर भेंट में दे दूँगी!''

''जी, मुझे कोई किताब नहीं चाहिए।''

"तो फिर क्या चाहिए आपको? कौन-सी चीज़ आपको दूँ? यह रूमाल दे दूँ?"

"इसका कपड़ा तो बहुत खूबसूरत है। क्या कपड़ा है वह?"

"क्रेप डी चाइन या क्रेप डी षाइन कहा जाता है। कुछ सूझ नहीं रहा था, इसलिए कल ही मैंने इस पर बेल-बूटे का काम शुरू किया था। एक किनारे का काम तो पूरा हो गया है, दूसरे किनारे का भी आधा हो गया, मगर बाकी दोनों तरफ का काम अभी बाकी है।...तो आप यह रूमाल लेंगे न?"

"आपकी जैसी मर्जी।"

"मर्जी की बात नहीं। आप जो चाहें, वही चीज़ खरीदकर दे दूँगी।"

"यह रूमाल ही दे दीजिएगा।"

'मैं नहीं समझती कि यह बेल-बूटे का काम जल्दी पूरा हो जाएगा। मुझे शक है। सीने-पिरोने का जो काम है, बहुत उबा देता है। इस तरह के काम के लिए बड़ी क्षमता होनी चाहिए। मुझमें वह नहीं है!"

"फुरसत से कीजिएगा। कोई जल्दी नहीं। रूमाल देने की आपने जो बात कही, उसी से मेरा मन खुशी से नाच उठा। वैसे तो मुझे उसकी कोई जरूरत ही नहीं!"

"आप ऐसा मत कहिए। आपने जब इतनी कीमती पुस्तक मुझे दे दी तो उसके बदले में मेरा कोई एहसान नहीं?"

"इसमें एहसान की क्या बात है? आप जो कहें, करने के लिए बन्दा तैयार है।"

"अच्छा! आप जा रहे हैं? हाँ, अबकी बार अपने साथ उन्हें भी लेते आइएगा।"

"मधुसूदन राव को न? ज़रूर ले आऊँगा।"

"नमस्ते!"

और दो साल बाद–

"पद्मिनी! यह क्या? तुमने मुझे आज खासतौर से बुला भेजा और तुम हो कि अपने सीने-पिरोने के काम में लग गईं। तुम्हारा उद्देश्य यह तो नहीं कि मैं तुम्हारे सामने बैठा रहूँ और चुपचाप तुम्हारा मुँह तकता रहूँ?"

"नहीं मधु! ऐसी बात नहीं। नाराज़ मत होओ! तुम कहो तो यह काम अभी बन्द किए देती हूँ। पिछले दो सालों में इसे मैंने छुआ तक नहीं। कुछ सूझ नहीं रहा था, इसलिए मैंने कल ही इसे बाहर निकाला था। यह काम बन्द कर दूँ?"

"बन्द करने की ज़रूरत नहीं! कुछ बात भी किए जाओ।"

"क्या बात करूँ? तुम अपनी छोटी-छोटी बातों से परेशान हो। मगर मैंने जब से तुम्हारे विलायत जाने की बात सुनी है, इन आँखों से नींद भाग गई है। मेरा मन कितना बेचैन है, तुम क्या जानो!"

"इसमें बेचैनी की बात ही क्या है?"

"मैं तुम्हें बाँधने का प्रयास कर रही थी और तुम उन्मुक्त होने का प्रयत्न कर रहे हो! ...खैर, पता नहीं, तुमसे फिर मुलाकात कब होगी और होगी भी—इसमें भी सन्देह है।"

"क्यों नहीं होगी? ज़रूर होगी!"

"अगर होगी तो मैं तुम्हें 'मधु' कहकर पुकारने के अधिकार से वंचित हो जाऊँगी। पता नहीं, तुम कितना बदल जाओगे। विलायत से लौटने के बाद शायद तुम हमें देखोगे भी नहीं!"

"अभी वह दिन बहुत दूर है। लौटने के बाद की बात तुम अभी से क्यों करने लगीं? मुझे तो इस बात की चिन्ता है कि मैं जिस काम के लिए विलायत जा रहा हूँ, उसमें मैं सफल हो पाऊँगा या नहीं। मैंने अपनी इस पढ़ाई के लिए सारी जायदाद बेच दी है। अगर मैं अपने काम में कामयाब न हुआ, तो मैं कहीं का न रहूँगा।"

"नहीं-नहीं! तुम बड़े जीनियस हो। बड़े विज्ञ हो। तुम्हें ज़रूर कामयाबी हासिल होगी।"

"मुझे इस बात की भी चिन्ता लगी है कि विदेश से लौटने के बाद यहाँ मुझे अच्छी नौकरी मिलेगी या नहीं!"

"तुम हर छोटी-सी बात को बढ़ा-चढ़ाकर देखते हो। तुम अभी से नौकरी की चिन्ता क्यों करने लगे? तुम तो कह रहे थे कि तुम्हारा कोई रिश्तेदार विलायत में है।"

"हाँ, है। कृष्ण शास्त्री है उसका नाम!"

"तुम उनकी मदद क्यों नहीं लेते?"

"अरे भाई! मैं उन्हीं की मदद से तो विलायत जा रहा हूँ। वह एक साल और वहाँ रहेंगे।"

"एक साल बाद वे स्वदेश लौटकर आएँगे?"

"हाँ!"

"यहाँ उन्हें कितना वेतन मिलेगा?"

"यही कोई हज़ार-दो हज़ार!"

"अच्छा!"

"मैं अपने भविष्य के बारे में सोचता हूँ तो अभी से मुझे बहुत डर लगने लगता है।"

"डरने की क्या बात है इसमें? तुम बड़े खुशकिस्मत हो मधु! ...तुम अपने ही बारे में सोचे जा रहे हो, मगर तुम्हें मेरी कोई चिन्ता ही नहीं।"

"पद्मिनी! तुम्हीं बताओ, मैं क्या करूँ? बड़ी परेशानी में हूँ।"

"याद है तुम्हें? छः महीने पहले तुमने वादा किया था...!"

"हाँ, याद है पद्मिनी।"

"पहली बार तुम्हें देखते ही तुम्हारे बारे में मेरे मन में बड़ी अच्छी राय कायम

हो गई थी। शायद तुम नहीं जानते, मैं तुम्हारा परिचय प्राप्त करने के लिए कितनी आतुर थी और इसके लिए मैंने क्या-क्या प्रयत्न किए थे! मैंने इस सिलसिले में इस तरह के बरताव भी किए थे जो मुझ जैसी प्रतिष्ठित घराने की लड़की को नहीं करने चाहिए थे। फिर भी मैंने तुम्हारी खातिर बहुत-कुछ किया। तुम मुझे धोखा तो न दोगे?''

''मैं तुम्हें धोखा कैसे दे सकता हूँ? कभी नहीं! ...मगर पद्मिनी! अब मैं अपनी पढ़ाई की बातों के सिवा कोई दूसरी बात सोच ही नहीं सकता।''

''तुमने जो वादा किया था, उसे मैं भुला दूँ?''

''हाँ!'

''मुझे जिस बात का डर था, आखिर वही हुआ।''

''पद्मिनी! तुम यह न समझो कि मुझे तुमसे प्यार नहीं है।''

''क्या तुम्हें वह दिन याद है, जब तुम पहली बार मुझसे मिलने यहाँ आए थे?''

''हाँ, अच्छी तरह याद है।''

''तुम अपने दोस्त के साथ आए थे।''

''हाँ, लक्ष्मीकान्तम् के साथ आया था।''

''उस दिन रात को मैं सोई नहीं थी! रात-भर जागती रही और तुम्हारे बारे में सोचती रही!''

''हाँ, उस दिन मैं भी बहुत देर से सोया था। मगर अब उन पुरानी बातों की याद कैसे आ गई? मुझे तो ऐसा लगता है कि यह घटना युगों पहले की है।''

''तुम्हें युगों पहले की लगती होगी, मगर मुझे तो यह दो साल पहले की ही बात लगती है।...मैंने यह कभी नहीं सोचा था कि तुम मुझसे इतनी लापरवाही से बातें करोगे। मधु! तुम मुझसे वादा करो कि विलायत में तुम किसी लड़की के साथ दोस्ती नहीं करोगे!''

''बूढ़ी के साथ भी नहीं?''

''हाँ, बूढ़ी के साथ भी नहीं।''

''अच्छा लो बाबा! वादा करता हूँ कि मैं किसी विदेशी लड़की के साथ दोस्ती नहीं करूँगा। दोस्ती क्या, बात भी न करूँगा।...और बोलो!''

''मेरी बातों का मखौल न उड़ाओ, मधु! अगर तुम मुझे भूल जाओगे तो मैं कहीं की न रहूँगी। मेरी सारी आकांक्षाएँ मिट्टी में मिल जाएँगी।...मुझे तो ऐसा लगता है कि तुम मुझे भूल जाओगे।''

''नहीं पद्मिनी। यह कभी नहीं हो सकता। मैं तुम्हें कैसे भूल सकता हूँ?''

''ये थोथी बातें मुझे मत सुनाओ! मुझे आश्वासन देने की कोशिश मत करो। अब तुम्हें मेरी कोई ज़रूरत नहीं रही। तुम्हें तो अब अपनी पढ़ाई की फिक्र लगी है। अपने भविष्य की बात अहम् हो गई। एक वक्त था, जब तुम मेरी बहुत कदर

करते थे, मुझी को सब-कुछ समझते थे, मेरे सामने दुनिया की सारी चीज़ों को नाचीज़ समझते थे।"

"पद्मिनी! अब भी तुम मेरे लिए सब-कुछ हो। मगर अब समय ऐसा आ गया है कि अपनी कुछ व्यक्तिगत बातों को ज़्यादा तरजीह देनी पड़ रही है। तुम समझती हो कि यह तुम्हारे साथ अन्याय है। अपनी बातों के बारे में अब नहीं तो और कब सोचूँगा?"

"मगर तुम मेरे बारे में कुछ नहीं सोच रहे हो!"

"अरे हाँ! तीन सप्ताह पहले मैंने एक किताब भेजी थी, तुम्हारे जन्म-दिन के अवसर पर! क्या वह तुम्हें मिल गई थी?"

"हाँ, मैं उस किताब के बारे में तुमसे कहना चाहती थी। यह मैं भूल ही गई थी। मधु! वह किताब मुझे बहुत...बहुत पसन्द आई। उसको मैंने दुबारा भी पढ़ डाला। मैं उस किताब के बारे में तुमसे कहना चाहती थी, मगर बातों में पड़कर बिल्कुल भूल ही गई!"

"तुम अभी-अभी ताने दे रही थीं कि मैं तुम्हें भूल जाऊँगा। अब मुझे सबूत मिल गया कि कौन किसको भूल रहा है।"

"माफ करना मधु! मैं मानती हूँ, मुझसे गलती हो गई।"

"मेरी यह भेंट इस बात का प्रमाण है कि मैंने तुम्हें नहीं भुलाया। यह बात सच हैं न?"

"मगर यह तुम्हारी पहली और आखिरी भेंट न हो, यही मैं चाहती हूँ!"

"ज़रा सब्र करो पद्मिनी! अभी से यह अविश्वास ठीक नहीं।"

"अच्छा मधु! तुमने बताया नहीं कि तुम्हारा जन्म-दिन कब है?"

"क्यों?"

"क्योंकि उस दिन मैं भी तुम्हें कुछ भेंट में देना चाहती हूँ।"

"मेरी भेंट के बदले में तुम भी कुछ दो, क्या यह ज़रूरी है?"

"ज़रूरी तो नहीं, फिर भी बता दो न!"

"नहीं, मैं नहीं बताऊँगा।"

"छोटी-छोटी बातों में भी तुम बड़े बेरहम हो ज़ाया करते हो। बता दो न प्लीज।"

"पद्मिनी! असल बात तो यह है कि मुझे खुद अपने जन्म की तारीख मालूम नहीं। मैं एक छोटे-से गाँव में पैदा हुआ था। मेरे माता-पिता ने तारीख याद रखना आवश्यक नहीं समझा था। मैंने जानने की भी कोशिश नहीं की। तुम चाहो तो अन्दाजा लगाकर कोई तिथि बता दूँगा। जन्म लेना ही बहुत बड़ी बात समझता हूँ। तारीख की तफसील कहाँ से याद रखूँ?"

"अच्छी बात है। मैं तुम्हें कोई चीज़ भेंट देना चाहती हूँ। बोलो, क्या दूँ?"

"वह रूमाल दे दो, जिस पर तुम अभी बेल-बूटे का काम कर रही थीं। कोई जल्दी नहीं। उसका काम पूरा हो जाने के बाद ही दे देना।"

“हाँ! कपड़ा तो बहुत ही खूबसूरत है। क्या नाम है इस कपड़े का?”

“क्रेप डी चाइन या क्रेप डी षाइन कहा जाता है। कुछ नहीं सूझ रहा था, इसलिए मैंने कल ही बाहर निकाला था। दो तरफ का काम तो पूरा हो चुका है, तीसरे किनारे का काम आधा भी नहीं हुआ। चौथा कोना तो अभी बाकी है।...सचमुच यह रूमाल तुम्हें पसन्द आया?”

“पसन्द क्यों नहीं! अगर यह तुम किसी दूसरे के लिए तैयार कर रही हो तो रहने दो। मैं नहीं माँगूँगा।”

“किसी दूसरे को क्यों दूँ? मैंने तो इसे तुम्हें देने के लिए ही शुरू किया है! मगर यह काम इतनी जल्दी पूरा हो जाएगा, इसकी मुझे आशा नहीं। कशीदे का यह काम मन को बहुत उबा देता है। मुझमें उतनी क्षमता भी नहीं!”

“मेरे विलायत के लिए रवाना होने के पहले तक तो तैयार हो जाएगा न?”

“कह नहीं सकती! अभी तो तीन-चौथाई का काम भी पूरा नहीं हुआ। यह रूमाल मैं तुम्हें बाद में भेज दूँगी...तुम्हारे विलायत पहुँचने के बाद। मधु, वादा करो कि जब तक तुम विलायत में रहोगे, तब तक मेरे इस रूमाल को तुम हमेशा अपने पास रखोगे।”

“धोबी को भी न दूँ?”

“मेरी बात को तुम हल्का-फुल्का बना देते हो। तुम्हें तो मजाक सूझता है, यहाँ मेरा दिल जल रहा है।”

“मजाक नहीं पद्मिनी! ...सच कहता हूँ, मैं हमेशा तुम्हारे रूमाल को अपनी जेब में ही रखे रहूँगा...बशर्ते कि तुम उसे मुझे भेजो! तुम भेजो, न भेजो, मगर तुमने जो देने की बात कही है उसी से मुझे बहुत सन्तोष मिल गया है।”

“मैं क्यों नहीं भेजूँगी? ज़रूर भेज दूँगी।”

“अच्छा, मैं चलता हूँ। विलायत जाने से पहले फिर एक बार मिलूँगा।”

और दो साल बाद—

“अरी! यह नई-नवेली दुल्हन! कोने में बैठी यह क्या कर रही है? ओहो! बेल-बूटे का काम चल रहा है।”

“शादी हुए एक सप्ताह बीत गया। अब भी क्या मैं नई-नवेली दुल्हन हूँ?”

“मैं तो चाहता हूँ कि तुम हमेशा नव-वधू ही बनी रहो।...हाँ, मेरी समझ में नहीं आ रहा है कि मैं तुम्हें किस नाम से पुकारूँ? हर कोई पद्मिनी के नाम से पुकारते हैं। तुम्हारे प्रति प्रेम व्यक्त करने के लिए अब यह नाम ठीक नहीं बैठेगा। पाश्चात्य पद्धति के अनुसार ‘प्रेयसी’ कहूँ तो लोग-बाग हँसी-दिल्लगी करेंगे। तुम्हारी क्या राय है?”

“लोगों के हँसने का अन्देशा हो तो आपको ऐसा काम नहीं करना चाहिए।”

"तुम मुझे 'आप' क्यों कहने लगीं?"

"फिर क्या कहूँ?"

"तुम कहो। कोई एतराज है तुम्हें?"

"नहीं।"

"हाँ, चाहो तो तुम लोगों के सामने 'आप' कह सकती हो, मगर अकेले में नहीं। समझीं?"

"दो-दो तरह से सम्बोधन करना मुझे बिल्कुल अच्छा नहीं लगता। कहीं ऐसा न हो गलती से अकेले में आपको 'आप' कहूँ और लोगों के सामने 'तुम' कहूँ तो गड़बड़ हो जाएगा।"

"कोई बात नहीं! ...तुम चाहो तो मुझे 'कृष्ण' कह सकती हो या शास्त्री। इन दोनों में से जो पसन्द हो, उसी नाम से पुकारना।"

"अच्छा।...क्या मैं पूछ सकती हूँ आपके हाथ में जो चिट्ठी है, वह किसकी है?"

"हाँ-हाँ, यह चिट्ठी तो मैं तुम्हें दिखाने की गरज से ही ले आया था। मेरा एक दूर का रिश्तेदार है। अब वह विलायत में है। वह बेचारा अपनी परीक्षा में फेल हो गया। मैंने उसे हमारी शादी की खबर लिख भेजी थी, उसी का यह जवाब है। वह अपने पत्र में लिखता है कि वह तुम्हें जानता है।"

"उनका क्या नाम है?"

"मधुसूदन राव।"

"अच्छा, मधुसूदन राव...हाँ, हम लॉ-कॉलेज में साथ ही पढ़ा करते थे!"

"वह बेचारा आजकल बड़ी मुसीबत में फँसा हुआ है। लिखता है, मैं उसकी कुछ मदद करूँ...पढ़ाई का खर्चा उठाऊँ। यह मेरे वश का नहीं!"

"वो पढ़ने में बहुत तेज था...उसकी बड़ी तारीफ होती थी। लोग उसको जीनियस समझते थे।"

"जीनियस तो वह है ही। मगर वहाँ जाने के बाद उसने लिखने-पढ़ने की तरफ ज्यादा दिलचस्पी नहीं दिखाई। विदेशों में अध्ययन करना कोई मामूली बात नहीं। रात-दिन बड़ी मेहनत करनी पड़ती है। लोगों को क्या मालूम कि मैंने कितना श्रम किया था।"

"तो उनका सारा पैसा बेकार गया?"

"हाँ, बेकार ही गया।"

"बेचारा।"

"कल रात को हमें एक मित्र संजीवराव के यहाँ दावत में जाना है। उसने कुछ और लोगों को भी बुलाया है। शायद उसकी पत्नी तुम्हें बुलाने आई थी!"

"हाँ, आई थी।"

"वह तुम्हें कैसी लगी?"

"वह मुझे बिल्कुल अच्छी नहीं लगी।"

"क्यों?"

"उसका बनाव-सिंगार मुझे अच्छा नहीं लगा। उसका उठना-बैठना, बात करने का सलीका–सब-कुछ बहुत बुरा लगा। उसने कुछ इस तरह से बर्ताव किया; जैसे सुन्दरता को निहारने-सराहने वालों के बीच वह खड़ी हो। वह समझती है कि सारी दुनिया उसी की तरफ देखती है। वह चाहती है, हर कोई उसी की तरफ देखे! उसके तौर-तरीके मुझे बिल्कुल पसन्द नहीं आए।"

"अभी तुम्हें इस बात का ज़्यादा तजुर्बा नहीं कि समाज में किसके साथ, किस तरह उठना-बैठना होता है। जिस दिन यह बात तुम्हें मालूम हो जाएगी, तो संजीवराव की पत्नी के तौर-तरीकों को तुम पसन्द करोगी। उस दिन से तुम उन्हें बहुत चाहने लगोगी। वह बहुत ही अच्छी है। मुझे यह अच्छा नहीं लगता कि तुम शरमाते हुए सबके पीछे दीवार से सटकर खड़ी हो जाओ। सबके साथ खुलकर बात करनी चाहिए। हँस-हँसकर बात करनी चाहिए–मिठास घोलकर। ये सब तौर-तरीके तुम्हें सीखने चाहिए।"

"ऐसे तौर-तरीके मैं कभी नहीं सीखूँगी!"

"नहीं सीखोगी तो काम कैसे चलेगा? मैं चाहता हूँ, तुम संजीवराव की पत्नी के साथ दोस्ती करो और ये सब बातें सीख जाओ।"

"मुझे उनसे कुछ नहीं सीखना है!...अगर आपको मेरी आदतें पसन्द नहीं हैं तो..."

"नहीं-नहीं! ऐसी बात नहीं!"

"तो फिर आपकी बातों का क्या मतलब है? आप कहते हैं कि मैं संजीवराव की पत्नी से कुछ सीखूँ। आपकी बातों से ऐसा लगता है कि वह आपको ज़्यादा पसन्द है!"

"मेरे कहने का मतलब यह है कि पढ़ने-लिखने मात्र से ही औरत का उत्तरदायित्व पूरा नहीं हो जाता। व्यवहार-दक्षता भी उसे सीखनी चाहिए। तभी उसकी शोभा बढ़ती है। कोशिश करके दो-चार नुक्खे सीख जाओ तो उनका उपयोग कहाँ, किस तरह से करना चाहिए, यह सब तुम खुद ही सीख जाओगी! ...संजीवराव की पत्नी तुम्हारे सामने फीकी पड़ जाएगी। कल अच्छी तरह से सज-धजकर तैयार हो जाना। जोरदार साड़ी पहनकर!"

"कौन-सी साड़ी पहननी चाहिए, मुझे नहीं मालूम। आप ही पसन्द कर दीजिए न!"

"शायद साड़ी पहनाने को भी कहोगी मुझसे।"

"हाँ-हाँ। अगर आपको मेरा पहनने का तरीका पसन्द न आए तो वह भी आपको करना पड़ेगा। मुझे कोई एतराज नहीं!"

"अच्छा भई! ...यह तुम क्या कर रही हो?"

''दिखाई नहीं दे रहा है? रूमाल पर कशीदे का काम कर रही हूँ।''

''मेरे लिए?''

''नहीं!''

''नहीं कैसे हो सकता है? क्या कपड़ा है वह? कुछ अजीब-सा दीख रहा है!''

''क्रेप डी चाइन' या 'क्रेप डी षाइन' कहा जाता है।''

''वह नाम क्रेप डी षाइन भी हो सकता है, क्रेप डी चाइन भी! है न?''

''मुझे क्या पता? आप तो विदेशों में शिक्षा प्राप्त करके आए हैं। ये सब बातें आप ही को अधिक मालूम होनी चाहिए।''

''मुझे कुछ नहीं मालूम! लगता है, तुम्हें सीने-पिराने का काम बहुत पसन्द है।''

''पसन्द तो है, मगर इधर एक लम्बे अर्से तक कुछ नहीं किया। अभी...''

''हाँ, अब तुम्हें फुरसत ही कहाँ मिलती है?''

''आपकी बातें बड़ी विचित्र-सी लगती हैं! कुछ सूझ नहीं रहा था, इसलिए मैंने यह काम हाथ में लिया था—कल से।''

''मुझे ताज्जुब है कि इस बेल-बूटे का काम करने की क्षमता तुममें कहाँ से आई?''

''इसकी क्षमता मुझमें बिल्कुल नहीं है। वैसे भी यह काम मन को बहुत ऊबा देता है। कुछ लोग ऐसे होते हैं, जो कोई काम शुरू करते हैं तो खत्म होने तक साँस नहीं लेते! मैं ऐसे लोगों में से नहीं हूँ। मैं बड़ी आलसी हूँ। जितना काम मुझसे हो सकता है, उतना करके सन्तुष्ट हो जाती हूँ। कोई काम शुरू कर देती हूँ तो, पूरा करने का नाम नहीं लेती, वर्षों तक उसे असम्पूर्ण ही छोड़ देती हूँ।''

''नहीं, कोई भी काम अधूरा नहीं छोड़ना चाहिए। लाओ तो देखें, काम कहाँ तक कर लिया है?''

''तीन तरफ का काम पूरा हो गया है, अब चौथी तरफ का काम भी आधा हो चुका है।''

''तुमने शुरू कब किया था इसको?''

''कल ही! ...यानी...कुछ समय पहले थोड़ा काम करके वैसे ही बक्से में रख दिया था। कल ही मैंने इसे बाहर निकाला था।''

''तभी तो इस कपड़े का रंग फीका पड़ गया!''

''नहीं, वह फीका नहीं पड़ा, कपड़े का रंग ही ऐसा है।''

''कब तक पूरा हो जाएगा?''

''कह नहीं सकती। मगर इसकी चिन्ता आपको क्यों होने लगी? आप समझते हैं कि यह रूमाल आपको देने के लिए तैयार कर रही हूँ?''

''मेरे लिए नहीं तो और किसके लिए?''

''हो सकता है, मैं खुद अपने लिए काढ़ रही होऊँ?''

"तुम इसका क्या करोगी?...मगर एक बात है...अगर तुम यह कह देतीं कि यह रूमाल मैं तुम्हारे लिए तैयार कर रही हूँ तो मुझे कितनी खुशी होती।"

"यह आप ही के लिए तैयार कर रही हूँ। मैं मजाक कर रही थी अब तक। आप इतने समझदार होकर भी इतनी छोटी-सी बात समझ नहीं सके?...हाँ, तो बताइए अगर मैं आपको यह रूमाल भेंट में दूँगी तो बदले में आप मुझे क्या देंगे?"

"मुझे पति के रूप में पाना ही तुम्हारे लिए सबसे बड़ी भेंट है। इससे ज़्यादा और क्या चाहिए तुमको? और हाँ...कल शाम तक इसे पूरा कर लो...संजीवराव के यहाँ दावत में यह रूमाल मैं अपनी जेब में रखकर जाऊँगा। इस रूमाल के एक कोने में मेरा नाम भी होना चाहिए। अगर इसके लिए समय नहीं है तो जाने दो, नाम तो बाद में भी काढ़ा जा सकता है।"

"कल की दावत में मैं नहीं जाऊँगी।"

"फिर वही बात? कल तो तुम्हें चलना ही पड़ेगा! वह रूमाल भी कल शाम तक तैयार हो जाना चाहिए! ...कल हम दोनों दावत में जाएँगे ...वहाँ और लोग भी आएँगे...मैं लोगों को तुम्हारा यह रूमाल दिखाकर कहूँगा कि मेरी पत्नी ने बड़े प्रेम और बड़ी मेहनत से इसे मेरे लिए तैयार किया है। क्यों, ठीक रहेगा न?"

अनुवाद : **दण्डमूडि महीधर**

ज़रीदार सफेद साड़ी

रा. विश्वनाथ शास्त्री

ज़रीदार सफेद साड़ी! विशालाक्षी को रोना आ रहा है।

कमरे में टूटी खटिया पर बैठी वह सामने की तरफ देख रही थी। लालटेन की धुँधली रोशनी में बड़े भैया भौतिक शास्त्र का अध्ययन कर रहे थे और छोटा भाई पहाड़ा याद कर रहा था।

रात के नौ बज चुके थे।

पीछे के बरामदे में माँ सोने के लिए लेटी तो थी, पर नींद न आने के कारण इधर-उधर हिल-डुल रही थी। सबसे छोटा मुन्ना बीच-बीच में रो रहा था। पिताजी दियासलाई के लिए इधर-उधर टटोल रहे थे।

ज़रीदार सफेद साड़ी।

कब खरीदी जाए? और कब पहनी जाए?

मालूम नहीं कब नसीब होगी! मालूम नहीं, यह अपूर्ण इच्छा कब पूर्ण होगी!

किसी-न-किसी दिन यह इच्छा पूरी हो जानी चाहिए। पर आज के दिन...आज से दस साल पहले...

छः वर्ष की उम्र की विशालाक्षी सिनेमा देखने गई। सिनेमा देखने का वही पहला अवसर था, उसके लिए।

विशालाक्षी विशालाक्षी हो गई।

आश्चर्य! ...आनन्द! ...नहीं, एक नशा छा गया।

अभी खेल आरम्भ नहीं हुआ था। विशालाक्षी ने बड़े कौतहूल से थियेटर के चारों तरफ नज़र दौड़ाई। अन्तिम पंक्ति की कुर्सियों में किसी पर आसीन होने के लिए वह आ रही थी। कौन थी वह?...पता नहीं, वह कौन थी। थियेटर में बिजली की जो बत्तियाँ जल रही थीं, मानो उनकी रोशनी दूनी हो गई।

नवयौवन-विलासिनी! सुमधुर हासिनी! शुभ्र ज्योस्नाम्बरधारिणी! गोरे बदन वाली वह सुन्दरी जब धीरे-धीरे पग धरती हुई आने लगी, तो उसकी चाँदनी-सी सफेद साड़ी चमचम चमक रही थी।

''माँ! मुझे भी ऐसी साड़ी चाहिए।''

''हुश! अपना मुँह बन्द कर!''

इतने में बत्तियाँ बुझ गईं और पर्दे पर तस्वीरें हिलने लगीं। श्रीकृष्ण का गाना था और गोपियों का नृत्य। गोपिकाओं ने जो साड़ियाँ पहन रखी थीं, वे बहुत सफेद थीं और चमक भी रही थीं। ज़रीदार थी वे साड़ियाँ!...

खेल खत्म हुआ। सब बाहर आ गए।

'माँ, मुझे भी वैसी साड़ी चाहिए।'

'अभी से तुझमें ऐसी आकांक्षाएँ जगने लगीं? ठीक है, तेरी शादी जब होगी तो खरीदूँगी ऐसी साड़ी।'

'तो माँ, फिर मेरी शादी कब होगी?'

माँ हँस पड़ी।

सब हँस पड़े।...

विशालाक्षी को रोना आ रहा है।

छः साल की उम्र से सोलह साल की उम्र तक उसकी वह आकांक्षा बनी रही। इस आकांक्षा की उम्र अब दस वर्ष की हो चुकी है। आकांक्षाएँ यों बढ़ती जाएँगी और आखिर एक दिन...विशालाक्षी को रोना आ रहा था।

ज़रीदार सफेद साड़ी।

पिताजी कहा करते थे, 'खरीदेंगे ज़रूर!'

पिताजी के मुँह में रहता है चुरुट और मन में धुआँ उठता रहता है। काम-धन्धा तो कुछ है नहीं, इसीलिए कहा करते, जिस दिन पैसा हाथ में आएगा, ज़रूर खरीदूँगा।'

उस दिन की प्रतीक्षा विशालाक्षी करती रही। साथ-साथ विशालाक्षी को कई और सुन्दर घड़ियों का भी इन्तज़ार रहा।

विशालाक्षी को रोना आ रहा है।

ज़रीदार सफेद साड़ी!

'तू क्या जाने, तेरे पिताजी तो इधर-उधर का काम करके चार पैसे जुटा रहे हैं। आखिर किसलिए? तेरी शादी जो करनी है इस साल। तब अपनी पसन्द की साड़ी खरीद लेना!' माँ दिलासा देती।

'आगे से मैं किसी से कुछ न कहूँगी!' कई मर्तबा विशालाक्षी ने मन-ही-मन निश्चय किया। किसी से यह कहा जाता है कि मुझे फलानी चीज़ चाहिए तो वह अपना दुखड़ा सुनाने लगता है। सुनकर विशालाक्षी को और भी दुःख होता। पर वह चुप भी नहीं रह सकती थी। उनकी तकलीफें, उनकी बातें सुनकर उसे फिर-फिर रोना आता। कभी-कभी तो आँसू बह जाने के बाद एक तरह की तृप्ति होती थी। इसीलिए, उस तृप्ति के लिए ही, वह बार-बार घर वालों से कहा करती, 'एक जरीदार सफेद साड़ी!'

माँ का कहना था कि वह ज़रीदार सफेद साड़ी शादी के अवसर पर मिल जाएगी।

मैं शादी ही नहीं करूँगी।

पर पहनने के लिए साड़ी, और दोनों जून खाना तो चाहिए औरत को। उसके लिए शादी ज़रूरी है।

सचमुच ज़रूरी है?

वह कितनी ही ज़रूरी क्यों न हो, पर मैं तो शादी नहीं करूँगी, भीख माँगकर गुजारा कर लूँगी।

हाँ, शादी नहीं होती तो भीख माँगने के सिवा कोई दूसरा मार्ग भी तो नहीं है। तेरे पास न रुपया-पैसा है, न ऊँची तालीम ही!

हाँ यह सच है! यह सच है!

उसे नाचना-गाना भी नहीं आता। आखिर वह अंधी लड़की भी नहीं।

विशालाक्षी को रोना आ रहा है।

कुछ भी हो, मैं शादी नहीं करूँगी।

विशालाक्षी ने दाँत पीस लिए।

सब-के-सब ऐसे ही हैं। जब कभी उसे ज़रीदार सफेद साड़ी की याद आती, उसे अपनी माँ की बताई शादी की बात भी याद हो आती। फिर शादी की कल्पना मन में उठते ही उस बदमाश की स्मृति आए बिना न रहती, वही कनकाराव। भाई का क्लास-फैलो! बदमाश है वह!

भाई को कितनी ही बार समझाया कि उस आदमी से दोस्ती मत करे। पर वह सुने, तब न! वह भाई को कॉफी हाउस ले जाता है, थियेटर की सैर कराता है, अपना पैसा खर्च कर आए दिन पिक्चर दिखाता है। ऐसी हालत में भाई किसी की क्यों सुने?

पर यह बात विशालाक्षी किसी से कैसे कहे?

एक दिन की बात है। शाम का वक्त था। छः बज चुके होंगे। भाई घर में न थे, बाहर गए हुए थे; छोटा भाई भी कहीं गया था। माँ रसोईघर में खाना बना रही थी। कनकाराव चोर की भाँति आया। आकर उससे पूछा, "तुम्हारा भाई है घर में?"

विशालाक्षी ने कड़ी आवाज़ में जवाब दिया, "नहीं।"

"ओ-हो, तो अब क्या होगा? उसके कमरे में मेरी किताबें हैं।"

"हैं तो क्या हुआ? जब वह आ जाए तो आकर ले जाना।"

कनकाराव हँस रहा था, क्योंकि उसे हँसने के सिवाय कुछ न सूझता था। विशालाक्षी ने जब उसे पहली बार देखा था, तभी निश्चय कर लिया था कि इसके सामने कभी भी नहीं हँसना चाहिए।

लाचार हो वह जाने को हुआ।

तभी अन्दर से माँ ने पूछा, "कौन है री?"

"भाई के दोस्त।"

इस एक बात में जितनी उपेक्षा प्रदर्शित की जा सकती थी, विशालाक्षी ने कर दिखाई।

"कौन? कनकाराव?...कमरे में बैठा देना ज़रा। तुम्हारा भाई अब आता ही होगा।"

जाता हुआ शनि-ग्रह फिर वापस आ गया।

माँ कुछ नहीं जानती बेचारी। वह केवल इतना जानती है कि कनकाराव अपनी ही बिरादरी का लड़का है। अच्छा है, पढ़ता-लिखता है। उसके साथ मेरी शादी हो जाए तो अच्छा! इसलिए वह हमेशा इस ताक में रहती है कि जब भी कोई मौका मिले, लड़के को प्रसन्न रखा जाए। नहीं तो वह क्यों पिताजी के लिए तैयार रखी हुई कॉफी उसे देने लगी! वह भी मुझे दे आने के लिए कहा।

बेचारी माँ क्या जानती है?

विशालाक्षी अब अपने क्रोध को रोक नहीं सकेगी। आँसुओं को रोक नहीं सकेगी। लड़का लड़की पर रीझ जाए, यही माँ का उद्देश्य है। पर मैं इस कनकाराव की नस-नस पहचानती हूँ।

यह और शादी? ऐसे दुष्ट शादी के नाम से ही थर्रा जाते हैं। इन्हें प्रेम-पत्र लिखना अच्छा आता है। ये पर्दे के पीछे अपनी मर्दानगी दिखाते हैं।

बेचारी माँ यह सब क्या जाने?

कल्पना से ही विशालाक्षी के बदन से आग की लपटें निकलने लगीं। कैसा बदमाश है। एकान्त में आँचल पकड़ने चला था! दुष्ट कहीं का!

विशालाक्षी को रोना आ रहा था।

यदि मेरी शादी हो गई होती तो मुझे कुछ मदद मिलती। काश, मैं पांचाली होती। तब एक नहीं, पाँच-पाँच मर्द सन्नद्ध रहते मेरी मदद के लिए।

इस कीचक का घमण्ड कौन चूर करेगा?

कोई भी नहीं।

किससे कहा जाए?

किसी से नहीं।

पापियों पर कोई बिजली भी नहीं गिरती। औरत अपने अपमान के बारे में बताने के लिए मुँह भी नहीं खोल सकती। यदि किसी से कह भी दिया जाए तो बदला लेने की भावना उन्हें नहीं होती।

किया क्या जाए? भैया अब भी उसके साथ होटल में जाते हैं, फिल्म देखते हैं।

विशालाक्षी को रोना आ रहा है।

कनकाराव! दुष्ट कहीं का!

उसके सम्बन्ध में आगे कुछ सोचना भी व्यर्थ है। पर यह आग बुझेगी नहीं। ज़रीदार सफेद साड़ी के साथ उसका सम्बन्ध ही क्या है? पर है कुछ ज़रूर।

विशालाक्षी की इस स्थिति का कारण क्या है? जो भी कारण हो, ठीक विशालाक्षी को ज्ञात नहीं। उन सभी कारणों का एक प्रतीक कनकाराव है, यह भी विशालाक्षी को ज्ञात नहीं।

सफेद ज़रीदार साड़ी! बस, एक साड़ी मिल जाए तो कनकाराव के खून में उसे रँग दे। इस संसार को ही जीत ले।

बस, एक...एक साड़ी! ज़रीदार!

एक सफेद साड़ी, भले ही सूती क्यों न हो, पर हो ज़रीदार।

''क्यों री बिटिया? एक मामूली-सी सफेद साड़ी क्यों नहीं खरीद लेती?'' माँ कहा करती।

''मुझे नहीं चाहिए। जैसे-तैसे काम चला लूँगी। बस!''

''हूँ...तुम्हें तो अभिमान है, अभिमान! मैं जानती हूँ तुम्हें सफेद साड़ी चाहिए!...खैर, सफेद वॉयल की कोई साड़ी क्यों नहीं ले लेतीं? उसमें तुम मन-चाहा रंग करवा सकती हो। क्यों।''

''नहीं! मुझे कुछ नहीं चाहिए।''

''तो ठीक है! तुम्हें समझाना हमारे बस की बात नहीं।''

विशालाक्षी जैसे-तैसे काम चला रही है, अपनी पुरानी रंगीन साड़ियों से।

क्यों?

सफेद साड़ी पहननी है, तो ज़रीदार ही पहननी चाहिए। क्या यह कोरी कल्पना है? यह पूरी नहीं होगी? कौन जाने! जब कभी सफेद वॉयल का नाम सुनती तो उसे तीसरी शादी करने वाले मर्द की याद आ जाती। इसलिए वह सफेद साड़ी से इनकार कर देती। वह क्यों इनकार करती है, किसी की समझ में नहीं आता। कोई भी नहीं समझ सकता।

विशालाक्षी को खटिया की पाटी पर सर पटकने की इच्छा हो रही थी। वह दीवार से सर फोड़ना चाहती थी; सारे मर्दों को, सारी दुनिया को नष्ट-भ्रष्ट करना चाहती थी और चाहती थी कि वह न रोये। पर शाम की बात जब उसे याद आ जाती तो रुलाई रोके भी न रुकती थी।

''बिटिया, चलो बाजार चलें!'' पिताजी ने कहा।

''क्यों पिताजी?''

''तुम सफेद साड़ी चाहती थीं न?''

''पिताजी!''

''तैयार हो जाओ।''

'यों ही पूछा करती थी पिताजी! मुझे नहीं चाहिए।'

''चल-चल! मैं सब जानता हूँ। आज के दिन के बाद हाथ में एक धेला भी नहीं रहेगा।''

अपने पिताजी की बात सुनकर विशालाक्षी को सचमुच रुलाई आ गई। सुप्त

पड़ी हुई कई विषाद-गाथाएँ फिर जाग उठीं। स्मृति में पड़े कई सुखद दृश्य आँखों के सामने दिखाई देने लगे।

एक दिन अस्पताल के सामने, पेड़ की छाया में एक नौजवान लड़की का शव देखा था।...मौसी की लड़की ने कुएँ में कूदकर आत्म-हत्या कर ली, यह समाचार हाल ही में मिला था।...सामने वाले मकान की लड़की ऊपर की मंज़िल से कूदकर मर गई थी...अनकापल्ली से रेलगाड़ी में आते हुए खिड़की से दिखाई देने वाले काले-काले पहाड़...बरसात के दिन...अँधेरी रातें...ये सब उसे क्यों याद आने लगे?

आज आँसू बहाने के लिए ये ही कारण नहीं, एक कारण और भी है। तभी तो इतनी सारी बातें याद आ गईं।

पिताजी बाज़ार चलने के लिए कह रहे हैं। वहाँ जाकर साड़ी के बदले जो रुपया वह देंगे, वह रुपया नहीं, खून है। उनका चेहरा ज़रा गौर से देखा जाए तो यह बात साफ नज़र आती है।

खून दे-देकर चीज़ें खरीदना और अपनी इच्छाओं की पूर्ति करना उसे पसन्द नहीं।

विशालाक्षी को रुलाई आ रही है।

"मैं यों ही कहा करती थी, मुझे वैसी साड़ी नहीं चाहिए।" कितनी ही बार उसने दुहरा दी यह बात। लेकिन कोई माने तब न!

"चल-चल! शाम बीतती जा रही है।" पिताजी ने कहा।

नई साड़ी खरीदने के लिए, धुली हुई एक पुरानी साड़ी पहने विशालाक्षी बाज़ार के लिए निकल पड़ी। किसी को इस बात का पता नहीं कि विशालाक्षी अब तक रोती रही थी।

दोनों निकले। बाज़ार में पहुँचे।

पिता के लिए यह पहला अवसर था, बेटी को साथ लेकर बाजार जाने का।

रात के समय, दीये की रोशनी में पीला रंग तभी पहचाना जा सकता है, जब उसकी बगल में सफेद रंग की कोई चीज़ रखी जाए। ठीक वैसे ही घर की गरीबी तभी जाहिर होती है, जब हम चार आदमियों के बीच पहुँच जाते हैं।

विशालाक्षी की आँखों में आँसू भर आए। विशालाक्षी को यह बात समझ में नहीं आई कि उसके पिता घर में तो इतने गम्भीर नहीं दीखते है, बाहर आते ही एकदम एक दीन व्यक्ति का-सा चेहरा उन्होंने क्यों बना लिया है!

आखिर वे इतने नीरस क्यों हैं? इतनी गरीबी ने कहाँ से आकर उन्हें घेरा है? चलते-फिरते हुए भी निर्जीव-से क्यों दिखाई देते हैं।

बीच रास्ते में चल रही विशालाक्षी आँसू बहाए बगैर ही रो रही थी, अन्दर-ही-अन्दर।

मैंने कितनी बार बताया कि मुझे ज़रीदार सफेद साड़ी नहीं चाहिए, पर ये यकीन करें तब न!

हाँ, वैसे तो मुझे चाहिए, पर नहीं चाहिए।

उसके पिता चल रहे थे; पीछे-पीछे विशालाक्षी।

वह जानती थी कि उसके पिता के पास कितने रुपये हैं, केवल बारह...।

जिस तरह की साड़ी चाहिए थी, उसका दाम था बीस रुपये। कई दुकानें देखीं।

सब जगह लगभग यही दाम था।

विशालाक्षी अपने को रोके थी। किसी भी समय, बीच सड़क पर, या किसी दुकान के अन्दर रुलाई एक आँधी की तरह आ जाने को उद्यत थी। ज्वालामुखी न फूट पड़े। गोदावरी न बह निकले।

उस दिन की शाम की बात याद आ जाती, तो उसे आत्म-हत्या करने की इच्छा-सी होने लगती। उसका सारा बदन तप जाता।

आखिर दुकान का वह मालिक।

बस, कनकाराव का ही एक प्रतिरूप है।

विशालाक्षी लोगों का हुलिया देखकर कनकारावों को बड़ी आसानी से पहचान जाती है। दुकानदार का चेहरा ही बता रहा था कि वह भी एक कनकाराव है। आखिर ऐसा क्यों?

यह बात न विशालाक्षी को मालूम थी, न उसके पिता को ही। विशालाक्षी ने उस दुकान के सामने खड़ी होकर कहा, ‘‘पिताजी, इस दुकान में नहीं जाएँगे। कुछ ऊँची-सी दीखती है।’’

‘‘इतनी दूर जो आए हैं, हो आएँ।’’

विशालाक्षी को मालिक के साथ दुकान के अन्य कर्मचारी भी कनकाराव जैसे ही दिखाई दिए। उसके पिता की तरफ उन लोगों ने ऐसे देखा, जैसे वह कोई कूड़ा-करकट डालने का बक्स हो। फिर विशालाक्षी के सम्बन्ध में जो अन्दाज़ा उन्होंने लगाया, वह भी उसने कुछ-कुछ समझा।

यह अपमान वह सह न सकी। पर किया क्या जाए? चुप रही। उसके अन्दर आग धधक रही थी।

‘‘सिल्क की साड़ियाँ दिखा दूँ?’’ दुकान वाले ने पूछा।

उसकी बात में व्यंग्य था।

‘‘नहीं...’’ पिता ने कुछ कहना आरम्भ किया था।

‘नहीं’ शब्द में उन्होंने क्यों इतनी दीनता भर दी?

उन्हें इतनी लज्जा क्यों होने लगी? उनकी रग-रग में इतना भय क्यों समा गया?

‘‘नहीं जी...हमें सूती चाहिए।...सूती साड़ियाँ, ज़रीदार।...दिखा दीजिए।’’

वह तब कैसे कहे कि चलो, चला जाए? उसे वहाँ ऐसा लगा, जैसे कि बाप-बेटी लोहे की नुकीली कीलों पर खड़े हुए हों। इतने में दुकान वाले ने ऊपर से निकालकर उनके सामने एक साड़ी रख दी।

ज़रीदार! ज़रीदार सफेद साड़ी।

विशालाक्षी उसे देखकर इतना डर गई कि जैसे वह कोई काला साँप हो।...दूर, दूर कर दीजिए इस विष-भरी चीज़ को।

"दाम क्या है?"

"बाईस रुपये।"

पिता चौंक पड़े। फिर डरते-डरते पूछा, "देखिए...दाम कुछ कम नहीं होंगे?...कम..."

इतना कहा ही था कि वह दुकान वाला बरस पड़ा, "यह कोई शुक्रवार की मण्डी नहीं कि मोल-मोलाकर खरीद-फरोख्त की जाए।"

ऐसी मार खाने पर उसके पिता को हिलने का भी साहस नहीं हुआ। थोड़ी देर रुककर उन्होंने फिर पूछा, "अच्छा ठीक है।...इससे भी सस्ती कोई चीज़ होगी आपके पास?...ज़रा..."

उनकी बात पूरी भी न हुई थी कि बड़े गौरव के साथ, अपमान करने जैसी आवाज़ में उसने कहा, "नहीं, इससे कम की साड़ी है ही नहीं।"

दुकान में नीरवता छा गई।

वह उपहास की हँसी भी नहीं हँसा। जितने भी कनकाराव हैं, वे बगैर हँसे भी अपमान कर सकते हैं।

इन कनकारावों से बदला लेने का अवसर कब मिलेगा? सफेद साड़ी लाल खून में डुबोने का अवसर कब मिलेगा?

क्रोध की ज्वाला विशालाक्षी को जला रही थी।

दोनों दुकान के बाहर आ गए।...ये कौन वृद्ध हैं, जो मार खाये पशु की भाँति कमर झुकाए हुए हैं।

"पिताजी, मैंने तो पहले ही कहा था कि न जाएँ इस दुकान में। पर आपने नहीं माना।"

"बेटी, मैं नहीं जानता था कि एक साड़ी का दाम इतना होगा।"

विशालाक्षी तप रही थी और उसे उड़ा ले जाने के लिए आँधी आने को थी।

एक ज़रीदार सफेद साड़ी!

टूटी खटिया पर बैठी विशालाक्षी विचारों की धारा में बहती जा रही थी। विशालाक्षी को रुलाई आ रही थी।

बड़े भाई को भौतिकशास्त्र कभी समझ में नहीं आएगा।...छोटे भाई को तेरह का पहाड़ा लोहे का चना ही बना रहेगा!...माँ को नींद कभी न आएगी!...पिताजी को आग, जितना भी ढूँढ़ें, नहीं मिलेगी।...मुन्ना रोता ही रहेगा...यह दीया अधिक देर तक नहीं जलेगा।

"मैं नहीं रोऊँगी," यों सोचा विशालाक्षी ने, पर रोके से भी रुलाई न रुकती थी।

टूटी खटिया पर बैठी वह सोलह वर्षीय विशालाक्षी आँसू बहाती जा रही थी...अटूट धारा बहती जा रही थी।

बिना चमक-दमक के ही बादल उमड़-घुमड़ आए।...यह पानी नहीं रुकेगा! ...वह धूप कभी न आएगी! ...इस अन्धकारमय रात से कभी दिन नहीं निकलेगा! ...यह ग्रीष्म है।...यह शिशिर है।...सभी को दग्ध करने वाला दावानल है।

एक ही साड़ी, बस एक! ...एकमात्र ज़रीदार सफेद साड़ी!

अनुवाद : **डी. मंजुलता**

•

कार्तिक मास के दीप

सत्यं शंकरमंचि

बचपन में मुझे हल्की-फुल्की सर्दी में घूमना-फिरना अच्छा लगता था। सर्दी में मैं ठण्डे पानी से नहा भी लेता था और कुहासे में दौड़ लगाकर भाग जाता था और पुन्नाग के फूल चुन-चुनकर लाया करता था। मुझे यह भी पसन्द था—मन्दिर के मण्डप में जाकर वहाँ बैठे हुए जंगम दादा का शंख खूब जोर से फूँकना और आचारी से दोनों हाथों से छौंका भात माँगकर खा लेना; और फिर दादी से गाली खाना भी।

वैसे तो दादी मेरे पिताजी की सगी माँ नहीं थी, रिश्ते में माँ लगती थी। जब मैं चार वर्ष का था, मुझे वह अपने यहाँ ले गई थी। दस साल की उम्र तक मैं उसी के पास रहा। उसके बाद मुझे स्कूल में भर्ती कराने के लिए पिताजी वहाँ से शहर ले आए।

बीच-बीच में दादी शहर आया करती थी और हमेशा गाँव आने के लिए बाध्य करती रहती। इच्छा होते हुए भी मैं वैसा कर नहीं सका।

दस साल और गुजर गए।

जब मेरी बहन की शादी तय हुई तो दादी को बुलाने मैं गाँव गया। मुझे वहाँ जाते ही बचपन की कई बातें याद आ गईं। वहाँ की सड़कें...खेलने के मैदान...सब-कुछ मेरे सामने साकार हो गए। पर अब सब-कुछ नया-नया बदला-सा लगा। गाँव में बहुत-कुछ परिवर्तन हो चुका था। पर हाँ, मन्दिर का गोपुर, पुराने किले का टीला, टीले पर एक-दूसरे से जकड़े हुए नीम के दो बड़े-बड़े पेड़, उन पेड़ों के बाजू में आधी बनी रथशाला—सब-के-सब ज्यों-के-त्यों बने हुए हैं। रथशाला में छोटा-सा रथ है, जिसे भगवान के जुलूस के समय बाहर निकाला जाता है। रथ पर तोतों की कारीगरी थी, जिसे हमने बचपन में तोड़-मरोड़ डाला था।...गोपुर के पास थोड़ी देर ठहरकर मैंने चारों तरफ देखा। मुझे ऐसा लगा, जैसे मैं फिर से बच्चा बन गया और खेलने-कूदने के लिए वहाँ पहुँचा हूँ।

दादी मुझे देखकर बहुत खुश हुई। उसने खूब जी खोलकर खिलाया-पिलाया। आधी रात तक वह मुझे जाने कितनी बातें बताती रहो—मेरे बचपन की बहुत-सी

बातें। बचपन में पड़ोस में धूप में सुखाने के लिए रखे हुए पापड़ों को देख कैसे एक पापड़ माँग लाता था, साथ-साथ दादी के लिए भी एक और पापड़ माँग लाता था। एक बार जब उन्होंने पापड़ देने से इन्कार कर दिया, तो मैंने उनके सारे पापड़ों को खराब कर दिया था। जितनी बातें दादी ने मेरे बचपन की सुनाईं, उनसे यही साबित हुआ कि मैं उनको बहुत चाहता था, लेकिन उन सारी बातों को सुनकर मुझे बड़ा संकोच हुआ।

बड़े तड़के ही मेरी नींद खुल गई। दादी तो पहले ही से उठ गई थी। वह कुछ चीज़ें सहेजकर कहीं जाने के लिए तैयार थी।

"दादी! अब कहाँ जा रही हो? कार्तिक-स्नान के लिए तो नहीं?" मैंने पूछा।

"हाँ, बेटा!" उसने उत्तर दिया।

सत्तर वर्ष की आयु में उसकी यह क्षमता देख मुझे बड़ा आश्चर्य हुआ।

"दादी! मैं भी चलूँगा तुम्हारे साथ।" मैंने कहा।

"तुम? इतनी सर्दी में?"

"जब खुद तुम इसकी परवाह नहीं करतीं, तो फिर मेरा क्या?"

"हाँ, बेटा। बचपन में भी तुम इसी तरह मेरे साथ नदी तक जाया करते थे।" दादी ने पुरानी याद दिलाई।

हाँ, बचपन में कार्तिक मास के दिनों में दादी के साथ कृष्णा नदी के किनारे जाया करता था। साथ में एक कम्बल भी ले जाता था। मैं अकेले नहीं, गली के नुक्कड़वाले मकान की जानकी भी साथ होती थी। जानकी की माता भी कार्तिक-स्नान के लिए दादी के साथ जाती।

"दादी! आजकल जानकी कहाँ है?" मैंने पूछा।

"'और कहाँ रहेगी? अपनी ससुराल में है। यहीं बगल वाली गली में है उसका घर। अब तो दो बच्चे हैं उसके, समझे? अरे हाँ, वह अब तक नदी के घाट पर पहुँच गई होगी।...कितना अच्छा होता, अगर वह हमारे घर बहू बनकर आती! पर तुम्हारे पिता की वजह से यह शादी नहीं हुई।" दादी एक साँस में बहुत-कुछ कह गई।

मेरे सामने पुरानी बातें चक्र की तरह घूम गईं—पिताजी ने नहीं माना। दादी ने शादी के लिए बहुत आग्रह किया था। उन दिनों दादी और जानकी की माँ—दोनों नदी में स्नान करके घाट पर दीए जलाकर पानी में छोड़ दिया करतीं, और हम दोनों—जानकी और मैं—किनारे एक पत्थर पर बैठे पानी में छोड़े गए दीयों को नदी में बहते देखा करते थे। जब नदी के किनारे नहीं होते तो कहानियाँ सुनाते। पानी में दीया छोड़ने के समय हम दोनों घाट पर पहुँच जाते। पानी में टिमटिमाते हुए हिलते-डुलते ढेर-से दीए बहते चले जाते।

मुझे आज वह दिन खूब याद है। घाट से लौटते वक्त एक दिन मैंने दादी से पूछा था : "दादी! ये दीए कहाँ जाते हैं?"

"भगवान के पास!" दादी ने सहज ही कह दिया था।

"भगवान के पास? सच?" मेरे साथ-साथ चल रही जानकी ने आश्चर्य से पूछा था।

"हाँ, हाँ"! भगवान के पास ही जाते हैं दीए।" फिर वही बात दादी ने दुहरायी।

कृष्णा नदी के किनारे हम रोज जाते और जब नदी में दीए छोड़ दिए जाते, तो उन्हें-देख हम दोनों तालियाँ बजाते। जानकी कहती, "देखो, वह रहा मेरी माँ का दीया, भगवान के पास जा रहा है।"

मैं कहता, "वह देखो, मेरी दादी का दीया। वह भी भगवान के पास जा रहा है।"

नदी-किनारे खड़े-खड़े हम दोनों उन दीयों को देर तक देखते रहते, किस तरह पानी पर ऊपर-नीचे तैरते हुए आगे बढ़ते चले जाते हैं। वहाँ से हम तब तक न हटते, जब तक दादी हमें न बुलाती।

बचपन की ये सारी बातें याद आते ही मुझे नदी-किनारे दौड़कर जाने की इच्छा हुई। लेकिन मैं वैसा कर नहीं सका। बड़ेपन का एक बन्धेज था, जिससे मैं जकड़ गया था। जब मैं वहाँ पहुँचा तो मैंने देखा—इमली के वे दोनों पेड़ पहले की ही तरह ज्यों-के-त्यों पानी से सटे खड़े थे। उन पेड़ों के पास के बड़े-बड़े पत्थर भी वैसे ही पड़े थे।

"अरी जानकी, देखो तो यहाँ कौन आया है?...अरी, ऐसे क्या देख रही है? यह रंगडू है रंगडू—तेरा दोस्त—बचपन का दोस्त!" दादी ने दीए जलाती हुई लड़की से कहा।

"कौन?...रंगडू, तुम! ...आप?" इतना कह वह एक क्षण के लिए स्तब्ध रह गई। फिर कुछ रुककर बोली, "कहो, कब आए?"

जानकी काफी बड़ी हो गई थी। शायद उस समय उसने सिर से नहा लिया था—पानी की बूँदें बालों से एक-एक कर टपक रही थीं। हल्दी लगा हुआ उसका खूबसूरत मुखड़ा दीए की हल्की रोशनी में और भी सुन्दर लग रहा था, नई कान्ति बिखेर रहा था।

"कहो, रंगा! बोलते क्यों नहीं? मुँह बाये मेरी तरफ ऐसे क्या देख रहे हो?" मेरी तरफ बड़े ध्यान से देखते हुए जानकी ने पूछा, "क्यों? याद नहीं कर पा रहे हो क्या?"

"क्यों नहीं, क्यों नहीं। मुझे खूब याद है।" मैंने कुछ संकोच के साथ कहा।

जानकी जोर से हँस पड़ी, जैसे पायल झनझना उठे। वह हँसी मुझे एकदम अतीत में ले गई। इसी जानकी को वह खूब रुलाता था, कान ऐंठता था। पर अब

जानकी पहले की जानकी नहीं, काफी बड़ी हो गई है। उसका घर भी बस चुका है।

"माँ! ये कौन हैं?" जानकी से लिपटते हुए उसके दोनों बच्चों ने पूछा।

"ये हैं तुम्हारे चाचाजी।"

दोनों बच्चे 'चाचाजी, चाचाजी' कहकर चिल्लाने लगे। जाने अपनी-अपनी भाषा में क्या-क्या सुनाने लग गए।

जानकी और दादी, दोनों दीए जला-जलाकर पानी में छोड़ने लगीं। मैं और जानकी के बच्चे किनारे पर खड़े हो पानी में तैरते हुए आगे जाने वाले पचासों दीयों को टकटकी लगाए देख रहे थे। वे दीप ऐसे लग रहे थे, जैसे कृष्णा माई ने कोई हार अपने गले में पहन लिया हो या आसमान ने पानी में तारे बरसा दिए हों।

"देखो! देखो। मेरी माँ का दीया भगवान् के पास जा रहा है।" जानकी के बच्चे किलकारियाँ मारते हुए मुझसे कहने लगे। अकस्मात् मुझे पिछली बातें याद आ गईं। मुझे ऐसा लगा, जैसे मैंने अपने हाथ से कोई मूल्यवान वस्तु खो दी है।

सूरज की किरणें कुहरे की भूरी चादर चीरकर बाहर झाँकने की कोशिश कर रही थीं। इमली के वृक्षों पर कौवे चिल्ला-चिल्लाकर प्रातः की सूचना दे रहे थे। बैंगनी रंग की साड़ी पहने हुए जानकी गागर कन्धे पर रखकर आगे-आगे चल रही थी। दादी उसके पीछे थी और मैं उन दोनों के पीछे कुछ हटकर बगल में चल रहा था।

"कहो रंगा, कब शादी कर रहे हो?" चलते हुए जानकी ने प्रश्न किया।

यह प्रश्न सुनकर मैं बहुत लज्जित हुआ।

"अभी नहीं करूँगा।"

"बूढ़े हो जाने के बाद करोगे क्या?"

इस पर दादी खूब जोर से हँस पड़ी।

"दो दिन तो और ठहरोगे न?" जानकी ने पूछा।

"नहीं, आज जा रहा हूँ।"

"याद रखना हमें भी। भूलना नहीं!" जानकी की ये आखिरी बातें थीं।

जानकी से मुलाकात करने के बाद शादी करने की इच्छा मुझमें पहली बार जाग्रत हुई। दो-एक जगह लड़की भी देखने गया। पर मैं जिस लड़की को देखने जाता, उसकी तुलना जानकी के साथ करने की कोशिश करता। एक भी लड़की मुझे पसन्द न आती।

बी. ए. पास हो जाने के बाद शादी को लेकर भी मेरे माता-पिता ने बड़ा बखेड़ा खड़ा कर दिया। जाने मेरा मन क्यों एकदम व्यथित हो गया। जानकी की याद आई और दूसरे ही दिन मैं दादी के यहाँ चला गया।

दादी में अब पहले जैसी शक्ति न थी। बहुत बूढ़ी हो चली थी। बात करते समय अब उसकी बोली में कम्पन आ गया था। फिर भी उसके नियम-पालन में कोई अन्तर नहीं आया। उस दिन वह बहुत तड़के उठकर नदी में स्नान करने के लिए निकली थी। साथ में मिट्टी के दीए भी लिए हुए थी। तब जाकर मुझे पता चला कि वह कार्तिक का महीना था।

दादी के साथ मैं भी नदी पर गया। रास्ते में दादी बोली, "बेटा! मेरे दिन नजदीक आ गए हैं। पहले की शक्ति अब नहीं मुझमें। फिर भी नहा-धोकर दीप जलाती हूँ।" दादी कहती रही।

मैंने पूछना चाहाः 'क्या जानकी अब तक घाट पर पहुँच चुकी होगी?' पर पूछ नहीं सका। कुछ रुककर मैं बोला, "दादी! तू अभी बहुत साल जियेगी। अपने पोते की शादी देखेगी, और उसके बच्चे भी।"

"सब भगवान के हाथ में है बेटा!" दादी ने उत्तर दिया।

हम दोनों घाट पर पहुँच गए। कुछ औरतें नहा-धोकर दीए जला रही थीं। मैंने सोचा, उन लोगों में जानकी भी कहीं होगी।

"बेटा! तुम इसी पत्थर पर बैठना। मैं नहा-धोकर आती हूँ।" दादी घाट पर चली गई। मैं वहीं बैठ गया। मेरी आँखें जानकी को खोज रही थीं, पर वह कहीं भी दिखाई नहीं दी।

दादी स्नान करके आ गई और दीप जलाने में लग गई।

"दादी! जानकी कहाँ है?"

मेरा यह प्रश्न सुनकर दादी एकदम चौंक उठी। फिर आँसू बहाते हुए उसने कहा, "बेटा! जानकी अब कहाँ? साल-भर हो गया, प्रसव के समय वह मर गई।"

यह सुन मैं स्तब्ध रह गया। अपने कानों पर मुझे स्वयं विश्वास न हुआ। दादी का जलाया हुआ एक दीप जाने क्यों आवाज़ करता हुआ टिमटिमाने लगा। दादी वेंकटेश्वर-स्तवन में लग गई।

दीए कृष्णा नदी में छोड़े जाने लगे। मैं यन्त्रवत् जाकर किनारे पर खड़ा हो गया। मुझे ऐसा लग रहा था, जैसे पानी के अन्दर बड़वानल जल रहा हो। वे दीए नहीं, अग्नि की ज्वालाएँ हों। कृष्णा माई क्रोध से अँगारे उगल रही हों।

"बेटा! मेरा छोड़ा हुआ दीया भगवान के पास पहुँच गया?" दादी ने मेरे पास आते हुए पूछा।

"नहीं...डूब गया।" मैंने धीरे-से कहा।

अपना पोपला मुँह खोलकर वह जोर से हँस पड़ी।

"बेटा! भगवान के पास जाने का मतलब तो आखिर वही है रे! कार्तिक मास

के सब दीए भगवान् के पास जाते ही हैं। कुछ दीए तुम्हें दिखाई देंगे, कुछ नहीं दिखाई देंगे।'' यों कह, दादी घर जाने के लिए उद्यत हो गई।

मैं भी उसके पीछे-पीछे चलने लगा। एक बार घूमकर कृष्णा माई की तरफ़ देखा। नदी के कल-कल निनाद में डूबने वाले दीपों का हाहाकर सुनाई पड़ रहा था। शायद रुदन और हास ही ज़िन्दगी है। मुझे यह उस दिन ज्ञात हुआ।

अनुवाद : **दण्डमूडि मंजुलता**

•

चण्डीदास का हितोपदेश

मुल्लपूडि वेंकटरमण

यह उस समय का वाकया है, जब दानय्या के सामने कुछ सोचने-समझने का समय नहीं था और जल्दबाजी में उसको जानकम्मा के साथ प्रेम हो गया। प्रेम होने की देर-झटपट शादी भी कर ली। शादी के बाद उसे लगा कि जानकम्मा का नाम बिल्कुल गँवारू है, इसलिए उसका नाम बदल देना चाहिए। बहुत सोच-समझकर उसने अपनी पत्नी का नाम रखा–'चाँदबीबी'। पर शादी के कुछ समय बाद उसने सोचा कि अपनी पत्नी का नाम 'चाँदबीबी' रखकर उसने बहुत बुरा किया। उसका नाम रखना चाहिए था–'चण्डी'। पर तब तक वह उसके हाथ का कठपुतला बन गया था और उसका नाम बदलने का मौका भी खो चुका था। समय बीतते-बीतते दानय्या का नाम पड़ा–'चण्डीदास'।

चाँदबीबी यानी चण्डी के जागने के पूर्व ही दानय्या वहाँ से उठ जाता और नित्य-कृत्यों से निवृत्त होकर कॉफी तैयार किया करता था। किसी दिन दानय्या के उठने में देर हो गई तो उस दिन का तमाशा देखने लायक रहता। वह जैसे-तैसे उठ जाती और दानय्या के बिस्तर के पास जाकर खड़ी हो जाती, वह हड़बड़ाकर उठ जाता! उस पर अष्टोत्तर-शत नामावली की बौछार पड़ती। इसलिए दानय्या सुबह उठने के मामले में बड़ा सतर्क रहता था। कॉफी तैयार करके अपनी पत्नी को देने-करने के बाद वह रसोईघर में चला जाता और तरकारी आदि काट-छाँटकर रख देता, क्योंकि चाँदबीबी को तरकारी छीलने-काटने की आदत बिल्कुल नहीं थी। कुछ दिन पूर्व तरकारी काटते समय उसकी उँगली कट गई, खून निकला। उस दिन तो चण्डी ग्रीष्म-काल के सूरज की तरह बहुत उग्र हो गई थी। दानय्या को उस दिन उपवास करना पड़ा। फिर उसके दूसरे दिन भी लंघन। तीसरे दिन भोजन तो मिला, पर भोजन के साथ जो तरकारी मिली थी, वह तीन दिन पहले की वही बासी सूरन की तरकारी थी।

'यह तरकारी तो हज़ार जीभों वाला आदमी भी नहीं खा सकेगा।' दानय्या ने कहा। तब तक वह दो जीभों से बोलना सीख गया था। वह तरकारी खाने से दानय्या की दोनों जीभों पर खुजली होने लगी। एक तो सूरन की तरकारी का प्रभाव

था, दूसरे चण्डी ने उस पर तरस खाया था, क्योंकि उसने दो दिन से कुछ खाया-पिया नहीं था।

सूरन की तरकारी खाते समय उसने जो कुछ कहा, उसे सुनकर चण्डी आग-बबूला हो गई क्योंकि दानय्या की बात में उसे दो अर्थ ध्वनित हुए थे। उसको यह बात कतई पसन्द नहीं थी कि उसकी बनाई तरकारी खाकर कोई उसकी आलोचना करे। दानय्या पर डाँट-डपट पड़ी। उसके दूसरे दिन से दानय्या ने यह आदत डाली कि बीवी कुछ भी बनाए, और उसका स्वाद तीखा हो या कडुवा, बिना जीभ हिलाये चुपचाप आँख मूँदकर खा ले।

कुछ समय बीतने पर उसे पता चला कि वह बाप बनने वाला है। आखिर वह बाप बन गया। उसके जो बच्चा हुआ, वह माँ की देख-रेख में पलकर पच्चीस साल का हो गया। कॉलेज में पढ़ते-पढ़ते उसने एक लड़की के साथ प्रेम भी किया। अन्त में उसने उसी के साथ शादी भी कर ली। फिर उसे नौकरी मिल गई तो शहर चला गया, अपनी पत्नी को साथ लेकर।

दानय्या बीच-बीच में शहर जाकर अपने पुत्र की घर-गृहस्थी का समाचार मालूम करके आता और अपनी पत्नी को बता देता था। पहले कुछ दिन तक तो उनकी घर-गृहस्थी में एकता बनी रही, दानय्या और जानकम्मा की हो तरह। फिर उसके बाद उन दोनों में परिवर्तन आ गया। उनके बीच की एकता ने एक दूसरा ही मार्ग पकड़ा। एक वर्ष बीतते-बीतते दानय्या को लगा कि पुत्र ने बहू पर काबू पा लिया है। अपने पुत्र की विजय पर उसे गर्व हुआ। नहीं तो बीवी को अपने काबू में कर लेना कोई छोटी बात है?

दानय्या ने एक दिन इस रहस्य का उद्घाटन 'चण्डीदास मण्डली' में किया। वे सब पति-महोदय 'चण्डीदास मण्डली' के सदस्य हैं जिनकी पत्नियाँ चण्डिका-स्वरूपा हैं और जिनकी धाक पत्नी पर न हो। समय-समय पर इस मण्डली में कई महत्त्वपूर्ण विषयों पर गोष्ठियाँ चलती हैं। उनकी पत्नियाँ किस प्रकार उनको नचाती हैं और किस तरह उन्हें भीगी बिल्ली बनकर रहना पड़ता है—इन सारी बातों पर यहाँ चर्चा छिड़ जाती है। उसके बाद आपस में विचार-विनिमय होता है। इस गोष्ठी में भाग लेने के बाद उनका मन हल्का हो जाता है। चण्डीदास, उमापति, समापति आदि सब पति इस मण्डली के सदस्य हैं। जब चण्डीदास ने अपने बेटे की गृहस्थी का हाल मण्डली के सदस्यों को सुनाया तो उन्हें विश्वास नहीं हुआ। उसने सदस्यों को विश्वास दिलाते हुए कहा, 'हाँ, भाइयो! एक वर्ष के अन्दर-ही-अन्दर मेरे पुत्र ने अपनी बीवी पर काबू पा लिया है।' वहाँ उपस्थित पतियों ने पहली बार एक मर्द के साहस की कहानी सुनी थी। 'शायद संसार में इक्के-दुक्के ऐसे भी पति हो सकते हैं, जिनका पत्नी पर पूरा-पूरा अधिकार हो।'—सबनें एक राय में अपनी राय प्रकट की। पर जब सभी पतियों ने सभा स्थगित की तो वे भी इस बात पर किसी अन्तिम निर्णय

पर नहीं पहुँच सके कि यह कार्य मानव के विकास में, खासकर पतियों के विकास में—कहाँ तक सहायक सिद्ध हो सकता है।

अन्त में दानय्या ने कहा, "इस बारे में मैं अपनी राय कल अपनी पत्नी से पूछकर बता दूँगा।"

दानय्या उस दिन बड़े उत्साह के साथ घर पहुँचा। उस दिन जानकम्मा ने दानय्या को बड़े प्रेम से खिलाया-पिलाया। हर बात में उसने बड़ा अदब दिखाया। उसकी समझ में नहीं आया कि इस परिवर्तन के पीछे क्या रहस्य छिपा है।

कुछ समय बीता।

"बेटा आया था।"—जानकम्मा ने कहा।

"कहाँ है?"—दानय्या ने पूछा।

"चला गया।"

"कब?"

"जब आप घर से बाहर तशरीफ ले गए और इधर-उधर मटरगश्ती कर रहे थे।"—जानकम्मा ने यह बात बड़े क्रोध के साथ कही।

दानय्या चुप हो गया।

जानकम्मा नरम पड़ गई।

"सुना आपने?"

"क्या?"—दानय्या ने प्रश्न किया।

"यही कि वह उसे बहुत सताने लग गई है। रोज झगड़ती है।"

"यह बात तुम्हें कैसे मालूम?"

"बेटा खुद कह रहा था। बेचारा सूखकर काँटा हो गया। ठीक से शायद खाना भी नहीं देती होगी। वह कह रहा था, बहू हमेशा अपनी ही बात पर अड़ी रहती है, बेटे की कोई बात नहीं सुनती! उसने समझ क्या रखा है? पति कोई कोल्हू का बैल है, जो उसके चारों ओर घूमे और उसकी पूजा करे? ऐसा कभी नहीं हो सकता!"—जानकम्मा चण्डी ने कहा।

दानय्या अब तक तो अपने पुत्र पर गर्व कर रहा था, उसे इस बात की कल्पना तक नहीं थी कि वह भी अपनी पत्नी का दास बन जाएगा। सोचा; बहुत सोचा तो उसे अपने ऊपर ही झल्लाहट हुई—'नहीं, उसका बेटा योग्य नहीं बन सकता। उसके लिए अभी बहुत तपस्या करनी पड़ेगी!'—दानय्या ने सोचा।

दानय्या खाने पर बैठा। चावल का कौर मुँह में रखने ही जा रहा था कि पत्नी ने कहा, "आप कल ही शहर चले जाइए। बहू को डाँट-डपटकर आइए।" एक-साथ दो आदेश।

"अगर आपको जाने में कोई दिक्कत हो तो मुझे बता दीजिए। मैं खुद जाकर उसकी खबर लूँगी।" थोड़ी देर बाद फिर उसने कहा, "जाते समय पैदल चले जाइए

और लौटते वक्त रेल पर।" दानय्या का भोजन समाप्त हुआ और जानकम्मा ने एकतरफा रेल-खर्च अपने पति के हाथ में दे दिया।

दानय्या सुबह उठकर शहर के लिए रवाना हो गया। रास्ते-भर वह सोचता रहा कि बहू को किस तरह समझाना चाहिए।

दानय्या दो बजते-बजते अपने बेटे के घर पहुँच गया।

दरवाज़ा खटखटाने पर बहू ने आकर दरवाज़ा खोला और बड़े आदर से अपने ससुर को अन्दर बुलाया। हाथ-मुँह धोने के लिए पानी लाकर दिया। फिर रसोई में जाकर कॉफी बनाकर लाई। इस आदर-सत्कार से दानय्या बहुत खुश हो गया।

कॉफी पीकर दानय्या ने बहू का कुशल-क्षेम पूछा।

"देख बेटी! मेरा बेटा बड़ा जिद्दी है। तुम्हारे साथ उसका बर्ताव ठीक ही होगा। कुछ बात हो तो मुझे बिना संकोच बता देना। उसको मैं ठीक कर दूँगा।" दानय्या ने अपनी बहू को आश्वासन दिया।

इस पर वह फूली न समायी। उसने अपनी राम-कहानी सुनानी शुरू कर दी।

"पिताजी! मैं उनकी क्या कहूँ। बात-बात पर मुझसे झगड़ते हैं। जो बात मुझे पसन्द नहीं, उसी को वे बार-बार दुहराते हैं। मैंने उन्हें हज़ार बार कहा कि वे मुझे सुबह आठ बजे के पहले न उठाएँ। पर वे नहीं मानते। वे मुझे जो तकलीफें दे रहे हैं, उनका मैं कहाँ तक बखान करूँ? अगर मेरी जगह कोई दूसरी औरत होती तो कभी का कोई कुआँ देख लेती। चूँकि मैं घर-गृहस्थी का गुण जानती हूँ, इसलिए निभाती जा रही हूँ।"—बहू ने कहा।

दानय्या का दिल पसीज गया।

"हाँ बेटी! मैं उसके स्वभाव को बहुत अच्छी तरह जानता हूँ। वह तो तुम्हारे साथ बड़ा अन्याय कर रहा है। इसका सामना करना तुम्हारा फर्ज है बेटी! तुम जानती हो इसने क्या किया? अपनी माँ के पास जाकर तुम्हारी शिकायत की है। हाँ, याद रखना, यह बात तुम किसी से न कहना।"—दानय्या ने कहा।

"जी, मैं किसी से क्यों कहूँगी? यह बात मैं अपने मन में ही रख लूँगी। हाँ पिताजी! आप बुजुर्ग हैं। दुनिया देखी है। मुझे कुछ ऐसे नुक्खे बता दीजिये जिसके सहारे मैं अपनी गृहस्थी की गाड़ी ठीक प्रकार से चला सकूँ।"

"अरी बेटी! मैं क्या बता सकता हूँ। हाँ, मैंने घर-गृहस्थी चलाई है, पर मैं ऐसा कोई उपाय नहीं जानता हूँ जो तुम्हें बता सकूँ। पर अपने तीस वर्ष के गृहस्थ-जीवन के अनुभव पर मैं तुमसे एक बात बता सकता हूँ। अगर तुम उस एक बात पर अटल रहीं तो समझो बेड़ा पार हो गया। लोग तुम लोगों को देखकर खुश हो जायेंगे। कहेंगे—'बड़े आदर्श पति-पत्नी हैं।' हाँ, बात यह है कि तुम अपनी सास को अपनी आराध्य देवी मान लो। उसके आदर्श को अमल में लाने का प्रयत्न करती रहना।"—दानय्या ने हितोपदेश दिया।

दानय्या शहर से लौटा। घर पहुँचते ही चाँदबीबी ने प्रश्न किया, ''बहू को आप खूब डाँटकर आए हैं न?''

''हाँ-हाँ! मैंने उसे खूब डाँट दिया। इतना डाँटा कि वह कुछ भी बोल नहीं सकी। एक महीने के बाद तुम उसको आजमाकर देखना।''—दानय्या ने डींग मारी।

चण्डी अपने पति की बात सुनकर बहुत खुश हुई।

एक महीना बीत गया। बेटा अपनी बहू को लेकर दो दिन के लिए अपने माँ-बाप के यहाँ आ गया। बहू-बेटे को हिल-मिलकर रहते देखकर चण्डी को यह समझने में देर नहीं लगी कि उनका दाम्पत्य-जीवन बड़ा ही सफल है। बहू पर बेटे का पूरा अधिकार है, बहू की नकेल बेटे के हाथ में है, इस पर चण्डी को बहुत खुशी हुई।

दूसरे दिन चण्डी बहुत देर तक सोचती रही कि ये दोनों इतना हिल-मिलकर कैसे रहे रहे हैं।

तीसरे दिन बहू के आग्रह पर बेटा जाने के लिए तैयार हो गया। उसके एक दिन पहले ही उसने कहा था कि दो दिन और ठहरेंगे। पर बहू के आग्रह पर उसने बहाना बनाया कि मुझे एक ज़रूरी काम है, मुझे जाना है। इस पर माँ को बड़ा आश्चर्य हुआ।

वे दोनों चले गए।

उस दिन रात को चण्डी ने दानय्या को खाना परोसते हुए बहू-बेटे का जिक्र किया।

''हाँ, तुमने देख लिया है न अपनी आँखों से? मैंने बहू को खूब डाँट दिया था, इसलिए तो बेटे की हर बात का पालन वह करने लगी है।''—दानय्या ने बड़े गर्व से कहा।

चण्डी ने उसका खण्डन किया—

''आप कुछ भी कहिए, पर मैं नहीं समझती कि बेटे का बहू पर पूरा काबू है। क्योंकि जब वह अपनी बीवी से बात करने लगता है तो उसके मुँह पर मैंने ऐसे ही भाव देखे हैं जो आपके चेहरे पर मैं देखती हूँ। मेरा तो अनुमान है कि वह सोलहों आना अपने पिता के मार्ग पर चल रहा है।'' चण्डी ने कहा।

जब यह रहस्य खुला तो दानय्या जैसे पसीना-पसीना हो गया। उसके मुँह से कोई बात न निकली।

''यही सब-कुछ करने आप शहर गए थे?'' चण्डी ने ताड़ना दी। फिर भी दानय्या ने कुछ नहीं कहा। आधा खाना खाकर उठ गया। दूसरे दिन उपवास किया। तीसरे दिन लंघन।

अनुवाद : **डी. मंजुलता**

•

एक चिट्ठी का डिस्पैच

सोमंचि यज्ञन्न शास्त्री

चीफ ऑफिसर

कलकत्ता कारपोरेशन कार्यालय

कलकत्ता

सेवा मेंः

म्युनिसिपल कमिश्नर

बम्बई,

प्रिय महोदय,

सेवा में निवेदन है कि कलकत्ता के नगराध्यक्ष श्री बोस बड़े दिन की छुट्टियों में बम्बई जाने की योजना बना रहे हैं। उनकी इच्छा है कि जब वे बम्बई रहेंगे तब बम्बई के नगराध्यक्ष के दर्शन करेंगे और नगरपालिका सम्बन्धी कुछ मसलों पर विचार-विमर्श करेंगे। आपसे प्रार्थना है कि बम्बई के नगराध्यक्ष का शुभ नाम, उनकी कोठी एवं दफ्तर का सही पता हमें लिख भेजने का कष्ट करें। यह भी लिखने का कष्ट करें कि वे दफ्तर में कब मिलेंगे।

चूँकि हमें श्री बोस साहब के दौरे का प्रोग्राम बनाना है, इसलिए आपसे प्रार्थना है कि लौटती डाक से उत्तर भिजवाने की कृपा करें।

चीफ ऑफिसर

कलकत्ता कारपोरेशन, कलकत्ता।

यह चिट्ठी बम्बई म्युनिसिपल कमिश्नर के दफ्तर में दूसरी चिट्ठियों के साथ दिसम्बर 14 तारीख को पहुँची। उस रोज जितनी चिट्ठियाँ आई थीं, उनको दफ्तर के चपरासी सैय्यद ने सवा दस बजे के करीब ऑफिस सुपरिटेंडेंट की मेज़ पर रख दिया। सुपरिटेंडेंट दिवारकर दफ्तर साढ़े दस बजे आए और कुर्सी पर बैठकर रूमाल से मुँह पोंछने लग गए। एक तो ट्राम की धक्कम-पेल में शरीर एकदम शिथिल हो

चुका था और दूसरा सीढ़ियाँ चढ़ते-चढ़ते आधा खाना हजम हो गया था। मुँह पोंछने के बाद उन्होंने ऐनक साफ कर ली, रूमाल कोट की जेब में रख लिया।

कोट उतारकर कुर्सी पर लगाया और इत्मीनान से कुर्सी पर बैठते हुए सैय्यद से कहा-"एक गिलास ठंडा और साफ पानी पिलाओ। और हाँ, गिलास अच्छी तरह धो लेना भाई।"

सैय्यद गिलास अच्छी तरह से धोकर ठंडा पानी ले आया। दिवारकर ने पानी पी लिया। एक बार फिर ऐनक निकाली और उसको साफ करके पहन लिया।

"हाँ, भाई! चिट्ठियाँ खोलो अब!"

सैय्यद ने चिट्ठियाँ एक-एक करके खोलकर उनके सामने टेबुल पर एक क्रम से रख दीं। तब घड़ी में बारह बज चुके थे। तब तक सुपरिटेंडेंट साहब फाइल्स देखने में मशगूल थे। न उनकी नज़र घड़ी की तरफ गई, न टेबुल पर रखी हुई चिट्ठियों की तरफ!

आधा घंटा और बीत गया। सैय्यद उनके पास आकर खड़ा हो गया। उसने देखा, चिट्ठियाँ वैसी-की-वैसी ही रखी हुई हैं।

"सर! आज कमिश्नर साहब जल्दी चले जा रहे हैं। ताजमहल होटल में कोई पार्टी है। आप ये चिट्ठियाँ एक बार देख लें तो उनके पास ले जाऊँ।" सैय्यद ने बड़े विनम्र स्वर में कहा।

सुपरिटेंडेंट एकदम चौंक पड़े।

"अरे! यह बात तूने पहले ही क्यों नहीं बताई?" सैय्यद पर डाँट पड़ी।

दिवारकर साहब ने चिट्ठियों के उस ढेर को अपने सामने खींच लिया और एक-एक चिट्ठी पर 'छोटा हस्ताक्षर' करने लग गए। उसके साथ-साथ उस पर यह भी लिखते जा रहे थे कि वह चिट्ठी किस विभाग में जानी चाहिए। अगर पत्र इंजीनियरिंग विभाग को जाना हो तो उस पर लिखते थे–'ई', पब्लिक हेल्थ के लिए–'पी'। उसको कमिश्नर पर गुस्सा आ रहा था, क्योंकि उन्होंने सूचना निकाली थी कि विभागीय सुपरिटेंडेंट को इस तरह से स्वयं लिखना चाहिए। रोज दो-तीन सौ पत्रों को पढ़ना पड़ता है। इतने पत्रों को पढ़कर उसका विषय समझना कोई मामूली बात नहीं! कम-से-कम तीन घंटे का समय लगता है। यह सब कमिश्नर साहब क्या जानें? पत्रों को सम्बधित विभागों को भेजने के बाद एक के ऊपर एक बढ़ने वाली फाइलों को निबटाना पड़ता है।

दिवारकर यह सब सोचता भी रहा और पत्रों पर विभाग का नाम भी अंकित करता जा रहा था। सैय्यद उन पत्रों को अलग-अलग रखता जा रहा था। इतने में दिवारकर को पान खाने की इच्छा हुई।

"भाई सैय्यद! भाग के जा और एक पान ले आ।"

"काला-पीला तम्बाकू...समझा? जल्दी आ जा!"–वरॉंडे में बैठे हुए हैड क्लर्क ने चिल्लाकर कहा।

"देखिए, अब सैय्यद को पल-भर की भी फुरसत नहीं!"—दिवारकर ने पत्रों पर दस्तखत करते हुए कहा। सभी पत्रों पर दस्तखत करना जब पूरा हो गया तो घड़ी में एक बज गया था। दिवारकर का सारा शरीर पसीना-पसीना हो गया। उसके दस मिनट बाद सब चिट्ठियाँ सम्बन्धित विभागों में चली गईं, पर उस वक्त विभागों के सभी कर्मचारी चाय-पानी के लिए बाहर चले गए थे।

"अरे भाई चिवलकर, देखो तो! यह चिठ्ठी शायद तुम्हारे विभाग की है। हमारे विभाग से इसका कोई सम्बन्ध नहीं है।"—कलकत्ता कारपोरेशन के चीफ ऑफिसर के यहाँ से आए हुए पत्र को दिखाते हुए डिसूजा ने कहा। डिसूजा पर कारपोरेशन की बैठकों से सम्बन्धित फाइलों का जिम्मा है—"भाई! इस पत्र में ऐसी कोई बात नहीं है, जिस पर अगली बैठक में बहस की जाए।"—डिसूजा ने कहा।

"अरे, उस पत्र को जनरल विभाग में भेज दो। तुम काहे की चिन्ता कर रहे हो?"—दूसरे क्लर्क ने सलाह दी।

"यह भी खूब रहा। कलकत्ता के मेयर साहब को हमारे मेयर साहब का अता-पता चाहिए। यह भी कोई पूछने की बात है?"—तीसरे की आवाज़ थी यह।

"अगर उन्हें बम्बई के मेयर का पता चाहिए तो यहाँ आकर टेलीफोन डाइरेक्टरी देख सकते थे। चिट्ठी लिखकर हमारी जान लेने की क्या ज़रूरत थी?" एक समझदर क्लर्क ने सवाल किया।

"अरे भाई। तुमने यह बात सुनी कि नहीं? कलकत्ता कारपोरेशन का दिवाला पिट गया है। तभी तो वहाँ के कर्मचारियों को आजकल वेतन नहीं मिल रहा है!" किसी ने सुनी-सुनाई बात सबको सुना दी।

पन्द्रह मिनट तक वहाँ कलकत्ता कारपोरेशन की गतिविधियों पर बहस होती रही। बहस के बाद तय हुआ कि वह पत्र चिवलकर के पास भिजवाया जाए। डिसूजा ने सैय्यद को बुलाया। पर उस वक्त सैय्यद विभाग में मौजूद नहीं था, किसी की चाय लाने के लिए बाहर गया हुआ था।

बीस मिनट लगे, वह पत्र चिवलकर के पास पहुँचने में! अपना काम निपटाकर डिसूजा चाय के लिए उठा। ठीक उसी वक्त पर चिवलकर भी चाय पीने के लिए बाहर चले गए।

आधे घंटे के बाद जब चिवलकर चाय-पानी पीकर अपनी सीट पर आया तो टेबुल पर कलकत्ता कारपोरेशन वाला पत्र पड़ा पाया।

"अरे भाई डिसूजा! इस पत्र पर एंडोर्समेंट चेंज कर दो।" यों कह चिवलकर ने उस पत्र को फिर डिसूजा के पास भेजा। जब सुपरिटेंडेंट साहब किसी पत्र पर एक बार मार्क करते हैं तो उस निर्णय के विरुद्ध चलने का किसी को अधिकार नहीं है। इसलिए डिसूजा ने उस पत्र को सैय्यद के हाथ में देकर 'जनरल विभाग' को मार्क कराने के लिए सुपरिटेंडेंट के पास वापस भेज दिया।

सुपरिटेंडेंट दिवारकर ऊँची फाइलों के बीच बैठकर अपना सिर खपा रहे थे। फाइलों की संख्या बढ़ती जा रही थी, पर काम जल्दी नहीं हो रहा था। सैय्यद जब वह पत्र फिर वापस ले आया तो उस पर एकदम आग-बबूला हो गए--

"यह क्या? यह पत्र वापस मेरे पास क्यों लाए? अब तो तीन बज चुके हैं और कमिश्नर साहब ताजमहल की पार्टी में जाने वाले हैं। यह पत्र अभी तक यहीं इधर-उधर क्यों घूम रहा है?" दिवारकर ने सैय्यद से गरजकर पूछा।

"जी, इसे जनरल विभाग के नाम मार्क करने के लिए कहा है।"

"यह तुमसे किसने कहा?"

"जी, डिसूजा साहब ने कहा।"

"डिसूजा? वह कौन होता है, मुझे डिक्टेट करने वाला?"

दिवारकर को बहुत गुस्सा आया। उसके बाद इस सम्बन्ध में सबसे राय पूछी गई। सबने एकमत होकर यही कहा कि वह पत्र जनरल विभाग को भेजा जाना चाहिए। एक घंटे की बहस के बाद दिवारकर ने उस पत्र को जनरल विभाग के नाम पर मार्क कर दिया।

जब यह चिट्ठी चिवलकर के पास पहुँची थी, तब तक कमिश्नर साहब दफ्तर छोड़कर ताजमहल चले गए थे। चिवलकर ने सोचा कि इस पत्र को अब कमिश्नर साहब के कमरे में भेजना बेकार है। यह सोचकर वह दूसरे 'ज़रूरी कागज़ात' को डिस्पोज़ ऑफ करने में मशगूल हो गए।

दूसरे दिन जब चिवलकर दफ्तर आया तो सबसे पहले उसके सामने यह सवाल उठा कि कलकत्ता कारपोरेशन पत्र वाले का क्या किया जाए? उसे हेड क्लर्क के हाथ में देकर उसकी सलाह पूछी। हेड क्लर्क ने पत्र पूरा पढ़कर बताया कि उसे म्युनिसिपल सेक्रेटरी के यहाँ भेजना चाहिए। चूँकि म्युनिसिपल सेक्रेटरी बड़ा ऑफ़िसर है और कोई भी कागज़ उन्हें सीधा भेजा नहीं जा सकता है, इसलिए पहले इसे मेयर के पास भेजमा चाहिए। मेयर के पास जाने के पूर्व कमिश्नर साहब का हस्ताक्षर भी उस पर रहना ज़रूरी है। हेड क्लर्क की सलाह मानकर चिवलकर ने उस पर वैसे ही एंडोर्स कर दिया।

उस पत्र पर पहले हेड क्लर्क, फिर सुपरिटेंडेंट, उसके बाद कमिश्नर दस्तखत कर चुके। उसके दूसरे दिन वह पत्र डिस्पैच में आया। क्योंकि कमिश्नर साहब के कार्यालय में जो भी कागज़ म्युनिसिपल सेक्रेटरी के पास जाता है, उसका पूरा-पूरा विवरण रजिस्टर में लिखा जाना चाहिए। सेक्रेटरी साहब का दफ्तर वहाँ से दस-पन्द्रह गज की दूरी पर होगा। यह पत्र वहाँ पहुँचने के लिए दो दिन और लगे।

सभी दफ्तरों की कार्य-प्रणाली एक-जैसी ही होती है। म्युनिसिपल सेक्रेटरी की पूरी डाक पहले सुपरिटेंडेंट के हाथ में जाती है। कलकत्ता वाले पत्र को देखकर उन्होंने

उस पर लिखा—'मेयर साहब की डायरी देखकर यह पता लगा लें कि वे कब नगर में मौजूद रहेंगे। और स्वीकृति के लिए एक मसौदा तैयार कर दें!'

दो दिन के बाद उस पत्र के जवाब का मसौदा आया जिस पर सेक्रेटरी का दस्तखत हो गया। फिर वह सुपरिटेंडेंट के पास आया। सुपरिटेंडेंट ने उसे ठीक तरह से देखा-परखा तो उस पर लिखा था—'अर्जेण्ट'। सेक्रेटरी के द्वारा भेजे गए उस मसौदे को सुपरिटेंडेंट ने जल्दी से टाइप करवा दिया और फिर सेक्रेटरी के हस्ताक्षर के लिए भेज दिया। सेक्रेटरी साहब का हस्ताक्षर तो एक ही दिन में हो गया, पर वह डिस्पैच में आकर अटक गया। रजिस्टर में दर्ज करने तथा वहाँ से दस-पन्द्रह गज़ की दूरी पर स्थित कमिश्नर साहब के कार्यालय में पहुँचने आदि के लिए दो दिन का समय और लग गया। जिस दिन यह पत्र कमिश्नर साहब के कार्यालय में पहुँचा, उस दिन की तारीख थी—बीस दिसम्बर!

सेक्रेटरी साहब का जबाव देखकर वहाँ के सुपरिटेंडेंट ने सम्बन्धित विभाग में भेज दिया। चिवलकर ने उस पत्र पर एंडोर्समेंट लिख दिया और कलकत्ता चीफ ऑफिसर के नाम एक मसौदा भी तैयार किया। उस मसौदे को सुपरिटेंडेंट के पास भेज दिया गया तो उन्होंने उस पर अपनी स्वीकृति लिख दी। उस मसौदे पर कमिश्नर ने इधर-उधर कुछ काट-छाँट करके हस्ताक्षर कर दिए।

टाइपिंग सेक्शन में चार टाइपिस्ट काम करते थे, पर उनको इस पत्र को टाइप करने की फुरसत नहीं मिली। तीन दिन के बाद वह पत्र कमिश्नर साहब के पास भेजा गया था—हस्ताक्षर के लिए।

वह छब्बीस दिसम्बर का दिन था। अपने सामने वह पत्र देखकर कमिश्नर साहब चकित रह गए। बड़े दिन की छुट्टियाँ तो चौबीस तारीख से शुरू हो गईं, और यह पत्र अभी तक यहीं पर पड़ा हुआ है! अपने दफ्तर वालों पर उन्हें बहुत गुस्सा आया। सुपरिटेंडेंट को बुलाकर बहुत बुरा-भला कहा गया। सुपरिटेंडेंट ने हेड क्लर्क पर गुस्सा किया, हेड क्लर्क ने चिवलकर पर, चिवलकर ने टाइपिस्ट पर बहुत-बहुत गुस्सा किया।

इस पर चिवलकर ने उसे पत्र को स्वयं डिस्पैच-क्लर्क को देकर रजिस्टर में दर्ज करा दिया और रजिस्ट्री द्वारा भेजने के लिए सैय्यद को डाकखाने दौड़ाया।

कमिश्नर ने सबसे एक्सप्लनेशन माँगा।

दिसम्बर 29 को एक पत्र कलकत्ता चीफ ऑफिसर के कार्यालय में पहुँचा। उनमें लिखा था—

बम्बई म्युनिसिपल कमिश्नर कार्यालय
बम्बई।

दिसम्बर 26...

सेवा में:

चीफ ऑफिसर
कलकत्ता कारपोरेशन
कलकत्ता।

मान्यवर महोदय,

आपके दि. 12, दिसम्बर...के पत्र के उत्तर में निवेदन है कि बम्बई के मेयर साहब का नाम है: श्री त्रिविक्रम। बड़े दिन की छुट्टियों में मेयर साहब बम्बई ही रहेंगे। हमें यह ठीक तरह से ज्ञात नहीं कि वे कब दफ्तर में तशरीफ लाते हैं। पर हाँ, उनका टेलीफोन का नम्बर है: 123456

शेष कृपा—

भवदीय,
म्युनिसिपल कमिश्नर

पर यह पत्र मिलने के पहले ही कलकत्ता-कारपोरेशन के चीफ ऑफिसर बम्बई चले आए थे और उन्होंने टेलीफोन डायरेक्टरी में नम्बर देखकर मेयर साहब के नाम टेलीफोन करके उनसे बातचीत की और पच्चीस और छब्बीस तारीख को भी उनके घर गए, चाय-पानी पिया। देर तक कारपोरेशन की कार्य-प्रणाली पर बातें भी हुईं। बम्बई से वे कलकत्ता दि. 29 दिसम्बर को लौट आए, जिस दिन बम्बई के म्युनिसिपल कमिश्नर के यहाँ से पत्र आया था।

अनुवाद : **डी. मंजुलता**

•

गुड़ियों का खेल

मंजुश्री

सावित्री के लिए दिन-भर फुरसत-ही-फुरसत है। उसके पति सुबह दस बजे दफ्तर चले जाते हैं और शाम को लौटते हैं। इस बीच सावित्री को कुछ भी नहीं सूझता। घर भी शहर से एकदम बहुत दूर, एक कोने में है। अकेलापन उसे हरदम काटने को दौड़ता, शहर के कोलाहल से उसे सख्त नफरत थी, इसीलिए इस घर में आने के लिए वह मान गई। वैसे तो शुरू के दिनों में वहाँ का वातावरण बहुत ही सुहावना लगता था और अकेलापन भी कुछ अच्छा ही लगता था, पर आज वही अकेलापन मन को सालने लगा। जाने क्यों बार-बार उसके मन में यह भावना आने लगी कि वह अकेली है।

शुरू के दिनों में पड़ोस वाली मौसी, जो सात बच्चों की माँ थी, कहा करती थी, ''सावित्रम्मा। तुम बड़ी खुश-नसीब हो। कोई बाल-बच्चा नहीं। मेरे बच्चे तो नाक में दम कर देते हैं।''

तब वह सोचा करती थी कि सचमुच वह सुखी है। पर अब वैसा नहीं महसूस होता। पता नहीं क्यों! अगल-बगल में रहने वालों के चले जाने के बाद यह अकेलापन और भी असह्य हो गया। जब तक पड़ोसी थे, तब तक तो यही सोचती रही कि अच्छा होगा, यदि ये लोग मकान खाली करके चले जाएं। पर अब तो लगने लगा कि अच्छा होता, यदि वे लोग न जाते! पड़ोसी चले गए, पता नहीं कहाँ चले गए!

घर शहर से कुछ दूरी पर है, फिर भी घर अच्छा है। शहर में आजकल किराये पर घर मिलते ही कहाँ हैं? दफ्तर भी यहाँ से बहुत दूर है। सावित्री के पति लोकल ट्रेन में दफ्तर जाते हैं। शहर में कितने ही ऐसे लोग हैं जो सुबह आठ-नौ-दस बजे घर से निकलते हैं और रात को बड़ी देर को लौटते हैं।

जिस दिन वे लोग उस घर में आए, उसके पति ने कहा, 'आहा! कितना अच्छा वातावरण है। ऐसा लग रहा है जैसे हम किसी गाँव में आ गए हों।'

सावित्री को भी बड़ी प्रसन्नता हुई उस दिन!

उस घर के तीन हिस्से हैं। तीनों हिस्से बराबर होने पर भी बीच वाला हिस्सा कुछ अच्छा है। पहले से ही एक किरायेदार उसमें रहता था। दूसरे भाग में सावित्री के एक दोस्त रहते थे और उन्हीं के कहने पर वे लोग वहाँ आए। सात बच्चों वाली औरत उन्हीं की पत्नी है। उम्र उसकी कुछ ज़्यादा न थी, फिर भी सावित्री उसे मौसी कहकर पुकारती थी।

मौसी के बच्चे बहुत शोरगुल मचाया करते थे। शुरू में सावित्री को बहुत बुरा लगता था, पर धीरे-धीरे बच्चों के शोरगुल की अभ्यस्त हो गई।

थोड़े दिन बीते। इतने में उनका तबादला हो गया और वे मकान खाली करके चले गए। तब वे लोग बीच वाले हिस्से में आ गए।

मौसी के चले जाने के बाद सावित्री को बच्चों का अभाव महसूस हुआ। दीवारों पर 'अ आ इ ई' आदि अक्षर लिखे हुए थे और तरह-तरह की तस्वीरें भी बनाई गई थीं। बच्चों की करतूतें याद कर सावित्री कभी हँस लेती, कभी झुंझला उठती।

उसके कुछ दिन बाद दोनों भागों में किरायेदार आ गए। इससे सावित्री को थोड़ी तसल्ली हुई। उसका अकेलापन दूर हो गया।

यह पहले की बात थी।

अब की बात यह कि दोनों तरफ के किरायेदार फिर मकान खाली करके चले गए। जब तक वे लोग थे, बात-दात पर झुंझला उठती थी सावित्री। वह इसलिए झुंझला उठती थी कि एक हिस्से में एक छोटी बच्ची हमेशा रोया करती थी और दूसरे भाग में एक वृद्ध महोदय रात-भर 'तरह-तरह के पद गाते हुए बैठे रहा करते थे। वह बच्ची तो दूध पीकर चुप हो जाया करती थी, पर वे बूढ़े मियाँ चुप रहने का नाम तक नहीं लेते थे। एक दिन वह उनसे यह कहने के लिए गई थी; 'दादाजी, आप दूसरों को सोने भी देंगे या नहीं?' पर सावित्री वैसा कह नहीं सकी, क्योंकि सावित्री को देखते ही उन्होंने उसे अपने पास बैठा लिया और इस असार संसार की नश्वरता के बारे में बहुतेरी बातें बताने लगे।

एक बार किसी ने सावित्री के प्रति सहानुभूति दिखाई थी कि वह माँ नहीं बन सकी। यह सुनकर सावित्री को बहुत गुस्सा आया था।...हाँ, यह बात भी पुरानी पड़ गई। आजकल उसे कुछ भी नहीं सूझ रहा है। वह इसलिए नहीं कि मकान के दोनों भाग अब खाली हैं।

सावित्री को पहली बार अपने पति पर गुस्सा आया। उन्होंने कभी यह नहीं कहा, 'सावित्री! आजकल तुम अकेली रहती हो, चलो पिक्चर देखने चला जाए ताकि तुम्हारा वक्त इस बहाने कटे और तुम्हारी बोरियत कम हो जाए।' न वे कभी पिक्चर दिखाने ले गए, न समय गुजारने के लिए कोई पत्र-पत्रिका ही घर लाए। शादी हुए अब दस साल बीत गए, पर कभी उसके पति ने यह नहीं पूछा कि तुम्हें किसी वस्तु की ज़रूरत भी है?

एक दिन सावित्री के पति ने दफ्तर से आकर बताया कि उनका कोई दोस्त बगल के हिस्से में रहने आने वाला है। पहले उनका दोस्त आयेगा, एक महीने के बाद उसकी बीवी और बच्चे आ जायेंगे।

यह सुन सावित्री को एक तरह से तसल्ली ही हुई।

उसके दूसरे दिन सावित्री के पति उस मित्र को साथ लेकर आए, बगल वाला खाली हिस्सा दिखाया गया। उसके बाद दोनों जाकर बरामदे में बैठ गए।

सावित्री कॉफी देने गई तो उसके पति ने उसका परिचय अपने मित्र से कराया। सावित्री ने उनकी तरफ घूमकर नमस्ते कहा। उन्हें देख वह एकदम ठिठक गई। फिर उसने अपने को सम्भाल लिया।

सावित्री को इस बात की सान्त्वना थी कि उन्होंने उसे पहचाना नहीं । दस साल पहले यही साहब उसे देखने आए थे। तब सावित्री ने अपने माँ-बाप से साफ कह दिया था कि वह ऐसे आदमी से शादी नहीं करेगी। क्योंकि वह न खूबसूरत था, न कोई नौकरी ही करता था। वह अपने स्वप्न-लोक में जैसे पुरुष की कल्पना करती आई थी, उसके सामने वह बड़ा निठल्ला और भोंदू नज़र आया था।

सचमुच सपने बड़े बुरे होते हैं।

उसके बाद सावित्री की शादी हो गई।

उस रात को सावित्री ने अपने पति के मित्र सुब्बाराव के काम-धाम और बाल-बच्चों के बारे में बहुत-कुछ बातें जान लीं। उसकी तनख्वाह भी कुछ ज़्यादा ही थी।

दो दिन बाद सुब्बाराव वहाँ आ गए। एक तरह से उसे असन्तुष्टि-सी हो गई। उसे इस बात का डर था कि कहीं वह उसे पहचान न जाए। अगर वह पहचान गया तो सम्भव है, वह अपनी पत्नी से इस बारे में बता दे।

सावित्री उसकी बीवी के आगमन की राह देखने लगी।

इतने में एक और बात हो गई।

उस मकान का जो हिस्सा खाली था, उसमें एक और परिवार आ गया। शाम को उन लोगों से परिचय प्राप्त करने की वह सोच ही रही थी कि तीनेक साल के बच्चे ने आकर दियासलाई की डिब्बी माँगी। उसकी तोतली बातें सावित्री को बहुत पसन्द आयीं। बच्चा भी बड़ा प्यारा था।

उसके दूसरे दिन वह पड़ोसिन खुद सावित्री के यहाँ गई। उसने अपना परिचय आप ही दिया। उसके पति दौरे पर गए हुए हैं। महीने में पन्द्रह दिन वे बाहर ही रहते हैं—ये सब बातें उसी ने बताई थीं।

उसके तीन बच्चे हैं। सबसे छोटी बच्ची तो सावित्री के साथ खूब हिल-मिल गई। उसका नाम सरला था। पूरा समय उसके साथ हँसने तथा खेल-कूद में बीत जाता था।

एक महीना बीत गया। सुब्बाराव की पत्नी भी आ गई। सावित्री यह सोचती हुई पिछवाड़े में गई कि शायद सुब्बाराव की पत्नी दिखाई दे। अचानक उसकी नजर दूसरे हिस्से के पिछवाड़े में खड़े एक व्यक्ति पर पड़ी। शायद वे उस गृहिणी के पति होंगे, जो महीने में पन्द्रह दिन के लिए दौरे पर जाया करते थे। कुछ ध्यान से उसकी तरफ देखा। सावित्री के आश्चर्य की सीमा न रही। यह तो कृष्णमूर्ति है। इसी के साथ सावित्री की शादी तय होने वाली थी, पर अन्त में कृष्णमूर्ति की वजह से टल गई, क्योंकि उसे सावित्री पसन्द नहीं आई थी। उसकी नज़र में वह खूबसूरत नहीं थी। जब सावित्री को यह बात मालूम हुई, तो वह जल-भुनकर रह गई।

यह सब सोचते हुए सावित्री ने एक बार फिर उसकी तरफ देखा। हाँ, वही कृष्णमूर्ति है। वह अन्दर लौट आई। जाने क्यों, उसका मन एकदम विचलित हो उठा। कई पिछली बातें उसे याद आ गईं। वह तब तक अपने विचारों में मग्न रही, जब तक दूध वाले ने आकर उसे बार-बार नहीं पुकारा।

सावित्री बर्तन लेकर बाहर आ गई। उसने देखा, कृष्णमूर्ति बरामदे में आकर खड़ा था। वही कृष्णमूर्ति, जिसने एक दिन उसे बदसूरत कहकर ठुकराया था। उसने तो सुन रखा था कि कृष्णमूर्ति बहुत बोलता है, बड़ा शरारती है। पर सावित्री को यों लगा जैसे कृष्णमूर्ति ने शादी के बाद कम बोलने का प्रण कर लिया हो। पता नहीं, यह परिवर्तन क्यों आ गया उसमें।

सावित्री को हँसी आ गई।

कृष्णमूर्ति फिर दौरे पर चला गया। 'हो सकता है, कृष्णमूर्ति ने उसे पहचाना न हो। अगर पहचान भी लेगा, तो क्या होगा? कुछ नहीं होगा' सावित्री ने सोचा।

सुब्बाराव की पत्नी शाम को खुद सावित्री के पास आकर बैठ गई। सावित्री उसे देखकर बड़े अचम्भे में आ गई। वह बहुत ही खूबसूरत थी। बात करने का सलीका भी वह अच्छा जानती थी। उनके चार बच्चे थे और चारों के चारों बहुत ही सुन्दर और प्यारे-प्यारे थे। दोनों बड़ी बच्चियाँ सावित्री के आजू-बाजू में आकर बैठ गईं।

सावित्री बच्चों की माँ की तरफ टकटकी लगाए देखती रही। अचानक उसे उस दिन की याद हो आई, जिस दिन सुब्बाराव उसे देखने के लिए आया था और उसने खुद उसे ठुकरा दिया था। और वह दिन भी उसे स्मरण हो आया, जिस दिन कृष्णमूर्ति ने उसे बदसूरत कहकर शादी तय हो जाने के बाद भी उसे ठुकरा दिया था। उसे विवाह के पूर्व के उसके सुन्दर-सुहाने सपने भी याद आ गए—अच्छा बंगला...मोटर...नौकर-चाकर...अच्छे-अच्छे गहने...आदि आदि।

सावित्री ने अपनी सारी पुरानी स्मृतियों को एक तरफ ढकेल दिया।

उस दिन के बाद सावित्री ने न कृष्णमूर्ति के बारे में कभी कुछ सोचा था, न उसके मन में इस बात की आशंका ही रह गई थी कि कहीं कृष्णमूर्ति उसे पहचानेगा तो नहीं।

सुब्बाराव के बारे में भी उसने सोचना छोड़ दिया। हाँ, कृष्णमूर्ति और सुब्बाराव के बच्चे उसके पास आ-आकर दिन-भर गुड़ियों का खेल खेलते। वह उनके साथ खूब-हिल-मिल जाती और हँसती रहती।

अब सावित्री के लिए क्षण-भर की फुरसत नहीं। दिन बड़ी हँसी-खुशी में बीत रहे हैं।

अनुवाद : **डी. मंजुलता**

कायर

गोल्लपूडि मारुतीराव

आधी सीढ़ियाँ उतर गया था कि सामने वह दिखाई दी। मैं ठिठककर रह गया।

कोमली दीवार से इस तरह से सटकर खड़ी हो गई कि मेरे जाने के लिए रास्ता हो जाए। वह अपना मुँह झुकाये हुए थी। उसने मेरी तरफ देखने का प्रयत्न तक न किया।

कोमली...कोमल और कुन्दन-सी। छींटेदार रंग की लाल साड़ी पहने हुए थी, और चौड़ा पट्टीदार ब्लाउज। होंठ बन्द थे। जब मैं उसके बिल्कुल सामने कुछ क्षणों के लिए खड़ा हो गया तो वह कुछ सहम-सी गई। मैंने नीचे की तरफ देखते हुए पूछा, ''कब आईं?''

''कल।'' जैसे किसी ने कुएँ के अन्दर से जवाब दिया हो। मगर उसकी आवाज़ में वही पहले का-सा माधुर्य था।

''वो भी आए?''

''नहीं।''

''कब तक रहोगी?''

''दिवाली तक।''

''माँ से मिल चुकी?''

''हाँ।''

''फिर आओगी न?''

''क्यों?''

इसका कोई जवाब मैं नहीं दे सका।

''अच्छा!'' कहकर मैं ज़ीना उतर गया।

भोजन करने बैठा तो माँ ने कहा, ''कोमली आई है ससुराल से।''

मैं कुछ नहीं बोला। खाने में लगा रहा।

''बेचारी बहुत दुबली-पतली हो गई।''

''...''

"सुना है, उसका पति उसे बहुत सताता है।"

"मुझे कुछ नहीं मालूम है माँ!"

"वह तुमसे मिली थी?"

"हाँ, मिली थी!"

कोमली के बारे में माँ जाने क्या-क्या बताती गई, मगर मैंने सुनते हुए भी कुछ भी नहीं सुना। आखिर मैं क्यों सुनूँ? उससे मेरा क्या सम्बन्ध है?

दूसरे दिन पिछवाड़े के कुएँ के पास कनेर वृक्ष के बाजू में खड़े होकर दातून कर रहा था। मैंने अनायास ही कोमली के घर के पिछवाड़े की तरफ देखा। वह पौधों को पानी दे रही थी। मैं आगे बढ़कर उसके समीप गया।

"माँ कह रही थी कि तुम बहुत दुबली हो गई हो!" मैंने धीरे से कहा।

मुझे अपने निकट देखकर कोमली भौचक्की-सी रह गई।

"खुद आप नहीं देख सकते क्या?"

"तुम मुझे 'आप' क्यों कहने लगी? मैं इतना पराया हो गया हूँ?"

कोमली कुछ बोली नहीं, मगर वह इधर-उधर देख रही थी।

"क्यों? किसी के देखने का डर है क्या?"

"नहीं!" बहुत धीरे से उत्तर दिया।

"सुना है, तुम्हारे पति तुम्हारे साथ अच्छा सुलूक नहीं करते! क्या यह सच है?"

कोमली ने झट अपना मुँह उठाकर मेरी तरफ देखा। उसके मुँह पर आश्चर्य के भाव थे।

"माँ कह रही थी!" मैंने कहा।

"यह सवाल तुम्हें नहीं पूछना चाहिए था।" कोमली ने धीमे स्वर में कहा।

"हाँ...हाँ! पूछना नहीं चाहिए था।"

मैं चला आया।

मुझे यह बात जानने में देर न लगी कि कोमली मुझसे दूर रहना चाहती है। उसके बाद मैंने उससे बात करने का प्रयत्न ही नहीं किया।

छह साल पहले उसी कनेर वृक्ष के तले हम मिले थे—

"सुना है, तुम्हारी शादी की बात तय हो गई है। क्या यह सच है?" मैंने पूछा।

'हाँ!'

'तुम्हें यह शादी पसन्द है?'

'पसन्द तो नहीं। मगर मैं क्या करूँ?'

'कह देती, यह शादी मुझे बिल्कुल पसन्द नहीं।'

'तो क्या तुम मुझसे शादी करोगे?'

इस प्रश्न का उत्तर मैं तत्काल न दे सका। उत्तर देना चाहता था, हाँ! मगर

मुँह न खोल सका। क्योंकि मैं कायर था। क्योंकि पिताजी की आज्ञा के बगैर कोई काम करने का साहस मुझमें नहीं था।

'तो तुम मुझसे शादी के लिए मान जाओगी?'

'हाँ!'

मैं कुछ बोल न सका।

वह भी चुप थी। मैं भी चुप था।

कोमली की आँखों में आँसू थे।

'नहीं! आँसू न बहाओ कोमली। तुम मेरी हो और हमेशा मेरी होकर रहोगी, मेरी बात सच मानो।' मैंने उसे आश्वासन दिया था।

कहीं दूर कोयल ने एक कूक लगाई।

एक ठण्डी हवा का झोंका आया, कनेर का एक फूल कोमली के सिर पर गिरा, मानो प्रकृति हमारा साथ दे रही हो।

छः महीने के बाद उसकी शादी हो गई। मगर मेरे साथ नहीं, किसी दूसरे के साथ। कोमली को पता चल गया कि मैं बड़ा निस्सहाय हूँ, असमर्थ हूँ, कायर हूँ।

अपनी शादी के एक दिन पूर्व कोमली मेरे कमरे में आई थी। मुँह पर हल्दी का हल्का-सा रंग था और अभ्यंगन स्नान के कारण उसके लम्बे-लम्बे बाल मखमल की तरह चमक रहे थे। जूड़े में फूल खोंसे हुए थे। मैंने उसकी तरफ गौर से देखा। उसकी आँखें सूजी हुई थीं। शायद उसने यहाँ आने के पूर्व खूब आँसू बहाये थे। उसके होंठ काँप रहे थे। मुझे उसकी ओर देखने का साहस न हुआ।

'कल मेरी शादी है।' कोमली ने बड़े धैर्य से कहा।

जाने क्यों यह सुनते ही मेरे दिल को बड़ा धक्का लगा। फिर अपने को सम्भाल लिया। मैं कुछ बोलूँ, इसके पहले ही कोमली ने फिर कहा, 'मुझे आशीर्वाद दो कि मेरे पति भी तुम्हारी तरह बड़े सहृदय हों।''

कोमली ने झुककर प्रणाम किया।

क्या मैं सहृदय हूँ?—मैंने अपने-आपसे प्रश्न किया। फिर अपने को सम्भाला और उसके माथे पर हाथ रखकर सहलाया। अकस्मात् मेरी आँखों से आँसू की दो बूँदें उसके माथे पर टपक पड़ीं।

उसके बाद आज मैं कोमली के सामने खड़ा हो गया तो मैंने अपने को बहुत छोटा महसूस किया। उसके एक लड़का हुआ था, वह भी मर गया था। उसका पति क्षय रोग से पीड़ित हो रहा है। बूढ़ी सास की उसके अन्तिम क्षणों तक सेवा-सुश्रूषा करती रही...कोमली ने ज़िन्दगी में कई उतार-चढ़ाव देखे, मगर एक मैं हूँ कि अभी तक पिताजी की निगरानी में पल रहा हूँ, एक इंच इधर या उधर नहीं जा सकता हूँ। नपी-तुली ज़िन्दगी है।

मुझे लगा कि कोमली का मन और तन भी बूढ़ा हो गया। उसकी आँखें अन्दर

को चली गईं। बदन में पहले का वह गठन नहीं रहा। उसका सिर यों झुका हुआ-सा था, मानो वह बहुत बड़ा बोझ ढोती रही हो!

ससुराल जाने के एक दिन पूर्व फिर वह मेरे पास आई।

'मेरे आशीर्वाद का अच्छा फल मिल गया था न तुम्हें?''

''कैसा फल?''

''तुम्हारा पति मेरी तरह...''

''हाँ!''

''अच्छा!''

मैं चुप हो गया।

''और कुछ नहीं पूछोगे?'' कोमली ने सवाल किया।

मैंने उसकी तरफ आँख उठाकर देखा। उसकी आँखों से आँसू की धारा बह रही थी।

''तुम मुझसे यह क्यों नहीं पूछते कि मैं पिछली ज़िन्दगी को याद कर लेती हूँ या नहीं?''

''पूछने से क्या होता है?''

''कम-से-कम मुझे तो सान्त्वना मिल जाती!''

''तुम्हें सान्त्वना तो मिल जाती, मगर मुझे वह भी नहीं।''

''तुम कितना बदल गए हो।''

''मजबूर हूँ कोमली, बहुत मजबूर हूँ।''

''बस, यही तुम्हारा जवाब है?''

''मेरी वाणी ही छिन गई, मैं क्या जवाब दूँ?''

''और...''

''और...और यही कि हमेशा एक टीस मेरे मन को खाये जा रही है।''

''सच?''

''हाँ, सच! रात-दिन मैं तुम्हारे बारे में ही सोचता रहता हूँ।''

कोमली एक क्षण के लिए चुप थी।

''क्या अब मैं जा सकती हूँ?''

''यह मुझसे क्यों पूछ रही हो? जाने के लिए ही तुम यहाँ आई थीं। यहाँ रहने के लिए थोड़े ही आई थीं?''

''तो क्या तुम चाहते हो कि मैं यहाँ—तुम्हारे यहाँ रहने के लिए चली आऊँ?''

कोमली सीधे मेरी आँखों में देख रही थी। मैंने सिर नीचा कर लिया।

मुझे कल्पना नहीं थी कि इस तरह के प्रश्न का उत्तर मुझे देना पड़ेगा।

मैं निरुत्तर खड़ा था।

कोमली जाने को उद्यत हो गई।

''तुम बोलते क्यों नहीं?'' कोमली ने पूछा।

''तुम अपने पति के साथ सुखी रहो।'' मेरे मुँह से अकस्मात् निकल पड़ा।
बगैर कुछ बोले कोमली रोती हुई चली गई।

छः महीने बाद वह लौट आई।

माँ ने कहा, ''कोमली आ गई...यहाँ रहने के लिए।''

मैं चौंक उठा।

''कहाँ रहने के लिए?''

''अपने बाप के यहाँ रहने के लिए चली आई, हमेशा के लिए।''

जाने क्यों मुझे यह सुनकर कुछ सन्तोष-सा अनुभव हुआ। मगर मेरी खुशी ज़्यादा देर तक नहीं टिक सकी।

माँ ने फिर कहा, ''बेचारी कोमली के पति का देहान्त हो गया है।''

मैं यह सुनकर मन्न रह गया। अपने-आप पर मुझे बड़ी खीज उत्पन्न हुई।

''माँ! तुम कोमली को अपनी बहू क्यों नहीं बना लेतीं।'' मैं आवेश में आकर कह गया।

''क्या कहा? कोमली को अपनी बहू बना लूँ? होश में है तू? तेरे पिता यह बात सुनेंगे तो तेरी खाल उड़वा देंगे।''

''पिताजी की बात छोड़ो। तुम अपनी कहो माँ।''

''मगर बेटे, उसका पति क्षय रोग से पीड़ित होकर मरा है।''

निर्भय होकर मैं अपने मन की बात कहने के लिए पिताजी के कमरे की तरफ कदम बढ़ाने ही वाला था कि माँ ने यह बात कह दी।

मैं जाऊँ या न जाऊँ—यही सोचते हुए माताजी और पिताजी के कमरे में बीच नीचे जमीन पर ऐसे ही बैठ गया।

•

बेले की कलियाँ

चासो

शहर में फूलों का भाव अच्छा है। मकान के पिछवाड़े की ज़मीन बेकार पड़ी हुई है, अच्छी-खासी रक़म कमा सकेंगे। फैसला किया कि बेले के पौधे लगवा लूँ।

बेले के फूलों को उगाने और बेचने में थोड़ी-सी कमाई है। हाँ, ज़माने को थोड़ा लूटना भी इसमें है। लेकिन मुझे यह लूट इन्साफ़ के काबिल लगी। अमीर लोग ही, यानी जनता को लूटकर अमीर बने लोग ही हमारे फूल खरीदेंगे। सो मैं लुटेरों को बेले के फूलों से लूटूँगा।!

पिछवाड़े की ज़मीन को खोदने के लिए एक मज़दूर की ज़रूरत पड़ी। चौराहे पर गया। धँसे हुए पेटवाला एक बूढ़ा सामने आया।

''बाबूजी! कोई काम है?'' उसने पूछा।

''अरे तू कर नहीं सकता।'' मैंने कहा। दो-तीन हाथ के गहरे गड्ढे खन्ती से खोदने हैं। उन गड्ढों में मिट्टी और खाद भरनी है। फिर बेले के पौधे रोपने हैं।

''क्या काम है बाबूजी?'' उसने पूछा।

''खन्ती से खोदना है।''

''खोद लूँगा बाबूजी!'' उसने कहा। यह बूढ़े के बस का है? पूरा जवान पाँच दिनों में वह काम कर पाएगा। यह बूढ़ा दस दिनों में भी नहीं कर पाएगा। इसे ले जाना बेकार है।

''छोड़ो।'' मैंने कहा।

''काम क्या है, दिखा दीजिएगा। कुछ काम अकेला कर लूँगा। जो आप उचित समझें।'' उसने कहा।

दिल न होते हुए भी उसकी गरीबी पर रहम आ गया। मना नहीं कर सका।

''ठीक है।'' मैंने कहा। वह मेरे पीछे-पीछे चला आया। घर आकर काम देखा। बेचारे ने बहुत कम मजदूरी माँगी। ताकतवर के लिए पाँच दिनों का काम है। उसने जो मजदूरी माँगी, उससे ज़्यादा ही दी जा सकती है। लेकिन मैंने उसमें भी कमी कर दी।

''मेहनत का काम है, देख लीजिए बाबूजी!'' उसने कहा।

''मैं मोल-तोल करने वाला नहीं हूँ।''

''अच्छा बाबूजी, ठीक है। दोपहर को मुझे वह माँड पिला दीजिए जिसे आप फेंक देते हैं।'' वह गिड़गिड़ाया।

मेरी औरत समझ गई कि सस्ते में मज़दूर मिल गया। सो बड़े लाड़ से कह उठी, ''हाँ, हाँ, ज़रूर पिलाऊँगी।'' हर रोज घर में सेर-भर माँड गली की गंदी नाली में फेंका जाता है। बूढ़े को पिलाने पर कोई नुकसान नहीं। हम नागरिक पुष्टिकर माँड को नाली में फेंककर छूछे ही को अन्न समझते हैं। उसे ही खाते हैं।

ग्यारह दिन हो गए, बूढ़ा काम पूरा नहीं कर सका। बेचारा बेज़बान है। जैसे-जैसे मैंने बताया, वैसे-वैसे उसने गड्ढे खोदे। जो मज़दूरी तय हुई मैंने उसे दे दी। दिल-ही-दिल में सोचा कि वह और माँगेगा। बड़बड़ाएगा। चिल्लाएगा। लेकिन उसने कुछ भी नहीं कहा। चुपचाप पैसे ले गया। दूसरे ही दिन यह कहते हुए आया कि ''बाबूजी, कोई काम नहीं दोगे।''

''पौधों में पानी देगा?'' मैंने पूछा।

''हाँ, डालूँगा।''

कुएँ से पानी निकालना है। फिर ढोकर ले जाना है। पौधों को सींचना है।

''कहो, महीने में क्या दूँ?''

''जो आपकी मर्जी।''

''महीने में इतना ही दूँगा।'' मैंने रकम बताई।

''अच्छा जी।'' कहने के बाद उसने कुछ और कहना चाहा।

''क्या बात है?''

''बात कुछ नहीं साहब! बस...आपका फेंका हुआ...'' रुक-रुककर कहता गया—''माँड का पानी।'' बूढ़ा काम में लग गया। हम लोगों को मुफ्त में मिला बूढ़ा सीधा-सादा आदमी है। बेज़बान है। जो भी काम बतलाया, उसे कर देता था। वह सुबह तड़के आता और शाम के ढलने पर जाता। दिन-भर कुछ-न-कुछ काम करता ही रहता। दोपहर को माँड देते थे। माँड में बच्चों के जूठे चावल, बासी चटनी और घर के बर्तनों में छोड़ी हुई जूठी सब्जी दी जाती थी।

महीने की पगार पाने के बाद वह दूसरे दिन सुबह आया तो उसका चेहरा खूब खिला हुआ था।

''बाबूजी, अब हमारे दिन गुज़र जायेंगे।'' उसने मुझसे कहा।

''कुछ खास बात है क्या?'' मैंने पूछा।

''कल जो तनख्वाह मिली उसे लेकर अपनी बिटिया के हाथ में दे दी। तब कहीं रात को हमारी बिटिया ने मुट्ठी-भर भात खिलाया था।''

''रोज नहीं खिलाती क्या?''

"नहीं बाबूजी! आपके पाँवों की सौगन्ध। आपके घर के माँड और भात के अलावा पेट के लिए और कुछ नहीं था।"

मेरा शरीर काँप गया।

"क्या तू अपनी बेटी के पास रहता है।"

"जी!"

"बेटा कोई नहीं है?"

"बेटा था, भगवान ने उसे मुझसे छीन लिया। अब मैं अनाथ हो गया हूँ। बहू ने अलग से एक और घर बसा लिया है।"

"बेटी खाने के लिए नहीं देती क्या?"

"खाना नहीं देती। पैसा गुनाहों की गठरी है बाबूजी। माँ और औलाद की ममता को तोड़ देता है। रात को बेटी के हाथ में पूरी तनख्वाह रख दी, तब उसने मुट्ठी-भर भात खिलाया। अब हमारे दिन गुजर जाएँगे।" उसने कहा।

उस दिन से बूढ़ा हमारे घर का एक आदमी बन गया है। अब थोड़ा-सा भात भी खिलाकर उसकी खातिर करने लगे। बेले के पौधों में कलियाँ निकल आईं। कलियों को बेचना शुरू हुआ। बूढ़ा दोपहर को टोकरी में कलियाँ ले जाता और सारी कलियाँ बेचकर आता।

बेले के पौधों में दो बार कलियाँ लगीं। बगीचे से तीन सौ का मुनाफा हुआ। बूढ़े की मज़दूरी को काटकर इस थोड़ी-सी जमीन से इतना ही फायदा हुआ। मैंने बहुत ही सस्ते भाव में कलियों को बिकवा दिया। मुट्ठी-भर बेले की कलियों को लोग दस पैसे के बजाय बीस पैसे में भी खरीद सकते थे। कम-से-कम पन्द्रह पैसे में बेचना ही चाहिए। जानकारी नहीं थी।

बगीचे से हुए लाभ से बहुत खुशी हुई। बेले की कलियों से जाने कितनी जवान औरतों ने अपने बालों को सजाया होगा। खुश हुई होगीं। मैं बड़ा रंगीला हूँ। औरतों की चोटियों में बेले की कलियों का खिलना मुझे पसन्द है।

चौमासे में बूढ़ा काम पर नहीं आया। बूढ़े की खबर बताने वाला कोई नहीं था। हमारे यहाँ इतने दिनों तक उसने काम किया, लेकिन हमने बूढ़े के घर का पता कभी नहीं पूछा। 'बूढ़ा' 'बूढ़े' पुकारने के सिवा हम लोगों ने उसका नाम तक नहीं पूछा। कितने अनोखे होते हैं हमारे रिश्ते-नाते।

बहुत दिनों के बाद बैंगन बेचने वाली ने पूछा, "बाबूजी। आपके बगीचे के बेले के पौधे कैसे हैं।"

"यह तुम कैसे जानती हो कि हमारे यहाँ बेले के पौधे हैं?" मैंने सवाल किया।

"आपके बगीचे में बूढ़ा काम करता था ना?"

"बूढ़े को जानती हो?"

"उसका घर हमारे ही मुहल्ले में है।"

"बूढ़ा अच्छा है?"

"मर गया। क्या आपको नहीं मालूम ?"

"मर गया? कब?"

"अरे, बहुत दिन हो चुके। बीमार पड़ा था। बीमारी से उठने के बाद उसकी बेटी ने उसकी देखभाल अच्छी तरह नहीं की। डॉक्टर ने बताया कि उसे फल-दूध देने चाहिए। बेटी ने यह कहते हुए छोड़ दिया कि फल-दूध हम कहाँ से खिला सकते हैं? बूढ़ा मर गया। उसकी बेटी बेरहम है।" बैंगन वाली ने बताया।

बेटी को कुछ कहना नहीं चाहिए। क्या मालूम उसके पास खुद खाने के लिए है या नहीं। बाप होने पर भी उसके पास हो, तब न खिला सकती? गरीबी बड़े-बड़ों की भी इन्सानियत को खत्म कर देती है। बूढ़ों के लिए सरकार अगर पेंशन देती तो अच्छा होता। कम-से-कम जीवन-बीमा ही होता तो कितना अच्छा होता!

बूढ़े के बारे सुनकर मुझे बहुत दुख हुआ कि मैंने भी उसके साथ अन्याय किया।

बेले के पौधे रोपनेवाला वही था, देखभाल करनेवाला वही था और आखिर में बेचकर पैसा लाने वाला भी वही था। उसकी मेहनत का फल मैंने बड़े मजे से अपनी जेब में डाल लिया। वह पैसा सब क्या बूढ़े की कमाई नहीं थी? वह पैसा अगर बूढ़े का ही होता तो कितना अच्छा होता।

सोचा कि लुटेरों को बेले के फूल बेचकर लूट रहा हूँ। लेकिन बूढ़े को मैंने लूटा। महीने में चार सिक्के देकर, रोज माँड का पानी पिलाकर उसे विदा किया। बगीचे की ज़मीन मेरी है। मेहनत करनेवाले को उसका फल मिल नहीं पाया।

अनुवाद : **डॉ. सी तुलसी**

•••